Tina N. Martin
Gewittermann

Tina N. Martin

GEWITTERMANN

THRILLER

Deutsch von
Leena Flegler

blanvalet

Die Originalausgabe erschien 2022 unter dem Titel »Åskmakaren« bei Bokförlaget Polaris, Stockholm.

Der Verlag behält sich die Verwertung der urheberrechtlich geschützten Inhalte dieses Werkes für Zwecke des Text- und Data-Minings nach § 44 b UrhG ausdrücklich vor. Jegliche unbefugte Nutzung ist hiermit ausgeschlossen.

Penguin Random House Verlagsgruppe FSC® N001967

1. Auflage 2024
Copyright der Originalausgabe © 2022 by Tina N. Martin and Bokförlaget Polaris 2021 in agreement with Politiken Literary Agency
Copyright der deutschsprachigen Ausgabe © 2024 by Blanvalet in der Penguin Random House Verlagsgruppe GmbH, Neumarkter Straße 28, 81673 München
Redaktion: Ingola Lammers
Umschlaggestaltung: www.buerosued.de
Umschlagmotiv: mauritius images / Anders Ekholm, www.buerosued.de
BL · Herstellung: sam
Satz: Buch-Werkstatt GmbH, Bad Aibling
Druck und Bindung: GGP Media GmbH, Pößneck
Printed in Germany
ISBN 978-3-7341-1166-2
www.blanvalet.de

Marina schlägt die Wohnungstür hinter sich zu. Es dröhnt in ihrem Kopf, als sie die Treppe hinunterstürzt und rennt, so schnell sie nur kann. Sie atmet durch den offenen Mund, und Schweiß strömt ihr über den Rücken. Das Gefühl von Unwirklichkeit ist schier überwältigend. Es ist fast, als würde ihr ganzer Körper zugleich krampfen und regelrecht voranfliegen. Sie spürt jeden ihrer Schritte in den Knöcheln, hört nicht mal mehr, ob sie ihr hinterherlaufen, wagt auch nicht, sich umzudrehen, sondern rennt heulend weiter, und ihr Sichtfeld verengt sich zu einem Tunnel. Lieber will sie sterben, als sich von ihnen einholen zu lassen.

Als sie endlich die Haustür erreicht hat, dreht sie den Knauf herum und stößt die Tür auf. Warme Spätsommerluft schlägt ihr entgegen, und sie schluchzt auf. So fühlt es sich draußen an? Das hatte sie schon ganz vergessen.

Sie vertritt sich den Fuß und gerät ins Straucheln, schürft sich die Knie auf dem Asphalt auf, kommt aber sofort wieder hoch. Rennt weiter in Richtung Fußgängerzone, stößt sich flüchtig an der Hausfassade ab, der raue Putz reißt an ihren wunden Fingerkuppen. Sie hat einen bitteren Geschmack im Mund. Hinter sich hört sie, wie die Haustür aufgeht, doch im selben Moment hat sie die Straßenecke erreicht. Ohne sich noch einmal umzublicken, verschwindet sie um die Ecke.

Die Luft auf der anderen Seite ist stickig und dunstig. Vor ihr erstreckt sich die ihr nur zu gut bekannte Straße in beide Richtungen. Hier ist sie zigmal gewesen, aber nie zuvor waren hier so viele Menschen unterwegs. Zu Hunderten schieben sie sich in alle Richtungen. Verkaufsstände reihen sich auf dem Asphalt. Es riecht nach Bratfett und Gewürzen, und Marina glaubt bereits, dass sie träumt. Dann ruft jemand von hinten. Ihr ist sofort klar, dass sie es sind.

Geduckt flüchtet sie zwischen die Stände, umrundet ein Zelt voller Plastikstühle und ein Schild, auf dem in roten Lettern für Kebab geworben wird. Sie rennt, so schnell sie nur kann, macht sich dabei so klein wie nur möglich, um nicht entdeckt zu werden, aber so, dass sie ihr Tempo halten kann. Fast stößt sie mit einer Frau zusammen, die gerade einen Schluck aus einem Plastikbecher nimmt. Sie rempelt sie an, und Limo spritzt über ihre Beine, als der Becher zu Boden fällt. Noch ehe sie die Frau wütend schreien hört, ist Marina schon am nächsten Stand vorbei.

Kurz blitzt durch ihre Panik der Gedanke auf, dass sie um Hilfe schreien könnte, doch sie hat zu viel Angst, will kein Risiko eingehen, weiß nicht, wie nahe sie ihr bereits sind oder ob irgendwer auf dieser Straße ihr überhaupt glauben würde.

Sie rennt auf das Hotel zu, in dem sie mal mit Leon gefrühstückt hat, am Speisesaal hinter der Fensterfront vorbei, und dann sieht sie den Zebrastreifen vor sich. Hier ist weniger los, und sie kann sich auch nicht mehr hinter Verkaufsständen verstecken. Sie rennt über die Straße, vorbei an dem Flachbau auf der rechten Seite, der gegenüber vom Rathaus von Luleå steht. Ihre nackten Füße brennen, sie biegt nach rechts ab und rennt weiter in Richtung Hafen. Sie hat schon den Geschmack von Blut auf der Zunge, treibt ihren Körper trotzdem weiter an und spürt, dass ihr schlecht zu werden droht, als sie das Schulgebäude ein Stück voraus entdeckt. Sie überquert den Schulhof, rennt an der Mensa vorbei, dann um die Ecke. Und schlagartig fühlt sie sich um zehn Jahre in die Vergangenheit zurückversetzt. Ein eigentümliches Gefühl von Sicherheit ergreift von ihr Besitz. So hat sie sich schon lange nicht mehr gefühlt.

Es muss Abend geworden sein, das merkt sie erst jetzt, am Licht, das schräg über den Schulhof fällt, und an der Stille. Trotzdem rennt sie weiter auf die große Eingangstür zu, zerrt daran, verspürt eine lange vergessene Euphorie, als die schwere Holztür aufschwingt.

Es ist, als würde das Schulhaus sie förmlich verschlucken. Sie stürzt die Handvoll Stufen zum Eingangsbereich empor und hält auf den schmalen Treppenaufgang zu, während hinter ihr die Tür ins Schloss fällt. Ihr kommen die Tränen, als sie auf dem Weg hinauf in dieses vertraute Gebäude immer zwei Stufen auf einmal nimmt. Sie lässt ein dunkles Stockwerk nach dem anderen hinter sich. Erst als sie das oberste erreicht hat, hört sie es – erst da sickert es durch ihre Panik hindurch. Erinnerungen blitzen auf, und sie bleibt auf der letzten Stufe stehen, krallt sich mit den schorfigen Fingern in den Handlauf und spürt, wie ihr Herz bis zum Hals schlägt.

Geräusche.
Hier sind Menschen.

Marina schlüpft durch die Tür zur Schülercafeteria. Vor ihr liegt ein offener Bereich, der sich in Richtung dreier Treppenaufgänge verzweigt. An der gegenüberliegenden Seite gehen Fenster hinaus zum Hafen. Linker Hand stehen eine altmodische Kaufmannstheke und zwei surrende Kühlschränke. Hier ist niemand. Auf leisen Sohlen schleicht sie über den glatten Steinboden. Auf dem linken Flur steht ganz zuhinterst die Tür zu einem Klassenraum offen, und von dort fällt schwaches Licht heraus auf den schmutzig grauen Flurboden.

Sie nimmt den sogenannten Theatergang. Auch dort ist niemand zu sehen, doch aus der Aula ist ein gedämpftes Raunen zu hören, sie muss voll besetzt sein, Marina hat es selbst erlebt, hat die Vorfreude und das Lampenfieber verspürt, während die Zuschauer ihre Plätze einnahmen. Sie weiß nur zu gut, wie sich die mit gut vierhundert Leuten voll besetzte Aula anhört.

Im Treppenaufgang hinter ihr hört sie Absätze über den Steinboden klackern. Vor Angst wird ihr fast schwarz vor Augen, und nur mit letzter Kraft verhindert sie, dass sie sich in die Hose macht. Sie eilt auf die Treppe zu.

Die Flügeltüren zum Zuschauerraum stehen offen, und vorfreudiges Gemurmel weht ihr entgegen. Für einen kurzen Augenblick fühlt sie sich wie zu Hause, allerdings weiß sie, dass der Moment flüchtig ist. Es kann jederzeit mit ihr vorbei sein.

Die Lichter werden gedimmt, und im selben Moment wird es still im Publikum. Marina blickt zu Boden, wünschte sich, sie hätte Schuhe an, und schlüpft durch die Tür. Sie späht zum rückwärtigen Bereich, wo Brage, der Bühnenmeister, an seinem Mischpult sitzt, und lässt dann den Blick durch den abgedunkelten Zuschauerraum schweifen. Soweit sie es erkennen kann, ist er wirklich bis auf den letzten Platz gefüllt. Ein geschminkter Teenager huscht an ihr vorüber und sieht im Vorbeigehen leicht angewidert auf ihre nackten Füße hinab. Verlegen dreht sich Marina weg und schleicht an der Wand entlang bis zum Bühnenrand, spürt die kühle Luft der Lüftungsanlage. Sie zieht den Kopf ein, so gut sie kann, und huscht durch die Dunkelheit hinüber zur anderen Seite, muss an der vordersten Stuhlreihe entlanggehen und bittet dort tonlos um Entschuldigung für die Störung. Als sie am anderen Ende ankommt, entdeckt sie einen freien Platz. Vierte Reihe, ganz außen. Der Mann daneben scheint nicht mal zu bemerken, dass sie sich auf den leeren Stuhl setzt.

Der Vorhang geht auf. Die Bühne ist in Licht getaucht, und ein Chor hebt an zu singen. Übelkeit steigt in ihr auf, doch sie weiß, dass ihr jetzt nicht schlecht werden darf. Ihre Füße tun höllisch weh, eine Ferse pulsiert, sicher eine entzündete Schnittwunde, allerdings traut sie sich nicht, sich danach hinunterzubeugen, um nach ihr zu tasten. Sie hat keine Ahnung, was sie als Nächstes tun soll, hofft aber, dass es von jetzt an gut geht, immerhin ist sie entkommen, hat die Tür aufbekommen und die Flucht ergriffen und ist gestürzt, aber wieder hochgekommen. Es muss endlich alles gut werden.

Nur dass Helena dortgeblieben ist.

Oh Gott.

Sie werden Helena dafür bestrafen, dass Marina abgehauen ist.

Die Aufführung geht weiter. Marina traut sich nicht, den Kopf zu heben, um zu sehen, was auf der Bühne vor sich geht. Stattdessen folgt sie mit dem Blick den Lichtreflexionen auf dem gesprenkelten Linoleumboden. Sie schimmern rot und golden. Irgendwo hinten im Raum geht eine Tür auf. Marina schießt durch den Kopf, dass sie allmählich Hilfe braucht, und im selben Moment kommt sie darauf: Brage! Sobald die Aufführung vorbei ist, will sie zu ihm laufen, dort kann sie sich unter dem Mischpult verstecken, während er die Polizei benachrichtigt. Der freundliche, hilfsbereite Brage. Er wird sie wiedererkennen, das weiß sie genau. Sie, das dunkelhaarige, schüchterne Mädchen, das den Musikzweig gewählt und Shakespeare und griechische Dramen geliebt hat. Das sich auf der Bühne einmal nackt ausgezogen hat, weil die Rolle es nun mal erforderte und sich niemand sonst getraut hatte. Und weil sie nun mal anders gegen die Ängste angehen musste, als immer nur, indem sie sich ritzte.

In den hinteren Reihen scheint sich Unruhe auszubreiten. Marina hört, wie Schuhe über den Boden wetzen, wie jemand sich durch die Stuhlreihen schiebt. Absätze hämmern über den Fußboden wie Pulsschläge. Einer der Schüler auf der Bühne sagt etwas Komisches, und das Publikum bricht in lautes Gelächter aus. Es folgt tosender Applaus.

Das Licht verändert sich, aus warmem Gelb wird erst gleißendes Weiß, und dann wird plötzlich alles schwarz.

Zeit für die Pause. Das Publikum applaudiert weiter und stampft mit den Füßen, um sich ausgiebig für den ersten Akt zu bedanken. Jemand aus den hinteren Reihen pfeift auf den Fingern.

Über das begeisterte Getöse hinweg spürt Marina zunächst nicht die leichte Berührung an ihrer Schulter. Sie ist viel zu überwältigt, viel zu sehr konzentriert darauf, endlich zu Brage laufen zu können, ihrer Rettung und der Freiheit entgegen.

Dann knistert es an ihrem Ohr, und keine Sekunde später piekst es an ihrem Hals, als die dünne Nadel sich durch ihre Haut bohrt. Ihr Zwerchfell krampft sich zu einem Schreckensschrei zusammen, sie öffnet den Mund, aber sie bringt keinen Ton heraus. Die Haut spannt, als die Flüssigkeit aus der Kanüle sich ausbreitet, sie atmet durch den weit offenen Mund und spürt, wie ihr Blutdruck jäh absackt. Sie ist von Kopf bis Fuß wie gelähmt, genau wie bei der ersten Vergewaltigung und wie bei der zweiten, dritten und vierten. Es rauscht in ihren Ohren. Jede Faser ihres Körpers tut weh – und dann ist der Schmerz plötzlich weg.

Nach und nach gehen die Lichter im Zuschauerraum an. Das Publikum steht auf und strömt in die Cafeteria, wo die jüngeren Jahrgänge selbst gebackene Kuchen verkaufen, um sich den bevorstehenden Schulausflug zu finanzieren. Am Eingang zur Aula hing ein Zettel mit der Bitte um großzügige Spenden.

Allmählich leert sich die Aula. Marina ist in der vierten Reihe ganz außen sitzen geblieben. Sie hat die Augen geschlossen, und ihr Mund ist noch immer zu einem stummen Schrei geformt.

Keine halbe Minute zuvor hat ihr Herz aufgehört zu schlagen.

Drei Jahre später

Zunächst sieht sie ihn nicht mal, den kältestarren Körper, der am Rand der Eisbahn liegt. Wie Marmor changiert er in bläulichem Weiß. Die Laternen oben auf der Bergnäsbrücke werfen Schatten, die sich wie aschfahle Arme über die nackte Haut legen. Malin Jacobsson ist schnell unterwegs. Die Februarsonne steht tief, sodass das Eis ringsum glitzert. Das Kratzgeräusch ihrer Langlaufschlittschuhe weht empor in den blassblauen Himmel. Es ist ein schöner, wenn auch kalter Nachmittag. Sie hat die Hände im Rücken verschränkt, ihre Füße brennen ein bisschen, aber die Oberschenkel fühlen sich verlässlich kraftvoll an. Sie ist am Nordkai gestartet und hat vor, bis zu der kleinen Schäreninsel Gråsjälören zu laufen. Dort will sie die Banane essen, die sie eingepackt hat, und wieder umkehren. Zu Hause sollte sie dann noch ein paar Stunden arbeiten, bevor sie sich ums Abendessen kümmert, aber wenn sie länger braucht, dann ist das eben so. Nach dem finsteren norrbottnischen Winter kann sie einem sonnigen Februartag einfach nicht widerstehen.

Es ist die Uhr, die Malins Blick auf sich zieht. Die Sonnenstrahlen, die am Ufersaum reflektiert werden. Unwillkürlich wird sie langsamer, lässt ein paar Sekunden verstreichen, ehe sie den nächsten Schlittschuhschritt setzt und die Augen zusammenkneift, um besser zu sehen, was dort aufgeblitzt hat. Sie ist inzwischen keine hundert Meter von der Brücke entfernt und nur mehr auf dieses Blitzen konzentriert. Mit ein wenig Druck auf die äußere Kufe schwenkt sie auf das Ufer zu. Der Wind beißt in ihren Wangen, die Sonne kann noch nicht nennenswert dagegenhalten.

Als sie das Ufer erreicht, zuckt sie heftig zurück. Durch die abrupte Bewegung verliert sie das Gleichgewicht und kann die Rücklage nicht mehr verhindern. Hart schlägt sie auf dem Eis auf, und wie eine Gewehrkugel schießt ihr der Schmerz in die Hüfte. Kurz streift sie der Gedanke, dass sie sich etwas gebrochen hat, und ein paar panische Sekunden lang bleibt sie auf dem eisigen Untergrund liegen. Sie atmet tief und konzentriert ein, spürt einem Körperteil nach dem anderen nach, doch sie scheint unverletzt zu sein. Dem Himmel sei Dank.

Ächzend dreht Malin sich auf den Bauch, rammt die Spitzen der Kufen ins Eis und stemmt sich hoch. Sekundenlang bleibt sie mit dem Rücken zu der Leiche stehen. Sie atmet flach, starrt in die Ferne, fühlt sich in diesem Augenblick unendlich einsam.

Dann zieht sie mit zitternden Händen den Reißverschluss auf – den ihrer winddichten Softshelljacke, dann das dünne Fleece, das sie darunter trägt. Ihr Handy steckt in der Brusttasche ihres Funktionsunterhemds.

Obwohl die Stimme der Frau aus der Notrufzentrale beruhigend klingt, bringt Malin kein Wort heraus. Mehrere Sekunden verstreichen, bevor die Frau nachhakt.

»Hallo ...?«

Malin spürt, wie ihr der kalte Schweiß ausbricht. Es rauscht in ihrem Kopf, und sie fühlt sich, als könnte sie jeden Moment ohnmächtig werden. Sie muss sich zusammenreißen und wieder ruhig und tief atmen.

»Da liegt ein Mann auf dem Eis ...«

Auf ihren Schlittschuhkufen dreht sie sich zaghaft halb um. Er liegt steif gefroren auf der Seite. Die Hautfarbe erinnert sie an den Wohnzimmertisch ihrer alten Tante. Der Hinterkopf sieht irgendwie unförmig aus, und in den dünnen Haaren klebt grauschwarzer Schmutz. Die Augen sind halb geschlossen. Blicklos starrt er in die leere, kalte Luft. Unter seinem Bauch und den Hüften hat sich erstaunlich viel Blut über das Eis ergossen, es ist gefroren und dunkel, eher schwarz als rot. Obwohl der Penis an der Wurzel entfernt wurde, ist ihr nur zu klar, dass es sich um einen Mann handelt. Wo sich zuvor das Geschlechtsteil befunden hat, klafft eine offene Wunde, die aussieht, als hätte ein Krater schwarze, dünnflüssige Lava über grimmiges Wintereis gespuckt.

Malin schafft es gerade rechtzeitig, ihren Standort zu nennen, ehe sie das Handy von sich weghalten muss und sich zur Seite krümmt. Es brennt im Rachen, und dann platzt ihr Mageninhalt nur so aus ihr heraus. Sauer sickert es über das Eis, und kurz steigt Dampf empor. Hoch über ihr überquert ein Fahrzeug nach dem anderen die winterliche Brücke.

Tareq Shaheen lehnt sich an die Wand. Er hat eine graue Anzughose an und die Ärmel seines weißen Hemdes locker hochgekrempelt. Sein dichter schwarzer Bart ist akkurat gestutzt und schimmert im Licht der zahlreichen Leuchten, die an den Sichtbalken unter der Decke hängen. Hinter ihm liegt der weitläufige Eingangsbereich des Bezirksgerichts mit dem großen Eingangsportal auf der einen und den beiden Gerichtssälen auf der anderen Seite. Leute kommen und gehen, ohne dass ein Bulle in Zivil sie interessieren würde.

Neben ihm steht Idun Lund. Sie hat einen Pappbecher mit Kaffee in der Hand. Der Kaffee ist kochend heiß, und sie muss sich noch einen Moment lang gedulden. Obwohl sie weiß, dass es kaum etwas bringt, pustet sie durch die winzige Öffnung im Plastikdeckel.

»Was glaubst du, was er kriegt?« Tareq hat die Stimme gesenkt.

Idun zuckt mit den Schultern.

»Wenn ich mir die Todesstrafe wünsche ... wäre das dann ein Dienstvergehen?«

Er sieht ihr ins Gesicht. Sie seufzt.

»War ein schlechter Scherz. Hätte auch von Calle kommen können.«

Sie schlägt den Blick nieder. Calle ist immer noch krankgeschrieben, hat laut Siv Gleichgewichtsstörungen und

Probleme mit dem Kurzzeitgedächtnis. Idun hat aufgeschnappt, dass er sich in der Reha krummmacht, um wieder arbeiten zu können. Wie lange das noch dauern wird, weiß sie nicht. Sie hat es nach wie vor nicht übers Herz gebracht, bei ihm vorbeizufahren, das schlechte Gewissen ist einfach zu übermächtig, sobald sie auch nur darüber nachdenkt.

Vor wenigen Minuten ist der Prozess gegen Tommy Andersson zu Ende gegangen. Es ist jetzt ein halbes Jahr her, seit Idun und Tareq ihn im Wald hinter seinem Häuschen in Pagla festnehmen konnten. Davor hatten sie Sara Selberg befreit, die Tommy verschleppt und in seinem Kellerverlies gefangen gehalten hatte. Sara, die wenige Wochen später spurlos verschwand. Die niemand seither mehr gesehen hat. Deren Zeugenaussage wesentlich gewesen wäre, doch trotz intensiver Suche hat die Polizei sie nirgends aufspüren können.

Idun muss an die fünfjährige Ellen denken, die Tommy ebenfalls gekidnappt hatte. Das Mädchen war an einer Insulin-Überdosis gestorben und einen Monat später beigesetzt worden. Weder Idun noch Tareq hatte die Trauerfeier besuchen können, doch seither ist kein Tag vergangen, an dem Idun nicht an sie gedacht hätte.

Es piepst in ihrer Tasche. Idun angelt ihr Handy hervor. Siv hat eine SMS geschrieben. Idun überfliegt den Text und tippt Tareq an.

»Sobald wir hier fertig sind, müssen wir raus zur Bergnäsbrücke.«

Er sieht sie ratlos an. Er kennt sich in Luleå nicht aus. Außerdem ist er nur wegen der Gerichtsverhandlung angereist, sein Rückflug nach Stockholm geht in zwei Tagen. Idun schiebt ihr Handy zurück in die Tasche und zieht den Reißverschluss ihrer Daunenjacke bis obenhin zu. Der Kunstfaserpelz an ihrer gefütterten Kapuze liegt wie ein enger Reif um ihren Hals.

»Es ist zwar nicht weit, aber wir nehmen mein Auto. Draußen ist es einfach zu verdammt kalt.«

Auch Tareq macht seine Jacke zu. Sie ist noch dicker als die von Idun – sofern das überhaupt möglich ist. Bestimmt hat er sie sich eigens für die auf zwei Wochen angesetzte Gerichtsverhandlung in einer schweineteuren Stockholmer Boutique gekauft.

»Was hat Siv denn Spannendes für dich in petto?«

Idun wendet sich in Richtung Ausgang. Die untergehende Sonne schickt orangerotes Licht durch die schmutzigen Scheiben in den Eingangstüren.

»Ein Toter. Liegt nackt auf dem Eis unter der Brücke und scheint überdies einen gewissen männlichen Körperteil eingebüßt zu haben.«

Tareq verzieht das Gesicht. Als Idun die riesige Tür aufschiebt, holt er tief Luft. Der erste eisige Atemzug ist immer der schlimmste.

Als Idun und Tareq die Böschung erreichen, sind unten auf dem Eis bereits eine Unmenge von Polizisten zu sehen. Unterhalb des Ufersaums steht ein weißes Zelt, und die Kollegen der Spurensicherung laufen umher. Sie fotografieren, nehmen Proben im Schnee und vermessen sämtliche sichtbaren sowie annähernd unsichtbaren Fußabdrücke.

Idun und Tareq schlittern den Abhang hinunter. Tareq stürzt um ein Haar, erlangt aber das Gleichgewicht wieder, indem er kurz mit den Armen rudert. Unten angekommen, empfängt sie der Leiter der forensischen Abteilung, Mikael Malm, von allen nur Malmen genannt. Er hat einen weißen Vliesstoff-Overall angelegt, unter dem seine rote Steppjacke zu erahnen ist. Sein Atem bildet Wölkchen, die wie Zigarettenrauch aussehen.

»Hej, Idun – und hallo, Tareq! Mit dir habe ich hier nicht gerechnet, muss ich sagen.«

»Ich auch nicht ... Himmel, wie kalt es bei euch ist!«

Malmen winkt ab. Sein schwarzer Handschuh ist groß wie ein Boxhandschuh.

»Minus zweiundzwanzig sind doch gar nichts! Im Winter 1999 waren es minus zweiundvierzig. Das war *wirklich* kalt.«

Idun kann Tareq ansehen, dass er denkt, Malmen würde übertreiben. Sie selbst hat keine Lust, über das Wetter zu plaudern, und wechselt das Thema.

»Siv hat mir Bescheid gegeben. Verstümmelte männliche Leiche, wenn ich es richtig verstanden habe?«

Malmen hält auf das Zelt der Spurensicherung zu. Die beiden Ermittler folgen ihm.

»Der Mann heißt laut Führerschein Evert Holm. Vierundsiebzig Jahre alt, wohnhaft in Luleå. Vor vier Jahren wurde mal gegen ihn ermittelt – Verdacht auf Inanspruchnahme sexueller Dienstleistungen. Sie haben ihn laufen lassen, weil die Beweise nicht ausreichten.«

Idun pfeift durch die Zähne.

»Ich hatte ja keine Ahnung, dass so etwas heutzutage im Führerschein steht.«

Malmen sieht sie leicht gereizt an.

»Letzteres waren Infos von Siv. Sie hat mir vor zwei Minuten geschrieben. Garantiert hast du die gleiche Nachricht gekriegt.«

Idun will ihre warmen Handschuhe nicht abstreifen, um ihr Handy hervorzuholen. Stattdessen fragt sie lieber Malmen: »Hat Siv noch mehr geschrieben?«

Er schüttelt den Kopf.

Ein Stück abseits des Zeltes steht eine Frau in Thermohose, mit Langlaufschlittschuhen an den Füßen und einer grauen Decke über den Schultern. Sie gehen auf sie zu.

»Mein Name ist Idun Lind, und das hier ist mein Kollege Tareq Shaheen. Wir sind von der Polizei.«

Die Schlittschuhläuferin hat geweint. Sie zittert, auch wenn Idun nicht sagen könnte, ob aufgrund des Schocks oder aufgrund der Kälte.

»Sie haben das Opfer also entdeckt?«

Sie spricht bewusst ruhig und widersteht dem Impuls, von einem Fuß auf den anderen zu treten, um sich warm zu halten. Ihr Kinn zittert.

»Die Uhr hat in der Sonne geblitzt ... Ich nehme an, weil sie schon so tief stand.«

Ein Sanitäter tätschelt ihr den Rücken. Idun weiß, dass er nur versucht, den Schock abzufedern. Berührungen sind in der akuten Phase ganz wesentlich.

»Also ... die Sonne. Die Uhr hat in der tief stehenden Sonne geblitzt.«

Idun nickt, um ihr zu verstehen zu geben, dass sie es kapiert hat.

»Wie heißen Sie?«

Die Augen der Frau sehen gläsern aus.

»Entschuldigung ... Mir ist immer noch ein bisschen übel ... Ich heiße Malin Jacobsson. Ich wollte bis raus nach Gråsjälören laufen. Ich hatte eine Banane dabei, die wollte ich dort essen, aber dann hab ich diese Uhr gesehen ... oder vielmehr etwas, was aufgeblitzt hat. Und dann lag da ein nackter Mann, ein verletzter ... Aber er ist tot, oder? Er ist doch tot, oder?«

Ihre Schultern fangen an zu beben. Der Sanitäter sieht Idun vielsagend an, sagt jedoch nichts.

»Haben Sie noch jemand anderen gesehen? Jemanden, der sich von hier weg- oder auf den Toten zubewegt hätte?«

Malin Jacobsson schüttelt zögerlich den Kopf.

»Ich hab nur diesen Mann gesehen und das ganze Blut. Dann hab ich die 112 gewählt – und mich übergeben ... Tut mir wirklich leid, das ist mir sehr peinlich.«

»Das muss Ihnen nicht peinlich sein. Dass Sie vor Ort geblieben sind und den Notruf gewählt haben, war vollkommen richtig. Gut gemacht.«

»Dürfte ich vielleicht meinen Mann anrufen? Unsere Kinder sind allein zu Hause. Sie kommen gut klar, aber sie fragen sich wahrscheinlich schon, wo ich bleibe. Ich will nur nicht, dass sie sich Sorgen machen.«

Idun notiert sich Malins Kontaktdaten und bedankt sich für deren Hilfe. Es ist ein trauriger Anblick, als ein zweiter Sanitäter dazukommt, sie die Schlittschuhläuferin in die Mitte nehmen und aufs Ufer zuschieben, wo der Krankenwagen bereitsteht.

Idun und Tareq kehren zum Zelt zurück. Malmen beratschlagt mit einem Kollegen die nächsten Schritte und weist dann sein Team an, wie es sich am Leichenfundort bewegen soll, um keine Spuren zu vernichten. Ein Spurentechniker – ebenfalls in Weiß – zieht den Plastikgurt auf, mit dem der Zelteingang verschlossen ist, damit Idun und Tareq eintreten können.

Im Zelt knien zwei weitere Techniker neben der Leiche. Mit Pinsel, Pinzette und fotografisch sichern sie sämtliche Spuren. Idun macht einen Schritt auf sie zu, um sich die Leiche genauer anzusehen. Der Mann ist alt. Unbekleidet. Weiße Haare. Ein feines Netz aus Runzeln am ganzen Leib. Für vierundsiebzig erstaunlich gut in Form. Muskulöse Arme, kaum Bauchansatz. Breiter Hals, große Hände, dicke Waden. Der Hinterkopf ist übel zugerichtet, zweifelsohne hat er mit einem harten Gegenstand mehrere Schläge abbekommen. Im Schädel klafft ein großes Loch, und die Haare sind blutverklebt.

Auf Höhe des Bauches befindet sich auf dem Eis eine gefrorene Lache rotschwarzen Blutes. Der Penis wurde abgetrennt, unter der klaffenden Schnittwunde entdeckt Idun den Hodensack und auf der linken Bauchseite ein eingeritztes Symbol, einen knapp zehn Zentimeter langen Blitz, der mit einem scharfen oder spitzen Gegenstand ausgeführt wurde, mit einer Nadel oder einer Messerspitze.

»Vor oder nach Eintritt des Todes abgehackt?«
»Schwer zu sagen. Die Todesursache an sich ist vermutlich ein Schlag auf den Kopf, aber das soll sich Svetlana ansehen. Die Kälte macht es uns nicht gerade leichter – man blutet langsamer, wenn es dermaßen kalt ist.«
Malmen verlagert sein Gewicht von einem Fuß auf den anderen. Er ist froh, dass Idun bereits erste Fragen stellt. Solange sie nicht nachfragt, will sie nichts hören, das weiß er. Es ist eine Art Ritual, und er würde ihr nie in die Parade fahren. Doch jetzt, da sie die erste Frage gestellt hat, kann er weitermachen.
»Wir haben weder an der Böschung noch auf der Eisbahn Blutspuren gefunden. Allerdings führt eine frische Schneescooter-Spur an der Leiche vorbei – genau dort hinter der Zeltwand. Sie kommt von Norden, verliert sich aber unmittelbar vor der Landzunge in einer Menge anderer Spuren und lässt sich nicht weiterverfolgen.«
Idun starrt auf den Toten hinab.
»Es ist zwar relativ kalt ... aber trotzdem. An einem Februartag bei solchem Wetter! Da muss doch jemand gesehen haben, wie er hergebracht wurde? Und als ihm das Geschlechtsteil abgeschnitten wurde, muss er doch geschrien haben wie am Spieß? Sofern er da noch am Leben war, klar.«
Malmen wackelt nachdenklich mit dem Kopf.
»An und für sich hast du recht. Andererseits wissen wir nicht, wie lange er hier schon gelegen hat. Die Böschung ist nicht gerade der naheliegende Weg runter aufs Eis. Und die meisten, die unter der Brücke durchkommen, nehmen die Mitte, wo der Schneepflug fährt. Von dort bis ans Ufer sind es an die fünf-, sechshundert Meter, insofern sprechen wir von einer ordentlichen Flä-

che – er könnte hier Stunden gelegen haben, bis er entdeckt wurde. Und so steif gefroren, wie er ist, glaube ich fast, dass es genauso war, aber auch das soll die Rechtsmedizin klären. Wenn er heute früh hergebracht und erst hier verstümmelt worden wäre, wäre es nicht weiter verwunderlich, dass das keiner mitbekommen hat. Oben auf der Brücke konzentrieren die Fahrer sich auf den Verkehr, und zu dieser Jahreszeit sind frühmorgens vermutlich nicht allzu viele Fußgänger unterwegs. Aber das ist letztlich euer Terrain – und ich hab auch gerade nur wild spekuliert.«

Er verstummt. Idun geht in die Hocke, um sich die Leiche abermals genau anzusehen. Der entmannte, steif gefrorene Körper ist ein makabrer Anblick. Ihr fällt auf, dass Evert Holm eine Uhr, aber keinen Ehering trägt.

»Gibt es Fußabdrücke?«

»Ein Paar in Größe dreiundvierzig. Aber es ist noch zu früh, um zu entscheiden, ob das relevant ist. Fester Männerschuh, und zumindest ein Abdruck ist so deutlich, dass wir schon sagen können, dass es ein neuerer Schuh ohne Abnutzungsspuren war. Wir suchen noch nach Fingerabdrücken, aber vermutlich werden wir keine finden. Nicht mal in seinem Schritt haben wir welche gefunden, was darauf schließen lässt, dass unser Täter Handschuhe getragen hat.«

»Irgendwelche anderen Hinweise auf Gewalteinwirkung? Sexueller Natur? Injektionen?«

Malmen nickt in Richtung der Leiche.

»Mal abgesehen von seinem eingeschlagenen Schädel haben wir eine interessante Sache gefunden. Wenn du dir den Nacken anschaust -- da sind rote Flecken. Sehen aus wie kleine Brandverletzungen.«

Idun umrundet die Leiche und geht erneut in die Hocke. Seit dem Intervalltraining am Vortag hat sie Muskelkater, und es zieht in den Beinen. Tareq gesellt sich zu ihr, bleibt hinter ihr stehen und beugt sich vor. Konzentriert mustern sie die roten Striemen in Everts Nacken.

»Stromstöße. Irgendjemand hat ihn mit einem Elektroschocker außer Gefecht gesetzt.«

»Und das da?«

Sie zeigt auf den eingeritzten Blitz am Bauch, ohne ihn zu berühren.

»Schwer zu sagen – aber es sieht fast nach einer Signatur aus.«

Idun überlegt.

»Dass ein Täter sein Opfer markiert, ist sehr selten. Kommt aber natürlich mitunter vor.«

Sie spürt Tareqs Atem in ihrem Nacken und steht wieder auf.

»Okay, wir fahren zurück ins Revier. Schick uns, was du hast – Bilder, deinen Bericht, alles.«

Malmen schiebt die Zeltplane für sie zur Seite, und sie treten hinaus in den eisigen Winternachmittag.

»Bekommt ihr, sobald wir hier fertig sind.«

Kurz bleiben sie noch in der Kälte stehen. Die Sonne ist mittlerweile fast verschwunden. Über die Eisfläche wandert schwach rötliches Licht, das hier und da in den breiten gelblichen Lichtkegeln der starken Technikleuchten untergeht. Auf der Anhöhe und oben auf der Fahrradspur, die über die Brücke führt, haben sich Schaulustige versammelt. Ein paar haben ihre Handys gezückt und filmen die Arbeiten auf dem Eis.

»Da hat Evert ja Glück, dass ihr das Zelt aufgestellt habt«, bemerkt Tareq nüchtern.

Malmen nickt, aber der Ärger ist ihm deutlich anzusehen.

»Und die Idioten, die da oben filmen, haben womöglich noch viel größeres Glück.«

Idun trampelt auf der Stelle.

»Warum lässt der Täter die Leiche hier auf dem Eis liegen? Es fühlt sich an, als wäre der Ablageort ganz bewusst gewählt – trotz des Risikos, dabei erwischt zu werden.«

Tareq sieht sie an.

»Die Leiche sollte gesehen werden. Von vielen.«

Er nickt in Richtung der Horden auf der Brücke.

»Und der Blitz ist vermutlich eine Nachricht. Auch die ist für die Öffentlichkeit bestimmt. Das Ganze – sowohl der Blitz als auch die nackte Leiche und erst recht die Ablagestelle – schreit doch danach, dass uns jemand etwas mitteilen will.«

Diesmal ist Idun an der Reihe zu nicken.

»Wenn es ihm um Sichtbarkeit ging, dann ist diese Stelle wirklich gut ausgewählt. Die Eisbahn ist gut besucht, und von der Brücke hat man beinahe Rundumsicht. Man kommt leicht mit dem Scooter hierher, und es gibt zig potenzielle Fluchtwege in mehr oder weniger alle Richtungen, da ist man im Handumdrehen wieder weg.«

Sie verabschieden sich von Malmen und lassen das Zelt und den verstümmelten Evert Holm hinter sich. Nebeneinander kämpfen sie sich die Böschung hinauf. Schweigend kehren sie zu ihrem Wagen zurück und merken nicht, wie einer der Schaulustigen auf der Brücke ihnen konzentriert nachstarrt.

Anders Eriksson sitzt schon am großen Besprechungstisch. Der Leiter der Mordkommission trägt einen selbst gestrickten Pullover und ausgebeulte Jeans. Er hat dichtes, unbändiges Haar, doch die Wangen sind glatt rasiert, und sein Blick ist hellwach. Vielleicht sieht er nicht aus wie der typische Vorgesetzte in einer Polizeibehörde, aber Idun arbeitet schon seit Jahren unter ihm und weiß, dass der Schein trügt. Anders' Gespür für seine Mitarbeiter ist unfehlbar, und er bringt seinen Leuten enormes Vertrauen entgegen, was dazu geführt hat, dass das Team schon bei mehreren vertrackten Ermittlungen große Erfolge erzielen konnte. Nur seine Herangehensweise ist mitunter wenig vertrauenerweckend.

Idun und Tareq haben nebeneinander an der Längsseite des Tisches Platz genommen. Ihnen gegenüber sitzt Siv Liv, die einzige Zivilangestellte in der Abteilung. Ihr Schreibtisch steht direkt neben den Aufzügen im Empfangsbereich. Mit ihrer unverblümten, aber empathischen Art und ihrem Sinn für Effizienz ist sie Iduns Lieblingskollegin. Außerdem ist sie genauso gewissenhaft, wie sie aussieht: Ihre kurzen blonden Haare sind immer akkurat frisiert, die Kleidung wirkt tadellos, und die Brille hat sie sich entweder in die Haare geschoben, oder sie sitzt so weit vorn auf der Nasenspitze wie nur möglich, ohne hinunterzurutschen. Siv hat vier schwarze

Hefter mitgebracht, die sie gleich verteilen wird, wie Idun weiß.

»Schön, dass du wieder da bist, Tareq.«

Siv zwinkert ihm zu, als sie ihm einen Hefter überreicht. Tareq nimmt ihn entgegen, winkt jedoch mit der freien Hand ab.

»Ich bin nur wegen der Gerichtsverhandlung hier. Nach dem Urteilsspruch bin ich mit Idun raus zur Brücke und dann mit hierher zurückgefahren. Übermorgen geht's wieder zurück nach Stockholm.«

Siv drückt auch Anders und Idun je einen Hefter in die Hand und antwortet Tareq: »Das wollen wir doch erst mal sehen.«

Der Inhalt der Hefter ist mickrig, aber wie sie alle nur zu gut wissen, wird sich das alsbald ändern. Zuoberst liegt ein Foto von Evert Holm in Hemd und Sakko. Verkniffen und ohne die Spur eines Lächelns blickt er in die Kamera.

»Das ist also unser Opfer, Evert Holm. Er wurde vierundsiebzig Jahre alt.« Sie betrachten alle das Foto, während Siv fortfährt: »Er war schon seit Jahren verwitwet. Zwei erwachsene Kinder, die beide in Boden wohnen: Pia Holm, vierunddreißig, und Adam Holm, fünfundzwanzig. Evert war seit vier Jahren in Rente, zuvor war er selbstständig – irgendwas mit Stahlkonstruktionen. Ich schaue mir noch an, was genau er gemacht hat.«

Anders räuspert sich und bringt Siv damit aus dem Konzept. Verwundert sieht sie ihren Chef an. Als er keine Anstalten macht, etwas zu sagen, wendet sie sich wieder ihren Aufzeichnungen zu.

»Evert stand unter Verdacht, sexuelle Dienstleistungen in Anspruch genommen zu haben. Vor vier Jahren wurde er im Zuge einer Razzia in einer Privatwohnung hier in

Luleå verhaftet. Es sah alles danach aus, als hätte er eine Prostituierte besucht – und wie wir alle wissen, macht man sich in Schweden als Freier schuldig. Allerdings wurde letztlich nie Anklage erhoben. Evert behauptete, er sei in der Wohnung gewesen, um sich dort die Balkonkonstruktion anzusehen, was der Vermieter des Hauses – im Übrigen Everts Sandkastenfreund – unter Eid bestätigte.«

Siv hält inne und überfliegt ein paar Zeilen, ehe sie weiterspricht.

»Die zwei Kollegen, die ihn damals festgenommen haben, waren Morgan und Emil. Vielleicht haben sie ja noch etwas Spannendes über den Verblichenen zu berichten?«

Morgan Samuelsson und Emil Warg. Beide arbeiten – außerordentlich erfolgreich – in der Abteilung für Organisierte Kriminalität und Menschenhandel. Die zwei sind überdies echt nette Kerle.

»Soweit ich es sehen konnte, ist Evert nicht bedroht worden, zumindest hat er nie jemanden angezeigt. Er taucht nicht in sozialen Netzwerken auf – was man wahrscheinlich mit seinem Alter erklären kann –, insofern auch an dieser Front keine uns bekannte Bedrohungslage. Er hat mit Renteneintritt seine Firma abgewickelt und seither, wenn ich es richtig sehe, allein in seiner Fünfzimmerwohnung am Südkai gewohnt.«

Anders pfeift übertrieben theatralisch durch die Zähne, bis ihm die Luft ausgeht und der Pfiff zu einem traurigen Seufzer verkümmert.

»Eine Fünfzimmerwohnung für einen allein? Nicht schlecht!«

Idun streckt die Beine aus.

»Und keine anderen Verdachtsmomente oder Begegnungen mit der Polizei?«

Siv schüttelt den Kopf.

»Er taucht nur in dieser einen Ermittlung auf – als mutmaßlicher Freier. Aber sofern er damals wirklich schuldig war, muss das ja nicht bedeuten, dass er nur das eine Mal bei einer Prostituierten war. Allerdings taucht er in keinem unserer Register auf, weder wegen eines Prostitutionsvergehens noch für etwas anderes.«

Idun denkt kurz darüber nach.

»Ein alter Mann, der für Sex bezahlt hat, einer Anklage aber entgangen ist. Dass ihm jetzt jemand den Penis abgeschnitten hat, deutet auf eine hochemotionale Tat hin, und welches Motiv läge da näher als eins, das ausdrücklich mit seinem Geschlechtsteil zu tun hat? Ob der eingeritzte Blitz auf dem Bauch mit dem Mord in Zusammenhang steht, können wir noch nicht mit Gewissheit sagen, aber wenn, dann nehme ich an, dass der Blitz eine Art Signatur oder eine Nachricht war … Die Frage ist nur, an wen sie sich richtet.«

Sie hält inne. Die anderen warten geduldig auf eine Fortsetzung.

»Was wissen wir über die Prostituierte, die in der Wohnung war, als Evert angeblich den Balkon besichtigt hat?«

Siv überfliegt ihre Notizen.

»Es waren zwei Frauen in der Wohnung – eine Russin, die sich illegal in Schweden aufhielt, aller Wahrscheinlichkeit eine Zwangsprostituierte. Die andere war Schwedin. Der Mann, der die zwei Frauen bewacht hatte, wurde angeklagt, und beide Frauen hätten als Nebenklägerinnen auftreten sollen, allerdings hat sich die Schwedin gleich nach der ersten Befragung aus dem Staub gemacht. Wie sich herausstellte, waren die persönlichen Angaben frei erfunden, und man konnte sie nicht aufspüren. Emil und

Morgan gehen davon aus, dass sie untergetaucht ist oder aber von ihrem Zuhälter andernorts zur Prostitution gezwungen wurde. Aber was immer hinter ihrem Verschwinden steckt – tragisch ist es allemal.«

»Es wäre natürlich gut, mit ihr zu reden«, unterbricht Idun. »Sofern es einen Zusammenhang gibt zwischen Everts ›mutmaßlichem Vergehen‹« – sie malt Anführungszeichen in die Luft – »und seiner Ermordung, könnte die Frau wichtige Informationen für uns haben.«

Siv schiebt sich die Brille in die Stirn.

»Natürlich. Nur haben wir keinerlei Anhaltspunkte. Ein falscher Name und eine in höchstem Maße durchschnittliche Beschreibung – mehr gibt es nicht. Blonde Haare, normaler Körperbau, panischer Blick. Sowie sie weg war, waren auch unsere Möglichkeiten dahin, noch einmal mit ihr Kontakt aufzunehmen. Nicht mal die angegebene Adresse stimmte – ein verfallenes Haus nördlich von Boden.«

Idun seufzt.

»Die Russin«, fährt Siv fort, »bekam nach Abschluss des Verfahrens ein erbärmliches Schmerzensgeld und ein One-Way-Ticket nach Russland. Unseren russischen Kollegen zufolge starb sie zwei Jahre später – bei einem Verkehrsunfall am Stadtrand von Moskau mit drei Toten. Eins der Opfer war sie.«

Idun denkt fieberhaft nach. Eine untergetauchte Schwedin, eine tote Russin und ein mutmaßlicher Freier, der aller Wahrscheinlichkeit nach mit mindestens einer der beiden Sex gehabt hatte. Vier Jahre später liegt er tot auf dem Eis – verstümmelt, ermordet und mit einem Zeichen markiert. Gibt es da einen Zusammenhang? Einen, der aus jener Wohnung, die für illegale Prostitution zweckentfremdet wurde, hinausführt?

Siv legt ihren Hefter auf den Tisch und verschränkt die Hände. Sie hat ihr Soll erfüllt, jetzt ist Anders gefragt.

»Idun und Tareq, ihr beide sprecht mit Evert Holms Angehörigen – also mit den zwei Kindern. Sie wissen noch nicht, dass ihr Vater tot ist – aber fragt sie darüber hinaus, ob sie von potenziellen Feinden wussten. Der abgeschnittene Penis deutet auf eine symbolhafte Handlung hin. Das ist nichts, was so nebenbei passiert.«

Idun schreibt sich ein paar Stichwörter auf, während Tareq die Hand hebt.

»Ich muss entschuldigen, aber ... ich arbeite nicht mehr hier. Mein Rückflug nach Stockholm geht wie gesagt übermorgen.«

Anders sieht ihn verständnislos an.

»Wir haben immer noch keinen Ersatz für Calle. Die Stelle war zweimal ausgeschrieben, aber gute Ermittler, die unseren Ansprüchen genügen, wachsen nun mal nicht an Bäumen. Ich rufe deinen Chef an und frage ihn, ob er für ein paar Wochen auf dich verzichten kann – für höchstens zwei Monate, wenn das für dich okay wäre?«

Tareq sieht aus, als müsste er darüber nachdenken. Idun beobachtet ihn aus dem Augenwinkel.

»Ja, schon ... Gegen einen Tapetenwechsel habe ich an sich nichts einzuwenden. Allerdings müsste ich dann gleich morgen in die Stadt und mir eine Thermohose und wärmere Schuhe kaufen.«

Idun schmunzelt in sich hinein. Man muss anscheinend schon syrischstämmig sein, um als Stockholmer zu wissen, wie man mit dem norrbottnischen Winter klarkommt.

»Na dann.«

Anders nickt zufrieden.

»Und du, Siv, sprich mit Staatsanwalt Sandberg wegen

eines Durchsuchungsbeschlusses für Everts Wohnung – inklusive E-Mails und Handyverbindungen.«

Damit ist die Besprechung vorbei. Alle vier stehen auf und schlendern nacheinander hinaus. Idun dreht sich zu Tareq um.

»Schön, dass du noch eine Weile hierbleibst.«

Er streicht sich über den schwarzen Bart, sodass es unter seinen Fingern leise knistert.

»Finde ich auch. Obwohl es hier echt unerträglich kalt ist.«

1977

Das Schulgebäude ist ein hässlicher, mit orangefarbenem und braunem Blech verkleideter Klotz. Wie Hochwasser aus trockener Schwärze erstreckt sich Asphalt um den kantigen Bau. Der Schulhof selbst ist riesig und farblos; es gibt ein Klettergerüst, vier Schaukeln und einen Bolzplatz, der schon bessere Tage gesehen hat.

Das Wohnviertel Heden schließt westlich an den Stadtkern von Boden an. Hier stehen die Häuser dicht beieinander innerhalb verwinkelter, eng gezogener Grundstücksgrenzen, was dem Ganzen einen fast dörflichen Anstrich verleiht. An den Schulhof grenzt dichter Wald – das perfekte Versteck für jemanden, der nicht gesehen werden will.

Die Tür, die hinaus nach Norden geht, wird aufgestoßen, und ein lemminghafter Strom aus Siebenjährigen ergießt sich aus dem Gebäude. Nur mit dünnen Jacken oder Strickpullovern bekleidet, drängen sie hinaus an die Frühlingssonne und weiter in Richtung der Schaukeln und des Bolzplatzes. Dann fällt die Tür wieder zu, bleibt eine Weile geschlossen, ehe sie sich langsam wieder öffnet. Der siebenjährige Peter zögert. Er lässt den Blick über den Schulhof schweifen, blinzelt in Richtung Bolzplatz, entdeckt Uffe und die anderen, die am entfernteren Tor stehen, und packt die Gelegenheit beim Schopfe. Mit gesenktem Blick huscht er um die Ecke. Unter einem der Mensafenster bleibt er stehen, drückt sich an die Mauer und versucht, so still und leise dazustehen, wie er nur kann. Ein paar Mädchen laufen an ihm vorbei, ohne ihn zu bemerken. Er hält den Atem an, bis sie verschwunden sind, und lässt dann mit einem tonlosen Seufzer langsam die Luft wieder entweichen.

Drüben am Bretterzaun sieht er die Mädchen aus seiner Klasse seilspringen. Zwei Lehrerinnen sehen ihnen zu und sagen irgendwas, doch dort, wo Peter gerade steht, hört er kein Wort. Er wirft einen Blick auf seine Armbanduhr. Braunes Leder, schwarze Ziffern auf einem weißen Ziffernblatt. Er hat sie zu Weihnachten von seiner Mutter bekommen. Ein kleines Päckchen mit rotem Geschenkpapier und goldfarbenem Geschenkband. Peter hat sich riesig darüber gefreut. Ihm war sofort klar, dass sie für ein so schönes Geschenk lange hatte sparen müssen. Seine Mutter lächelte und meinte nur, er habe *die Zeit jetzt immer an seiner Seite*. Peter wusste zwar nicht, was das heißen sollte, aber es hatte schön geklungen.

Bei der Erinnerung an Weihnachten ist er für einen Moment unachtsam gewesen. Zu spät entdeckt er, dass die Jungen um die Ecke gekommen sind. Sofort krampft sich in ihm alles zusammen. Er schiebt die Hände in die Taschen, macht zwei zaudernde Schritte an der Wand entlang und überlegt noch, ob er zu den Seilspringerinnen und Lehrerinnen laufen und ihnen erzählen soll, dass er Bauchweh hätte und nach Hause müsste, vielleicht für die ganze Woche. Doch dafür ist es jetzt zu spät, er kann nicht mehr laufen, seine Beine sind vor Angst wie gelähmt, und er wird wattig im Kopf. Sogar das Atmen tut weh.

Uffe baut sich vor ihm auf. Peter wagt es nicht, ihn anzusehen, und starrt zu Boden, wo er hinter Uffe einen

Kreis aus Füßen sieht. So ist es jedes Mal: Uffe vorn, der Rest hinter ihm. Peter muss jedes Mal an eine Wand aus Gewalt denken.

»Hier versteckst du dich also?«

Peter traut sich nicht zu antworten.

»Warum bist du denn hier hergerannt und dann stehen geblieben? Hast du etwa geglaubt, wir würden dich hier nicht finden? Ist ja nicht so, als wärst du unsichtbar. Sooooo klein bist du ja auch wieder nicht.«

Er zieht das Wort theatralisch in die Länge, und seine Gang lacht. Wenn Peter nur ein bisschen größer wäre – zehn, fünfzehn Zentimeter würden schon reichen –, dann würden sie ihn vielleicht in Ruhe lassen und sich ein anderes Opfer suchen.

»Apropos klein«, fährt Uffe fort. »Wie war das – hast du den Meter überhaupt schon geschafft?«

Peter richtet sich gerade auf, aber es hilft nicht viel, er ist trotzdem der Kleinste – der kleinste Junge in der Klasse, und das ist das Erste und Letzte, woran er tagtäglich denkt, und was er am meisten an sich selbst hasst.

Uffe neigt den Kopf zur Seite.

»Eigentlich müsstest du Meter heißen und nicht Peter.«

Seine Kumpels brüllen vor Lachen. Peter bleibt stumm mit dem Rücken zur Schulmauer stehen. Er weiß, dass er jetzt nicht mehr fliehen kann. Uffe ist schnell, seine Gang zu groß und die Gemeinheit übermächtig. Peter versucht, durch die Nase zu atmen. Sein Hals brennt.

»Los, sag was, Meter. Warum stehst du hier rum? Willst du gar nicht mit uns spielen?«

Sie dürfen ihn nicht wieder in den Wald zerren. Bitte, nicht in den Wald. Sein Rücken und die Oberschenkel sind vom letzten Mal immer noch grün und blau.

Uffe beugt sich vor. Er kommt mit dem Gesicht ganz nah heran. Peter riecht seinen säuerlichen Atem.

»Sollen wir vielleicht einen kleinen Ausflug in den Wald machen? Oder was meinst du, Minimeter?«

Peter würde gern antworten, traut sich aber nicht. Er befürchtet, Uffe könnte ihm anmerken, dass er den Tränen nahe ist. Deshalb starrt er zu Boden, schüttelt zaghaft den Kopf, sagt aber nichts. Uffe richtet sich auf. Peter würde am liebsten die Augen zukneifen und die Außenwelt aussperren, aber er weiß, dass er auf der Hut bleiben muss. Der Trick ist, unsichtbar, aber wachsam zu sein. Für einen Siebenjährigen eine echte Gratwanderung. Aber wie immer gibt er sein Bestes.

Uffe will gerade etwas sagen, als der Hausmeister auf sie zukommt. Er starrt erst Uffe, dann Peter, dann die Gang an. Der Mann geht ziemlich steif und hinkt, und dann grunzt er wütend durch seinen spärlichen Bart.

Peter sieht sofort seine Chance. Er duckt sich zur Seite weg, läuft hinter dem Hausmeister her und wird erst langsamer, als er fast zu ihm aufgeschlossen hat. Peter weiß nur zu gut, dass sie sich jetzt nicht mehr trauen, ihn zu verprügeln. Da würde der Alte nur wütend werden.

Der Hausmeister und Peter gehen um die Ecke, und Uffe und seine Kumpels verschwinden außer Sicht. Der Hausmeister hält auf die Schultür zu, und Peter biegt ab zu den Schaukeln. Die Mädchen aus der Parallelklasse sind auf den niedrigen Zaun geklettert. Im Schutz dieser Mädchen – auch wenn sie ihn keines Blickes würdigen – setzt Peter sich auf die hinterste Schaukel.

Puh. Die erste Pause für heute wäre geschafft. Bleiben noch zwei.

Pia Holm empfängt Idun und Tareq bei sich zu Hause in der Innenstadt von Boden. Sie bewohnt eine Vierzimmerwohnung mit edlem Stuck an himmelhohen Decken. Sie bittet die beiden ins Wohnzimmer, aus dem man durch die Fensterfront in den meterhoch verschneiten Innenhof blickt. Dank der Straßenlaternen ist der Innenhof sogar erleuchtet, obwohl der Februarabend ansonsten bereits pechschwarz geworden ist.

Sie wählen die beiden Sessel. Pia bewegt sich behutsam, als hätte sie Schmerzen. Als sie aufgemacht hat und Idun und Tareq sich vorgestellt haben, war nicht zu übersehen, wie verblüfft sie war. Trotzdem stellte sie keine Fragen, bat sie nur bekümmert herein. Jetzt sitzen sie einander in ihrem geschmackvoll eingerichteten Wohnzimmer gegenüber.

»Wir müssen Ihnen leider mitteilen, dass Ihr Vater gestorben ist.«

Idun hält den Blick unverwandt auf Pia gerichtet, die überrascht die Augen aufreißt.

»Gestorben?«

»Er ist heute Nachmittag tot aufgefunden worden. Unser aufrichtiges Beileid.«

Sie spürt mehr, als dass sie sieht, wie Tareq ihre Beileidsbekundung mit einem Nicken quittiert. Pia starrt auf ihre Hände hinab.

»Ist er eines natürlichen Todes gestorben?«

Idun zuckt leicht zusammen, lässt sich aber nichts anmerken. Was für eine bemerkenswerte Frage.

»Nein. Ist er nicht.«

Pia macht den Mund auf und wieder zu. Idun wartet darauf, was als Nächstes kommt.

»Ist er ermordet worden?«

Ihr Blick ist leicht glasig, aber sie weint nicht.

»Wir haben Grund zu der Annahme, ja. Wir sind hier, um Sie zu informieren und unser Beileid auszusprechen ... und um Ihnen mitzuteilen, dass eine Voruntersuchung eröffnet wurde. Ich leite die Ermittlungen, und mir zur Seite steht mein Kollege hier, Tareq.«

Sie hebt kurz die Hand in seine Richtung, obwohl er sich an der Tür bereits vorgestellt hat.

»Wie war Ihr Verhältnis zu Ihrem Vater?«

Idun weiß, dass es noch ein wenig zu früh ist, will die Frage jedoch trotzdem stellen. Pia kratzt sich geistesabwesend an der Hand.

»Unser Verhältnis war schlecht.«

Es dauert eine Weile, bis sie weiterspricht.

»Ich würde sagen, wir hatten ein sehr unbeholfenes Verhältnis. In den vergangenen Jahren haben wir uns gar nicht mehr gesehen. Und in meiner Kindheit war er nie da. Hat immer gearbeitet, schien an uns und an unserer Mutter nicht interessiert zu sein. Für mich hat er sich nie wie ein Vater angefühlt, eher wie ein Erwachsener, der sich am Rande meiner Kindheit und Jugend bewegte.«

Idun hört aufmerksam zu. Pia lächelt entschuldigend.

»Ich rede zu viel ... Das mache ich immer, wenn ich nervös werde. Bitte entschuldigen Sie.«

Sie streicht sich über die Lippen. Tareq hat immer noch kein Wort gesagt.

»Warum sind Sie so nervös?«

Pia lacht tonlos auf.

»Zwei Polizeibeamte, die bei mir zu Hause aufkreuzen, um mir zu erzählen, dass Evert ermordet wurde. Selbst wenn ich ihm nicht nahestand, ist Nervosität da doch wohl eine ganz natürliche Reaktion. Oder finden Sie nicht?«

Sie klingt kein bisschen vorwurfsvoll, eher nüchtern.

»Was Gefühle betrifft, käme uns wohl keines komisch vor ... Wir fragen nur deshalb, weil wir versuchen, uns ein Bild von Evert zu machen. Und von den Menschen, mit denen er sich umgab.«

Pia antwortet nicht. Idun schweigt ebenfalls, und das so lange, dass Tareq zu guter Letzt das Wort ergreift.

»Sie sagten, Sie hätten Ihrem Vater nicht nahegestanden. Gibt es denn jemanden, mit dem er mehr Umgang hatte? Mit einer neuen Partnerin? Oder mit Adam, Ihrem Bruder?«

Ein Schatten huscht über Pias Gesicht.

»Evert war ein einsamer Mann. Ein egoistischer, gefühlskalter Mann. Soweit ich weiß, hatte er weder eine Partnerin noch Freunde. Und Adam und ich wollen schon lange nichts mehr mit ihm zu tun haben. Nun haben mein Bruder und ich auch keinen engen Kontakt – Adam hat früher Drogen genommen, ist zwar seit einigen Jahren clean, aber die Drogensucht hat uns auseinandergetrieben. Auf jemanden wie Adam kann man sich nicht verlassen. Und früher ging er über Leichen. Aber um Ihre Frage zu beantworten: Nein. Evert hatte niemanden. Aller Wahrscheinlichkeit nach ist er einsam gestorben – genau so, wie er es verdient hatte.«

Evert.

Nicht Vater.

»Und das wissen Sie, obwohl Sie und Ihr Vater keinen Kontakt mehr hatten?«

Darauf antwortet Pia nicht.

»Vielleicht gab es ja jemanden von früher? Einen alten Kollegen oder Nachbarn oder Freund?«

Pia nickt bedächtig.

»Everts Sekretärin, Boel Grage. Allerdings weiß ich nicht, ob sie überhaupt noch lebt, aber soweit ich weiß, ist das die Einzige, mit der Evert je eine Art Beziehung hatte – mal abgesehen von Adam und meiner Mutter.«

»Wissen Sie, wo wir diese Boel finden können?«

Pia schüttelt den Kopf und presst die Lippen zusammen.

Idun versucht es anders.

»Ihr Bruder, Adam ... Wo finden wir den?«

»Er wohnt in einem Wohnheim hier in der Stadt, in Prästholmen. Sein letzter Rausch hat allerdings Spuren hinterlassen – eine Psychose. Seither hat er Wahnvorstellungen. An manchen Tagen geht es ihm wohl besser als an anderen, aber wie viel besser, könnte ich nicht sagen. Ich hab ihn zuletzt vor rund einem Jahr besucht, und da war klar, dass unser Geschwisterverhältnis ein für alle Mal Geschichte war. Mit ihm eine Verbindung aufrechtzuhalten war unmöglich, als er noch Junkie war, und daran hat sich auch nichts mehr geändert.«

»Haben Sie sonst noch Angehörige? Ihre Mutter? Eigene Kinder?«

»Unsere Mutter starb, als ich in der Oberstufe war. Jahrelang waren es nur Evert, Adam und ich. Ich habe nie geheiratet und habe auch keine Kinder. Insofern – nein, da gibt es sonst niemanden mehr, mit dem Sie reden könnten, wenn Sie darauf hinauswollen. Everts Tod geht mich nichts mehr an. Unsere gemeinsame Reise ist schon vor Jahren zu Ende gegangen, und in diesem Fall zähle ich als Fremde, die Ihnen nicht weiterhelfen kann, tut mir leid. Aber wenn mir noch etwas einfällt, kann ich Sie natürlich anrufen.«

Pia will dieses Gespräch eindeutig beenden. Doch Idun hat noch ein paar Fragen.

»Was Sie von Ihrem Vater erzählt haben ... inwiefern hat Sie das beeinflusst?«

Pias Blick erstarrt.

»Es hat mich insofern beeinflusst, als ich nichts mehr mit ihm zu tun haben wollte. So einfach ist das.«

»Und wie hat es Adam beeinflusst?«

»Das fragen Sie ihn besser selbst.«

»Wann haben Sie Ihren Vater zuletzt gesehen?«

Pia zuckt mit den Schultern.

»Das ist Jahre her. Keine Ahnung. Und Sie müssten mich jetzt bitte entschuldigen, ich muss zur Arbeit. Ich habe Nachtschicht. Wenn sonst nichts mehr ist?«

Sie stehen alle drei auf. Idun und Tareq schütteln Pia die Hand und bedanken sich, dass sie sich Zeit genommen hat. Pia bringt die zwei noch zur Tür und stellt schließlich doch noch eine Frage, während Idun und Tareq sich die Schuhe anziehen.

»Wie ist er gestorben?«

Idun richtet sich gerade auf.

»Das können wir derzeit leider noch nicht sagen. Es dürfte ein paar Tage dauern, bis wir Sie über die Einzelheiten in Kenntnis setzen dürfen, aber ich verspreche, wir tun es, so schnell es geht.«

Pia schürzt die Lippen, sodass sie fast kindlich aussieht.

»Ich freue mich auf Ihre Rückmeldung.«

Das Wohnheim liegt am Ende der Landzunge von Prästholmen und ist ein in die Jahre gekommener Wohnblock, schmutzgrauer Putz und Balkone, deren rote Lackierung selbst in der fahlen Außenbeleuchtung rissig aussieht. Idun parkt direkt am Wasser. Sie und Tareq bleiben noch kurz sitzen. Beide haben den Kopf gegen die Nackenstütze gelehnt. Es ist bereits nach neun Uhr, und draußen ist es stockdunkel.

»Was hat Siv genau gesagt, als du sie angerufen hast?«

Idun klingt genauso müde, wie sie sich fühlt. Außerdem spürt sie ein leises Kratzen im Hals, womöglich hat sie sich erkältet. Schon tags zuvor hat sich das Intervalltraining gezogen, und obwohl sie es durchgezogen hat, war sie mit dem Ergebnis nicht glücklich. Allerdings hatte sie sich schon beim Aufwärmen wie gerädert gefühlt.

»Adam Holm ist neun Jahre jünger als Pia. Er hat am Gymnasium den sozialkundlichen Zweig gewählt und ein ordentliches Abitur gemacht. Im Jahr darauf hat er sich an der Schauspielschule in Luleå beworben und ist aufgenommen worden, als jüngster Schüler überhaupt. Siv hat mit dem Ausbildungsleiter gesprochen, und der konnte sich noch gut an Adam erinnern. Dass er überhaupt dort aufgenommen wurde, spricht für sein Talent. In dem Jahr haben das nur acht von rund vierhundertsechzig Bewerbern geschafft.«

Beeindruckt pfeift Idun durch die Zähne.

»Etwa zum selben Zeitpunkt ist er in eine eigene Wohnung gezogen. Anfangs war er an der Schule ziemlich erfolgreich, wenn auch so was wie ein Einzelgänger. Das Einzige, was er wollte, war Theater spielen. Im dritten Ausbildungsjahr kam er aus dem Tritt, war immer öfter zu spät, fehlte manchmal tagelang. Vier Monate vor den Sommerferien wurde er in einem Laden in der Stadt aufgegriffen – und wie sich zeigte, hatte er Drogen bei sich. Marihuana, um genau zu sein.«

Idun spürt, wie sich ihr Hals zusammenkrampft, wann immer sie schluckt.

»Hat er vom Gras die Psychose gekriegt?«

Tareq streicht sich über den Bart. Unwillkürlich fragt sich Idun, wie oft am Tag er das macht.

»Scheint fast so, ja. Er ist zu zwei Monaten Bewährung verurteilt worden und war da anscheinend ›okay im Kopf‹, um es mit Sivs Worten zu sagen. Eine Woche später wurde er von seinem Bewährungshelfer als vermisst gemeldet. Anscheinend war er gleich zum ersten Termin nicht aufgetaucht. Die Polizei brauchte knapp zwei Wochen, um ihn aufzuspüren. Am Ende haben sie ihn in einer Fixerbude in der Innenstadt von Luleå gefunden. Ursprünglich war gegen den Wohnungsbesitzer ermittelt worden, der wegen Drogenhandels unter Verdacht stand. Und überraschenderweise hatte sich Adam Holm im Schlafzimmer unter einem Bett versteckt. Er ist völlig ausgerastet, als sie ihn dort rauszogen. Am Ende waren vier Beamte nötig. Er kreischte und schlug um sich, hat einen Beamten sogar ziemlich heftig gebissen. Er ist daraufhin wegen Widerstands gegen die Staatsgewalt angeklagt worden und musste sich einer psychiatrischen Untersuchung unterziehen.«

Idun knetet sich die Nasenwurzel.

»Weil das so ein schweres Verbrechen war?«

Angesichts ihres Sarkasmus muss Tareq lächeln.

»Weil er sich nicht verhören ließ. Den Beamten, die ihn festgenommen hatten, war anscheinend da schon klar, dass er krank war, und die psychiatrische Untersuchung hat dann auch ergeben, dass er psychotisch war. Drogeninduziert, hieß es. Er wurde fürsorgerisch in der Psychiatrie untergebracht und war das darauffolgende Jahr in einer Klinik in Umeå. Anschließend ist er in dieses Wohnheim gezogen«, erklärt Tareq mit Blick auf das Gebäude auf der anderen Seite des Parkplatzes.

»Siv hat dort angerufen und uns angekündigt. Wir sollen mit einem gewissen Christian Ekenstjerna reden.«

Idun löst ihren Sicherheitsgurt.

»Reden oder zuhören?«

Tareq streicht sich erneut über den Bart, sodass die dichten Haare knistern.

»Du redest. Meine Rolle in dieser Ermittlung ist zunächst lediglich zuzuhören. Das hier ist dein Revier.«

Sie steigen aus. Idun muss sich insgeheim eingestehen, dass er doch kein so anstrengender Kollege ist, dieser sanfte, bärtige Polizist aus Stockholm, von dem sie so wenig weiß. Sie ist selbst überrascht, als sie sich fragt, wie lange er möglicherweise bleiben will.

1978

Es ist glühend heiß an diesem Sommertag. Der achtjährige Peter und seine Mutter sind zum Aldersjön gefahren und liegen auf einer Decke am Ufer im Sand. Der See ist bernsteinfarben, und die kleineren Kinder planschen unter Aufsicht ihrer Mütter und Väter im seichten Wasser. Weiter draußen schwimmen ein paar ältere Kinder und Teenager. Noch mehr Teenager liegen im Pulk auf dem Steg und hören laute Musik aus einem Gettoblaster.

»Hast du gar keinen Hunger?«

»Ein bisschen«, murmelt Mama in die Decke.

Peter kann ihr ansehen, dass sie drauf und dran ist einzuschlafen.

»Warten wir noch ein bisschen mit dem Essen?«

Inzwischen flüstert sie nur noch. Peter antwortet nicht, und in der nächsten Sekunde ist sie auch schon eingeschlafen. Er wartet noch kurz, dann setzt er sich auf, lässt den Blick über den See schweifen, versucht zu erkennen, ob in der Nähe irgendwer ist, den er kennt, aber das sind alles Fremde. Und es ist wirklich sehr warm. Die Sonne zischt beinahe auf der Haut. Mama schläft mit offenem Mund, ihr Kopf liegt schwer auf der Decke. Im Leben wird er diese Hitze nicht ertragen können, bis sie wieder wach wird.

Vorsichtig steht er auf, zieht sofort den Kopf ein und sieht aus, als würde er den Sand inspizieren, dabei versucht er nur, sich unauffällig einen Überblick über den

Strand zu verschaffen. Es ist unendlich schwer, sich auf einer so offenen Fläche unsichtbar zu machen.

Er schlendert ans Ufer. Mäandert zwischen den Decken und Handtüchern hindurch und kommt an einer Familie vorbei, die sich über irgendetwas kaputtlacht. Sie sind so laut, dass sie schon Blicke auf sich ziehen, und er beschleunigt, um so schnell wie möglich an ihnen vorbeizuziehen. Das letzte Stück bis runter ans Ufer joggt er, und dann läuft er, ohne innezuhalten, ins Wasser und taucht bis zu den Schultern unter.

Das Wasser ist kühl und wahnsinnig angenehm. Er schwimmt ein Stück raus, zieht nach rechts und umrundet den ersten Steg. Das Wasser umspielt ihn, es ist frisch und herrlich und befreiend. Ein vielleicht fünfjähriges Mädchen steht auf dem Steg, dahinter eine Frau, bestimmt die Mutter, die ihre Tochter lautstark daran erinnert, dass es jenseits des Steges zu tief für sie wird.

Peter schwimmt weiter auf den nächsten Badesteg zu. Das Wasser ist bräunlich, trotzdem sieht man den Grund. Er ist sandig, leicht gewellt, fühlt sich weich an, wenn man die Füße daraufsetzt. Er schwimmt an einer schilfigen Stelle vorbei und entdeckt ein Teenagerpärchen. Ein Jungen und ein Mädchen, beide einige Jahre älter als er, die teils vom Schilf verdeckt sind und einander die Zunge in den Hals stecken. Der Junge hat seine Hand in das Bikinioberteil des Mädchens geschoben. Peter rümpft die Nase und schwimmt ein Stück schneller.

Beim Anblick des Pärchens ist er unachtsam geworden. Er entdeckt sie zu spät – sie stehen zusammen auf dem hinteren Steg. Die Gang und Uffe vorneweg. Ihre Blicke kreuzen sich. Peter spürt, wie ihm das Blut in den Adern gefriert. Uffe grinst und macht einen Klatscher ins Wasser.

Peter schwimmt kurz auf der Stelle und macht dann ein paar hektische Schwimmzüge in Richtung Ufer, doch er kommt nicht mehr an ihm vorbei. Er erstarrt mitten in der Bewegung, streckt panisch die Beine nach unten aus, und zum Glück kann er stehen. Schlamm sickert zwischen seinen Zehen hindurch, und sein Herz hämmert so heftig, dass ihm schon der Brustkorb wehtut.

»Ach, Meter ist auch hier und macht einen kleinen Badeausflug.«

Uffes Grinsen ist wie ein Schlag ins Gesicht. Peter versucht, in Richtung Ufer zu waten, doch seine Füße rutschen auf dem glitschigen Untergrund weg. Es fühlt sich an, als würde das Wasser ihn festhalten.

»Ich geh etwas essen. Meine Mutter sucht mich schon.«

Uffe lacht bloß hämisch. Er nimmt ihm die suchende Mutter nicht ab.

»Du gehst jetzt nicht essen. Du gehst jetzt tauchen.«

Die Gang steht immer noch auf dem Steg. Peter sieht sie aus dem Augenwinkel, wagt aber nicht, Uffe aus dem Blick zu lassen.

»Ich muss aber jetzt ...«

Er versucht es mit einem zaudernden Schwimmzug in Richtung Ufer, doch Uffe macht genau das Gleiche und manövriert sich zwischen Peter und den Strand. Schneidet ihm den Fluchtweg ab.

»Du tauchst jetzt. Unter Wasser. Sofort!«

Man kann ihm die Wut deutlich anhören. Diesen rasenden Zorn, gegen den Peter sich einfach nicht zur Wehr setzen kann. Er hat schreckliche Angst vor Uffe.

»Aber ich will nicht tauchen ...«

Es kommt bloß geflüstert, und Uffe kneift den Mund zusammen, verzieht kaum merklich das Gesicht, wie immer, wenn gleich ein Knuff oder Schlag kommt. Peter schluckt trocken. Er kommt hier nicht weg. Wo ist Mama? Warum musste sie auch einschlafen? Kann sie nicht einfach kommen und nach ihm suchen und rufen, dass sie jetzt essen oder heimfahren oder für immer aus dieser Stadt verschwinden und nie wiederkommen? *Bitte, Mama, komm endlich!*

Uffe bewegt sich auf ihn zu. Peter muss pinkeln, ihm tun die Beine weh, obwohl er sie gleichzeitig kaum noch spürt. Er blickt hinab ins Wasser, sieht die Sonne auf der Oberfläche glitzern und den sandigen Grund, der darunterliegt.

»Tauch endlich!«

Er hört die Gewalt. Er kann keinen klaren Gedanken mehr fassen. Wird er gleich ertrinken? Geht es heute zu Ende? Kriegt Uffe endlich, was er immer wollte?

Peter holt tief Luft und taucht unter. Das Wasser umspült seinen Kopf, und mit einem Mal fühlt es sich eisig an. Er weiß nicht, ob es am Wasser liegt oder an seiner Angst. Er hält den Atem an, bläst die Backen auf und verschränkt die Finger vor dem Bauch. Nicht wie beim Gebet – er ist nicht gläubig, Mama hat mal gesagt, dass das alles nur Märchen sind. Trotzdem fühlt es sich so an, als hielte er jemanden an der Hand. Vielleicht sich selbst.

Er schlägt die Augen auf, späht durchs Wasser und sieht Uffes käsigen Bauch und die rote Badehose. Oberhalb schimmert der Steg. Die Gang steht immer noch dort, Peter kann ihre Gesichter zwar nicht erkennen, sieht aber ihre Arme und Beine, die sich im Takt mit den Wellen bewegen. Allmählich brennt es in seiner Lunge, er kneift die Augen zu, versucht, Luft zu sparen. Was passiert wohl, wenn er hoch an die Oberfläche kommt? Schlägt Uffe ihn dann tot? Oder drückt er ihn wieder nach unten, sodass Peter ertrinkt? Was ist schlimmer – totgeschlagen oder ertränkt zu werden?

Es dröhnt in seinen Ohren, dass es schon wehtut. Das Wasser fühlt sich nicht mal mehr kalt an. Seine Lunge kreischt, länger schafft er nicht, muss hoch, jetzt, Luft schnappen, ein Atemzug, bitte, bitte, bitte! Er versucht, noch bis zehn zu zählen, aber es geht nicht mehr. Sein Kopf scheint schon bei drei zu explodieren. Seine Beine halten nicht mehr still, sein Körper gehorcht der lähmenden Angst nicht mehr, jeder einzelne Muskel will nur noch an die Oberfläche.

Peter lässt sich nach unten sinken und stößt sich ab. Um die Füße herum wirbelt der Sand auf, Peter steigt nach oben, bricht durch die Wasseroberfläche und atmet so tief ein, dass sein Hals beim Einatmen aufbrüllt. Er schafft noch einen weiteren Atemzug, bevor er herumwirbelt und panisch den See absucht. Von Uffe und seiner Gang keine Spur. Der Steg ist verwaist, ein paar Mädchen kommen an den Strand gelaufen, springen über die Planken, kreischen und lachen und stoßen einander ins Wasser. Es spritzt, und er verliert in den Wellen, die sie auslösen, den Boden unter den Füßen, legt sich auf den Rücken, schluchzt und heult, dreht sich wieder auf den Bauch und schwimmt, so schnell er kann, zurück ans Ufer.

Als er zu ihrem Platz kommt, schläft Mama immer noch. Er legt sich neben sie und versucht, seine Atmung zu beruhigen und die Panik und Angst niederzuringen. Er lebt. Er ist acht Jahre alt und lebt und weiß, dass er nie wieder ohne seine Mutter hinausschwimmen wird.

Christian Ekenstjerna sieht aus wie Anfang vierzig. Er ist groß, athletisch und hat das blondeste Haar, das Idun je gesehen hat. Er hat einen hellen Teint und jugendlich glatte Haut – bis auf die Sorgenfalte zwischen den Augenbrauen.

Idun, Tareq und Christian geben sich die Hand und setzen sich in Christians Arbeitszimmer. Die Möbel sind hell, die Vorhänge himmelblau.

»Haben wir vorhin telefoniert?«

Christian sieht Idun misstrauisch an, aber sein Lächeln wirkt aufrichtig. Die Kombination ist durchaus bemerkenswert.

Idun schüttelt den Kopf.

»Sie haben mit meiner Kollegin gesprochen, mit Siv Liv. Ich leite die Ermittlung, im Zuge derer wir bitte mit einem Ihrer Patienten sprechen müssten.«

Christian hat aufmerksam zugehört. Als Idun nicht weiterspricht, streicht er sich mit den Fingerspitzen über die blassen Wangen.

»Darf ich vielleicht erst erfahren, was für eine Ermittlung das ist?« Idun antwortet sachlich.

»Eine Mordermittlung.«

Kurz reißt er die Augen auf, doch besonders verwundert scheint er nicht zu sein.

»Verstehe … Und Sie möchten mit Adam Holm reden, wenn ich es richtig sehe?«

»Das ist korrekt.«

»Wird Adam verdächtigt?«

Idun schüttelt den Kopf.

»Das Opfer ist sein Vater.«

Es scheint Christian nicht sonderlich zu berühren. Dass der Vater eines Patienten ermordet wurde und nun die Polizei an seinem Arbeitsplatz auftaucht, um besagtem Patienten die traurige Nachricht zu überbringen, scheint an ihm abzuperlen.

»Entschuldigen Sie, dass ich frage, aber ich trage hier in medizinischer Hinsicht die Verantwortung für unsere Heimbewohner. Sie sind also hier, um Adam Holm zu erzählen, dass sein Vater ermordet wurde?«

»Ja, und um ihm ein paar Fragen zu stellen.«

»Und das wollen Sie ihm *jetzt* erzählen? Also – um diese Uhrzeit?«

»Ja.«

Christian scheint mit sich zu ringen.

»Dabei müsste ich bitte anwesend sein.«

Idun reagiert darauf nicht.

»Adam Holm ist psychotisch. Er leidet an Paranoia und neigt zu Gewalt, wenn er sich eingeengt fühlt. Das ist zwar eher selten, aber hier und da ist es schon vorgekommen. Es waren samt und sonders keine ernsten Zusammenstöße – aber wir möchten natürlich, dass das so bleibt. Vor allem um Adams willen.«

»Natürlich.«

»Ich hätte überdies gern, dass einer der Wachmänner anwesend ist, und Sie müssen mir zusichern, dass Sie sich an unsere Regeln halten, falls es zu einer bedrohlichen Situation kommen sollte.«

Idun sieht ihn an.

»Und was besagen diese Regeln?«

Christian legt die Hände auf den Tisch, sodass die Handflächen nach oben weisen. Seine Körpersprache signalisiert Offenheit – eine bewusste Geste, derer Idun sich auch oft bedient.

»Sofern Adam gewalttätig werden sollte, ziehen Sie sich ruhig in Richtung Tür zurück und stellen sich an die Wand. Sie dürfen ihm unter keinen Umständen den Rücken zukehren und auch nicht auf ihn zugehen. Unser Personal weiß genau, was es tut und wie es mit ihm umgehen muss. Sie setzen die Sicherheit hier bitte nicht aufs Spiel, indem Sie nach Ihren Regeln vorgehen. Adam braucht die Vorhersehbarkeit – selbst in Momenten, in denen seine eigene Impulskontrolle aussetzt.«

Idun saugt an ihrer Unterlippe. Auch Tareqs Anspannung ist förmlich mit den Händen zu greifen. Ihr schießt durch den Kopf, dass sie das nie zuvor erlebt hat.

»Wir sind dafür ausgebildet, mit aggressiven Personen umzugehen. Das ist Teil unseres Jobs.«

Christian Ekenstjerna lächelt milde.

»Sie kennen Adam Holm nicht.«

Womit er natürlich recht hat.

»In diesen Räumlichkeiten gelten unsere Regeln. Wenn Sie das nicht akzeptieren, müssten Sie bitte mit einem Haftbefehl wiederkommen und ihn mit aufs Revier nehmen. Ich kann Ihnen allerdings versprechen, dass er da nicht sonderlich zugänglich sein wird.«

Adams Arzt spricht ganz sachlich, da ist nicht der Hauch von Überlegenheit oder Machtanspruch, und ein paar Sekunden lang muss Idun darüber nachdenken. Dann nickt sie Christian Ekenstjerna knapp zu. Sie sind sich einig.

Der Wachmann wirft erst einen Blick durch den Sicherheitsglaseinsatz, ehe er die Tür aufschließt. Er macht sie nicht auf, tritt lediglich einen Schritt zur Seite und sieht Christian Ekenstjerna grimmig an. Der Arzt, der für die Bewohner des Heims die medizinische Verantwortung trägt, sieht seinerseits Idun und Tareq entschuldigend an.

»Adam wird um seiner selbst willen eingeschlossen. Normalerweise funktioniert das Aufeinandertreffen mit anderen gut, aber er findet offene Türen unbehaglich. Und weil unsere Patienten nicht selbst hinter sich abschließen dürfen, erfüllen wir ihm den Wunsch von außen sozusagen. Wenn er es sich anders überlegt und die Tür offen haben will, kommen wir dem natürlich sofort nach.«

Idun gibt sich alle Mühe, unvoreingenommen zu sein. Irgendetwas an dem, was Christian da sagt, weckt ihr Misstrauen. Trotzdem sagt sie nichts. Christian zieht die Tür auf und betritt das Zimmer. Idun und Tareq schließen sich ihm an. Der Wachmann wartet, bis sie eingetreten sind, folgt ihnen nach und schließt die Tür hinter sich. Idun fällt auf, dass er sie diesmal nicht abschließt.

Das Zimmer ist größer, als sie gedacht hat, hell, weiße Wände, grauer PVC-Boden. Das Bett ist gemacht, darüber liegen eine hellblaue Tagesdecke sowie zwei gehäkelte Zierkissen. Am Kopfende sitzt ein Mann. Er ist verhältnismäßig klein, aber breit gebaut, hat große Hände, und an den Unterarmen treten die Adern hervor. Braune Haare, Stiernacken. Eine große Tätowierung am Hals, das schwarze Muster verschwindet im T-Shirt-Ausschnitt. Adam Holm hat die gleichen Augen wie seine Schwester: strahlend blau mit langen Wimpern. Aber da hört die Ähnlichkeit auch schon auf. Er sieht wahnsinnig müde aus. Mit trägem Blick sieht er seinen Arzt an, der ihm die Besucher vorstellt.

»Hallo, Adam. Das hier sind Idun Lind und Tareq Shaheen. Sie sind von der Polizei und möchten gern kurz mit dir reden.«

Adam sieht ausschließlich Christian an. Sein Blick ist verschwommen, und er antwortet nicht.

Mit einem freundlichen Seitenblick erteilt Christian Idun das Wort. Sie macht einen Schritt auf das Bett zu, bleibt aber in zwei Metern Abstand stehen. Ohne zu überlegen, geht sie in die Hocke und versucht, Adams Blick aufzufangen.

»Hallo, Adam. Ich heiße Idun Lind und bin von der Polizei. Ich muss Ihnen leider eine traurige Mitteilung machen.«

Langsam dreht er den Kopf und sieht sie müde an.

»Ihr Vater ist gestorben.«

Sie spricht überdeutlich und hält unverwandt Blickkontakt. In Adams Gesicht regt sich nichts.

»Er ist heute Nachmittag tot aufgefunden worden. Mein Beileid.«

Adam sitzt weiter reglos da. Idun spürt mehr, als dass sie es hört, dass Christian ein paar Schritte näher kommt. Er bleibt neben ihr stehen.

»Adam. Wie fühlt sich das an, was die Kommissarin erzählt?«

Idun wüsste nicht, dass sie Christian ihren Titel genannt hätte. Adam reißt den Blick von ihr los und richtet ihn behäbig auf seinen Arzt. Dann macht er langsam den Mund auf.

»Warum sollte ich irgendwas fühlen?«

Die Stimme klingt schleppend und überraschend hell. Die Tonlage passt nicht recht mit dem klobigen Körper zusammen. Christian steht weiter mit entspannt herabhängenden Armen da.

»Es ist völlig in Ordnung, Gefühle zu haben, wenn man hört, dass jemand gestorben ist. Das ist ganz natürlich und nichts, wofür man sich schämen müsste.«

Adam blinzelt langsam. Er sieht aus, als würde er jeden Moment einschlafen.

»Wie ist er gestorben?«

Weil Adam weiterhin Christian ansieht, ist Idun sich nicht sicher, an wen die Frage gerichtet ist. Sie räuspert sich, damit er wieder sie ansieht. Nur zeitverzögert wendet er sich ihr zu. Sie wartet, bis sie sich sicher sein kann, dass sie wieder Kontakt miteinander haben.

»Ihr Vater wurde ermordet.«

Dazu sagt Adam nichts. Sein Gesicht ist noch immer reglos. Und plötzlich ist Idun sich nicht mehr sicher, ob er sie überhaupt gehört hat. Vielleicht kann er so eine Information nicht verarbeiten? Sie weiß, dass Schock und Trauer unterschiedliche Formen annehmen können, gerade wenn starke Medikamente im Spiel sind, was bei Adam Holm garantiert der Fall ist.

»Meine Kollegen und ich untersuchen den Mord. Wir tun alles, was wir können, um den Täter zu fassen. Wissen Sie, ob Ihr Vater sich mit irgendjemandem überworfen hatte?«

Die Frage ist umständlich formuliert; kurz steht ihr Calle vor Augen, und schlagartig verspürt sie einen Anflug von Schuld.

»Haben Sie schon mit Pia gesprochen?«

Adam spricht immer noch schleppend. Es zieht in Iduns Schenkeln. Sie schluckt lautlos und spürt wieder, wie ihr der Hals wehtut.

»Wir haben mit Pia gesprochen. Sie weiß, was passiert ist.«

»Warum fragen Sie dann, ob unser Vater sich mit irgendwem überworfen hat?«

Idun runzelt die Stirn.

»Sie meinen, Pia hätte uns diese Frage beantworten sollen?«

Adam blinzelt erneut träge.

»Pia hat die Antwort auf alles.«

Idun versucht, sich nichts anmerken zu lassen.

»Das muss Ihre Schwester vergessen haben. Vielleicht war sie auch einfach zu traurig, als sie die Nachricht bekommen hat, um sich in dem Moment an Feinde Ihres Vaters zu erinnern.«

Das Lachen kommt unerwartet. Aus heiterem Himmel bricht Adam in lautes Gelächter aus. Er beugt sich nach hinten, schlägt sich auf die Knie und lacht, dass seine Schultern beben. Überrascht steht Idun auf und stellt sich neben Christian Ekenstjerna. Der Arzt sagt zu alledem kein Wort.

Als das Gelächter verebbt, sieht Adam zu Idun hoch. Sein Blick ist jetzt einen Hauch wacher.

»Warum lügen Sie mich an?«

Der Stiernacken sieht eisern aus, und das Tattoo spannt auf der Haut.

»Hab ich Sie angelogen?«

Adam gluckst, spricht dann aber langsam weiter.

»Pia ist kein bisschen traurig darüber, dass unser Vater gestorben ist.«

Idun runzelt erneut die Stirn, obwohl sie genau weiß, dass sie keinerlei Reaktion an den Tag legen sollte.

»Wie kommen Sie darauf, dass Pia wegen Ihres Vaters nicht traurig sein sollte?«

Adam sieht Idun träge an.

»Es kommt eher selten vor, dass jemand um den Vergewaltiger seiner Kindheit trauert, eher im Gegenteil – Pia hätte mehr Grund zu feiern als jeder andere.«

Im Sektionssaal der Rechtsmedizin riecht es durchdringend nach Desinfektionsmittel. Idun und Tareq waschen sich gründlich die Hände, und Rechtsmedizinerin Svetlana Moritz drückt ihnen je ein Paar Latexhandschuhe in die Hand. Sie sieht verkniffen aus.

»Das hier ist wirklich nicht lustig. Euer Opfer ist eines unfassbar gewaltsamen Todes gestorben.«

Ihr russischer Zungenschlag ist unüberhörbar. Außerdem verzieht sie kaum je das Gesicht, wenn sie spricht, sodass der gern eingesetzte Hauch Ironie oftmals nicht leicht zu erkennen ist. In ihrer Zeit als Rechtsmedizinerin hat Svetlana mehr oder weniger alles auf dem Seziertisch gehabt: vom natürlichen Todesfall bis hin zum Foltermord und Opfer sexueller Gräueltaten, das aufs Grausamste ums Leben kam. Doch ganz gleich, womit sie es zu tun hat – sie legt die immer selbe Ausdruckslosigkeit an den Tag. Manchmal fragt Idun sich, ob es an ihrem Charakter liegt, an ihrem russischen Background oder ob es bloß ihre Methode ist, Gefühle auf Sicherheitsabstand zu halten. Idun hat es sich nie richtig erklären können.

Svetlana macht einen Schritt auf den Edelstahltisch in der Mitte des Saales zu. Idun und Tareq stellen sich ihr gegenüber vor die andere Längsseite. Ein leerer Eimer steht neben ihnen, Idun streift ihn mit dem Blick und sieht Tareq dann vielsagend an. Svetlana wischt kein Erbrochenes auf.

Auf dem kalten Seziertisch liegt Evert Holm. Er ist nackt, die Augen sind mit zwei Stücken Tape überklebt, auch wenn man an den Augenwinkeln erkennen kann, dass er die Augen weder unmittelbar vor noch nach Eintritt des Todes geschlossen hat. Das hat Svetlana für ihn erledigt. Idun fragt sich flüchtig, was er wohl zuletzt im Leben gesehen haben mag.

»Einiges von dem, was ich euch gleich erzähle, wisst ihr wahrscheinlich schon. Spielt aber keine Rolle – ich möchte auf alle Fälle nicht unterbrochen werden.«

Svetlana ist deutlich in ihren Ansagen, aber nie unhöflich. Tareq, für den die Verhaltensregel gedacht ist, nickt nur zur Antwort.

»Evert Holm starb infolge wiederholter Schläge auf den Kopf mit einem runden, schmalen Holzgegenstand. Ich habe den Hinterkopf fotografiert, die Bilder sind in der Akte, aber man kann die Aufprallflächen schon mit bloßem Auge erkennen.«

Sie schaut in die Richtung von Everts Kopf, und Idun und Tareq haben mit einem Blick die fleischige Wunde am Hinterkopf erfasst. Das dünne Haar ist mit geronnenem Blut durchsetzt. Die Gehirnmasse, die über den rückwärtigen Schädel bis hinab zum Nacken verschmiert ist, erinnert an verkochte Hafergrütze.

»Wir haben es ganz klar mit einem Gewaltexzess zu tun. Ich habe zweiundzwanzig Schläge zählen können, davon mehrere mit ungeheuerlicher Schlagkraft. Die ersten Schläge waren derart heftig, dass sie den Holzgegenstand selbst beschädigt haben, der sich bei den nachfolgenden Schlägen seinerseits aus einer Art Befestigung gelöst haben muss und Spuren im Schädel des Opfers hinterlassen hat. Ich habe Holzsplitter im Knochen gefunden. Die Schläge sind mit rasender Wut ausgeführt worden.«

Obwohl Idun Svetlanas Obduktionssaalregeln kennt, kann sie sich nicht beherrschen.

»Eine solche Wut deutet auf ein persönliches Motiv hin. Gewaltexzesse sind bei Affekttaten sehr ungewöhnlich.«

Svetlana verzieht keine Miene.

»Das wisst ihr besser. Ich informiere euch lediglich über die Sachlage.«

Idun presst die Lippen zu einer stummen Entschuldigung zusammen.

»Evert Holm war über längere Zeit an Händen und an Füßen gefesselt. Anhand der Hämatome an Hand- und Fußgelenken schätze ich, dass es etwa vier, fünf Tage gewesen sein dürften. Das Seil hat in die Haut geschnitten, und es gibt Abschürfungen sowohl an den Knöcheln als auch über den Daumensattelgelenken. Nach der Tiefe der Einschnitte zu urteilen hat er versucht, sich zu befreien, was ihm aber nicht gelungen ist. Allerdings können wir daraus schließen, dass er bei Bewusstsein war. Außerdem variieren die Hämatome in der Farbe, die helleren deuten auf ältere Einblutungen hin, die gut hundert Stunden alt sein dürften, die rotschwarzen sind wesentlich jüngeren Datums. Insofern dürften die vier bis fünf Tage eine relativ genaue Schätzung sein, wenn ich das so sagen darf. Und natürlich darf ich das sagen.«

Idun und Tareq beugen sich über die Abschürfungen an Everts Händen und Füßen. Besonders rund um die Fußknöchel sind die Einschnitte in der Haut deutlich zu sehen. Ringförmig, wenn auch nicht ganz gleichmäßig, ziehen sie sich um die Gelenke. Den beiden Ermittlern geht die gleiche Frage durch den Kopf. Wer hält einen gefesselten Rentner fast eine geschlagene Woche lang gefangen?

»Er hat Steinstaub in den Haaren«, fährt Svetlana fort, »hat also vermutlich eine Zeit lang auf einem Betonuntergrund gelegen, allerdings kann ich das nicht mit Gewissheit sagen. Die schwerste Verletzung wiederum ist die des Geschlechtsorgans – also, wenn man mal absieht von den tödlichen Schlägen gegen den Kopf. Denn das untere Denkzentrum ist theoretisch nicht überlebenswichtig.«

Idun verzieht den Mund. Der Humor der Rechtsmedizinerin ist mitunter speziell.

»Er ist unmittelbar vor Eintritt des Todes verstümmelt worden, und zwar mithilfe einer scharfen Klinge, vermutlich einer Art Stilett. Die Schnittkante ist verhältnismäßig gerade – also kein schlechter Schnitt.«

Idun mustert Evert Holms versehrten Genitalbereich.

»Soll das heißen, der Täter war geübt darin? Leuten den Penis abzuschneiden?«

Svetlana dehnt ihren Nacken.

»Das weiß ich nicht. Aber der Schnitt wurde mit sicherer Hand ausgeführt.«

Tareq sieht Idun an.

»Fühlt sich spontan fast nach einer Ritualhandlung an. Nach einem Appell an die Nachwelt – oder alternativ an Evert selbst.«

Idun nimmt den Gedanken sofort auf.

»Dahingehend wäre auch der Gewaltexzess interessant, der sich gegen den Kopf richtet. Warum zweiundzwanzig Mal zuschlagen? Das ist sowohl unnötig als auch ermüdend. Er muss doch nach dem – wievielten? – zweiten oder vielleicht dritten Schlag tot gewesen sein?«

»Vermutlich spätestens nach dem zweiten Schlag«, antwortet Svetlana. »Bei solcher Wucht verliert man schnell an Schlagkraft. Ich habe mir erlaubt, ein bisschen zur Muskelkraft von Baseballspielern zu recherchieren. Da gibt es jede Menge Studien. Unglaublich, dass jemand sich dafür Zeit nimmt, aber anscheinend interessiert das die Leute. Der erste Schlag ist immer der härteste. Selbst durchtrainierte Baseballprofis verlieren nach zwei, drei – und überdurchschnittlich trainierte nach vier – Schlägen eklatant an Kraft.«

Idun rümpft die Nase. Irgendwer muss Evert Holm aus tiefster Seele gehasst haben.

»Gibt es Hinweise auf sexuelle Gewalt? Oder stand er unter Drogeneinfluss?«

»Nein, nichts weiter – da wären nur noch die Verbrennungsmale am Hals. Die Stromstöße dürften ihn zumindest vorübergehend außer Gefecht gesetzt haben. Soweit ich es beurteilen kann, war er bei Bewusstsein, als ihm der Penis abgetrennt wurde. Man kann nur für ihn hoffen, dass er von den Schmerzen wieder bewusstlos wurde. Er hat viel Blut verloren, ist aber nicht am Blutverlust gestorben. Der tödliche Schlag gegen den Schädel muss also unmittelbar nach der Amputation seines südlichen Denkzentrums ausgeführt worden sein. Folglich ist er auch nicht auf der Eisbahn gestorben.«

Idun blinzelt.

»Was meinst du damit?«

Die Rechtsmedizinerin stemmt die Hände in die Hüften.

»Das Blut auf dem Eis sah für euch vielleicht nach einer ganzen Menge aus, aber es war eindeutig zu wenig, als dass der Penis dort abgetrennt worden wäre. Das muss andernorts passiert sein, und unmittelbar danach wurde er totgeschlagen. Anschließend wurde er zur Eisbahn gebracht. Eine gewisse Menge Blut fließt da immer noch, etwas anderes behaupte ich auch gar nicht, aber die Lache sah größer aus, als sie letztlich war, und da bin ich mir auch ganz sicher. Das Opfer ist an einem anderen Ort gefoltert und umgebracht worden, vermutlich nicht allzu weit entfernt, immerhin hat die Schnittwunde noch geblutet.«

»Dann liegt der Tatort in der Nähe des Fundorts?«

»In maximal dreißig Minuten Abstand.«

Idun seufzt enttäuscht in sich hinein.

»In dreißig Minuten kommt man mit einem Scooter ziemlich weit.«

Darauf erwidert Svetlana nichts.

»Und der Blitz auf dem Bauch?«

»Post mortem eingeritzt. Mit einem scharfen Gegenstand. Ich tippe auf die Messerspitze. Für mich sieht das aus wie die Art von stilisiertem Blitz, den Kinder zeichnen. Aber es kann natürlich auch etwas ganz anderes sein. Ich kann dazu nicht mehr sagen, als dass er *nach* Eintritt des Todes ausgeführt wurde.«

Idun hat das Gefühl, als wäre Svetlanas russischer Akzent stärker geworden.

»Du schickst uns deinen Bericht, wenn du fertig bist?«

Svetlana sieht fast beleidigt aus.

»Den hast du bereits per E-Mail gekriegt.«

Idun und Tareq bedanken sich für die Ausführungen, streifen die Latexhandschuhe ab und werfen sie in den Eimer. Sie wollen gerade gehen, als Svetlana die Hand hebt.

»Eine Sache noch.«

Idun und Tareq drehen sich zu ihr um.

»Wer immer Evert Holms Penis abgeschnitten hat, ist Linkshänder.«

»Linkshänder?«

»Der Schnitt verläuft knapp oberhalb der Peniswurzel. Dass es nur ein Schnitt ist, deutet darauf hin, dass er mit Entschlossenheit, wenn nicht Routine ausgeführt wurde. Letzteres kann ich natürlich nicht beschwören. Bei der Klinge handelt es sich vermutlich um ein chirurgisches Instrument, das in einem äußerst geringen, aber messbaren Winkel angesetzt wurde. Der Schnitt verläuft von unten nach oben links. Und weil er in einem einzigen Handgriff ausgeführt wurde, braucht man dafür so viel Kraft, dass man die Klinge nicht auf sich zu, sondern von sich weg bewegt. Das Blut ist über die Hüften gelaufen, daher muss das Opfer auf dem Rücken gelegen haben. Der Täter hat über dem Opfer gestanden, den Penis in die rechte und das Skalpell in die linke Hand genommen und von unten nach links oben gezogen.«

Idun kann Tareq schlucken hören. Sie selbst spürt, wie Adrenalin durch ihre Adern schießt. Das war ein wesentlicher Hinweis, sie weiß es genau.

»Ein Linkshänder also. Danke, Svetlana, das war eine wichtige Information.«

Die Rechtsmedizinerin schnaubt.

»Das ist mein Job.«

Und damit erklärt sie die rechtsmedizinische Lehrstunde für beendet.

1979

Es ist die letzte Februarwoche. Peter drückt sich nach dem Sportunterricht bei den Duschen herum und hört die anderen Jungs in der Umkleide rumalbern. Es scheint, als hätte jemand etwas Witziges erzählt, weil kurz Stille herrscht und dann alle in lautes Gejohle ausbrechen.

Peter schäumt sich die Haare ein. Er steht in der hintersten Dusche, der grüne Vorhang ist vorgezogen und verwandelt das Licht aus den Neonröhren in einen kalten Schimmer. Der Schaum rinnt an seinen Beinen hinab und verschwindet wirbelnd im Abfluss. Er folgt ihm mit dem Blick, lehnt die Stirn an die Wand der Duschkabine und atmet durch den offenen Mund ein.

Die Stimmen aus der Umkleide verebben. Er hört, wie seine Klassenkameraden in Richtung Schulflur verschwinden, wo sie vor ihrem Klassenzimmer die Jacken und Schuhe deponiert haben. Die Sportstunde war die letzte für heute, endlich kann er nach Hause gehen.

Mama wollte eigentlich, dass Peter die Nachmittagsbetreuung besucht, aber nach einigem Hin und Her hat er sie zum Glück vom Gegenteil überzeugen können. Er geht also nach der Schule nach Hause und isst, was sie für ihn vorbereitet und in den Kühlschrank gestellt hat. Anschließend macht er Hausaufgaben. Ein paar Stunden später kommt Mama nach Hause, sie bereiten zusammen das Abendessen vor, und dann hilft sie ihm, sofern er noch Fragen bei den Hausaufgaben hat. Peter erzählt ihr die immer gleiche ausgedachte Geschichte: dass sein Tag in der Schule gut gewesen sei und die Pausen immer das Lustigste seien. Nein, er wolle auch morgen keinen Schulfreund mit nach Hause bringen. Sie spielen in der Schule so viel, dass er nach den Hausaufgaben ziemlich müde ist. Nein, er will auch keine Geburtstagsfeier. Geburtstagsfeiern sind für kleine Kinder, in seiner Klasse feiert niemand mehr Geburtstag.

Er hofft inständig, dass sie ihn nicht durchschaut. Dass die anderen sehr wohl ihren Geburtstag feiern, weiß er natürlich. Er wird nur nie eingeladen.

Peter dreht das Wasser ab und trocknet sich von Kopf bis Fuß gründlich ab. Es ist warm, Wasserdampf hängt unter der Decke und sieht aus wie dicke Wolken, die sich langsam ausbreiten. Er tapst in die Umkleide und seufzt lautlos in sich hinein, weil er der Letzte ist. Er nimmt sein T-Shirt vom Haken, zieht es sich über den Kopf und macht seinen Rucksack auf. Mama hat ihm eine saubere Unterhose und frische Socken eingepackt, und er setzt sich auf die Bank, um sich anzuziehen. Seine Haare sind immer noch nass, er greift abermals zum Handtuch und frottiert sich den Kopf, als er plötzlich aus dem Augenwinkel sieht, wie die Umkleidetür aufgeht. Schlagartig krampft sich sein Magen zusammen.

Uffe taucht in der Tür auf. Er lehnt sich gegen den Türrahmen, verschränkt die Arme vor der Brust und lächelt Peter höhnisch an.

»Hier sitzt du also, Schwanzlutschermeter?«

Die Beschimpfungen sind immer schlimmer geworden. Und jede Steigerung schmerzt mehr. Peter lässt das Handtuch sinken und knetet den Frottee zwischen den Fingern. Uffes Grinsen erstirbt, und er dehnt seinen Nacken.

»Antworte endlich!«

Peter weiß gar nicht, was er sagen soll, nickt nur langsam und murmelt etwas Unverständliches vor sich hin.

»Was war das gerade, verdammt? Du verfluchter Vollidiot!«

Peter schluckt und krallt sich so fest in sein Handtuch, dass die Handflächen brennen.

»Ich will mich nur anziehen ...«

Uffe lacht auf und kommt näher. Erst jetzt sieht Peter, dass er eine Schere in der Hand hält. Es fühlt sich an, als würde alles Blut aus seinem Kopf rauschen.

»Nein, willst du nicht.«

Peter denkt fieberhaft nach. Er hat Unterhose, Socken und T-Shirt an, wünschte sich, er hätte noch die Hose geschafft. Sein Hals schnürt sich zusammen, als er die Schere in Uffes Hand beäugt.

»Gib mir deine Hose.«

Peter zögert.

»Bitte, Uffe ...«

Er hat hauptsächlich Angst. Die Scham darüber, dass er Uffe anflehen muss, ist zweitrangig.

Uffe streckt die freie Hand vor.

»Gib. Mir. Die. Hose.«

Es hat keinen Zweck zu protestieren, Peter sieht es in Uffes Blick. Er streckt sich nach seiner Hose aus, und Uffe reißt sie ihm aus der Hand. Es klingt wie ein Peitschenschlag, als die Hose ihm aus den Fingern gleitet. Sein Hals tut weh, Peter weiß, dass er jetzt nicht heulen darf, denn dann schlägt Uffe jedes Mal zu. Deshalb starrt er stattdessen zu Boden. Obwohl es warm in der Umkleide ist, friert er an den Beinen, spürt, wie er über den verblassten blauen Flecken eine Gänsehaut kriegt. Erst am Morgen hat er noch gedacht, dass es jetzt schon ein paar Wochen her ist, seit sie ihn in den Wald gezerrt haben. Vielleicht langweilt es sie ja, ihn dort zwischen den Bäumen mit Schlägen und Tritten zu quälen?

Uffe richtet sich gerade auf. Er sieht auf Peter hinab, der dort auf der kalten Bank sitzt, und klemmt sich dessen Hose unter den Arm.

»Ich mag das nicht, wenn es dauert, bis du machst, was ich sage.«

Peter hört die Veränderung in dessen Stimme. Da hat sich ein Schalter umgelegt – und keine Sekunde später sieht er, wie Uffes Hand vorwärts schnellt, ein metallisches Blitzen, und plötzlich lodert sein Bein wie die Hölle. Der Schmerz ist wie Munition, die sich durch seinen Körper bohrt. Er brüllt auf, kreischt, dass sein Hals brennt wie Feuer, merkt nicht mal, dass Uffe die Umkleide verlässt, hört nicht, wie die Tür wieder ins Schloss fällt. Peter spürt, wie ihm die Tränen kommen, und mit flackerndem Blick sieht er hinab auf sein Bein. Die Schere steckt in seinem Schenkel. Er weiß nicht, wie tief sie eingedrungen ist, aber es tut so schrecklich weh, dass er kaum noch Luft bekommt. Es brennt fürchterlich, als er vorsichtig die Hand darum schließt und die Schere herauszieht.

Die Wunde ist breit, blutet stark, und dann fängt der Muskel an zu zittern. Peter presst das Handtuch darauf. Irgendwo in seinem Hinterkopf erinnert er sich, dass Mama mal zu ihm gesagt hat, man müsse Wunden immer reinigen, sonst würden sie sich entzünden, und dann müsste man Antibiotika einnehmen. Angesichts dessen reißt er sich zusammen. Mama darf von all dem nichts erfahren.

Er geht zurück in den Duschraum, und die Seife brennt, als er sich das Bein abwäscht, aber zumindest blutet die

Wunde nicht mehr ganz so stark. Er hat kein Pflaster zur Hand, lässt deshalb umso mehr Wasser darüber laufen, versucht schließlich, sich abzutrocknen, und überlegt, vielleicht einfach Papierhandtücher zu nehmen, will aber eigentlich nur noch verschwinden. Er hat Angst, dass Uffe zurückkommen könnte. Und er kann nicht mehr aufhören zu weinen – er möchte gern, aber er schafft es nicht. Draußen in der Umkleide wirft er die Schere in den Abfalleimer und wühlt dann mit der Hand alles um, damit sie unter den benutzten Papiertüchern landet.

Der Weg nach Hause dauert fünfundzwanzig Minuten. Es ist die letzte Februarwoche und minus achtzehn Grad kalt. Peter ist neun Jahre alt, er geht den ganzen Weg in Winterjacke und Sport-Shorts nach Hause und presst einen Fäustling auf die Wunde, immer wenn das Blut wieder zu fließen beginnt.

Idun trinkt den letzten Schluck Kaffee, dann zielt sie, wirft den leeren Becher in hohem Bogen – und brummt in sich hinein, als sie ihr Ziel verfehlt und der Becher auf dem Boden landet. Im Vorbeigehen hebt Siv ihn auf und wirft ihn in den Abfalleimer.

»Oha, man gönnt sich Luxuskaffee!«

Sie wirft Idun einen amüsierten Blick zu, die sich auf das Sofa im Pausenraum fallen lässt. Siv hat die Brille in die Haare geschoben. Jetzt schiebt sie sie auf die Nasenspitze, nimmt ihren Becher aus der Kaffeemaschine und lässt sich in den Sessel neben Tareq fallen.

»Ich nehme an, Svetlana hatte einiges über unser penisloses Opfer zu berichten?«

Tareq überkreuzt die Beine.

»Das kann man wohl sagen.«

Er klingt erschöpft, aber nicht annähernd so schlimm wie Anders Friksson, der halb auf der Sofalehne liegt und beunruhigend hustet. Seine Augen sind glasig, seit in der vergangenen Nacht eine satte Erkältung aufgeflammt ist.

»Was konnte Svetlana uns denn über den armen Mann erzählen?«

Tareq nickt Idun auffordernd zu.

»Zweiundzwanzig Schläge auf den Kopf. Svetlana war ziemlich beeindruckt, wie viel Kraft da aufgewandt wurde – es haben sich sogar Holzsplitter aus dem Schlagwerkzeug in den Schädel gebohrt.«

Anders reißt die fiebrigen Augen auf. Siv zuckt nicht mit der Wimper.

»Klingt nach entfesselter Aggression.«

Idun nickt.

»Das stimmt.«

Sie legt eine Kunstpause ein, ehe sie weiterspricht.

»Unser Opfer war an Händen und Füßen gefesselt. An die fünf Tage lang, schätzt Svetlana. Die Wunden waren ziemlich tief, und die ersten Hämatome hatten sich schon verfärbt.«

Siv rümpft die Nase.

»Und dann der abgeschnittene Penis …«

Idun wirft einen Blick in Tareqs Richtung. Die Bewegung war kaum zu sehen, doch er scheint die Beine zusammenzupressen.

»Der Schnitt wurde mit einer scharfen Klinge ausgeführt, vermutlich mit einem Skalpell. Laut Svetlana ein einziger, anscheinend eingeübter Handgriff. Und sie meint, wir suchen nach einem Linkshänder.«

Anders will etwas sagen, doch dann muss er husten. Er klingt wirklich nicht gut. Siv klopft sich mit dem Stift gegen die Wange.

»Ein Linkshänder … Svetlana ist ohne Frage ein Ass auf ihrem Gebiet, aber woher will sie das bitte wissen?«

»Man sieht so was wohl anhand des Winkels und der Schnittrichtung. Wir suchen einen Linkshänder, da war sie nachdrücklich. Und wir wissen alle, wie oft sich diese Frau schon geirrt hat.«

Siv grinst schief. Tareq lehnt sich auf seinem Sessel nach vorn.

»Die Verstümmelung lässt einerseits auf rasende Wut schließen, andererseits aber auch auf ein sehr persönliches Motiv. Und dass sich jemand auf diese Weise eine Trophäe zurückbehält, ist keine spontane Entscheidung. Wenn man dann auch noch die Schläge auf den Schädel mit einbezieht, bin ich mir ziemlich sicher, dass zwischen Täter und Opfer eine persönliche Verbindung bestanden hat. Und dann auch noch dieser eingeritzte Blitz – der muss etwas aussagen.«

Siv macht sich Notizen.

»Pia Holm hat behauptet, ihr Vater habe weder eine Partnerin noch Freunde gehabt. Er sei einsam verstorben ... genau wie sie es sich für ihn gewünscht hat.«

Anders hustet erneut.

»Und warum hat sie ihm das gewünscht?«

Es rasselt in seinen Atemwegen, wenn er spricht. Idun sieht ihm ins fiebrig gerötete Gesicht.

»Ich weiß es nicht. Andererseits hat Adam behauptet, Pia sei in ihrer Kindheit sexuell missbraucht worden. Er hat ausdrücklich von Vergewaltigung gesprochen. Du solltest wirklich nach Hause fahren und dich ins Bett legen.«

Anders nickt und erstickt den nächsten Hustenanfall mit der Faust vor dem Mund.

»Stimmt ... Und wisst ihr was? Das mache ich jetzt auch. Mein Hals brennt wie Zunder.«

Tareq will gerade etwas sagen, als Anders ihm mit erhobener Hand Einhalt gebietet.

»Dein Chef hat übrigens eingewilligt. Du darfst fürs Erste zwei Monate bleiben, solange wir im Mordfall Evert Holm ermitteln. Du beziehst weiterhin dein dortiges Gehalt und bekommst von uns einen Bonus und die Unterkunft gestellt. Ich hab ihm schon mitgeteilt, dass du Ja sagen würdest. Also arbeitest du jetzt für mich. Idun übernimmt die Koordination – ich bin zu krank, um mich noch um irgendetwas zu kümmern.«

Erneut muss er husten. Tareq streicht sich über den Bart.

»Dann müsste ich mich neu einkleiden – oder besser gesagt: warm. Und ein Hotelzimmer anmieten.«

Siv blickt von ihrem Schreibblock auf.

»Ich habe dich schon im Clarion hier in Luleå angekündigt. Das liegt im Zentrum, in Laufnähe diverser Bekleidungsgeschäfte. Aber da wäre noch eine Sache.«

Sie blickt ernst drein.

»Ihr solltet euch dringend mit Morgan und Emil unterhalten. Svetlana hat die ersten Laborergebnisse geschickt, aber ich nehme an, ihr hattet noch keine Zeit, sie euch anzusehen?«

Sowohl Idun als auch Tareq sehen sie alarmiert an.

»Everts DNA-Probe stimmt überein mit einer Spur aus einem älteren Fall – die Ermittlung rund um Marina Alm.«

Idun verschlägt es die Sprache. Marina Alm – die junge Frau, die vor ein paar Jahren tot in einer Schulaula aufgefunden wurde. Der Fall war damals in Emils und Morgans Abteilung angesiedelt, aber soweit Idun weiß, wurde er nie aufgeklärt.

»An Marinas Leiche wurde damals Sperma nachgewiesen«, führt Siv düster aus. »Und wie sich herausgestellt hat, stammte das von Evert.«

Idun springt auf. Das Adrenalin rauscht in ihren Adern.

»Wir kümmern uns darum. Aber erst müssen wir noch etwas anderes klären.«

Siv blickt zu ihr hoch.

»Ich nehme an, ihr wollt erneut mit Pia reden?«

»Statt sie vorzuladen, würde ich gern noch mal unangemeldet bei ihr vorbeifahren. Wenn es wirklich so ist, dass sie missbraucht wurde, ist es besser, sie kann uns das in einer geschützten Umgebung erzählen.«

Siv macht sich eine Notiz, während Anders auf dem Weg nach draußen abermals kräftig husten muss. Seine Haare stehen so sehr vom Kopf ab, dass sie aussehen wie ein seit Langem verwaistes Elsternnest.

Pia Holm wirkt wieder genauso misstrauisch wie bei ihrem ersten Besuch. Sie empfängt die zwei Ermittler höflich, auch wenn ihre Körpersprache etwas anderes besagt. Sie setzen sich wieder ins Wohnzimmer. Pia schiebt die Hände in ihre Strickjackentaschen. Idun und Tareq sitzen ihr gegenüber auf der anderen Seite des Couchtischs.

»Danke, dass Sie noch mal mit uns sprechen. Wir ahnen natürlich, dass Ihnen das schwerfällt.«

Pia sieht sie auf eine Weise an, die sie nur als amüsierte Verblüffung deuten können.

»Warum sollte es mir schwerfallen? Sie glauben, nur weil Ihre Fragen von Evert handeln?«

»Ja.«

Pia seufzt.

»Wie ich ja schon gesagt habe, hatte ich keinen Kontakt mehr zu ihm. Ich mochte ihn nicht, als er noch am Leben war, und ehrlich gesagt ist mir sein Tod egal. Das Einzige, was anstrengend werden dürfte, ist der Umstand, dass Adam und ich seine Erben sind und dass wir jetzt Everts Hinterlassenschaften unter uns aufteilen sollen.«

Sie gönnt sich eine Atempause.

»Wissen Sie, wie kompliziert das aufgrund von Adams Psychose werden dürfte? Er ist nicht imstande, nach sich selbst zu sehen. Wie soll er sich da um Erbsachen kümmern? Ich will es mir gar nicht ausmalen.«

Sie verstummt. Sitzt mit ausdrucksloser Miene da. Idun schluckt, ihr Hals tut weh, allerdings auch nicht schlimmer als tags zuvor.

»Apropos Adam ... Wir haben mit ihm gesprochen.«

Pia sieht sie einen Hauch konzentrierter an.

»Ich habe während des Gesprächs angedeutet, dass Sie nach dem Tod Ihres Vaters traurig sein könnten – und das konnte Adam so gar nicht verstehen.«

»Traurig wäre zu viel gesagt.«

»Adam meinte sogar, dass Sie froh über den Tod Ihres Vaters sein müssten. Er hat das Wort ›feiern‹ benutzt.«

In Pias Gesicht scheint etwas leicht zu verrutschen. Tareq, der bislang keinen Ton gesagt hat, lehnt sich vor und stützt die Arme auf die Knie.

»Um Schuldgefühle geht es uns nicht. Es hat jeder alles Recht der Welt, gegenüber den eigenen Eltern jedwedes Gefühl zu haben, ganz gleich, was dahintersteckt.«

Nüchtern begegnet Pia seinem Blick.

»Und trotzdem sind Sie hier und teilen mir mit, was mein kranker Bruder über mein Verhältnis zu Evert erzählen wusste. Entschuldigung, wenn ich jetzt vorgreife – aber natürlich geht es Ihnen um Schuldgefühle. Sie wollen, dass ich mein Verhältnis zu Evert ausleuchte.«

Sie verstummt abermals.

»Sofern ...«

Sie macht große Augen, als ihr etwas anderes dämmert.

»Sofern Sie nicht glauben, dass ich in den Fall verwickelt bin.«

Evert Holms erwachsene Tochter schlägt die Hand vor den Mund. Schwer zu sagen, ob die Überraschung echt oder nur vorgetäuscht ist.

»Wir glauben gar nichts, und Sie sie sind auch nicht verdächtig. Aber die Art und Weise, wie Ihr Vater ums Leben gekommen ist, und Ihr Verhältnis zu ihm aus Sicht Ihres Bruders haben doch ein paar Fragen aufgeworfen. Wir wollen lediglich herausfinden, wer Ihren Vater ermordet hat. Wir sind nicht hier, um Ihnen irgendwas vorzuwerfen.«

»Zumindest noch nicht.«

Sie seufzt genervt.

»Ich beantworte Ihnen gern sämtliche Fragen, so gut ich kann. Aber erst will ich wissen, wie er gestorben ist. Und zwar in allen Einzelheiten.«

Idun beißt sich in die Wange. Pia ist nicht in der Position, irgendwelche Forderungen zu stellen und die Richtung vorzugeben. Gleichzeitig weiß Idun, dass einige bewusst ausgewählte Details Angehörige ins Wanken bringen und Risse in der Fassade erzeugen können. Und so einen Riss würde sie derzeit zweifellos gerne sehen.

»Wo waren Sie gestern?«

Pia muss nicht mal darüber nachdenken.

»Ich war von frühmorgens bis spätabends bei der Arbeit. Wir mussten operieren, ich war erst Bereitschaft und dann Operateurin.«

»Sie sind Ärztin, richtig.«

»Gynäkologin.«

»Kann jemand bestätigen, dass Sie den ganzen Tag im OP waren?«

»Ein Dutzend Kollegen. Falls Sie sich wegen meines Alibis Gedanken machen – da kann ich Ihnen garantieren, dass es für gestern und für das gesamte Wochenende wasserdicht ist.«

Die Antwort kommt eine Nuance zu schnell.

»Und die Nächte?«

»Da habe ich geschlafen.«
»Hier zu Hause?«
»Ja.«
»Allein?«
»Ja.«
Tareq streckt den Rücken durch.
»Wie lange sind Sie schon Ärztin?«
»Seit fünf Jahren approbiert. Den Facharzt habe ich vor einem halben Jahr gemacht.«
»Nicht schlecht.«
»Ich habe wie gesagt ein Alibi. Und jetzt will ich wissen, wie er gestorben ist.«

Reglos sitzt Pia da, und es herrscht Stille im Wohnzimmer. Idun und Tareq lassen ihr Zeit, alles zu verdauen. Vermutlich war es ein Schock für Everts Tochter, wenn auch nicht in dem Maße, dass sie ärztliche Betreuung bräuchte. Hier reichen Aufmerksamkeit und die Möglichkeit, darüber zu reden.

In Iduns Tasche vibriert ihr Handy. Unter Garantie eine SMS, aber die kann sie jetzt noch nicht lesen. Sie muss sich darauf konzentrieren, wie Pia auf ihre Schilderungen reagiert.

»Möchten Sie vielleicht ein Glas Wasser?«

Tareqs Stimme klingt freundlich, und Pia nickt.

»Ja bitte. Gläser stehen im Vitrinenschrank in der Küche.«

Tareq verlässt das Zimmer. Dann ist draußen der Wasserhahn zu hören, und er kommt mit einem befüllten Glas zurück. Pia nimmt ein paar kleine Schlucke. Idun hat fast den Eindruck, als hätte sie ebenfalls Halsschmerzen.

»Ich verstehe das nicht ... Ich meine ... Wer kann derart irrsinnig wütend auf ihn gewesen sein? Reicht es nicht, dass ihn keiner leiden konnte? Er war so lange allein, erst recht in den letzten Jahren – aber solcher Hass? Dass er so sehr gehasst wurde, wusste ich nicht.«

Idun richtet sich gerade auf.

»Tareq und ich stellen uns dieselbe Frage. Es deutet einiges darauf hin, dass hinter der Tat ein persönliches Motiv steckt. Wir können es noch nicht mit Gewissheit sagen, aber davon gehen wir derzeit aus.«

Pia schweigt.

»Gibt es jemanden, den wir informieren sollten? Der Ihnen Gesellschaft leisten könnte?«

Everts Tochter nimmt noch einen Schluck Wasser.

»Ich komme schon klar ... Es ist nur gerade viel auf einmal. Nicht dass Evert auf diese Weise ermordet wurde – aber dass es Menschen gibt, die zu so etwas fähig sind.«

Sie schüttelt den Kopf, als würde sie ihren eigenen Gedanken nicht fassen können.

»Wann sind Sie Evert zuletzt begegnet?«

Pia überlegt.

»Ich habe seit Ihrem Besuch darüber nachgedacht. Das muss vor ein paar Jahren gewesen sein, als ich ihn zufällig bei einem Vortrag getroffen habe. Auf der Treppe im Haus der Kulturen – das war ziemlich schräg ... Ich hab angenommen, er hätte dort was anderes zu tun, immerhin handelte dieser Vortrag davon, wie das Personal im Gesundheitssektor Anzeichen häuslicher Gewalt gegen Frauen erkennen könnte, und ich glaube kaum, dass er dort war, um sich das anzuhören.«

»Haben Sie sich unterhalten?«

»Kein Wort. Ich hatte ihn gesehen, bevor er mich entdeckt hat. Er stand ganz unten auf der Treppe, hatte einen grauen Anzug an und guckte säuerlich.«

»Und was ist dann passiert?«

»Ich war schon auf halbem Weg die Treppe hinunter und konnte ihm nicht mehr ausweichen. Unsere Blicke haben sich gekreuzt, und er sah ... konzentriert aus. Ich hab weggeguckt und bin an ihm vorbei zum Ausgang.«

»Und seither haben Sie ihn nicht wiedergesehen?«
»Nein.«
»Und auch sonst keinen Kontakt gehabt?«
Pia zuckt mit den Schultern.
»Er hat hier und da eine Weihnachtskarte geschickt ... Nicht jedes Jahr, aber manchmal. Teure Karten, feines Papier, ein neutraler Spruch. Frohe Weihnachten wünscht Papa. Ich hab die Karten immer sofort weggeworfen.«
»Irgendwelche anderen Kontaktversuche? Anrufe? SMS, E-Mails, Briefe?«
»Nein.«
Idun lässt zu, dass sich Stille ausbreitet.
»Ich müsste Ihnen noch ein, zwei heikle Fragen stellen.«
Pia sieht sie matt an.
»Adam behauptet, dass Ihr Vater Sie in Ihrer Kindheit sexuell missbraucht habe. Er hat Evert den ›Vergewaltiger Ihrer Kindheit‹ genannt. Worauf genau hat er damit angespielt?«
Ihr fällt es nicht leicht, die Frage zu stellen, aber es muss sein. Doch Pia seufzt nur, lehnt sich zurück und sieht plötzlich sehr erschöpft aus.
»Sie dürfen Adams Aussagen nicht für bare Münze nehmen. Er ist krank, die Drogen haben sein Gehirn zerfressen, und die Psychose spielt seiner Erinnerung Streiche.«
»Aber Sie haben Ihren Vater nicht gemocht ...«
»Nicht gemocht wäre stark untertrieben. Ich habe ihn gehasst. Als wir Kinder waren, war er nie da, kümmerte sich weder um Mama noch um uns, und als sie starb, musste er wider Willen plötzlich Verantwortung übernehmen. Wir waren nicht verwahrlost oder so – wir hatten immer saubere Kleidung und Essen auf dem Tisch. Aber er liebte uns nicht, da war weder Liebe noch Fürsorge. Evert

hat nie gefragt, wie es uns ging. Unser Befinden oder auch die Schule haben ihn einfach nicht interessiert.«

Sie sieht die beiden Ermittler an.

»Er hat Abstand gehalten und uns als eine seiner Aufgaben betrachtet, als Job, den er unverlangt und unerwünschterweise ausführen musste. Das haben Adam und ich beide gespürt. Das Einzige, was Evert uns entgegenbrachte, waren Forderungen – unerfüllbare Forderungen und Erwartungen. Sein größtes Vergnügen bestand darin, uns einzubläuen, wie nutzlos wir waren. Dass er uns nie gewollt habe und es bereue, unsere Mutter getroffen zu haben.«

Schweigend sieht er aus dem Fenster.

»Am schlimmsten war das für Adam. Er träumte von einer Karriere als Schauspieler und schloss sich – ich glaube, das war irgendwann in der Oberstufe – einem kleinen Ensemble an. Dort war er über Jahre. Stand abends und an den Wochenenden auf der Bühne. Er hätte gern den Kreativzweig am Gymnasium besucht, aber Evert hat sich quergestellt. So was sei ›nur für Schwule‹. Ich glaube nicht, dass er auch nur geahnt hat, dass das Theater Adams Ein und Alles war. Ich hab mir damals seine Auftritte angesehen, und Adam war der Beste, ein Genie auf der Bühne, ein Naturtalent. Aber wie gesagt, es blieb ihm verwehrt und wurde zu Hause nur mit Verachtung gestraft.«

Sie holt tief Luft. Es klingt fast wie ein umgekehrter Seufzer.

»Nach dem Abitur kam er an die Schauspielschule, obwohl es in dem Jahr eine Rekordzahl an Bewerbern gab. Das war eine Riesensache ... also, für Adam. Trotzdem hat er es Evert nie erzählt. Zu dem Zeitpunkt war ich schon seit einer Weile von zu Hause ausgezogen, und dann hat sich Adam ebenfalls eine Wohnung gesucht, isolierte sich zusehends, zog sich zurück, und nach einiger Zeit hatte er zu mir und zu Evert gar keinen Kontakt mehr. Er ging weiter auf die Schauspielschule, rutschte aber irgendwann im dritten Ausbildungsjahr in die Drogenszene ab. Ich hab noch versucht, an ihn heranzukommen, aber es ging nicht mehr.«

Sie räuspert sich.

»Ich bin felsenfest davon überzeugt, dass Everts Haltung Adam das Genick gebrochen hat. Er hat sich den Drogen zugewandt, weil er seine Gefühle betäuben musste – und weil ihm klar war, dass er sich nie öffentlich zu seiner Liebe zum Theater würde bekennen können. Er hat sich sehnlichst einen Vater gewünscht, der ihm den Rücken stärken würde. Adam brauchte so viel mehr Bestätigung als ich. Da waren wir grundverschieden – Adam, die sensible Künstlerseele, und ich, die harte Akademikerin.«

Es sprudelt nur so aus ihr heraus. Idun und Tareq achten genau auf Veränderungen im Tonfall und versuchen herauszuhören, was sie zwischen den Zeilen sagt. Als Pia nicht weiterspricht, stellt Tareq seine nächste Frage.

»Und Sie selbst? Wem haben Sie sich zugewandt?«

Pia sieht ihn verwundert an.

»Was meinen Sie?«

»Adam hat sich den Drogen zugewandt, um seine lieblose Kindheit ertragen zu können. Gab es etwas, das Ihnen geholfen hat?«

Pia nickt geistesabwesend.

»Ich war strebsam. Ich nehme an, dass ich Evert – und auch mir selbst – insgeheim beweisen wollte, dass ich in etwas gut war. Also hab ich gebüffelt. Gott, wie ich für die

Schule und fürs Studium geackert habe! Aber das hat er nicht sehen können. Zuletzt hab ich ihn zum Abschlussfest an der Uni eingeladen. Er hat auf die Einladung nicht reagiert, und seither habe ich es bleiben lassen. Soweit ich weiß, hat er nie erfahren, dass ich sogar die Facharztausbildung draufgesetzt habe.«

Idun hat Pia aufmerksam zugehört. Dass die Jahre der Enttäuschung sich wie ein Trauerschleier auf sie gelegt haben, ist offensichtlich.

»Wollten Sie deshalb Ärztin werden?«

Pia massiert sich den Nacken. Der Stolz in ihrer Stimme ist nicht zu überhören.

»Ich habe immer gewusst, dass ich Ärztin werden will. Ich möchte Menschen helfen, für andere da sein, und ich will etwas bewegen.«

»Und Ihre Wahl fiel auf die Gynäkologie?«

»Evert war ein ausgesprochener Frauenverächter. Da war immer ein gewisser Unterton, wenn er mit oder über Frauen redete. Vor allem über unsere Mutter, nachdem sie gestorben war. Ich glaube, das hat bei mir den Funken gezündet. Deshalb kämpfe ich besonders für Frauen – und innerhalb der Medizin eben für die Gynäkologie. Sie ahnen nicht, wie vernachlässigt die Frauenheilkunde im Vergleich zu alledem ist, was Männer an Heilmethoden genießen. Das gilt auf allen Ebenen – nicht nur, was die Fortpflanzungsorgane betrifft.«

Idun nickt.

»Und was genau operieren Sie?«

»Hauptsächlich Krebs und Geburtsverletzungen.«

»Sind Sie Rechts- oder Linkshänderin?«

Pia runzelt die Stirn.

»Warum fragen Sie?«

»Beantworten Sie bitte nur meine Frage.«

»Ich bin Rechtshänderin.«

Wider Willen verspürt Idun Enttäuschung. Sie will gerade aufstehen und sich bei Pia für das Gespräch bedanken, als die noch etwas nachlegt.

»Adam ist Linkshänder.«

Idun hält mitten in der Bewegung inne. Ihr stockt der Atem, und sie spürt, dass es in ihrem Bauch zu rumoren beginnt. Pia sieht wieder aus dem Fenster, und erstmals während ihrer Unterhaltung liegt ein Anflug von Trauer in ihrem Blick.

»Und selbst das hat Evert missfallen.«

1979

Es ist der erste Schultag nach den Ferien, und Peter geht in die dritte Klasse. Er steht vor dem Klassenzimmer und wartet auf die Lehrerin, Frau Larsson. Die ganze Zeit über späht er hinüber zu den Sechstklässlern, wo er Uffe zwischen den anderen erkennen kann, aber zum Glück sieht der nicht in Peters Richtung. Es ist eine Erleichterung, wenn das passiert – wenn Uffe sich jemand anderen herauspickt und quält.

Vor seinen eigenen Klassenkameraden hat Peter keine Angst. Die sind nicht so gemein, sagen keine fiesen Sachen und schlagen ihn auch nicht, wenn er an ihnen vorbeigeht. Ein einziges Mal hat ihn jemand Meter gerufen, Uffes Lieblingsbeschimpfung. Doch meist gehen sie ihm aus dem Weg. Sie machen einen Bogen um ihn, wenn er kommt, und reden nur im absoluten Notfall mit ihm, eigentlich nur, wenn Frau Larsson sie zur Gruppenarbeit einteilt. Aber Peter hat gar nichts dagegen, unsichtbar zu sein. Er hält sich im Hintergrund und weicht den Blicken der anderen aus.

Endlich entdeckt er Frau Larsson am Ende des Flurs. Sie trägt einen Stapel Papier vor sich her und sieht müde, aber fröhlich aus.

»Guten Morgen, Peter!«

Sie lächelt ihn an. Er mag sie sehr.

»Guten Morgen, Frau Larsson!«

Lachend schließt sie das Klassenzimmer auf.

»Ich hab doch gesagt, dass du Gerda zu mir sagen sollst.«

Wieder lächelt sie. Peter schlüpft durch die Tür.

Die Tische im Klassenzimmer sind u-förmig aufgestellt. Peter setzt sich an seinen Platz und hängt den Rucksack über die Stuhllehne. Ein leises Raunen ist zu hören, während die Klassenkameraden ebenfalls ihre Rucksäcke ablegen. Frau Larsson schreibt unterdessen etwas an die Tafel und dreht sich wieder zur Klasse um. Peter kneift die Augen zusammen und liest, was da steht. *Silje*, in schnörkeligen Buchstaben.

»Wir kriegen heute einen Neuzugang.«

Sofort spitzen alle die Ohren.

»Sie kommt gleich, muss nur noch kurz mit Lena im Sekretariat reden.«

Peter beißt sich auf die Lippe. Er weiß nicht, was das für ihn bedeutet – aber mehr kann er auch gar nicht mehr denken, als die Tür erneut aufgeht und ein sommersprossiges Mädchen in einer ausgebeulten Latzhose und mit hochgekrempeltem Karohemd eintritt. So rote Haare hat Peter noch nie gesehen. Es leuchtet wie Feuer. Lang ist es obendrein, lockig und ein klein bisschen zerzaust.

»Das ist Silje. Sie geht ab heute in unsere Schule.«

Es klingt fast, als wäre das neue Mädchen ein Geschenk. Silje hat Turnschuhe an und Kratzspuren an den Unterarmen. Sie sieht aus, als hätte sie sich mit einer Katze angelegt. Sie hat eine Stupsnase und wache Augen. Peter findet, sie wirkt ganz anders als die anderen Mädchen in seiner Klasse.

Silje hat immer noch nichts gesagt, sondern steht nur neben dem Pult. Frau Larsson redet immer noch, doch

Peter hört nicht mehr hin. Er starrt nur mehr dieses rothaarige Mädchen an.

»Setz dich doch auf den freien Platz neben Peter.«

Er zuckt zusammen und sieht sich verwirrt um, und ihm dämmert, dass er wirklich der Einzige ist, neben dem noch ein freier Platz ist. Silje antwortet nicht. Stumm kommt sie auf ihn zu, zieht den Stuhl unter dem Tisch hervor und setzt sich neben ihn. Er späht zu ihr rüber, fühlt sich mit einem Mal unangenehm klein, sie ist einen Kopf größer als er. Und ihre Haare sind so rot wie ein Sonnenuntergang in einer Juninacht. Peter weiß nicht, ob er grüßen oder etwas sagen oder einfach nur freundlich gucken oder sie irgendwie anders willkommen heißen soll. Also sitzt er stumm da. Stumm und leicht verlegen und ungeheuer aufgeregt. Silje sieht ihn nicht an, sondern starrt nach vorn und hält den Blick auf die Tafel gerichtet. Auch Peter, der es gewöhnt ist, ignoriert zu werden, dreht sich widerwillig zu Frau Larsson und der Tafel um. Er hat das Gefühl, sich unmöglich auf den Unterricht konzentrieren zu können, aber wie immer will er versuchen, sein Bestes zu geben.

Christian Ekenstjerna liest das Schreiben aufmerksam durch. Der Beschluss, der ihn von der Schweigepflicht enthebt, ist von Staatsanwalt Sandberg unterzeichnet. Er ist zwei Seiten lang. Christian scheint jeden Absatz genauestens zu studieren. Allmählich ist Idun verärgert. Sie fühlt sich krank, das Zimmer ist ordentlich beheizt, trotzdem friert sie.

Als Christian endlich fertig ist, legt er das Schreiben vor sich auf den Schreibtisch.

»Was möchten Sie über Adam Holm wissen?«

Er hat die Frage offen gestellt. Tareq antwortet.

»Wissen Sie, wo er sich am vergangenen Wochenende und am Montag aufgehalten hat?«

Christian muss nicht mal nachdenken.

»Natürlich weiß ich das. Er war hier, die meiste Zeit in seinem Zimmer.«

»Eingeschlossen?«

Adams Arzt lächelt entschuldigend.

»Die Tür war von außen verschlossen, genau wie Adam es sich gewünscht hat.«

»Und er war den ganzen Tag dort?«

»Die Mahlzeiten nimmt Adam natürlich im Speisesaal zu sich. Das Wachpersonal holt ihn und bringt ihn anschließend zurück in sein Zimmer.«

»Ist er während der Mahlzeiten unter Aufsicht?«

Christian sieht ihn freundlich an.

»Adam ist aufgrund seines Gesundheitszustands hier, müssen Sie wissen. Er ist psychotisch und paranoid. Er glaubt, dass ihm Leute auflauern und ihm auf unterschiedliche Weise und aus verschiedenen Gründen schaden wollen. Er glaubt sogar, dass er hier, unter Aufsicht, belauscht würde, wie einige andere auch. Er ist nicht wegen des Zwischenfalls mit dem gebissenen Polizisten hier, sondern aus medizinischen Gründen. Er ist eine Gefahr für sich selbst und kann deshalb auch nicht allein wohnen, ganz einfach, weil er sich nicht hinreichend versorgen kann.«

Tareq antwortet nicht gleich, woraufhin Christian sich genötigt fühlt weiterzusprechen.

»Folglich steht er aber auch nicht unter Dauerbewachung – weil er keinerlei Gefahr für andere darstellt.«

»Wollen Sie uns damit sagen, dass er kommen und gehen könnte, wie er will?«

»Innerhalb der Abteilung, zumindest theoretisch, ja. Aber nachdem wir hier auch Patienten haben, die zu Ausbruchsversuchen neigen, sind die Ausgänge verschlossen. Keiner unserer Patienten kann die Abteilung ohne Zutun des Personals verlassen. Was Adam angeht, könnten wir es ihm nicht einmal verweigern, rein juristisch betrachtet hat er das Recht, das Wohnheim zu verlassen, wenn er will. Aber das würde er niemals machen. Dafür ist er zu krank, seine Ängste hindern ihn daran.«

»Und Sie sind sich ganz sicher, dass er sich von Sonntag bis Montag in der Abteilung aufgehalten hat?«

»Ja, da bin ich mir sicher. Genau wie ich mir sicher bin, dass er sich tagtäglich in der Abteilung aufgehalten hat, seit er vor zwei Jahren hier eingewiesen wurde. Wenn er mal draußen war, dann in Begleitung des Personals. Und da sprechen wir von kurzen Spaziergängen in der unmittelbaren Umgebung. Ich bin seit Tag eins sein behandelnder Arzt, deshalb kenne ich seine Historie. Das hier ist Adams Zuhause, und das verlässt er nicht gern. Ein Verhalten im Übrigen, das mit seinem Krankheitsbild einhergeht.«

Idun hat die ganze Zeit auf eine Schwachstelle im Bericht des Arztes gelauert, nicht, weil sie ihm nicht glauben würde, sondern weil sie weiß, dass selbst vermeintlich wasserdichte Erzählungen nicht selten eine Lücke aufweisen.

»Wenn Adam trotzdem gestern oder vorgestern nach draußen gewollt hätte, wie hätte er das gemacht?«

»Ja, zusammen mit einer Aufsichtsperson, weil alles andere für einen Patienten mit Adams Problematik ganz unmöglich wäre. Aber einen solchen Ausgang hat es weder am Sonntag noch gestern gegeben. Wenn Sie möchten, sehe ich in der Krankenakte nach, wann er zuletzt draußen war.«

Ja, das möchten sie. Und während Christian sich seinem Computer zuwendet, um die Akte aufzurufen, sieht Idun zu Tareq. Der wiederum bedenkt Christian mit einem flüchtigen, aber vielsagenden Blick. Idun ahnt, dass auch Tareq vom vagen Verlauf des Gesprächs enttäuscht ist.

»Da hätten wir es ja ...«

Christian starrt die digitale Krankenakte an, und sein Gesicht sieht im Schein des Bildschirms kreideweiß aus.

»Adam war zuletzt an Weihnachten draußen. Zusammen mit einem anderen Bewohner und einem Wachmann hat er draußen die Kerzen angezündet. Dann haben sie einen kleinen Spaziergang gemacht, waren aber innerhalb von dreißig Minuten zurück.«

»Wissen Sie auch, wer vom Personal ihn begleitet hat?«
Christian sieht erneut zum Bildschirm.

»Das war Didrik – derselbe Mann, der in Adams Zimmer dabei war, als Sie gestern mit ihm gesprochen haben.«

»Und Sie können garantieren, dass er seit Weihnachten das Wohnheim nicht mehr verlassen hat?«

»Ja.«

»Ist Adam Linkshänder?«

Christian sieht sie aufrichtig verwundert an.

»Woher wissen Sie das?«

»Wissen Sie, ob er Erfahrung im Umgang mit einem Skalpell hat?«

Die Verwunderung schlägt in Misstrauen um.

»Mit einem Skalpell? Also, das glaube ich nicht. Davon habe ich zumindest noch nie gehört. Und auf so etwas haben unsere Patienten auch keinen Zugriff.«

Idun muss nachdenken. Das alles passt doch nicht zusammen. Evert Holm wurde mutmaßlich von einem Linkshänder entmannt, der obendrein wusste, wie man ein Skalpell führt. Und nachdem die Verstümmelung erst unmittelbar vor Eintritt des Todes vorgenommen wurde, dürfte man wohl von Folter sprechen. Damit hätten sie Grund zu der Annahme, dass ein persönliches Motiv hinter der Tat steckt, die von starken, unkontrollierten Emotionen befeuert wurde. Laut Adam hat Evert Pia in deren Kindheit sexuell missbraucht, was Pia selbst vehement bestreitet. Adam ist Linkshänder, scheint aber für den Tatzeitpunkt ein wasserdichtes Alibi zu haben. Pia indes kann mit einem Skalpell umgehen, ist aber Rechtshänderin. Außerdem hat auch sie für den Tatzeitpunkt ein mehr als ausreichendes Alibi.

»Was hielt Adam von seinem Vater?«

Christian verzieht keine Miene.

»Das fragen Sie ihn besser selbst. Wenn er einen guten Tag hat, könnte ich mir vorstellen, dass er auf diese Frage sogar ehrlich antwortet. Aber wenn ich vorgreifen müsste, dann würde ich sagen, dass ihr Verhältnis nicht besonders gut war. Meiner Ansicht nach haben Erlebnisse in der Kindheit und Jugend maßgeblich dazu geführt, dass Adam sich gewissen Rauschmitteln zugewandt hat – und somit mittelbar dazu, dass er jetzt hier untergebracht ist. Die Drogen haben einen Zustand getriggert, der wiederum ursächlich für seine schizophrene Erkrankung ist. Die Zusammenhänge sind da ziemlich komplex, und ich kann sie Ihnen gern erklären, wenn Ihnen das weiterhilft.«

Idun lächelt verhalten.

»Hatten Adam und Evert seit Adams Einweisung hier noch Kontakt?«

»Nicht dass ich wüsste.«

Idun und Tareq bedanken sich. Sie sind kaum auf den Flur hinausgetreten, als Idun noch mit der Hand an der Klinke eine letzte Frage an Adams Arzt richtet.

»Kann Adam eigentlich je wieder so gesund werden, dass er im Alltag allein klarkommt? Also in eine eigene Wohnung ziehen und ein Leben ohne Betreuer leben?«

Als er antwortet, sieht Christian Ekenstjerna aufrichtig betrübt aus.

»Vermutlich nicht. Adam wird für den Rest seines Lebens in irgendeiner Art und Weise betreut werden müssen – wenn nicht hier, dann woanders. Die Aussichten, seine Dämonen je loszuwerden, sind gleich null, so traurig es ist. Natürlich entwickeln sich die Forschung und die Behandlungsmethoden weiter, allerdings nicht schnell genug für Adam.«

Unwillkürlich schießt es Idun durch den Kopf, dass es Adams Leben ja möglicherweise erleichtern könnte, wenn die Hauptursache für seine Dämonen ausgelöscht wäre ... sein eigener Vater. Evert Holm.

Aber das sagt sie natürlich nicht laut.

1979

Nachdem sie die Anwesenheitsliste durchgegangen ist, liest Frau Larsson der Klasse eine Geschichte vor, ein Märchen, das von der Freundschaft einer Maus mit einem Elefanten handelt. Die kleine Maus hat jede Menge Freunde, während der Elefant keinen einzigen hat – was sich schlagartig ändert, als die Maus den Elefanten eines Tages fragt, ob sie spielen wollen. Und natürlich will der Elefant spielen. Denn wer will schon einsam sein? Genau diese Frage stellt Frau Larsson der Klasse, doch dann klingelt es zur ersten Pause des neuen Schuljahrs, und keiner antwortet mehr, weil alle begeistert johlend nach draußen laufen.

Nur Peter bleibt im Klassenzimmer zurück, lässt sich Zeit, packt gewissenhaft die Bücher in sein Pult und sortiert die Stifte nach Farben in das schmale Plastiketui. Erst als Frau Larsson ihm aufmunternd zulächelt, verlässt er widerwillig das Klassenzimmer und hält auf seinen Spind zu. Der Flur ist verwaist, seine Klassenkameraden sind längst alle draußen. Langsam bindet er sich die alten, zerschlissenen Sportschuhe und schlurft dann mit hängenden Schultern in Richtung Ausgang.

Im Hof der Heden-Schule ist es staubig und warm. Peter bleibt direkt am Ausgang stehen. Sand wirbelt auf, als ein paar Schüler an ihm vorbeirennen. Sie spielen Fangen, ein großer Junge läuft ganz am Ende, und zwei Mädchen kreischen auf, als er ihnen nachsetzt. Ein Stück weiter spielen mehrere Jungs Fußball, und noch weiter hinten stehen zwei Aufsichtslehrer, die alles im Blick behalten. Es riecht nach Spätsommer. Die Sonne wärmt Peters Gesicht, während er sich an die Wand lehnt und einfach nur dasteht. Wie immer hat er ein mulmiges Gefühl im Bauch. Er kann Uffe und seine Gang nirgends sehen. Keine Ahnung, wo sie gerade sind. Vielleicht haben sie sich irgendwo versteckt, um ihm aufzulauern?

»Kletterst du gern auf Bäume?«

Die Stimme kommt von schräg hinten. Wachsam dreht Peter sich um und sieht sich Silje gegenüber. Irgendwie wirkt sie niedergeschlagen. Peter macht sich so groß, wie er kann.

»Du – kletterst du gern?«

Er windet sich. Warum spricht sie mit ihm? Sieht sie denn nicht, dass er jemand ist, mit dem niemand sprechen mag?

Er zieht die Schuhspitzen durch den Sand. Silje kneift die Augen zusammen.

»Oder traust du dich nicht?«

Peter holt tief Luft durch die Nase, versucht, das Kinn vorzurecken, während er gleichzeitig den Schulhof nach seinen Peinigern absucht.

»Doch ... Doch, ich mag Klettern.«

Fast stottert er.

»Gut.«

Schlagartig wird er unsicher. Hat sie wirklich ihn gemeint? Er sieht sich um, aber da ist sonst niemand in der Nähe. Er späht wieder in Siljes Richtung, und sie sieht wirklich ihn an, und erst da dämmert ihm, dass sie ihn allen Ernstes mit voller Absicht angesprochen hat.

Peter will, dass dieses Gespräch nie zu Ende geht.

»Machst du das öfter?«
Er klingt selbstsicherer, als er sich fühlt. In Wahrheit ist er ein Wassertropfen im Meer, durchscheinend, an der Grenze zu nicht existent. Es flattert so sehr in seinem Bauch, dass er Angst hat, ohnmächtig zu werden.
Silje lässt sich mit ihrer Antwort Zeit.
»Jeden Tag.«
Peter weiß nicht mehr, was er noch sagen soll. Eine Weile herrscht Stille, ehe Silje in Richtung des Schulgebäudes nickt.
»Hinter der Mensa steht ein toller Kletterbaum. Den hab ich gestern Abend entdeckt. Soll ich ihn dir zeigen?«
Obwohl sich sein Kopf anfühlt, als würde er krampfen, bringt Peter ein Nicken zustande. Natürlich soll sie das.

Boel Grage ist achtundsiebzig und hat ohne jeden Zweifel mehrere Schönheits-OPs hinter sich. Die Wangen sind so straff, dass die Haut fast aufzuplatzen droht. Die feinen Krähenfüße um die Augen reichen unnatürlich weit bis zu den Schläfen, und wenn sie blinzelt, dann ganz langsam, als wären die Lider nicht mehr groß genug. Nach ein paar mageren Begrüßungsphrasen lässt sie Idun und Tareq in ihre Wohnung, bietet ihnen Kaffee an und sieht zutiefst erleichtert aus, als sie beide ablehnen. Sie setzen sich in die Küche. Es ist nicht zu überhören, dass Boel wenig an Small Talk interessiert ist.

»Sie möchten wahrscheinlich über Evert sprechen.«

Tareq nickt.

»Es heißt, Sie haben lange zusammengearbeitet.«

Boel fährt sich mit den Fingerspitzen über die Schläfe. Die runzlige Hand passt nicht zu den glatten Wangen.

»Das ist schon Jahre her, aber ja, ich war fast zwanzig Jahre lang seine Sekretärin.«

»In seiner Firma?«

»Für Stahlbau, ja. Balkone, Geländer, Elemente für Einkaufszentren und Wohnhäuser. Evert hat sogar ins Ausland exportiert. Seine Produkte sind in diversen Wolkenkratzern in New York verbaut worden.«

Ihre Stimme knistert wie Zunder. Was wiederum ziemlich gut zu ihrer Gesichtshaut passt.

»Außerdem waren wir privat liiert.«

Weder Idun noch Tareq geht darauf ein.

»Ich sage es lieber gleich, aber Sie wussten das ohnehin, oder?«

»Wie sah Ihr Verhältnis aus?«

»Es war rein körperlich. Da waren keine Gefühle im Spiel, zumindest nicht von Everts Seite. Er war gar nicht imstande, Gefühle zu empfinden.«

Tareq schreibt mit, was Boel erzählt. Idun runzelt die Stirn.

»Nicht imstande ...?«

Boel sieht ihr ins Gesicht. Ihre Augen sind die einer alten Frau.

»Wenn ich ganz ehrlich sein soll, glaube ich ja, das war so etwas wie ein Geburtsfehler. Ich habe nie einen anderen Menschen getroffen, der dermaßen gefühlskalt war. So wird man nicht, so muss man schon zur Welt gekommen sein.«

Sie verstummt. Idun wartet auf eine Fortsetzung, doch diesmal redet Boel nicht weiter.

»Wusste jemand von Ihrem Verhältnis?«

»Das weiß ich nicht. Und wer hätte das sein sollen? Evert hatte keine Freunde. Anfangs waren da noch seine Kinder, aber wir haben uns nie bei ihm zu Hause getroffen. Wir hatten ein Privatzimmer in der Firma, und Evert hat für Hotels bezahlt. Manchmal sind wir übers Wochenende verreist, aber da haben wir nie das Zimmer verlassen, lagen nur jeder mit seinem Buch oder mit der Zeitung auf dem Bett oder arbeiteten, wenn wir nicht gerade Sex hatten.«

»Dann war Ihr Verhältnis beruflich und körperlich und in keinerlei Weise emotional?«

»Genau. Wir haben nicht mal miteinander geredet – es sei denn, es ging um die Arbeit. Evert war kein großer Redner, und das kam mir gut zupass. Ich hatte gerade eine schwierige Beziehung hinter mir und war nicht auf große Gefühle aus. Und so ist es dann auch geblieben.«
»Haben Sie Kinder?«
»Weder mit Evert noch mit einem anderen.«
»Waren Sie bis zu seinem Tod mit ihm zusammen?«
»Nein, nein, nein. Es war vorbei, sobald er anfing, zu Prostituierten zu gehen. Ich wollte kein Aids oder so was bekommen, deshalb habe ich unser Verhältnis beendet. Also, das körperliche Verhältnis. Zusammengearbeitet haben wir bis zu seiner Pensionierung ... die dann auch der Zeitpunkt für meine eigene Pensionierung war.«

Idun ändert ihre Sitzposition. Was für eine bemerkenswerte Frau diese Boel Grage doch ist.

»Woher wissen Sie, dass er zu Prostituierten ging?«
»Er hat es mir erzählt – und dass er einmal sogar fast verhaftet worden wäre. Er war froh, als er mit einem blauen Auge davonkam, und leicht verstimmt, weil seine Favoritin von der Polizei aus dem Verkehr gezogen wurde. Es dauerte ein paar Wochen, bis er sich eine neue gesucht hatte.«
»Und wie hat er die neue gefunden?«
»Das weiß ich nicht. Ich hatte keinerlei Einblick in Everts private Machenschaften. Nur ins Geschäftliche. Aber damals, als gegen ihn ermittelt werden sollte, war er ziemlich durch den Wind – also, gefühlsmäßig. Ich hab ihn geradeheraus gefragt, was da los sei, und daraufhin hat er es mir erzählt. Völlig ungeniert und im Nachhinein sogar schadenfroh, sollte ich wohl hinzufügen, und da war mir natürlich klar, dass er schuldig war, weil eine Zeit lang sein

Groll wie weggefegt war. Wenn er unschuldig gewesen wäre, hätte er die ganze Sache nämlich sofort vergessen. Aber dann wurde er nicht einmal angeklagt, und da war er wieder der alte gefühlskalte Evert.«

»Kannten Sie Pia und Adam?«

Boel blinzelt erneut auffällig langsam. Die Haut rund um die Augen wird jedes Mal weiß.

»Nein.«

Idun überlegt kurz, aber ihr fallen keine weiteren Fragen ein. Deshalb bringt Tareq das Gespräch zu Ende.

»Wo waren Sie in der Nacht auf Montag?«

»Hier, zu Hause. In meinem Bett.«

»Ich nehme an, das kann niemand bezeugen?«

Boels straffes Gesicht wird noch straffer, sofern das überhaupt möglich ist.

»Natürlich nicht.«

Morgan Samuelsson und Emil Warg sitzen dicht beieinander an Morgans Schreibtisch und starren konzentriert auf den Computerbildschirm. Morgan hat die Augen hinter seiner Brille zusammengekniffen. Emil fährt sich durch die schwarzen Haare.

Idun klopft an, auch wenn die Tür offen steht. Die beiden blicken auf, und Morgan steht halb von seinem Stuhl auf.

»Idun! Lange nicht gesehen«, sagt er ruhig.

Er ist ein kompetenter Ermittler, der kein Aufsehen um die eigene Person macht. Idun und Tareq stellen vier Kaffeebecher auf dem Schreibtisch ab und setzen sich auf die Besucherstühle. Idun bindet die blonden Haare zu einem Pferdeschwanz zusammen.

»Schön, euch zwei zu sehen.«

Morgan und Emil geben Tareq die Hand. Nachdem sie einander vorgestellt haben, nimmt Morgan einen der Kaffeebecher und lehnt sich auf seinem Stuhl zurück. Er pustet vorsichtig über den Becher. Der Dampf schlägt sich auf seiner Brille nieder.

»Ist das ein Freundschaftsbesuch, oder seid ihr aus einem bestimmten Grund hier?«

»Wir haben einen Grund, aber der kann kurz warten. Wobei stören wir euch gerade?«

Morgan hört auf, über den Kaffee zu pusten, Emil grinst

schelmisch und wackelt mit den buschigen Augenbrauen. Er ist gebürtiger Inder, wurde adoptiert und hat vor einigen Jahren an einer Fernsehsendung teilgenommen, in der nach seinen Wurzeln gesucht wurde. Und tatsächlich konnten sie in einem indischen Slum seine leibliche Mutter und vier Geschwister aufspüren. Seither finanzieren Emil und seine Frau Veronika ein Entwicklungshilfeprojekt in Indien. Sie fliegen jeden Sommer hin und packen dort ehrenamtlich mit an. Manchmal beneidet Idun ihn darum; immerhin hat Emil somit gleich zwei Mütter, die ihn heiß und innig lieben, während Iduns Mutter metertief unter der Erde liegt. Darüber hinaus hat sie die Antworten auf Iduns Fragen nach Nore mit ins Grab genommen, und das, obwohl Idun sie diesbezüglich ein ums andere Mal gelöchert hat.

Emil sieht die beiden mit wachem Blick an.

»Ich sag dir, wobei du gerade gestört hast: Wir sind niemand Geringerem als Hannes Vinge auf den Fersen!«

Er sagt das so, als hätte er soeben eine Bühnenshow anmoderiert.

»Morgan und ich sind schon ewig an einem Insider dran – und endlich scheint daraus etwas zu werden!«

Idun klappt die Kinnlade herunter.

»Ist das dein Ernst? Nicht übel!«

Sie gibt Emil ein High Five.

»Das ist der erhoffte Sieg. Dafür haben wir uns beide den Arsch aufgerissen!«

Emil bedenkt seinen Kollegen mit einem freundschaftlichen Blick, und Morgan dankt es ihm mit einem Tätscheln der Schulter.

»Schon klar – aber du hast die meiste Arbeit damit gehabt. Das hat jetzt ganze zwei Jahre gedauert.«

Letzteres ist an Idun gerichtet, die Emil anerkennend zunickt, ehe sie sich zu Tareq umdreht.

»Hannes Vinge ist ein Widerling. Er betreibt hier in Norrbotten ein kriminelles Netzwerk, und wir wissen, dass er im Drogengeschäft, in der Geldwäsche, aber vor allem in der Zwangsprostitution mitmischt. Seine Organisation ist riesig, Morgans und Emils Abteilung ermittelt schon seit einer Ewigkeit, und die beiden haben bereits mehrere Wohnungen hochgenommen, in denen der Prostitution nachgegangen wurde. Dabei ist Hannes ihnen immer durch die Maschen gerutscht. Rausgezogen haben sie nur die kleinen Fische. Wir haben Grund zu der Annahme, dass er im Frauenhandel von Russland nach Schweden das entscheidende Verbindungsglied ist. Die Frauen werden bei Haaparanta über die finnische Grenze geschleust und nach Schweden gebracht.«

Tareq hat aufmerksam zugehört. Bei der ersten Gelegenheit wendet er sich an Emil.

»Und was erwartet ihr euch von eurem Informanten?«

Emil nimmt einen Schluck Kaffee.

»Wir haben wie gesagt über die Jahre einige Wohnungen ausgehoben. Die sind nicht ganz leicht aufzuspüren, weil Hannes und seine Leute sich verdammt geschickt unter dem Radar halten. Aber es ist im Grunde immer das Gleiche: eine Wohnung, in der ein, zwei Frauen wohnen, mitunter mit ein, zwei männlichen Aufpassern. Es ist schon ein kleiner Sieg, wenn wir dem Leid dieser Frauen ein Ende setzen und die Männer hinter Gitter bringen können, aber bislang sind wir nie in den inneren Kreis der Organisation vorgedrungen. Wir wissen, dass Hannes die Spinne ist, die das komplette Netz überwacht, allerdings haben wir ihn nie hinreichend belastbar mit Verbrechen in Verbindung bringen können, sodass der Staatsanwalt hätte Anklage erheben können.«

Tareq streicht sich über den Bart.

»Und das soll sich jetzt mit eurem Informanten ändern?«

»Wir müssen der Spur des Geldes nachgehen. Wir werden Vinge sicher nicht im Zuge einer Razzia gegen eine seiner Bordellwohnungen drankriegen. Wenn wir jedoch nachweisen könnten, dass die Kohle zu guter Letzt in seiner Tasche landet, sind wir ihm nahe genug auf die Pelle gerückt, um Sandberg ins Boot zu holen. Unser Insider hat die Möglichkeit, Hannes ausgerechnet in Sachen Geldwäsche auf die Finger zu gucken – vorausgesetzt, wir bieten ihm im Gegenzug irgendetwas an. Was genau, kann ich noch nicht verraten, aber endlich nähern wir uns einer Art Durchbruch, der die Bezeichnung auch wert ist.«

»Der Ablauf ist so gut wie immer der Gleiche«, schaltet sich Morgan mit ernster Stimme ein. »Die Frauen werden schneller zu Kleinholz gemacht als der bolivianische Regenwald: jahrelange schwere Vergewaltigungen, Misshandlungen, Gewalt ... Wir wissen, dass einige schwanger werden, dass so gut wie alle am Ende umgebracht werden – nachdem sie jahrelang zur Prostitution gezwungen wurden. Darüber hinaus wissen wir, dass Hannes der Nutznießer ist. Allerdings wiegt er sich bislang in Sicherheit. Sein Netzwerk ist riesig und wenig durchlässig. Er scheint Zugriff auf einen unerschöpflichen Strom an Frauen zu haben. Die Schleuserei an der Grenze ist uferlos. Für einen normalen Menschen ist das schwer zu begreifen ...«

Man kann ihm anhören, wie sehr ihm das Thema an die Nieren geht. Nicht einmal Morgan ist abgebrüht genug, obwohl er schon jahrelang in diesem Bereich arbeitet.

Er schiebt sich die Brille auf der Nase hoch. Idun nutzt die Gelegenheit.

»Wir sind tatsächlich wegen einer Sache gekommen, in der ihr vor drei Jahren ermittelt habt.«

Morgan sieht sie durch seine Brille an.

»Schieß los.«

Idun lässt ein paar Sekunden verstreichen.

»Marina Alm.«

Mit einem Knall stellt Emil seinen Becher ab. Morgan seufzt auf.

»Der Fall wurde nie gelöst.«

»Könnt ihr uns ein bisschen mehr darüber erzählen?«

Morgan streift Emil mit einem Blick und zieht ein paar Sekunden lang die Stirn kraus. Als er sich wieder Idun und Tareq zuwendet, scheint es ihm beinahe unangenehm zu sein.

»Natürlich. Aber macht euch auf das Schlimmste gefasst. Die Geschichte ist gelinde gesagt scheußlich.«

»Marina Alm wurde einundzwanzig Jahre alt. Ein junges Musiktalent, das noch sein ganzes Leben vor sich hatte.«

Die Sorgenfalte zwischen Morgans Augenbrauen wird tiefer.

»Sie wurde in der Aula ihrer alten Schule in der Innenstadt von Luleå tot aufgefunden. Saß nach einer Schulaufführung tot im Publikum, abends, kurz nach neunzehn Uhr.«

Idun und Tareq hören stumm zu. Emil sitzt reglos da und hört Morgan zu.

»Laut Zeugen war sie barfuß und sichtlich durch den Wind. Außerdem ziemlich schmutzig. Sie hatte sich vor der ersten Reihe hindurchgeduckt, um vom Eingang aus zur anderen Seite zu kommen, und hat sich dort auf einen freien Platz gesetzt. Der Mann neben ihr hat nicht mit ihr gesprochen, erzählte aber im Nachhinein, ihm sei aufgefallen, dass sie ziemlich verängstigt gewirkt habe. Und dass sie schlecht roch.«

»Dass sie schlecht roch?«

Morgan zuckt mit den Schultern.

»Nach Schweiß. Stress. Panik.«

»Waren das die Worte des Zeugen oder deine Schlussfolgerung?«

Morgan nimmt einen letzten Schluck Kaffee. Emil wartet immer noch ab und antwortet auch nicht an Morgans

Stelle, obwohl er ebenfalls an der Ermittlung beteiligt war. Idun findet das merkwürdig. Emil ist doch sonst nicht so still, ganz im Gegenteil.

»Sowohl als auch. Sie roch tatsächlich streng. War ungewaschen und allgemein in einem schlechten Zustand. Die Fußsohlen waren schmutzig und wund. Svetlana zufolge war sie eine längere Strecke barfuß gerannt. Am selben Tag war Markt, und Svetlana hat unter den Fußsohlen und zwischen den Zehen Reste von Brot, Soßen und anderen Lebensmitteln gefunden. Sie dürfte also durch die Fußgängerzone gelaufen sein.«

Er sieht zu Emil, der sich gerade aufrichtet, ehe er übernimmt.

»Wir haben enorme Anstrengungen unternommen und nach weiteren Zeugen gesucht, aber niemand hatte etwas zu sagen. Nicht mal die Leute von den Marktständen hatten eine rennende, barfüßige, verängstigte Frau gesehen. An dem Abend war einiges los – wir nehmen an, dass sie in der Menge einfach unsichtbar war.«

Idun sieht es förmlich vor sich. Die panische Marina Alm, die aus der Fußgängerzone auf ihr altes Schulgebäude zufliegt, wo sie sich verstecken will.

»Wisst ihr, warum sie ausgerechnet zur Schule gelaufen ist? Wäre es nicht sinnvoller gewesen, in einem näheren Gebäude Zuflucht zu suchen? In einer der Einkaufspassagen? Das wäre doch wesentlich schneller gegangen, als bis zur Schule zu laufen.«

Morgan kratzt sich am Hals.

»Sie war dort wie gesagt zur Schule gegangen, hatte zwei Jahre vor ihrem Tod das Musik-Abitur abgelegt. Angeblich hat sie gesungen wie eine Göttin, getanzt und Theater gespielt. Alle wussten nur Gutes über sie zu erzählen. Sie sei vielleicht ein bisschen chaotisch gewesen, aber die musischen Fächer hat sie mit Bravour gemeistert. Wir haben mit ihren Eltern gesprochen, mit ehemaligen Lehrern und Mitschülern, und alle haben mehr oder weniger das Gleiche gesagt: Sie sei hoch talentiert, aber der Schule überdrüssig gewesen und habe endlich ins Erwachsenenleben starten wollen. Sie sei eine kleine Rebellin gewesen, die auch nicht davor zurückgeschreckt sei, Erwachsenen die Stirn zu bieten. Aber sie sei nie gemein gewesen, allenfalls ein klein bisschen aufmüpfiger als andere im selben Alter.«

Emil räuspert sich.

»Im Abschlussjahr hat sie sich mit jemandem aus Hannes' Gang eingelassen. Keiner, der allzu weit oben angesiedelt gewesen wäre, aber er hatte durchaus eine Position. Er – Leon Berger – und Marina wurden mehrmals zusammen in Cafés und Restaurants gesehen. Marinas Freundinnen erzählten, dass sie bis über beide Ohren verliebt gewesen sei. Ein paar Monate später ist sie dann spurlos verschwunden. Die Eltern haben sie als vermisst gemeldet, aber es wurde nie eine Ermittlung eingeleitet, weil alles darauf hindeutete, dass sie aus freien Stücken mit Leon abgetaucht war. Anscheinend hatte sie darüber geredet, dass sie wegziehen und in einer anderen Stadt ein neues Leben anfangen und daheim alles hinter sich lassen wollte. Aber so war es leider nicht. Zwei Jahre später wurde sie tot aufgefunden.«

Idun hat Gänsehaut an den Armen, während Tareq ganz leicht die Hand hebt.

»Was war die Todesursache?«

»Eine Überdosis Heroin. In den Hals injiziert. Sie hatte darüber hinaus keinerlei Einstichspuren, also war sie kein Junkie. Jemand hat ihr das Heroin mit der Absicht gespritzt, sie umzubringen. Und es hat funktioniert. Die Menge hätte drei gestandene Kerle umgehauen. Svetlana hat es als ›reinste Verschwendung‹ bezeichnet. Ich weiß noch gut, wie sie das gesagt hat.«

Er klingt leicht angewidert. Der trockene Humor der Rechtsmedizinerin liegt eindeutig nicht jedem.

»In welcher Verfassung war Marina ansonsten – mal abgesehen davon, dass sie ungewaschen war?«

Morgan sieht Idun betreten an.

»In einer miserablen Verfassung ... Der Rumpf war mit blauen Flecken übersät – in jeglichen Schattierungen. Svetlana zufolge sind sie ihr über längere Zeit nach und nach beigefügt worden. Zwei Rippen waren gebrochen und schief verheilt. Wir konnten Sperma von vier verschiedenen Männern nachweisen. Ein Schneidezahn war abgebrochen, allerdings waren die Lippen unverletzt, insofern muss der Zahnschaden Wochen, wenn nicht Monate vor ihrem Tod eingetreten sein.«

Idun und Tareq hören schweigend zu.

»Sie war zuvor ohne jeden Zweifel in einer Bordellwohnung gefangen gehalten worden. Und nachdem sie mit einem von Hannes' Handlangern zusammen war, gehen wir davon aus, dass sie für ihn anschaffen ging. Vermutlich ist sie aus der Wohnung geflüchtet, aber verfolgt und dann aus dem Weg geräumt worden. Was hätten sie auch sonst tun sollen? Sie wieder zurückzuschleifen hätte zu viel Aufmerksamkeit erregt. Da waren zu viele Leute im Publikum, deshalb konnten sie gar nichts anderes tun, um sie zum Schweigen zu bringen.«

Idun wartet auf eine Fortsetzung. Als weder Morgan noch Emil etwas sagt, beschließt sie, die Bombe platzen zu lassen.

»Tareq und ich haben die Voruntersuchung zu einem Mordfall eingeleitet. Ein gewisser Evert Holm wurde in der Nähe der Bergnäsbrücke auf der Eisbahn gefunden – ein brutaler Mord mit Hinweisen auf sadistische Folter. Dem Opfer wurde der Penis abgeschnitten, weshalb wir davon ausgehen, dass wir es mit einem persönlichen Motiv und mit einem sexuell motivierten Verbrechen zu tun haben.«

Morgan schiebt sich die Brille auf der Nase hoch.

»Evert Holm? Der ist uns doch vor einigen Jahren auch schon begegnet. War bei einer Prostituierten, ist allerdings nie dafür belangt worden. Hatte irgendwelche Ausreden parat, warum er sich zufällig vor Ort befand, und wir konnten ihm nie das Gegenteil nachweisen.«

Er hält kurz inne.

»Außerdem gab es keine nennenswerten technischen Beweise. Trotzdem wussten alle Bescheid, sowohl wir als auch Staatsanwalt Sandberg.«

Idun weiß nur zu gut, wie frustrierend es für die beiden ist, wenn der Rechtsstaat sich ein ums andere Mal außerstande sieht, die Schwächsten zu beschützen. Sie haben sich schon oft darüber unterhalten. Bei einer Weihnachtsfeier vor einigen Jahren hatte Emil mal zu viel getrunken und geschildert, wie sie ein Bordell gestürmt hatten, in dem zwei der Frauen gerade mal fünfzehn Jahre alt gewesen waren. Idun weiß noch, wie ihm die Tränen übers Gesicht liefen, als er erzählte, was er im Zuge der Razzia sonst noch alles mitbekam.

»Emil und ich haben uns damals einen Durchsuchungsbeschluss erstritten, weil Evert sein Handy in der Hand hatte, als er verhaftet wurde. Die Daten wurden wiederhergestellt. Wir gingen nämlich davon aus, dass er Beweise gelöscht hatte, und bekamen sogar grünes Licht, seinen privaten Computer zu beschlagnahmen, weil er von dem möglicherweise Zugriff auf einen Cloud-Speicher hatte.«

Idun sieht ihn verwundert an.

»Du willst damit sagen, Sandberg hat euch den Durchsuchungsbeschluss auf gut Glück unterschrieben?«

»Die jungen Frauen waren in einem erbärmlichen Zustand. Dass wir damit rein rechtlich ein Stück zu weit gingen, war in diesem Zusammenhang nebensächlich.«

Idun ahnt, dass der Beschluss vermutlich auf nicht ganz lupenreinen polizeilichen Angaben beruhte.

»Aber ihr habt nichts gefunden, was euren Verdacht erhärtet hätte?«

»Nichts. Allerdings hatte er massenweise Hardcore-Pornos auf seiner Festplatte. Wir reden von Mädchen – hart an der Grenze zum Illegalen und das Widerlichste, was man sich vorstellen kann, ohne dass wir eindeutig von Vergewaltigung reden. Was es in der Pornobranche ja trotzdem meist ist. Dass wir keine Beweise sichern konnten, die ihn überführt hätten, war ein echter Tiefschlag. Ein Tiefschlag und wahnsinnig frustrierend ...«

Man kann Morgan die Wut deutlich anhören. Emil blinzelt.

»Jetzt hätten wir den Beweis.«

Emil reißt in einer Mischung aus Verblüffung, Hoffnung und Skepsis die Augen auf. Idun kann nicht umhin, einen Anflug von Triumph zu verspüren.

»Svetlana hat Everts DNA durchs System gejagt, und wir haben einen Treffer erzielt. Sein Sperma wurde im Fall von Marina gesichert. Evert war einer der Freier, die mit ihr geschlafen hatten – vermutlich noch am selben Tag oder zumindest am Tag vor ihrem Tod.«

Emil greift sich mit beiden Händen an den Hals. Morgan legt den Kopf in den Nacken und starrt zur Decke.

»Da schau einer an ... Dann hat es den Widerling am Ende doch noch erwischt.«

Idun nickt.

»Das kann man wohl sagen.«

Marina Alms Eltern sitzen in ihrer Wohnung am Küchentisch. Kent Alm atmet schwer, als wäre jeder Atemzug eine Anstrengung. Sein Gesicht ist grau. Birgitta Alm hat eine tiefe Falte zwischen den Augenbrauen, die ihr ein zorniges Aussehen verleiht. Wenn sie nicht unaufhörlich an den Knöpfen ihrer Strickjacke nesteln würde, könnte man glatt meinen, sie wäre stinkwütend, dabei ist sie hauptsächlich nervös. Trotzdem ist ihr Blick hellwach, als sie von Idun zu Tareq sieht.

»Haben Sie neue Informationen zu Marina?«

Die Stirnfalte wird tiefer, und ihr treten Tränen in die Augen. Idun kommt direkt zur Sache und versucht, so behutsam wie nur möglich zu sein.

»Tareq und ich arbeiten in der Abteilung für Kapitalverbrechen hier in Luleå. Wir ermitteln in einem Fall, in dem der Name Ihrer Tochter aufgetaucht ist.«

Birgitta Alm hält den Atem an.

»Bei einer DNA-Untersuchung hat unsere Datenbank auf den Fall von Marina verwiesen. Wir versuchen herauszufinden, inwieweit Ihre Tochter mit unserem aktuellen Fall in Verbindung steht.«

Kent atmet durch den offenen Mund. Er starrt auf die Tischplatte, doch seine Aussprache ist deutlich, und überraschenderweise ist seine Stimme stabiler als die seiner Frau.

»Und was für eine Verbindung hoffen Sie zu entdecken?«
Er blickt auf.

»Das kann ich leider derzeit nicht ausführen. Aus ermittlungstechnischen Gründen.«

Kent blickt erneut auf den Tisch hinab.

»Aber Sie wollen von uns etwas über Marina wissen? Was eventuell dazu führen könnte, dass Sie ihren Mörder fassen?«

Die Hoffnung in Birgittas Frage ist nicht zu überhören.

»Wir hoffen tatsächlich, dass wir und auch Sie endlich erfahren, wer es war.«

Birgitta scheint sich damit zufriedenzugeben. Kent hingegen wirkt misstrauischer.

»Warum sind *Sie* hier und nicht Emil und Morgan?«

Die Frage ist durchaus berechtigt. Er hat den Blick immer noch auf den Tisch gerichtet.

»Morgan und Emil ermitteln nach wie vor im Fall Ihrer Tochter. Tareq und ich ermitteln in einem anderen Fall, in dem nun Ihre Tochter aufgetaucht ist. Am Rande, muss ich wohl sagen, aber doch hinreichend auffällig, dass wir optimistisch sind, es könnte auch in Emils und Morgans Fall zu einem Durchbruch führen.«

Kent hebt den Blick. Er sieht Idun lange an, ehe er die Arme vor der Brust verschränkt. Etwas liegt in der Luft, die tiefe Trauer scheint fast in Verächtlichkeit umgeschlagen zu sein.

»Wenn Sie etwas über unsere Tochter herausgefunden haben, dann will ich wissen, worum es geht. Erzählen Sie uns alles, was Sie erzählen dürfen.«

Idun sitzt kurz reglos da, und Kent fährt flüsternd fort.

»Marina ist tot. Nichts könnte schlimmer sein. Das Schlimmste ist längst passiert.«

Und dann kommen die Tränen. Marinas Vater weint tonlos, und Birgitta streichelt ihm den Rücken. Idun sieht Tareq an und beschließt kurzerhand, der Aufforderung der Eltern nachzukommen. Solange gewisse Details unerwähnt bleiben, kann es nicht schaden.

»Wie Sie bereits wissen, haben Morgans und Emils Ermittlungen ergeben, dass Marina vor ihrem Tod sowohl misshandelt als auch vergewaltigt wurde.«

Birgitta starrt Idun an, rührt sich aber keinen Millimeter. Kent verzieht das Gesicht. Idun weiß, dass die beiden darüber informiert waren, ahnt aber auch, dass es schmerzhaft sein muss, dies alles abermals hören zu müssen.

»Emil und Morgan gehen davon aus – und auch das wissen Sie –, dass Marina zur Prostitution gezwungen wurde. Von dieser Hypothese gehen sie bis heute aus, daran hat sich nie etwas geändert.«

Birgitta nickt. Kent sieht aus, als könnte er jeden Moment zusammenbrechen.

»Nun ist ein Mann tot aufgefunden worden. Tareq und ich sollen die Todesursache ermitteln, und in diesem Zusammenhang wurde seine DNA mit früheren Proben abgeglichen. Dabei ist uns Marinas Obduktionsbericht angezeigt worden.«

Inzwischen sieht auch Birgitta aus, als würde sie jeden Moment ohnmächtig werden. Alle Farbe weicht aus ihrem Gesicht, sodass sie fast kreideweiß aussieht.

»Seine DNA ... bei Marina? Was soll das heißen?«

»Wie sich gezeigt hat, wurde bei Marina Sperma desselben Mannes nachgewiesen, der gestern tot aufgefunden wurde. Der Mann hatte sexuellen Kontakt zu Ihrer Tochter, und zwar innerhalb der letzten vierundzwanzig Stunden vor ihrem Tod.«

Kent winselt, Birgitta schlägt die Hand vor den Mund. Mit zitternden Fingern reibt sie sich über die Oberlippe.

»Dann wollen Sie uns sagen ... dass einer der Männer, die Marina vergewaltigt haben, gestorben ist? Und wenn jetzt die Polizei ermittelt, muss er doch wohl ermordet worden sein? Oder?«

Birgitta Alm ist nicht dumm. Überdies scheint sie geistesgegenwärtiger zu sein, als sie auf den ersten Blick wirkt.

»Das ist richtig. Der Mann, um den es geht, ist ermordet worden.«

Marinas Mutter presst die Lippen zusammen, überlegt es sich dann jedoch anders und beugt sich vor, starrt Idun an und zeigt mit zittrigem Finger auf sie.

»Sehr gut. Dann hat er bekommen, was er verdient. Ich hoffe nur, dass er bis zum bitteren Ende elendiglich hat leiden müssen.«

Sie lehnt sich wieder zurück. Idun sieht den nackten Evert vor sich, wie er auf dem Eis lag, mit über den Hinterkopf verschmierter Gehirnmasse, mit dem abgeschnittenen Geschlechtsteil. Sie sieht Tareq an. Tareq sieht Birgitta an. Birgitta streicht ihrem weinenden Mann über den Rücken.

»Hörst du das, Kent?«

Eine gewisse Schärfe hat sich in ihre Stimme geschlichen.

»Vielleicht gibt es ja doch noch so was wie Gerechtigkeit.«

Idun zögert, wählt ihre Worte mit Bedacht.

»Ich weiß, dass Sie Morgan und Emil alles erzählt haben, was Sie wussten, und ich ahne, dass wir hiermit alte Wunden aufreißen, aber ...«

Birgitta fällt ihr jäh ins Wort.

»Die schlimmste Wunde ist, dass Marina tot ist. Das

Zweitschlimmste ist, dass ihr Mörder immer noch auf freiem Fuß ist. Er ist irgendwo dort draußen und wurde nie gefasst, obwohl er das Leben unserer Tochter auf dem Gewissen hat. Wir wollen über sie sprechen. Wir wollen von Marina erzählen, weil nur so die Chancen steigen, dass er endlich verurteilt wird. Und erst dann können die Wunden verheilen.«

Tareq ergreift behutsam das Wort.

»Könnten Sie uns von Marina erzählen – wer sie war, was sie gern unternahm? Und von der Zeit, ehe sie verschwand?«

Birgitta scheint kurz nachzudenken, obwohl sie unter Garantie nicht überlegen müsste.

»Als kleines Mädchen war sie ein Sonnenschein. Voller Leben und Energie, hat mit allem und jedem gesprochen, lernte gern neue Leute kennen und schloss schnell Freundschaften. Und so war es, bis sie in die Oberstufe kam. Da hat sie sich irgendwie in sich zurückgezogen.«

Marinas Mutter hält kurz inne.

»Wir haben oft darüber geredet, Kent und ich. Warum sie sich so verändert hat. Aber die einzige Erklärung, die wir dafür haben, ist wohl, dass es sich dabei um eine ganz normale Teenagerphase handelte. Sie wollte sich freischwimmen, das war auch schon alles.«

Sowohl Idun als auch Tareq nicken.

»Sie hat uns von sich weggehalten, war aber weiterhin gut in der Schule. Und solange es in der Schule funktionierte, hatten wir keinen Grund, alarmiert zu sein. So etwas gehört in dem Alter schließlich dazu, das war selbst uns klar, auch wenn Marina unser einziges Kind war. Wir hatten zwar keinen Vergleich, aber wir sind schließlich früher selbst jung gewesen.«

Sie sieht die beiden Ermittler entschuldigend an. Idun ahnt, dass die Eltern all dies wiederholt hinterfragt haben. Hätten sie irgendwie voraussehen können, was passieren würde? Natürlich nicht. Wer kann denn ahnen, dass das eigene Kind zur Prostitution gezwungen und ermordet würde?

»Dann war Marina also ein fröhliches, offenes Mädchen, das sich im Teenageralter zusehends zurückzog. Wenn Sie mich fragen, trifft das auf die allermeisten Teenager zu.«

Birgitta bedenkt Idun mit einem dankbaren Blick.

»Aber am Gymnasium muss dann etwas passiert sein.«

Sie sieht ihren Ehemann an. Er sitzt reglos da und starrt wieder auf die Tischplatte hinab. Auf Idun wirkt er komplett abwesend.

»Wir haben endlose Stunden damit zugebracht zu überlegen, was da geschehen sein könnte. Aber wir wissen wirklich nicht, was es war.«

»Wie kamen Sie darauf, dass etwas passiert sein könnte? Was genau hat sich verändert?«

Birgitta muss husten.

»Marina begann, die Schule zu schwänzen. Wir wurden darüber informiert, dass sie immer öfter dem Unterricht fernblieb. Ihre Noten wurden schlechter, und dann traf sie diesen Jungen ...«

»Den Jungen?«

Birgitta schüttelt langsam den Kopf und muss sich erst wieder kurz sammeln.

»Leon.«

Ihre Stimme bebt vor Zorn.

»Keine Ahnung, ob er wirklich so hieß. Wir wissen nichts über ihn – nur dass er polizeibekannt war und Mitglied einer ... einer kriminellen Gang. Aber er hat Marina von uns weggetrieben, davon sind wir überzeugt. Leon, dieser Teufel!«

Ihr versagt die Stimme. Erstmals während ihrer Unterhaltung weint auch Birgitta Alm. Es sind stille Tränen. Kent blickt auf und sieht sie an, als hätte er gerade erst entdeckt, dass sie neben ihm sitzt.

»Was Birgitta versucht zu sagen, ist, dass Marina mit dem Schwänzen angefangen hat, kaum dass sie Leon kennengelernt hatte.«

Kent spricht abgehackt, aber es ist unverkennbar, dass er seiner Frau zuvor aufmerksam zugehört hat.

»Am Ende tauchte sie wochenlang nicht mehr in der Schule auf. Sie konnte an einem Freitag einfach so abtauchen und erst am darauffolgenden Wochenende wieder aufkreuzen. Müde und kreidebleich. Und wütend. Sie war gegen Ende so wahnsinnig wütend …«

Idun und Tareq hören sich genau an, was Marinas Vater schildert, und erst als er verstummt und sich zurücklehnt, stellt Idun ihre Abschlussfrage.

»Gibt es irgendetwas, was Sie Morgan und Emil damals nicht erzählt haben, was aber für Tareq und mich relevant sein könnte? Ganz gleich, wie nebensächlich es Ihnen jetzt im Nachhinein erscheint.«

Marinas Eltern sehen einander an. Traurig schütteln sie den Kopf.

Evert Holms Wohnung ist riesig. Überall teure Möbel, handgewebte Teppiche und an den Wänden echte Kunst in zierlichen Rahmen. Tareq mustert ein großes Gemälde, das im Wohnzimmer hängt, ein pittoreskes Bild in Pastellfarben, auf dem eine weiß gekleidete Frau und ein Wald dargestellt sind. In der Ecke entdeckt er die Signatur, und ihm stockt der Atem.

»Anders Zorn.«

Es ist nicht zu übersehen, dass Evert Holm als reicher Mann starb. Die Wohnung spricht Bände – und all das hat ihm seine Firma beschert, die mit Stahlgerüsten handelte.

»Und der Geschäftsführer persönlich hat die Belastbarkeit von Balkongeländern in Bordellwohnungen überprüft? Kaum zu glauben.«

Idun verschränkt die Arme, und Tareq reißt den Blick von dem Gemälde los. Seufzend sieht sie sich weiter um. Vor einem der Fenster steht eine niedrige Anrichte, darauf liegt das Ladegerät für einen Laptop. Sie zückt ihr Handy und scrollt bis zu Malmens Nummer. Der Leiter der Spurensicherung geht nach dem ersten Klingeln dran.

»Seid ihr schon da?«

Idun nickt, auch wenn Malmen es nicht sehen kann.

»Der Typ war stinkreich, dieselbe Liga wie Vidar Vendel.«

Vidar, der Millionär, der ein halbes Jahr zuvor seine Frau

verloren hat – ermordet vom selben Tommy Andersson, dessen Prozess Idun und Tareq jüngst beigewohnt haben.

»Meine Leute haben in der Wohnung nichts Aufsehenerregendes entdecken können. Es gab ein paar Fingerabdrücke, aber keine einzige fremde DNA-Spur. Die Wohnung war sauber, aber nicht auffällig penibel gereinigt, insofern lässt der Mangel an Spuren wohl nur einen einzigen Schluss zu: dass er einsam war. Tragisch einsam, um es deutlich zu sagen. Eine normale Wohnung wäre nicht so arm an Spuren gewesen.«

Idun hört ihm ungeduldig zu. Sie will, dass Malmen endlich aufhört zu reden, damit sie ihr Anliegen vorbringen kann.

»Hier im Wohnzimmer scheint ein Laptop zu fehlen. Das Ladegerät liegt da – und gerade sehe ich auch die Laptoptasche.«

Sie beugt sich vor, um unter die Anrichte zu spähen, aber der Boden darunter ist leer.

»Den Laptop haben wir mitgenommen. Der Posteingang ist so gut wie leer, keine auffälligen Kontakte, weder im Mail-Programm noch in den gelöschten Dateien. Und auch auf der Festplatte ist nichts Bemerkenswertes. Er hatte einen Cloud-Dienst abonniert, einen ziemlich teuren. Dort haben wir große Mengen harter Pornos gefunden – alles knapp an der Grenze.«

Idun schließt die Augen. Evert Holm – was für ein Dreckschwein. Dass eine Boel Grage aus freien Stücken eine Beziehung mit ihm hatte ...

»Habt ihr Filme mit Minderjährigen gefunden?«

»Keine Kinder, nein. Der Kerl war Pornokonsument, aber kein Pädophiler, soweit wir es sehen können. Aber weißt du schon das von seinem Bankschließfach?«

Idun reißt die Augen auf, schafft es aber nicht mehr zu antworten, als er auch schon fortfährt.

»Eine halbe Million in bar. Auffällig, sollte man meinen, aber bei überreizten Krösussen angeblich gar nicht selten. Dazu ein paar Wertpapiere, aber nichts von Interesse. Wenn Evert Holm wegen irgendwas umgebracht wurde, was er besaß, dann war es jedenfalls nicht in der Wohnung und auch nicht in seinem Schließfach bei der Bank.«

Idun dreht sich halb herum. Das große Gemälde hängt solitär an der Wand, vor der sie jetzt steht. Tareq ist außer Sicht verschwunden.

»Dann gibt es nichts, woran ich anknüpfen könnte? Ein stinkreicher, einsamer Vater zweier erwachsener Kinder wird gefoltert und ermordet und auf dem Eis abgelegt. Er hat weder eine Partnerin noch Freunde und hat sich zumindest laut Datenbank nie etwas zuschulden kommen lassen – außer dass er Hunderte gefilmte Vergewaltigungen besaß, die gerade noch so als legal durchgehen. Außerdem mutmaßlicher Freier, gegen den nicht genug Beweise vorlagen. Ist das alles, was du mir an die Hand geben kannst?«

Sie hört, wie Malmen in den Hörer atmet.

»Tut mir leid, dass ich nicht mehr für dich habe. Bist du übrigens allein mit dem Fall betraut? Siv hat erzählt, dass es Calle schon besser geht, dass er aber noch eine Zeit lang in Reha bleibt.«

Idun geht hinaus auf den Flur.

»Tareq Shaheen bleibt eine Weile bei uns. Anders hat es geschafft, ihn in Stockholm loszueisen. Insofern sind wir zu zweit, bis Calle zurückkommt.«

Falls er zurückkommt, korrigiert sie sich im Stillen.

Sie verabschieden sich voneinander. Idun will gerade

ihre Winterschuhe anziehen, als Tareq den Kopf durch eine Tür steckt, hinter der sie die Küche vermutet.

»Nichts gefunden?«

Enttäuscht schüttelt sie den Kopf. Sie kann Tareq ansehen, dass auch er nichts von Interesse entdeckt hat. Mit leeren Händen verlassen sie Evert Holms Wohnung.

1980

Silje sieht urkomisch aus, wie sie dort kopfüber vom Baum baumelt. Ihre roten Haare wehen im Wind. Ihre Wangen sind rosig und leicht gebläht, durch die Schwerkraft sieht ihr Gesicht aufgeschwemmt aus.

In einer geschmeidigen Bewegung schwingt sie zurück, gleitet mit den Beinen von ihrem Ast und schlägt einen Salto in der Luft. Sand wirbelt auf, als sie gekonnt auf den Füßen landet.

Peter sieht ihr fasziniert zu. Sie ist so anders als alle anderen in der Klasse. Zerrupft, ein bisschen schmuddelig und mit einem zaghaften Lächeln, das sich ihm in die Netzhaut einbrennt. Sie lacht selten und guckt merkwürdig ernst, aber sie liebt es, auf Bäume zu klettern. Es ist das Beste, was sie sich vorstellen kann, und im Großen und Ganzen das Einzige, was sie je tun will. Anfangs hat Peter noch vorgeschlagen, dass sie zwischendurch auch mal etwas anderes unternehmen – Verstecken spielen, ein Brettspiel oder mit der Steinschleuder schießen üben –, aber nichts davon will Silje machen. Sie will immer nur auf Bäume klettern. Also machen sie das – jeden Tag.

Peter sitzt ein Stück oberhalb in der Birke – in jener Birke hinter der Schule, in ihrer beider Lieblingsbaum. Er hat sich gegen den Stamm gelehnt und sieht zu Silje hinunter, die gerade von ihrem Ast gesprungen ist. Jetzt steht sie breitbeinig auf der Erde und sieht zu ihm hoch.

»Hier riecht es komisch.«

Sie rümpft die Nase. Peter beugt sich vor, um besser sehen zu können.

»Wie – komisch?«

Er atmet tief durch die Nase ein. Es riecht nach Sommer, Laub und Harz. Silje macht eine halbe Drehung und sieht sich um.

»Und hier wird es schlimmer. Nicht schlimm, aber schlimmer. Da oben riecht es eindeutig besser.«

Sie sieht durch die Blätter zu ihm hoch.

»Frau Larsson sagt, dass es ›duften‹ heißt, nicht ›riechen‹.«

Silje sieht ihn ratlos an.

»Also, wenn etwas gut riecht. Dann heißt es ›duften‹, nicht ›riechen‹.«

Silje antwortet nicht. Stattdessen macht sie zwei Schritte auf den Baumstamm zu und legt beide Hände um den untersten Ast. Im Handumdrehen hat sie sich aufgeschwungen. Geschmeidig klettert sie weiter, bis sie den Ast erreicht, auf dem Peter sitzt, und sich neben ihn schiebt.

»Rutsch mal, damit ich auch noch Platz habe.«

Er rutscht ein Stück näher an den Stamm heran, damit auch Silje bequem sitzen kann. Schulter an Schulter sitzen sie auf dem dicken Ast, von dem sie den hinteren Teil des Schulgeländes überblicken können. Keiner von ihnen hat etwas zu sagen. Sie sitzen einhellig schweigend da, so wie Peter es am liebsten hat. Mit Silje muss man nicht reden, mit ihr kann man einfach zusammen auf einem Ast sitzen und schweigen.

Nach einer Weile holt Silje Luft durch die Nase. Langsam und hörbar atmet sie aus, und als Peter sich zu ihr umdreht, sieht sie zufrieden aus.

»Wie ich gesagt habe. Hier oben riecht es besser.«

Sie blickt zur Baumkrone hoch. Peter betrachtet ihr schmutziges Gesicht und die traurigen Augen. Dann atmet auch er durch die Nase ein, hebt den Blick und sieht in dieselbe Richtung wie sie. Die grünen Wipfel schwanken vor dem blauen Hintergrund in der Brise.

»Da hast du recht. Hier oben riecht es besser.«

Morgan beißt in seinen Hamburger. Der Burger sieht riesig aus in seinen schmalen Händen. Idun weiß, dass er kräftiger ist, als er aussieht: Sie hat ihn einige Jahre zuvor bei einem gemeinsamen Einsatz erlebt, bei einer Festnahme. Ein Stück eingelegte Zwiebel rutscht ihm aus dem Mundwinkel. Er wischt sich mit einer Papierserviette über die Lippen.

»Schwer zu toppen, muss ich sagen. Du ahnst nicht, was du verpasst.«

Idun wackelt amüsiert mit dem Kopf und beißt in ihren Fischburger. Er ist ordentlich salzig und sehr lecker.

»Iss du nur Fleisch, ich bleibe lieber bei Fisch.«

Hinter seiner Brille verdreht Morgan in Tareqs Richtung die Augen, der seinerseits voll darauf konzentriert ist, sich nicht mit Soße zu bekleckern. Die Burger hier sind riesig.

Das Restaurant ist fast voll besetzt. Es ist beliebt, und sie hatten Glück, dass ganz hinten in dem schmalen Lokal noch ein Ecktisch frei war. Hier können sie ungestört reden.

Morgan nimmt einen Schluck Cola.

»Emil ist anderweitig beschäftigt. Der Informant kostet ihn eine Menge Zeit. Aber ich helfe gern ... Ich nehme an, ihr braucht Infos zu Marina?«

Idun kaut ausgiebig, bevor sie schluckt.

»Wenn man bedenkt, dass zwischen Marinas und Everts Ermordung drei Jahre vergangen sind, dürfte der Zusammenhang zwischen den beiden Taten eher marginal sein. Zwei Opfer mit unterschiedlichen Backgrounds und aus unterschiedlichen Milieus. Trotzdem gibt es eine Verbindung, weil Evert noch an ihrem Todestag mit Marina Sex hatte.«

Morgan nickt bedächtig.

»Emil und ich haben uns damals abgerackert. Wie ihr wisst, wurde der Fall nie zu den Akten gelegt, aber es dürfte schwierig werden, noch einen neuen Ansatz zu finden. Hannes' Organisation ist dermaßen undurchsichtig, dass es so gut wie unmöglich ist, an jemanden von dort heranzukommen. Erst mit Emils Insider kommen wir eventuell einen Schritt weiter.«

Tareq schiebt sich ein Stück Süßkartoffel in den Mund. Offenbar ist sie zu heiß, weil er sofort ein paar Schlucke Eiswasser trinkt, ehe er mit schmerzhaft verzogenem Gesicht weiterkaut.

»Der Informant muss für euch doch einen ungeheuren Unterschied ausmachen.«

Morgan streckt sich nach der Ketchupflasche aus.

»Hannes' Organisation ist keine normale kriminelle Vereinigung. Wir haben sie seit Jahren im Blick. Er besitzt jede Menge Mietshäuser hier in der Stadt, und zweimal ist es uns gelungen, Wohnungsbordelle auszuheben. Allerdings haben wir ihm nie nachweisen können, dass er selbst in die Machenschaften verwickelt war oder auch nur davon gewusst hätte. Immer hat einer seiner Handlanger dafür geradestehen müssen. Die beiden letzten sitzen immer noch, für Freiheitsberaubung und Kuppelei. Einer davon ist Leon Berger, mit dem Marina angeblich zusammen war, bevor sie in die Prostitution abgerutscht ist.«

Idun hält mit dem Fischburger auf halbem Wege zum Mund inne.

»Marinas Eltern geben ihm die Schuld daran, was mit ihrer Tochter passiert ist. Wisst ihr mit Sicherheit, dass er sie in Hannes' Geschäfte verwickelt hat?«

Morgan seufzt leicht betreten.

»Klar wissen wir das – nur konnten wir es nicht beweisen. Laut Leon hat er ihr ein paar Monate lang ›Honig ums Maul geschmiert‹, wollte aber nie mehr von ihr, als mit ihr zusammen zu sein. Ihm zufolge war es Marinas Idee, mal mit einem Freier zu schlafen. Wenn man Leon glauben will, dann war er sogar dagegen, wollte seine Freundin für sich allein und so weiter. Aber Marina wollte es ausprobieren. Und er schwört Stein und Bein, dass das ihr freier Wille war. Dass sie sich Kunden aussuchen und auch ablehnen konnte und die Wohnung verlassen durfte, wann immer sie wollte. Leon hat das angeblich so wenig gefallen, dass er sich am Ende von ihr getrennt hat. Er behauptet überdies, dass er nicht wüsste, für wen sie gearbeitet hat, und meint, sie hätte ›ihr eigenes Ding‹ machen wollen. Wer's glaubt.«

Morgan hat sich in Rage geredet. Idun legt ihren halb aufgegessenen Burger auf dem Teller ab.

»Aber ihr wisst nicht, in welcher Wohnung Marina war, bevor sie gestorben ist?«

»Das haben wir nie ermitteln können. Allerdings haben wir eine andere Wohnung in der Stadt ausfindig gemacht, in der sich zwei eingesperrte Frauen mit ihren sogenannten ›Aufpassern‹ befanden. Und ihr ahnt nicht, wer einer davon war.«

Er trommelt vielsagend an seine Stirn, ehe er seine Frage selbst beantwortet.

»Mr Leon Berger höchstpersönlich. Er ist an Ort und Stelle festgenommen und zu einer gerechten Haftstrafe verurteilt worden. Wir haben ihm wegen Marina gehörig zugesetzt, aber er hat abgestritten, irgendwas zu wissen. Ihre Beziehung war angeblich zu Ende, als sie anfing, sich zu prostituieren.«

Er trinkt einen Schluck Cola, ehe er fortfährt.

»Ausgerechnet in dieser Wohnung war Marina vermutlich nie gewesen. Malmen und seine Leute haben nach Fingerabdrücken und DNA-Spuren gesucht, aber nichts gefunden, was in ihre Richtung gewiesen hätte.«

»Die beiden Frauen, die mit in der Wohnung waren, als ihr Leon festgenommen habt – weißt du, wo die sich inzwischen befinden?«

»Sie waren Bulgarinnen und im Prozess Nebenklägerinnen und haben das Land im Anschluss per One-Way-Ticket verlassen. Zurück nach Bulgarien, auf Kosten des Staates.«

Idun muss enttäuscht einsehen, dass ein Gespräch mit den beiden so unwahrscheinlich sein dürfte, wie die Nadel im Heuhaufen zu finden.

»Aber ihr glaubt, dass die Wohnung Hannes gehörte?«

»Das wissen wir sogar. Nur konnten wir ihm nicht nachweisen, dass er von den Prostitutionsvergehen wusste. Die gingen auf Leons Kappe.«

Idun muss husten. Inzwischen tut ihr außer dem Hals auch der Kopf weh. Eigentlich wollte sie nach der Arbeit trainieren gehen, aber daraus wird nichts, auch wenn sie zum Glück bislang vom Fieber verschont geblieben ist.

»Wonach genau habt ihr gesucht, um die Verbindung zu Hannes zu ziehen?«

Sie nimmt ihren Fischburger wieder hoch und beißt hinein. Morgan zuckt mit den Schultern.

»Nach allem … Geldbewegungen, Zeugen, Überwachungsaufnahmen in einem Radius von mindestens zehn Stadtteilen. Trotzdem konnten wir ihn nicht mit der Location in Verbindung bringen, obwohl er der Besitzer des Hauses ist – und obwohl wir wussten, dass er und Leon sich nahestanden. Sie waren mehrfach zusammen gesehen worden, wenn sie ausgingen, und auch bei früheren Observationen von Hannes' Villa. Aber hinsichtlich der beiden eingesperrten kaputten Frauen war da urplötzlich nichts mehr zu holen. Hannes wusste natürlich nicht, wovon wir redeten, als wir ihn zur Vernehmung zitiert haben.«

»Wenn wir mit ihm reden wollten … wo würden wir ihn finden?«

Morgan sieht Tareq verdattert an.

»Ihr könnt nicht mit Hannes reden. Nicht ohne belastbaren Grund, ihn einzubestellen. Er hat verdammt teure Anwälte, an denen kommt ihr nicht vorbei.«

Doch Tareq will noch nicht klein beigeben.

»Ich will ihn auch gar nicht vernehmen – sondern ihm nur ein bisschen auf den Zahn fühlen. Ich verstehe schon, dass das wahrscheinlich nicht klappt, aber mal rein hypothetisch … Wie würde man so was angehen?«

Morgan seufzt.

»Da würde man wahrscheinlich unten im Hackes anfangen … Dort isst er jeden Tag zu Mittag. Wir wissen, dass er dort auch seine Gewinne aus dem Drogenhandel wäscht, aber auch das konnten wir nicht hinreichend beweisen, als dass Sandberg uns einen Haftbefehl ausgestellt hätte. Ihr wisst ja selbst, wie das ist – die kleinen Kartoffeln werden zu Brei gestampft, während die richtig großen in der Pflanzkiste liegen bleiben und weiterwachsen.«

Idun seufzt in sich hinein. Immer diese schrägen Vergleiche.

»Die Alternative wäre seine Villa – eine Riesenhütte draußen in Gäddvik, samt Meerblick und Sichtschutz ringsum. Wohnfläche von mehr als sechshundert Quadratmetern.«

Idun sieht zu Tareq.

»Findest du, wir sollten Hannes Vinge einen Besuch abstatten?«

Bevor Tareq antworten kann, redet Morgan weiter.

»Aber die meiste Zeit verbringt er draußen auf Halvön. Ihm gehört tatsächlich die ganze Insel, und dort hat er eine zweite, annähernd gleich große Villa. Und dort reden wir von Wachpersonal und Kameras im Überfluss, von Partys an fast jedem Wochenende, Riesenevents mit kilometerlangen Gästelisten. Haufenweise Drogen und Frauen – wonach immer den Gästen der Sinn steht. Wie ihr wahrscheinlich wisst, sind wir auch dort schon mal aufmarschiert, aber die Frauen behaupteten immer, aus freien Stücken dort zu sein. Und Hannes selbst predigt von Freiheiten und vom Recht, über den eigenen Körper zu bestimmen. Nicht mal die Drogen konnten wir ihm persönlich anhängen. Soweit wir wissen, ist er selbst clean, verdient sein Geld zwar damit, konsumiert aber nicht. Es ist zum Kotzen, dass wir ihm nie etwas nachweisen konnten.«

Idun schwenkt das Wasser in ihrem Glas.

»Irgendwie müssen wir an ihn herankommen. Aber das wird anscheinend schwierig.«

Morgan muss lachen.

»Ihr kommt nicht an ihn heran. Glaub mir, da bin ich mir sicher.«

Idun sieht Tareq von der Seite an. Er ist tief in Gedanken versunken.

»Worüber denkst du nach?«

Er fängt ihren Blick auf, sieht flüchtig zu Morgan und lässt sich mit der Antwort Zeit.

»Über das Hackes. Und über die Drogen.«

Idun gibt ihm mit einem Blick zu verstehen, dass er das ausführen soll. Tareq wendet sich an Morgan.

»Womit handelt Hannes genau? Wisst ihr das?«

»Hauptsächlich mit Koks und Heroin. Aber sein Netzwerk ist wasserdicht, darüber kommen wir nicht an ihn ran.«

Tareq fährt sich über den Bart.

»Man könnte ihm ein Angebot machen, das er nicht ablehnen kann.«

Morgan sieht ihn stirnrunzelnd an. Tareq lehnt sich auf seinem Stuhl zurück.

»Ich hab Erfahrung in Undercoverarbeit. Wenn ich ihn treffen könnte, könnte ich ihm eine lupenreine Lieferung anbieten, sagen wir, reinstes Heroin, Direktimport eines der besten Hersteller.«

Morgan schiebt seinen Teller von sich weg.

»Aber so läuft das nicht. Darauf würde er sich niemals einlassen.«

Idun sieht Tareq aufmerksam an. Ohne Hannes Vinge auch nur zu kennen, ahnt sie, dass Morgan recht hat.

Doch Tareq lässt nicht locker.

»Ich hab fast ein Jahr lang undercover gearbeitet und mich zwischen Stockholm und Malmö in Kreisen bewegt, die als absolut undurchdringlich galten. Wenn man seine Karten nur richtig ausspielt, kann man in so eine Organisation ziemlich tief eintauchen – vorausgesetzt natürlich, man weiß, was man tut.«

Idun verschränkt die Arme.

»Und du meinst, du wüsstest das?«

Tareq sieht sie ernst an.

»Ja.«

Morgan trommelt mit den Fingern auf die Tischplatte und sieht Tareq lange an.

»In meiner Welt ist das unmöglich. Aber ich habe auch nicht die Erfahrung, von der du gerade redest.«

Tareq nickt knapp.

»Einen Versuch wäre es wert. Ins Hackes schlendern, Heroin anbieten und mal gucken, was passiert.«

Idun traut ihren Ohren nicht. Morgan denkt noch kurz darüber nach, ehe er antwortet.

»Das wäre ein enormes Risiko. Aber ja, eine anständige Lieferung Heroin könnte Hannes' Interesse wecken. Mit Betonung auf *könnte*.«

Idun schnaubt.

»Also, ich weiß nicht …«

Doch Tareq sieht sie nur seelenruhig an.

»Wenn das Angebot nicht zündet, ziehe ich mich wieder zurück. Mehr ist nicht dabei – das hab ich schon öfter gemacht, dabei fällt mir kein Zacken aus der Krone. Hannes weiß nicht, wer ich bin, ich habe nie gegen ihn oder sein Umfeld ermittelt, deshalb hat er mich nicht auf dem Schirm. Aber wenn wir das tun, dann muss ich ab sofort abtauchen. Ich gehe rein, mache ihm das Angebot und marschiere wieder raus. Je nachdem, ob er zubeißt, sehen wir weiter – aber den nächsten Schritt beschließen wir gemeinsam.«

Morgan nickt bedächtig.

»Vielleicht gar keine schlechte Idee.«

Doch Idun ist nicht überzeugt.

»Und was, wenn das schiefgeht? Was machen wir dann?«

»Ich habe so etwas wie gesagt schon mal gemacht. Es ist nicht einfach, und natürlich gehen wir ein Risiko ein, aber wenn man die richtige Person zum richtigen Zeitpunkt erwischt, könnte uns das mindestens wertvolle Erkenntnisse liefern.«

Idun weiß, dass sie darüber nachdenken muss.

»Was wäre die Alternative?«

Tareqs Frage ist an sie beide gerichtet. Idun spürt Ärger in sich aufflammen, weiß aber, dass das im Grunde nur von Besorgnis herrührt.

Verdammt noch mal.

Morgan wischt sich die Brille mit seinem Pulloverärmel sauber.

»Ihr könntet über den Barkeeper im Hackes an Hannes herankommen. Ich kann nicht beschwören, dass er den Köder schluckt, er ist ein bisschen unberechenbar – aber es könnte funktionieren.«

Er setzt sich die Brille wieder auf.

»Ihr müsst nur verdammt gut aufpassen. Hannes scheut nicht vor Mord zurück, wenn er sich in die Ecke gedrängt fühlt.«

Tareq weiß Morgans Bedenken zu schätzen.

»Ich bin immer vorsichtig. Aber danke für die Warnung.«

Er steht auf, stellt sich mit seiner Daunenjacke im Arm neben Idun und sieht Morgan freundlich an, der ihr Lunchtreffen mit einer letzten Ermahnung abschließt.

»Ich meine das ernst. Ihr dürft euch nicht aus der Deckung wagen, und ihr müsst gelinde gesagt blitzschnell sein, wenn es darauf ankommt. Hannes ist lebensgefährlich. Wenn ihr das nicht glaubt, dann unterschätzt ihr ihn gewaltig. Und das wäre das Allergefährlichste.«

1981

Peter und Silje sind schon ein Stück durch den Wald gegangen, als sie plötzlich hinter sich Stimmen hören. Peter erstarrt. Er weiß instinktiv, dass das Uffe und seine Gang sind. Silje wirft einen Blick über die Schulter. Dann verdüstert sich ihr Gesicht, und sie geht schneller.

»Die sind das …«

Sofort hat er einen Kloß im Hals. Am liebsten würde Peter losrennen, doch wie immer, wenn sie etwas zusammen unternehmen, bestimmt Silje, wo es langgeht.

»Wir gehen weiter. Vielleicht biegen sie in Richtung Siedlung ab. Wir dürfen sie nicht zum Kletterbaum führen, sonst haben wir da nie wieder unsere Ruhe.«

Peter kriegt kaum noch Luft. Die Gang kommt nur aus einem einzigen Grund in den Wald: um Peter zu verprügeln und auf ihn einzutreten, bis ihnen irgendwann die Puste ausgeht.

Im nächsten Moment hört er Uffe rufen.

»Meter und Rotschopf! Bleibt stehen, wir wollen mit euch reden!«

Peter sieht Silje an. Ihr ist die Röte in die Wangen gestiegen, und sie hält den Blick unverwandt auf den Waldweg gerichtet.

»Wenn wir sie nicht beachten, geben sie auf.«

Peter könnte heulen.

»Die hören nicht auf.«

Sie gehen schneller. Der Rucksack hängt schwer an Peters Schultern, er hat erst am Morgen in der Schulbibliothek zwei Bücher ausgeliehen. Von ihrem zügigen Marsch ist ihm warm geworden, und er würde sich gern die dünne Jacke ausziehen, traut sich aber nicht, stehen zu bleiben. Hinter sich hört er die Gang, die höhnischen Stimmen kommen näher, und die Panik schnürt ihm den Hals zu wie ein Seil. Er spürt, wie die Tränen in seinen Augen brennen, würde am allerliebsten Siljes Hand nehmen und rennen, doch dafür fehlt ihm der Mut.

»Silje ... Wir müssen etwas tun ...«

Er spricht abgehackt, späht zu ihr rüber, sieht, dass ihre Haare am Ansatz verschwitzt sind. Silje macht den Mund auf, um etwas zu sagen, doch Uffes Ruf kommt ihr zuvor.

»Schnappen wir sie uns!«

In Peters Kopf explodiert die Panik, und dann hört er durch den Nebel hindurch Siljes Stimme.

»Lauf!«

Sie hetzen durch den Wald und rennen, so schnell sie nur können. Peter will lieber sterben, als erwischt werden. Silje ist schneller als er, und er versucht, an ihr dranzubleiben, setzt die Füße in ihre Fußstapfen, die Lunge kreischt, sein Mund ist trocken und zu klein, um noch hinreichend Luft zu schnappen. Er hört die Gang hinter sich, die Stimmen sind gleichzeitig weit weg und ganz nah. Er traut sich nicht, nach hinten zu sehen, weil er Angst hat zu stolpern.

Als sie den breiten Weg erreichen, biegt Silje nach links ab. Die Böschung ist steil, sie müssen langsamer machen, um nicht abzurutschen, und schlängeln sich zwischen Bäumen und Felsbrocken hindurch. Hier ist der Wald dichter; Peter glaubt, dass Silje irgendwas ruft, aber ganz sicher ist er sich nicht, und er kriegt auch nicht mehr genügend Luft, um zu antworten.

Am Ende der Böschung stoßen sie auf einen schmalen Pfad. Silje hält sich rechts, und Peter weiß, dass der Weg zu ihr nach Hause führt, gleichzeitig glaubt er, dass es zu weit ist – sie werden es nicht bis dorthin schaffen, ihre Verfolger werden sie einholen. Sie sind älter als Peter und Silje, allerdings ist Uffe ziemlich untersetzt, und keiner aus der Gang würde es wagen, ihn zu überholen. Doch sie geben nicht auf, Gott, wie schmerzhaft klar ihm ist, dass sie niemals aufgeben, und hier im Wald können sie mit ihm tun, was sie wollen.

»In die Werkstatt!«

Er hört zwar, was Silje ruft, versteht aber nicht, was sie meint. Werkstatt? Welche Werkstatt? Er rennt hinter ihr her, als sie den Pfad verlässt, sie springen über Grassoden und umrunden Kiefern, die Zweige zerkratzen ihre Arme und Wangen. Silje hält auf ein rotes Gebäude zu, stemmt eine schwarze Doppeltür auf und hält sie gerade so lange auf, bis Peter hindurchgeschlüpft ist. Die Tür schlägt hinter ihnen zu. Er beugt sich vor, stützt sich auf den Knien ab und versucht, sich nicht zu übergeben, obwohl ihm vor Angst alles hochkommt.

»Wir sind ihnen entwischt.«

Silje keucht in der Dunkelheit. Peter kann noch nicht sprechen, er ist felsenfest überzeugt, dass er nur Sekunden davon entfernt war zu sterben.

»Wir müssen hierbleiben, bis sie wieder weg sind.«

Sie flüstert so leise, dass Peter es fast nicht hört. Er richtet sich gerade auf, blinzelt sich den Schweiß aus den Augen – und vielleicht ein paar Tränen – und sieht sich um. Hier war er noch nie, hat keine Ahnung, wo sie gelandet sind.

»Wo sind wir?«

Er flüstert so leise, wie er nur kann. Silje sieht ihn an.

»In Papas Werkstatt. Komm.«

Sie gehen ein Stück tiefer in das Gebäude hinein. Peter geht hinten, sieht sich um. Mitten auf der Bodenfläche steht ein alter Traktor, grün, ramponiert, einer ohne Fahrerkabine, mit einem dünnen schwarzen Lenkrad. Der Schaltknüppel ist mit Rost überzogen, und ein Reifen ist platt. Daneben steht eine komische Maschine mit scharfen Krallen. Peter weiß eigentlich, wie so was heißt, kommt aber gerade nicht darauf. Von der Decke hängt an einer klobigen Kette eine Art Baggerschaufel. Das Rückenstück scheint intakt zu sein, aber die Seiten fehlen, und der untere Teil besteht aus sechs Metallspitzen, die rund dreißig Zentimeter lang sind und messerscharf aussehen.

»Die Mistgabel«, flüstert Silje.

Peter presst sich die Hände vor die Brust.

»Warum hängt die da?«

Silje geht weiter.

»Die wollte Papa reparieren. Aber er hat nie Zeit dafür.«

Sie hält auf eine Holzleiter zu, die an der Wand lehnt. Am oberen Ende ist der Einstieg zum Heuboden. Behände klettert sie hoch, Peter schluckt, sieht sich um und folgt ihr nach. Dort oben liegt auf der ganzen Fläche Heu, und überall sind Spinnenweben. Das Dach ist niedrig, und geduckt geht Silje auf die hintere Ecke zu.

Als Peter dort ankommt, hat sie sich auf den Rücken gelegt, und er legt sich neben sie. Erst jetzt spürt er, dass seine Atmung sich langsam wieder beruhigt.

»Als ich klein war, hab ich mich immer hier versteckt.«

Sie sagt es in einem normalen Tonfall.

»Psst!« Peter hat Angst, dass Uffe und die Gang vor der Tür stehen, und dann flüstert er: »Wovor hast du dich denn versteckt?«

Darauf antwortet Silje nicht. Stumm liegen sie auf dem Rücken im Heu. Eine Spinne krabbelt über ihnen an den Sparren entlang, und Peter folgt ihr mit dem Blick.

»Wovon träumst du, Peter?«

Auf diese Frage ist er nicht vorbereitet und weiß nicht, was er darauf antworten soll. Das Einzige, wovon er träumt, ist, mit Silje zusammen zu sein. Aber das zu sagen wäre komisch.

»Weiß nicht. Wovon träumst du?«

Sie wartet ein bisschen, obwohl Peter spürt, dass sie die Antwort längst parat hat.

»Von Zügen.«

Er runzelt die Stirn.

»Zügen?«

Sie lacht. In Peter krampft sich alles zusammen, er hat fürchterliche Angst davor, dass Uffe und die Gang sie hier aufspüren könnten.

»Ich bin noch nie Zug gefahren. Ich will mit dem Zug von hier weg. Weit weg, wo keine Erwachsenen hinkommen.«

Es klingt traurig, so wie sie es sagt. Auch Peter hat schon darüber nachgedacht abzuhauen. Aber als Silje es ausspricht, klingt es irgendwie anders. Und warum dürfen keine Erwachsenen mit? Peter will auch weg, aber zusammen mit Mama.

Eine Zeit lang sagen sie nichts, liegen nur schweigend auf dem Heuboden und warten. Allmählich verändert sich das Licht. Als es irgendwann anfängt zu dämmern, klettern sie wieder nach unten. Peter wünschte sich, er hätte einen Zug und dass er Lokführer wäre, mit eigener Eisenbahn, über die er bestimmen könnte. Damit würde er wegfahren, mit Silje und Mama, weg von Uffe und der Gang, und nie mehr zurückkommen.

Idun träufelt Olivenöl in die Pfanne. Es dauert nur ein paar Sekunden, ehe es anfängt zu zischen und zu spritzen. Sie dreht die Hitze runter und gibt den klein gehackten Knoblauch und Chili hinein, brät beides kurz an, fügt Sahne hinzu und dreht abermals die Temperatur runter. Dann Salz. Sie dreht sich um. Mika sitzt auf der anderen Seite der Kücheninsel und schwenkt ihr Weinglas.

»Du siehst nachdenklich aus.«

Mika nimmt einen Schluck Wein.

»Ich hab gerade viel um die Ohren.«

Idun rührt die Sahnesoße um und setzt sich auf einen der Barhocker.

»Irgendwas, worüber du sprechen willst?«

Mika nimmt noch einen Schluck, zieht den Wein durch die Zähne und schluckt.

»Weiß nicht … Ich erwäge, Robban zu verlassen.«

Wie gut, dass Idun bereits sitzt.

»Wie bitte? Warum denn das?«

Mika schwenkt abermals ihr Glas.

»Ich will Kinder und er nicht.«

Idun ahnt, dass sie sich auf dünnes Eis begibt. Sie selbst und Robban ticken diesbezüglich ähnlich – auch sie will keine Kinder. Aber eine Liebesbeziehung zu beenden, weil man in dieser Hinsicht verschiedener Meinung ist? Ist das wirklich das Richtige?

»Okay … Und ihr könnt nicht darüber reden?«

Mika nimmt noch einen Schluck. Idun findet, ihre Schwester sollte zuallererst mal etwas essen. Sie ist dünn geworden.

»Wir haben darüber geredet. Eine Ewigkeit. Robban kann meine Überlegungen nachvollziehen, er ist in jeglicher Hinsicht verständnisvoll – aber gleichzeitig eben auch kompromisslos. Er will keine Kinder, wollte er nie, und daran wird sich auch nichts ändern. Während ich mir ein Leben ohne Kinder nicht vorstellen kann. Was wäre denn da noch der Sinn des Ganzen?«

Idun schluckt. Mit einem Mal fühlen sich ihre Halsschmerzen doppelbödig an. Sie selbst würde gern noch mal jemanden treffen, mit dem sie ihr Leben teilen könnte – ein Gedanke, der ihr vor gar nicht allzu langer Zeit erstmals gekommen ist. Sie hat lange geglaubt, dass sie aus freien Stücken und gern Single ist, was sie Mika auch wiederholt dargelegt hat, wann immer ihre Schwester auf sie eingeredet hat, sie müsse endlich jemanden kennenlernen. Dann ist irgendetwas mit Idun passiert, als sie in jenem Holzverschlag in Ingrid-Maries Wohnung gefangen saß. Seither ist sie sich nicht mehr sicher, ob sie wirklich allein bleiben will. Nachts liegt sie wach und grübelt und stellt für sich fest, dass gar nichts mehr klar ist. Und jetzt will ihre kleine Schwester vielleicht die Liebe ihres Lebens verlassen. Wie reagiert man auf so eine Entscheidung?

»Aber Mika, du bist doch erst neunundzwanzig. Vielleicht überlegt Robban es sich ja noch anders?«

Mikas Gesicht verdüstert sich.

»Hör schon auf. Ich weiß doch, dass ihr zwei in Sachen Kinder einer Meinung seid. Und dass du ganz bewusst allein lebst und es so angeblich das Beste für dich ist.«

Idun schluckt abermals. Nach den Ereignissen in jener Wohnung hat Anders sie zur Polizeipsychologin geschickt. Die Sitzungen wären nicht nötig gewesen – reinste Zeitverschwendung, bei dieser Seelenklempnerin zu sitzen, die nach Hinweisen auf posttraumatischen Stress und Schlafstörungen suchte, die es nicht gab. In der fünften Sitzung gab sie schließlich klein bei und hörte auf zu fragen, wie Idun sich fühlte nach alledem, was in jener Wohnung geschehen war. Stattdessen fragte sie nach Iduns Familienverhältnissen. Unbeschwert erzählte Idun alles, was sie erzählen wollte, behielt aber das meiste in Sachen Mama und Nore wohlweislich für sich. Und natürlich kamen sie auch darauf zu sprechen, inwieweit ihr Alleinsein selbst gewählt war oder nicht. Und erstmals kam Idun während einer Sitzung ins Stocken. Was sie stets für gesetzt gehalten hatte, geriet urplötzlich ins Wanken. Warum lebte sie eigentlich *wirklich* mit niemandem zusammen?

Und jetzt sitzt sie hier in ihrer Küche Mika gegenüber, und sie verspürt einen Anflug von Scham: jener stille, wenn auch nagende Gedanke, dass sie niemanden hat, mit dem sie ihren Alltag teilen könnte. Dass sie aber auch immer so verdammt viel grübeln muss.

Verärgert schüttelt sie das Gefühl ab.

»Du hast schon recht damit, dass ich keine Kinder will.«

Sie ist erleichtert, dass sie zumindest aufrichtig klingt. Doch Mika braust sofort auf.

»Aber ich will nun mal welche! Und dahingehend sind neunundzwanzigjährige Eierstöcke gar nicht mehr so richtig vorteilhaft! Wusstest du, dass die Fruchtbarkeit der Frau ab sechsundzwanzig stark abnimmt?«

Idun schüttelt den Kopf. Das wusste sie nicht.

Mika hebt erneut ihr Weinglas, lässt es aber wieder sinken, als Idun weiterspricht.

»Weiß Robban, wie du darüber denkst?«

Sie sieht Idun verwirrt an.

»Dass du dich von ihm trennen willst?«

Iduns kleine Schwester seufzt tief auf.

»Ich hab noch nichts gesagt, aber ich weiß, dass ich es zur Sprache bringen muss. Es bringt doch nichts, weiter zusammen zu sein. Ich würde es ihm nie verzeihen, wenn er mich dazu nötigen würde, kinderlos zu sterben. Ich will nun mal welche, und in manchen Momenten ist es das Einzige, was ich überhaupt will. Ich liebe ihn und respektiere ja auch seine Einstellung, und er hat alles Recht dazu, so zu denken, zu fühlen und seine eigenen Vorstellungen zu haben. Aber dann können wir eben nicht mehr zusammen sein.«

Idun kaut auf ihrer Unterlippe und beißt dann fest zu. Eine komische Vorstellung, wenn Mika und Robban nicht mehr zusammen wären. Seit Idun denken kann, sind die beiden ein Paar – noch bevor Mika ihr Abitur gemacht hat, war er schon auf der Bildfläche. Er gehört zur Familie, und Idun mag ihn sehr.

Sie nimmt einen Topf, befüllt ihn mit Wasser und gibt ordentlich Salz hinein. Sie könnte nicht sagen, ob ihre plötzliche Panik angesichts von Mikas Überlegungen nicht eher von ihr selbst handelt. Soll Mika jetzt auch allein leben? Weiß sie überhaupt, wie sich das anfühlt, wenn man aus heiterem Himmel an seiner Entscheidung zu zweifeln beginnt?

»Ich finde, du musst unbedingt mit ihm reden. Wenn es das Ende bedeutet, dann ist das eben so, aber du musst dir ganz sicher keine Sorgen machen, dass du kinderlos sterben könntest – nicht, wenn Kinder dein größter Traum sind.«

Das Nudelwasser sprudelt. Idun wirft die Tagliatelle hinein. Eine Weile herrscht Schweigen. Zwei Minuten vor Ablauf der empfohlenen Kochzeit gibt Idun eine Handvoll Blattspinat in die blubbernde Soße. Dann gießt sie das Nudelwasser ab, kippt die Pasta in eine Keramikschüssel, gießt die Spinat-Chili-Sahnesoße darüber und rührt um. Zu guter Letzt landen ein paar geschälte Garnelen darauf.

»Aber jetzt essen wir. Es wird alles gut, Mika, das verspreche ich dir.«

Sie kann Mika anhören, dass sie kurz davor ist loszuheulen.

»Ich weiß, dass du Robban gernhast. Aber ich will einfach nicht ohne Kinder leben. Das ist meine feste Überzeugung und mein innerstes Gefühl. Es geht einfach nicht. Lieber will ich Kinder haben, als mit ihm zusammen zu sein, so ist das nun mal, daran kann ich nichts ändern.«

Idun umrundet die Kücheninsel und nimmt ihre Schwester in die Arme.

»Das mit dem Kind kriegen wir hin. Aber erst nach dem Essen. Ich hab solchen Hunger, dass ich gleich ohnmächtig werde.«

Mika lehnt den Kopf an Iduns Schulter und lacht erleichtert und zugleich tieftraurig auf.

1981

Es ist der erste Montag im September. Peter sitzt allein an einem Vierertisch ganz hinten in der Mensa. Die Schlange vor der Essensausgabe ist ewig lang. Eine der Frauen klatscht Kartoffelbrei auf die Teller der Schüler, die nächste legt ein oder zwei Würstchen daneben. Es ist stickig im Saal. Stuhlbeine kratzen über den Boden, an einem langen Tisch lachen ein paar Jungs aus der dritten Klasse, irgendwer lässt sein Besteck auf den Boden fallen, ein anderer verschüttet Milch. Zwei Lehrerinnen gehen zwischen den Tischen auf und ab, versuchen, für Ruhe zu sorgen, und bitten wiederholt darum, leiser zu sein – vergebens.

Peter sitzt vornübergebeugt auf seinem Stuhl. Er hat die Ellenbogen aufgestützt, den Kopf in die Hände gelegt, alles, um so unsichtbar wie nur möglich zu sein. Er isst sonst immer mit Silje, aber die ist heute beim Zahnarzt. Also lautet der Plan, schnell zu essen und binnen weniger Minuten fertig zu sein. In der ersten Pause hat er es geschafft, Uffe aus dem Weg zu gehen, was üblicherweise heißt, dass es später am Tag zu einer Eskalation kommt. Es ist fast, als trüge Uffe ein bestimmtes Maß an Frust in sich, das er an Peter auslassen muss. Wenn Peter am Vormittag davonkommt, erwartet ihn am Nachmittag die Hölle. Deshalb sitzt er nun da und bereut zutiefst, dass er sich in der ersten Pause versteckt hat. Er hätte sich zeigen und die Demütigung schon früh am Tag über sich ergehen lassen müssen, so hätte er später seine Ruhe gehabt.

Und als hätte er Peters Gedanken gelesen, steht Uffe plötzlich neben ihm. Peter sieht die braunen Schuhe aus dem Augenwinkel, die mit den Knoten in den Schnürsenkeln und den rissigen Sohlen. Langsam dreht Peter sich um, blickt vorsichtig hoch und Uffe ins Gesicht, dessen Augen wie immer überlegen lodern.

»Hier sitzt du also, du meterkurze Kanalratte!«

Peter rührt sich nicht, starrt nach unten auf sein Kartoffelpüree, entdeckt ein Bläschen in der Haut eines Würstchens.

»Wo zum Teufel warst du heute Morgen, du verdammter Hurensohn? Wir haben dich gesucht.«

Peter hört, dass die Gang ein Stück weiter an einem Tisch sitzt und sich kaputtlacht. Sie müssen eben erst gekommen sein, Peter hätte besser aufpassen und gehen müssen, als sie sich gesetzt haben. Vielleicht wäre er so davongekommen, vielleicht sogar bis Schulschluss. Doch Uffe ist wie ein altes Pflaster: Irgendwann ist es an der Zeit, dass es wehtut.

»Warum isst du überhaupt? Hoffst du, du wächst noch?«

Seine Jungs brüllen vor Lachen. Eine Lehrerin ermahnt sie, doch Peter kann ihr anhören, dass sie eher müde statt streng klingt.

»Magst du dein Essen nicht?«

Uffe kommt näher. Peter blickt auf, sieht, wie Uffe sich den Finger in die Nase schiebt, den popligen Finger wieder herauszieht und Peter nicht mehr aus den Augen lässt, als er seinen Finger in den Kartoffelbrei steckt. Langsam rührt er in Peters Essen herum.

»Ein bisschen extra Gewürz kann nicht schaden. Dann mal los, Meter, iss dein Mittagessen auf!«

Die Gang blökt vor Lachen, wenn auch ein wenig leiser als zuvor. Die Jungs wollen nicht riskieren, dass die Lehrerin an ihren Tisch kommt. Peter starrt auf den Kartoffelbrei hinab.

»Iss!«, faucht Uffe ihn durch die zusammengebissenen Zähne an.

Peter würde am liebsten laut schreien, beißt sich aber in die Wange, spürt seinen Puls in den Ohren rauschen. Wenn er das isst, muss er sich übergeben.

»Lass ihn in Ruhe.«

Die Stimme ist leise. Trotzdem scheint sie die Luft zu zerschneiden. Verdattert sieht Peter sich um – und schräg hinter Uffe steht Silje. Sie hat die Hände in die Hüften gestemmt und sieht Uffe unverwandt an. Sie sind fast gleich groß, ihr fehlt höchstens ein halber Zentimeter.

Uffe lacht los und dreht sich amüsiert nach seiner Gang um. Es riecht förmlich nach Schlägerei. Peter weiß, dass Silje keine Chance hat.

»Sonst – was?«

Uffe sieht wieder zu ihr, seine Jungs kichern, doch Peter hört und spürt, dass sich etwas verändert. Das Gleichgewicht hat sich verschoben. Vielleicht weil Uffe so verblüfft ist, dass jemand es wagt, ihm die Stirn zu bieten. Vielleicht weil er sich im selben Moment jemand anderen als Peter ausgeguckt hat. Weil urplötzlich jemand Neues in sein Blickfeld gerückt ist.

Uffe macht einen halben Schritt auf Silje zu und funkelt sie wütend an. Sie erwidert seinen Blick und sieht dabei kein bisschen verängstigt aus.

»Hol ihm ein neues Essen.«

Uffe kann seine Überraschung nicht verhehlen. Ihm klappt die Kinnlade runter. Dann fängt er an zu lachen. Peter hört die Verachtung, schließt die Augen und weiß, dass Silje sich gerade ihr eigenes Grab schaufelt. Uffe duldet keine Widerworte.

»Was hast du gerade gesagt, verdammt?«

Uffe hat die Stimme gehoben. Die Belustigung von zuvor ist wie weggefegt. Doch Silje bleibt standhaft.

»Du holst ihm jetzt ein neues Essen. Weil du das alte mit deinem ekligen Rotz versaut hast.«

Peter schnürt sich der Hals zu. *Silje, halt endlich den Mund!*

Doch sie spricht weiter.

»Außerdem heißt er Peter und sonst nichts.«

Die Jungs sind verstummt. Fasziniert folgen sie dem Spektakel. Uffe macht noch einen Schritt auf Silje zu. Jetzt stehen sie sich fast Nase an Nase gegenüber. Er sieht sich hastig nach den Lehrerinnen um, die an der Essensausgabe mit den Damen dort reden, eine neue Klasse ist angekommen, die Schlange wird abermals länger und das Gemurmel am anderen Ende des Saals lauter.

»Halt die Fresse, du Hure.«

In Siljes Augen blitzt etwas auf. Die Panik fühlt sich in Peters Bauch wie ein Felsbrocken an. Jetzt stirbt sie, gleich schlägt Uffe sie tot, oder vielleicht ersticht er sie mit einer Schere. Peter weiß nur zu gut, wozu er imstande ist. *Verdammt, Silje, setz dich und halt den Mund, bittebittebitte, Silje!*

Siljes Pupillen weiten sich. Und dann sieht Peter es – die Verächtlichkeit in ihrem Blick.

»Die Hure bist ja wohl du.«

Sie guckt zu den Lehrerinnen und wieder zurück, alles binnen einer Sekunde. Dann greift sie sich Peters Wasserglas – wie in Zeitlupe und zugleich blitzschnell –, Wasser schwappt über den Tisch, Uffe folgt der Bewegung, Peter hält den Atem an, Silje holt aus – und dann schmettert sie Uffe das Glas mit Wucht ins Gesicht. Peter hat noch nie einen so dünnen Arm so viel Kraft entwickeln sehen. Das Glas zerbricht, schneidet ihm in die Oberlippe und in ein Nasenloch. Blut spritzt – über ihn, über Silje, den Tisch, den Kartoffelbrei und die Würstchen. Uffe taumelt zwei Schritte zurück, greift sich ins Gesicht, starrt seine blutigen Finger und dann wieder Silje an. Und dann brüllt er los, kreischt wie ein zu Tode verängstigtes Kind. Silje steht mit dem zerbrochenen Glas in der Hand da, sie hat den Mund zugemacht und sieht fasziniert zu, wie Uffe hin und her wankt. Am Tisch der Gang sind ein paar von den Jungs aufgestanden, zeigen auf Silje und Uffe, kreischen, dass sie ihn geschlagen hätte, schreien nach den Lehrerinnen, schreien nach einem Krankenwagen und nach der Polizei und dem Direktor und dass Silje verhaftet und ins Gefängnis gehört und verrecken soll.

Silje steht seelenruhig da. Eine Lehrerin eilt auf Uffe zu, eine der Essensdamen kommt mit einem Verbandskasten. Peter kriegt keine Luft mehr. Er starrt Silje an, sieht, wie ruhig sie ist, sieht das leuchtend rote Haar und das kaputte Glas in ihrer Hand und Uffe, dem das Blut über das Karohemd strömt. Er kapiert gar nicht, wie das passieren konnte. Wie konnte Silje es wagen, Uffe zu verletzen? Wie konnte sie für Peter Partei ergreifen?

Er war im ganzen Leben nie glücklicher als in diesem Moment.

Gefängnisdirektorin Rakel Sjömark ist eine pragmatische Frau. Ergebnisorientiert setzt sie die Beschlüsse aus der Politik um. Ihr Personal weiß, dass ihre Anweisungen befolgt und Entscheidungen umgesetzt werden müssen. Bei den Abläufen wird nichts dem Zufall überlassen. Alles, was innerhalb der Gefängnismauern passiert, dient einem Zweck, der sorgfältig durchdacht ist. Rakel ist überzeugt davon, dass Bestrafung und Besserung Hand in Hand gehen. Die Insassen sitzen hier eine gewisse Zeit ein, leisten etwas für die Gesellschaft und bekommen umgekehrt Hilfe, um nach Verbüßen der Haftstrafe in der Freiheit klarzukommen. In zahlreichen Fällen gelingt das auch, viele sehen ein Gefängnis kein zweites Mal von innen, aber natürlich gibt es auch jene, von denen das Personal schon im Vorhinein weiß, dass sie bald abermals hinter Gittern landen. Leon Berger ist zweifellos einer davon.

Rakel war erst verwundert, als diese Frau von der Polizei angerufen hat. Eigentlich wollte sie den Anruf zunächst nicht einmal entgegennehmen. Ihr Schreibtisch quoll über von Stapeln ungelesener Dokumente, und bis Feierabend hatte sie noch eine Menge zu tun. Als dann auch noch eine unbekannte Nummer im Display stand, seufzte sie tief und ging auch erst nach dem siebten Klingeln ran. Die Stimme klang freundlich. Es sei leider dringend und gehe um einen Insassen namens Leon Berger. Natürlich wusste

Rakel sofort, wer der Mann war. Sobald sein Name fällt, stellen sich ihr die Nackenhaare auf. Aber professionell, wie sie ist, reagierte sie erst einmal mit einer Rückfrage.

»Leon Berger ist hier Insasse, das stimmt ... Aber wie war gleich Ihr Name?«

Die Frau, die anscheinend von der Polizei in Luleå anrief, stellte sich noch einmal vor. Siv Liv. So viel zum Thema alberne Namenskombinationen. Fast so wie bei Leon Berger. Ah, Zivilangestellte in der Abteilung für Kapitalverbrechen. Zwei Kollegen namens Lind und Shaheen würden sich tags darauf auf den Weg nach Haaparanta machen. Verstehe. Es sei dringend. Das ist es immer, und nein, leider passt es derzeit wirklich nicht gut, trotzdem werde ich die Kollegen natürlich empfangen. Und das kann wirklich nicht warten? Nein, war ja klar. Natürlich nicht.

Eine laufende Mordermittlung will Rakel Sjömark natürlich nicht behindern. Aber Regeln sind Regeln, und ihre Insassen dürfen nun mal keinen unangemeldeten Besuch empfangen, abgesehen von ihren Anwälten. Außer dass sie pragmatisch ist, verfügt Rakel überdies über einen starken Gerechtigkeitssinn. Deshalb sitzt sie auch kurz mit dem Hörer in der Hand da und überlegt. Die Frau, die sich als Siv Liv vorgestellt hat, lässt ein paar Sekunden verstreichen, ehe sie ein paar lächerliche Vorschläge macht, die Rakel mit Kopfschütteln quittiert. Nein, ein richterlicher Beschluss ist nicht nötig, aber angemeldet muss Besuch nun mal sein. Ja, bis morgen ginge. Nein, es muss niemand mit dem Gericht Kontakt aufnehmen, ich hab schon kapiert, dass es eilt. Wir gehen diesmal den kurzen Dienstweg, aber beim nächsten Mal muss ich darauf bestehen, dass Sie sich frühzeitiger melden, danke im Vorhinein.

Siv Liv hat zumindest eine offizielle Besuchsanfrage formuliert, die Rakel entgegennahm. Sie loggte sich in die Besuchsdatenbank ein. Ein gewisses Maß an Regelkonformität musste sie schließlich einhalten, ganz von den Formalitäten abzuweichen wollte sie sich nicht erlauben. Das hätte diese Siv doch bestimmt verstanden, auch wenn Rakel genau genommen gar nicht auf ihr Ansinnen hätte eingehen müssen. Es ist schließlich ihr Gefängnis, und solange das der Fall ist, werden Beschlüsse der Behörden auch umgesetzt. Die gelten, ob nun ein Mord verübt wurde oder nicht. Aber ja, Lind und Sherikan sind willkommen – ach, Shaheen heißt er. Jaja.

Ein Gefängniswärter nimmt Idun und Tareq direkt am Eingang des Gefängnisses Haaparanta in Empfang. Sie weisen sich aus, tragen sich in die Besuchsliste am Eingang ein, überreichen ihre Dienstwaffen und leeren ihre Taschen.

Der Gefängniswärter führt sie in den Flügel zur Rechten. Es ist ein ordentliches Stück zu gehen, Idun ist überrascht, dass das Gebäude so weitläufig ist. Obwohl es von draußen gepflegt ausgesehen hat, ist die Innenansicht kein Vergleich. Und was man von draußen nicht sehen konnte, sind die drei Flügel, die vom vorderen Bereich abgehen und ein gutes Stück in den Wald hineinragen. Ein so riesiges Gebäude für einhundertfünfundsiebzig Insassen. Unwillkürlich fragt sich Idun, wofür sie so viele Quadratmeter brauchen.

Schließlich erreichen sie eine große Tür mit einem albernen, verschnörkelten, goldfarbenen Schild. *Direktion – Sjömark*. Der Gefängniswärter klopft an, und sofort ist von drinnen ein gedämpftes *Herein* zu hören. Er schiebt die Tür auf, späht hinein, sagt zwar nichts, aber nach ein paar Sekunden macht er einen Schritt nach hinten und teilt ihnen leise mit, dass die Gefängnisdirektorin sie jetzt empfangen könne.

Das Büro ist klein und sieht kein bisschen aus wie die Büros von Gefängnisdirektoren in Filmen. Ein Bücherregal quillt über von Büchern, der alte Holzschreibtisch sowie die zwei Besucherstühle haben bessere Tage gesehen. Darüber hinaus gibt es kein Mobiliar, vermutlich aus dem einfachen Grund, weil hier sonst nichts mehr hineingepasst hätte.

Hinter dem Schreibtisch sitzt eine hagere Frau mit einem strengen Gesichtsausdruck. Sie ist schätzungsweise in den Sechzigern, hat eine unauffällige Kurzhaarfrisur und ein wettergegerbtes Gesicht. Der Hals ist lang und straff, und Idun muss unwillkürlich an eine schlecht gelaunte pensionierte Tänzerin denken. Rakel mustert Idun und Tareq schweigend von Kopf bis Fuß. Sie macht keine Anstalten zu verhehlen, dass sie versucht, sie abzuschätzen, und lässt den durchdringenden Blick langsam und konzentriert über die beiden schweifen. Dieser eigenartige Empfang beginnt Idun zu verärgern. Gleichzeitig hat die Gefängnisdirektorin etwas an sich, dass es den Eindruck macht, als hätte sie alles Recht, Besucher auf diese Weise zu beäugen.

Als Rakel fertig ist mit ihrer Musterung, hebt sie die Hand zum Gruß und winkt Idun und Tareq näher. Nur dass sie gar nicht viel näher kommen können. Nach nur einem Schritt stehen sie vor Rakels Schreibtisch. Die Frau bedeutet ihnen, dass sie sich setzen sollen.

»Rakel Sjömark. Sehr angenehm.«

Die Hand will sie ihnen nicht geben.

»Ich heiße Idun Lund, und das hier ist mein Kollege Tareq Shaheen. Unsere Kollegin Siv hat Sie wohl schon ins Bild gesetzt.«

»Sie heißen Tareq?«

Idun blinzelt. Langsam überkreuzt Tareq die Beine.

»Ja.«

Rakel sieht ihn an, sagt aber nichts weiter. Idun fragt sich, was als Nächstes kommt. Was stimmt nicht mit dieser Frau? Calle wäre inzwischen schier explodiert. Tareq hingegen ist ungerührt.

»Danke, dass wir kommen durften. Wie meine Kollegin bereits erwähnt hat, dürfte Siv Sie über unser Anliegen informiert haben. Ist das korrekt?«

Er lächelt die Frau freundlich an. Idun wiederum würde ihr am liebsten eine Backpfeife verpassen.

»Ihre Kollegin hat gestern angerufen, und wenn ich es richtig verstanden habe, möchten Sie im Zuge einer laufenden Mordermittlung mit Leon Berger, einem unserer Insassen, reden?«

Tareq nickt.

»Leon scheint in unserer Ermittlung eine Rolle zu spielen. Welche, können wir leider nicht sagen, aber wir müssten uns bitte umgehend mit ihm unterhalten.«

Rakel lehnt sich auf ihrem Stuhl zurück. Eine Weile starrt sie bloß einen Punkt an der Wand hinter ihnen an.

»Dass Sie so kurzfristig hier aufkreuzen, macht die Sache ein bisschen schwierig ... Dass Ihre Planung nicht besser war, ist wirklich sehr bedauerlich. In derlei Angelegenheiten ist eine gute Vorausplanung die halbe Miete. Unsere Insassen brauchen ihre Routinen und eine gewisse Kontinuität. Allzu viele Abweichungen können sich negativ auf die Rehabilitierung auswirken.«

Idun weiß nicht, ob es an ihren Halsschmerzen, am Verhalten dieser Frau oder möglicherweise an ihren Bedenken aufgrund von Mikas drohender Trennung liegt – aber sie kann ihr Missfallen nicht länger für sich behalten.

»Entweder lassen Sie uns jetzt mit Leon Berger sprechen, oder ich zeige Sie wegen der Behinderung einer Ermittlung an.«

Rakel zuckt nicht mit der Wimper.

»Natürlich dürfen Sie mit ihm reden. Ihr Gespräch ist längst in die Wege geleitet, und er sitzt unter Aufsicht zweier Beamter im Besuchsraum. Die beiden werden bei der Unterredung anwesend sein, die überdies aufgezeichnet wird. Ich selbst werde im Nebenraum zuhören.«

Idun spürt, wie ihr die Wut in die Wangen steigt ... und womöglich allmählich das Fieber.

»Dann ist es ja gut. Dann muss ich ja nicht den Richter bemühen.«

Rakel sieht sie ungerührt an. Sofern sie Iduns aggressiven Unterton aufgefangen hat, lässt sie es sich nicht anmerken. Idun hätte sie mit großem Vergnügen angezeigt, diese verdammte Blockiererin.

Der Besuchsraum ist wesentlich größer als Rakel Sjömarks Büro. Zwei Wachleute lehnen an gegenüberliegenden Wänden. In die dritte Wand ist ein Spionspiegel einlassen, hinter dem Rakel steht, wie Idun annimmt. Verspiegelt ist nur die Besuchsraumseite, von der anderen Seite ist es eine normale Scheibe. In einer Ecke hängt direkt unter der Zimmerdecke eine Überwachungskamera. Im Gefängnis Haaparanta stehen sie, was Überwachung angeht, anscheinend auf eine Mischung aus uralt und neuzeitlich.

Mitten im Raum ist ein Edelstahltisch am Boden montiert. Auf der einen Seite stehen zwei Klappstühle, auf der anderen sitzt Leon Berger. Er hat unreine, grobporige Haut, die Haare sind millimeterkurz geschoren. Die Arme sind mit Tätowierungen in deutlich gedämpfteren Farben als bei Calle bedeckt. Eine fast waagerechte, schlecht verheilte Narbe schillert lila und silbrig an seinem Hals.

Gleichgültig blickt Leon den zwei Ermittlern entgegen. Sowohl Idun als auch Tareq kennen das schon – Leute, die bereits im Kindesalter gelernt haben, dass sie außerhalb der Gesellschaft stehen, und sich eine Schattenexistenz aufgebaut haben. Mit der Zeit haben sie sich so weit von ihren Gefühlen entfernt, dass auch von Empathie keine Rede mehr sein kann – und das oftmals für immer.

Idun und Tareq nehmen gegenüber Leon Platz.

»Wir sind von der Polizei und müssten Ihnen ein paar Fragen stellen. Danke, dass Sie sich dazu bereit erklärt haben.«

Leon sieht Idun amüsiert an. Offenbar hat sie mit ihren einleitenden Worten sein Interesse geweckt.

»Für solche Bräute wie dich hab ich alle Zeit der Welt.« Er klingt heiser, als hätte er schon länger nicht mehr gesprochen.

»Wir möchten Ihnen einige Fragen zu Ihrem Verhältnis zu Marina Alm stellen.«

Schlagartig scheint Leon zu mauern.

»Zu der Hure hab ich nichts mehr zu sagen.«

»Wir würden gern mehr über Ihre Beziehung erfahren. Wie sie war, bevor Marina starb.«

Leon mustert Idun, als hätte er alle Zeit der Welt.

»Siehst gut aus«, sagt er schließlich heiser, »ein richtiges Fuckface. Außerdem bist du gut in Form. Dürftest im Schlafzimmer für einigen Widerstand sorgen.«

Idun sieht ihn ungerührt an.

»Sind Sie an Fitness interessiert?«

Leon schnalzt mit der Zunge.

»Nein.«

Idun lässt ein paar Sekunden verstreichen. Einen Wimpernschlag zu spät begreift Tareq, dass er übernehmen soll.

»Wie würden Sie Ihre Beziehung mit Marina zu Beginn Ihrer Bekanntschaft beschreiben? Also, als Sie sich gerade kennengelernt hatten?«

Leon zuckt mit den Schultern.

»Wir waren zusammen – was gibt's da mehr zu sagen? Aber dann meinte sie, anschaffen zu müssen, und weil ich nicht darauf stehe, meine Frau mit anderen zu teilen, hab ich ihr den Laufpass gegeben.«

Er legt die Hände mit dem Handrücken nach unten auf den Tisch. In die Fingerkuppen der Rechten sind die Ziffern 1, 9, 8 und 4 tätowiert.

»Danach hatte ich mit der Hure nichts mehr zu schaffen, tut mir echt leid.«

Idun hat genau hingehört.

»Wenn man bedenkt, dass Sie wegen Verstößen gegen das Prostitutionsgesetz verurteilt wurden, klingt es irgendwie bemerkenswert, dass Sie nicht wollten, dass Marina anschaffen ging.«

Sie versucht, neutral zu klingen, weil sie genau weiß, dass die Gefängnisdirektorin dieses Gespräch jederzeit unterbrechen kann. Leon grinst sie schief an. Wo der linke Eckzahn sitzen müsste, klafft in seinem Gebiss eine Lücke.

»Für andere Frauen den Zuhälter zu spielen ist ja wohl nicht ganz das Gleiche.«

Er wackelt provokant mit den Augenbrauen. Idun sieht es ihm regelrecht an – den Hass auf Frauen.

»Haben Sie damals ein Geständnis abgelegt?«

Sie formuliert es bewusst als Frage, und Leon nickt.

»*Yes.* Und jetzt sitz ich meine Strafe hier ab. Ich hab ein Alibi für den Tag, an dem Marina gestorben ist, deshalb kapier ich nicht ganz, was ihr von mir wollt. Was ist eigentlich aus den zwei anderen Bullen geworden? Sind die gefeuert worden?«

»Morgan Samuelsson und Emil Warg. Sie ermitteln nach wie vor im Mordfall Marina. Tareq und ich sind im Zusammenhang mit einer anderen Ermittlung hier.«

Leon lacht nonchalant.

»Ist noch eine Nutte krepiert? Spannender Job!«

Idun holt tonlos Luft.

»Hatten Sie schon immer so eine üble Meinung von Frauen?«

Normalerweise macht Calle solche Kommentare. Doch der ist mit seiner Reha beschäftigt, hat immer noch Probleme mit dem Kurzzeitgedächtnis. Idun sollte ihn allmählich besuchen, das schlechte Gewissen macht sie ganz mürbe.

»Ich hab keine üble Meinung von Frauen. Ich mag bloß keine Huren.«

Auf seinem Stuhl richtet Tareq sich minimal auf.

»Wir ermitteln im Fall eines ermordeten Freiers.«

»Ach.«

»Eines Freiers, der mit Marina im Bett war, kurz bevor sie umgebracht wurde – und jetzt ist er ebenfalls tot.«

»Und was hab ich damit zu tun, verdammt?«

»Wir haben so eine Ahnung, dass wir es mit einem Serienmörder zu tun haben, der es auf Männer abgesehen hat, die im Sex- und Frauenhandel aktiv waren. Idun und ich versuchen deshalb, mit allen zu sprechen, die mit Hannes Vinges Aktivitäten in Verbindung stehen. Das Muster ist ziemlich deutlich – da hat es jemand speziell auf Ihre Kundschaft abgesehen ... und auf gewisse Helfershelfer.«

Idun gibt sich alle Mühe, nicht verdattert dreinzublicken. Tareqs Ausführungen sind erstunken und erlogen, zudem enthalten sie eine dezente, wenn auch unmissverständliche Drohung: *Sprich mit uns, oder du riskierst draufzugehen.* So etwas ist natürlich illegal. Aber auch gewieft.

»Willst du damit sagen, dass ich in Gefahr bin?«

Leon klingt skeptisch. Tareq schüttelt bedächtig den Kopf.

»Derzeit nicht, nein, aber natürlich müssen wir reagieren, sobald sich unsere Einschätzung ändert.«

Erstmals während ihrer Unterredung sieht Leon verunsichert aus.

»Und wie zur Hölle wollt ihr mich hier drinnen beschützen?«

»Können wir nicht. Wir verlassen uns diesbezüglich ganz auf Direktorin Sjömark und ihre Leute.«

Letzteres begleitet er mit einem Nicken in Richtung des Spiegels, von dem alle Beteiligten wissen, dass es sich um einen Spionspiegel handelt. Leon folgt Tareqs Geste. Beim Anblick seines Spiegelbilds rümpft er die Nase.

»Ich weiß verdammt noch mal nichts über sie. Wir waren zusammen, und dann hat sie angefangen rumzuhuren. Ich hab damit nichts zu tun, kapiert?«

Tareq schweigt, und Idun antwortet an seiner Stelle.

»Wir müssen erfahren, ob Marina Teil von Vinges Prostitutionsnetzwerk war oder nicht. Sonst können wir nichts für Sie tun. Mit einem Serienmörder ist nicht zu spaßen, das sollten gerade Sie eigentlich wissen.«

Leons Blick flackert zwischen Idun und Tareq hin und her. Idun versteht die Verunsicherung, vermutlich hat er absolut keine Ahnung, wie ein Serienmörder tickt – aber das wird er ihnen gegenüber nicht zugeben. Im Gefängnis ist das Image entscheidend, sogar im Gespräch mit der Polizei.

»Vinge hat kein Netzwerk. Ich weiß wirklich nicht, wovon ihr redet.«

Aus dem Augenwinkel sieht Idun, dass seine Hand ganz leicht auf der Tischplatte zittert. Sie schürzt betont nachdenklich die Lippen und lehnt sich auf ihrem Stuhl zurück. Dann verschränkt sie die Arme.

»Es bleibt natürlich allein Ihnen überlassen, ob Sie mit uns reden wollen oder nicht. Die einzige Spur, die wir derzeit haben, ist Marina – alle anderen Spuren sind kalt. Aber wir tun alles, was wir nur können, damit wir es nicht mit noch mehr toten Freiern und Zuhältern zu tun kriegen.«

Idun sieht, wie Leon schluckt. Sie lässt sich Zeit. Schweißperlen treten ihm auf die Stirn.

»Aber warum müsst ihr dafür wissen, für wen Marina angeschafft hat? Was hat das denn mit der ganzen Sache zu tun?«

Nicht mehr lange, und er knickt ein. Es ist nicht mehr viel dafür nötig. Nur noch ein kleines bisschen.

Idun sieht Leon unverwandt in die Augen. Dass Rakel Sjömark dieses höchst zweifelhafte Gespräch nicht längst abgebrochen hat, ist gelinde gesagt unfassbar. Aber vielleicht hat sie ein noch größeres Faible für Zuhälter als für Ermittler mit ausländischem Background.

»Wenn Marina Teil Ihres Netzwerks war, müssten wir Ihre Sicherheitsstufe hochsetzen.«

Weiter kommt sie nicht, weil die Tür aufgeht und Rakel den Besuchsraum betritt. Auf Wangen und Hals hat sie rote Wutflecken.

»Dieses Gespräch ist hiermit zu Ende.«

Die Gefängnisdirektorin räumt jeden Zweifel aus. Sie schiebt ihnen einen Riegel vor.

Die beiden Ermittler stehen auf, Idun nickt Leon zu und will sich gerade wegdrehen, als sie sieht, wie er tonlos die Lippen bewegt. Es dauert ein, zwei Sekunden, ehe ihr die Bedeutung dämmert.

Hannes Vinge.

1981

Silje und Peter sitzen zu Hause bei ihm am Küchentisch. Vor den zwei Elfjährigen steht ein Teller mit Pfannkuchen. Die Sahne, die Peters Mutter geschlagen hat, bevor sie zur Arbeit musste, fällt allmählich in sich zusammen. Langsam ergießt sie sich über den Tellerrand.

Silje schleckt sich Himbeerkompott von den Fingern.

»Ist das nicht blöd, dass deine Mutter so viel arbeiten muss?«

Peter rollt seinen dritten Pfannkuchen zusammen und schneidet ihn in kleine Stücke. Dann zuckt er mit den Schultern.

»So schlimm ist das nicht. Als ich klein war, hatte ich Angst im Dunkeln, aber jetzt nicht mehr. Jetzt komm ich alleine klar. Sie kocht mir ja Sachen, die ich im Ofen warm machen kann.«

Silje nimmt den letzten Schluck. Dann streckt sie sich nach der Milch und befüllt ihr Glas ein zweites Mal.

»Aber vermisst du sie nicht?«

Irgendwas an ihrer Stimme bringt Peter dazu, sie anzusehen. Es tut fast weh, als er Siljes Blick auffängt. Sie wirkt noch trauriger als sonst. Er überlegt sich gut, was er antwortet.

»Nein. Oder ... doch. Also, nein – sie kommt ja später nach Hause. Sie muss arbeiten, damit wir etwas zu essen haben. Wie Pfannkuchen mit Sahne!«

Er nimmt sich noch einen Löffelvoll Sahne und klatscht sie auf seinen Teller. Ein paar Spritzer landen auf dem Tischtuch und auf seinem T-Shirt. Kurz denkt er darüber nach, dass Mama sauer sein wird – doch dann lacht er gekünstelt. Es funktioniert. Silje verzieht den Mund und schüttelt den Kopf. Peter wischt das meiste mit Küchenpapier auf, erst die Tropfen auf dem T-Shirt, dann die auf der Tischdecke.

»Was machen wir denn, wenn wir fertig sind?«

Er weiß genau, was Silje antworten wird, trotzdem hat er gefragt.

»Ich hab einen neuen Kletterbaum drüben beim Hedenshof entdeckt, ein Stückchen in den Wald, man sieht ihn vom Weg aus nicht. Wir könnten mit den Fahrrädern hinfahren, über den Weg, der hinten beim Schweinebauern losgeht.«

»Wie lange darfst du denn draußen bleiben?«

Silje zuckt mit den Schultern.

»So lange ich will.«

Doch Peter sieht, dass ihre Unterlippe zittert. Eilig steht er auf und stellt die Teller weg. Er will nicht, dass Silje wieder traurig wird.

»Komm, fahren wir!«

Den Teller mit den übrigen Pfannkuchen stellt er auf die Arbeitsplatte, das Milchglas kommt in die Spüle. Silje tut es ihm gleich, und dann laufen sie hinaus in den Flur, um sich anzuziehen. Vor dem Küchenfenster geht allmählich die Sonne unter. Noch bleibt ihnen ein bisschen Zeit zum Klettern.

Calle Brandt zieht die Tür bereits auf, noch bevor Idun die Klingel gedrückt hat. Und dann steht er da, sieht sie an, und ein paar Sekunden verstreichen, ehe sich ein Grinsen auf seinem Gesicht breitmacht, sodass die Sommersprossen sich verziehen. Über dem dichten roten Bart klebt auf einer Wange ein viereckiger Pflasterverband mit weißem Tape um die Kanten.

»Verdammte Lieblings-Iddan!«

Er streckt die Arme nach ihr aus. Idun hat kaum einen Schritt auf ihn zu gemacht, als er sie an sich zieht. Mit dem Duft seines Deos in der Nase presst sie beide Hände auf seinen breiten Rücken und umarmt den unverschämtesten, unhöflichsten Mann, den sie je gekannt hat. Gott, welche Sorgen sie sich um ihn gemacht hat. Um diesen Teufel.

»Ich krieg keine Luft mehr ...«, murmelt sie an seiner Brust und spürt seinen Bart an der Schläfe. Calle nimmt die Hände runter, schiebt sie von sich weg und legt die Hände auf ihre Schultern. Er selbst trägt Jogginghose und ein graues T-Shirt. Die muskulösen Arme sind mit grellen Tattoos übersät. Er hat einen breiten Nacken und blasse Haut. Der Pflasterverband leuchtet auf der sommersprossigen Wange. Bei seinem Anblick kann Idun ihr schlechtes Gewissen, die Schuldgefühle und die Tränen regelrecht schmecken.

»Heilt alles nach Plan?«

Ihre Stimme zittert leicht, obwohl sie sich alle Mühe gibt, es zu verhindern. Calle verzieht leicht das Gesicht.

»Klar doch. Wir reden hier immerhin von Calle Brandt.«

Sie setzen sich ins Wohnzimmer. Calle holt zwei große Kaffeebecher. Zu Hause ist er Pedant, die Wohnung ist makellos sauber. Idun nimmt einen Schluck. Der Kaffee ist stark und lecker, kein Vergleich zu dem Gift, das sie im Revier aus dem Automaten ziehen.

»Wie läuft's in der Reha? Machst du deine Übungen?«

Er lehnt sich auf dem Sofa zurück, sodass er halb daliegt.

»Ich tue alles, was die Physio mir sagt. Teufel, wie gut die aussieht! Du würdest tot umfallen, Iddan!«

Idun spürt, dass sie sich endlich ein wenig entspannt. Er ist immer noch ganz der Alte, trotz seiner zerschossenen Wange.

»Vielleicht wird ja was draus, wenn du mit der Reha fertig bist?«

Sie sagt es mit einem ironischen Unterton, obwohl sie genau weiß, dass die Möglichkeit besteht. Calle zuckt mit den Schultern.

»Wer weiß? Sie heißt Lisa. Ist dreiundsechzig und bestimmt ziemlich erfahren.«

Sie müssen beide lachen. Calle fragt, ob Idun noch Nachschlag will, doch sie lehnt ab. Ihr Becher ist noch fast voll.

»Aber genug von mir. Wie geht es dir? Wie läuft's bei der Arbeit? Ich hab gehört, ihr habt einen abgehackten Pimmel am Hals? Besser am Hals als im Hals, würde ich sagen.«

Er lacht laut über seinen eigenen Witz. Es dröhnt nur so durch seinen Bart. Idun lässt sich mit ihrer Reaktion Zeit.

»Wer hat denn da wieder getratscht?«

»Siv. Sie hat gestern angerufen und wollte wissen, ob ich irgendetwas brauche. Ich hab ihr gesagt, dass ich mal über was anderes reden müsste als nur über die beknackte Wange. Wir haben uns in der Stadt zum Mittagessen getroffen und anschließend bei ihr zu Hause Kaffee getrunken und Toffeekuchen gegessen. Verdammt noch mal, die Frau kann vielleicht backen! Und in ihrer Speisekammer sieht es aus wie in der Auslage eines Cafés. Unfassbar, dass sie so schlank ist. Im Leben isst die nicht alles selbst, was sie backt – da würde sie wirklich nicht mehr hinter ihren Schreibtisch passen, und Anders müsste einen Anbau beantragen.«

Er lacht erneut laut los. Idun versucht, sich Siv mit Übergewicht vorzustellen – vergebens.

»Was Siv da erzählt hat, stimmt natürlich. Evert Holm, steinreicher Rentner, wurde auf der Eisbahn unterhalb der Bergnäsbrücke tot aufgefunden. Massive Gewalteinwirkung, Svetlana hat nicht weniger als zweiundzwanzig Schläge gegen den Schädel gezählt. Da steckten sogar Holzsplitter im Schädelknochen.«

Calle liegt entspannt auf dem Sofa. Idun weiß, dass er hart im Nehmen ist.

»Und der Schwanz?«

Er kneift die Augen zusammen.

»Kurz vor Eintritt des Todes abgetrennt.«

Calle nickt.

»Fies. Und berechnend.«

»Er hat allein gelebt. Keine Frau, keine Freunde. Zwei erwachsene Kinder, aber die hatten seit Jahren keinen Kontakt mehr zu ihm. Anscheinend war er in ihrer Kindheit überwiegend abwesend und nicht an ihnen interessiert. Die Tochter hat sich durchgebissen, wohnt allein in einer teuren Vierzimmerwohnung mitten in Boden und hat kürzlich ihren Facharzt in Gynäkologie gemacht. Der Sohn hat es weniger gut hingekriegt. Ist in einem Wohnheim untergebracht, weil er seit einer Überdosis psychotisch ist. War gar nicht lange auf Drogen, hauptsächlich – aber nicht ausschließlich – Cannabis, trotzdem hat das bei ihm eine Psychose ausgelöst, und jetzt leidet er an Verfolgungswahn. Beide haben für den Zeitpunkt des Mordes an ihrem Vater ein wasserdichtes Alibi.«

»Wir wissen beide, dass selbst wasserdichte Alibis immer ein winziges Leck haben können.«

»Natürlich. Aber die beiden scheinen in Ordnung zu sein.«

Calle schließt die Augen und lehnt den Kopf schwer an die Rückenlehne.

»Alles in Ordnung?«

Beunruhigt setzt Idun sich gerade auf, doch Calle winkt bloß träge ab.

»Mir ist nur leicht schwindlig. Lisa sagt, das liegt an den Nervenschädigungen im Kiefer, da läuft anscheinend irgendeine Verbindung zum Hirn. Alles hängt da mit allem zusammen, sagt meine dreiundsechzigjährige Zukünftige.«

Idun muss flüstern, um ihren Tränen Einhalt zu gebieten.

»Es war so verdammt knapp davor, dass ich dich verloren hätte.«

Er schlägt die Augen auf und fängt ihren Blick auf. Wie oft sie über die Jahre gestritten haben. Und wie oft sie fantastische Erfolge erzielt haben. Idun war auf hundertachtzig, als Anders sie beide zu Partnern machen wollte. Im Nachhinein erwies sich das als Geniestreich.

»Ach, verdammt, Iddan. War doch nicht deine Schuld – wie oft muss ich das noch sagen? Ich bin da hochgegangen, ohne mich zu vergewissern, ob du nachkommen würdest – und da hat nun mal unsere Täterin gewartet. Sie war schneller als ich, hat aber nur mein Gesicht erwischt. Natürlich mitsamt den Nerven, die da zum Hirn führen – aber was soll's! Ich lebe doch noch. Und laut supersexy Lisa wird das auch wieder. Der Tinnitus bleibt mir vielleicht, aber das war ja der Knall so nah am Ohr, nicht die Kugel an sich.«

Idun sieht ihn an und versucht zu begreifen, was er da sagt. Natürlich war es ihre Schuld, dass er niedergeschossen wurde. All die Widerworte sind nur ein schlechter Versuch seinerseits, sie zu beschwichtigen. Aber das schafft er nicht, zumindest nicht ganz.

»Ich vermisse dich bei der Arbeit.«

Calle grinst so breit, dass der Bart sich verzieht.

»Siv sagt, du hast Hilfe aus Stockholm – einen bärtigen Typen mit dunklen Augen.«

Dann wackelt er vielsagend mit den Augenbrauen.

»So beschreibt sie ihn? Aber ja, Tareq hat einen Bart und dunkle Augen, sofern das in diesem Zusammenhang wichtig sein sollte.«

Calle schiebt sich wieder in eine sitzende Position.

»Ist er ein guter Ermittler?«

Idun nickt.

»Und ein guter Partner?«

»Als zeitweiliger Ersatz ist er absolut okay. Aber er bleibt nur, bis du wieder zurück bist.«

Calle fläzt sich wieder hin.

»Und selbst wenn ich zurück bin, ist er immer noch ein bärtiger Typ mit dunklen Augen. Der nicht mehr mit dir zusammenarbeitet.«

Idun seufzt. Müssen sie wirklich über Tareq tratschen?

»Da ist nichts. Tareq und ich sind Kollegen, nichts weiter. Außerdem hat er einen Ring am Finger.«

Calle schnaubt.

»Als wäre das wichtig, wenn es hart auf hart kommt.«

Idun will darauf lieber nicht eingehen. Stattdessen steht sie auf, geht in die Küche, um Kaffee zu holen, obwohl ihr Becher immer noch halb voll ist. Sie ist selbst überrascht, dass Tareqs Ring ihr aufgefallen ist. Oder vielmehr darüber, dass sie in dem Moment einen Hauch von Enttäuschung verspürt hat.

1981

Am letzten Donnerstag im Oktober ist Peters zwölfter Geburtstag. Morgens bringt Mama ihm ein Ständchen, dann überreicht sie ihm ein riesiges Päckchen, das große Spanplatten enthält. Erst weiß er nichts damit anzufangen, doch als Mama ihn raus auf den Flur zieht und er die Räder samt Achsen dort liegen sieht, die Lenkstange sowie ein schwarzes Lenkrad mit einem roten Abzeichen, kreischt er vor Glück. Er stürzt auf seine Mutter zu, um ihr um den Hals zu fallen, und stürzt dabei fast über die Bodenplatte. Endlich! Endlich kann er sich eine eigene Seifenkiste bauen!

»Glaubst du, dann kannst du mit den anderen Jungs Fahrten unternehmen?«

Mama klingt vorfreudig, trotzdem ahnt Peter den Hauch von Besorgnis in ihrer Stimme. Er schüttelt den Kopf.

»Die fahren so gefährlich. Ich will nicht, dass meine Seifenkiste kaputtgeht.«

Mama tätschelt ihm die Wange. Peter hofft inständig, dass sie nicht weiterfragt. Er will nur deshalb nicht mit den anderen Jungs spielen, weil die nicht mit ihm spielen wollen. Seit Silje Uffe in der Mensa mit einem Glas die Nase zertrümmert hat, lassen er und die Gang Peter in Ruhe. Peter hatte Todesangst, dass die Schule sie anzeigen würde, aber es ist nichts passiert. Er ist zwar immer noch außen vor, wie eh und je, aber bevor er Silje kennengelernt hat, war er vollkommen einsam. Das ist er jetzt nicht mehr.

Mama muss zur Arbeit, und Peter macht sich auf den Weg zur Schule. Den Heimweg gehen er und Silje zusammen. Silje ist stiller als sonst. In der großen Pause sind sie klettern gewesen, aber auch da hat sie keinen Mucks gesagt.

»Was ist denn mit deiner Lippe passiert?«

Die Lippe ist gesprungen und sieht aus, als würde sie wehtun, weil die Kanten sich spreizen, wenn sie etwas sagt.

Sie zuckt mit den Schultern.

»Bin zu Hause voll in die Klotür gekracht.«

Sie spricht leise. Peter spürt, wie sich sein Magen zusammenkrampft.

»Ich hab heute Geburtstag.«

Silje bleibt wie vom Donner gerührt stehen und sieht ihn mit großen Augen an. Es ist ein warmer, klarer Herbsttag. Eine rote Haarsträhne hat sich aus ihrem Zopf gelöst. Im Wind tanzt sie ihr um die Wange.

»Tut mir leid! Hab ich total vergessen! Herzlichen Glückwunsch zum Geburtstag!«

Sie lächelt, gerade so breit, wie es geht, ohne dass der Riss in der Lippe sich wieder öffnet. Peter nickt ihr zum Dank stumm zu und kann mit einem Mal nichts mehr sagen. Ohne ein weiteres Wort setzen sie ihren Weg fort.

»Mama arbeitet heute, aber sie hat Kuchen gebacken. Willst du mitkommen?«

Silje scheint kurz zu überlegen. Peter versteht nicht, warum. Zu Kuchen sagt man doch nicht Nein?

»Ich muss erst nach Hause. Papa will, dass ich ihm bei etwas helfe. Ich komme später, wenn ich noch darf.«

Silje und ihr Vater wohnen neben dem stillgelegten Bauernhof, direkt an dem Weg, der rechts von der Straße abbiegt und dann unter der Gleisunterführung in Richtung Degerbäcken führt. Das Einzige, was Peter sich wünscht, ist, mit Silje Kuchen zu essen. Und ihr den Bausatz für seine Seifenkiste zeigen. Die könnten sie gemeinsam zusammensetzen.

»Komm, wenn du es schaffst, ich warte so lange auf dich.«

Sie schlendern am Spielplatz und dann an der geschlossenen Pizzeria vorbei. Vier Straßenzüge weiter, und sie stehen vor Siljes Haus. Es ist ein rotes, abgewohntes, einstöckiges Haus mit abblätternden Fensterrahmen. Rechts davon steht der alte Kuhstall. Davor parkt ein rostiges Auto. Silje sagt, es fährt nicht mehr. Ihr Vater will es entweder verschrotten lassen oder es in die alte Werkstatt bringen, die knapp hundert Meter weiter im Wald steht und in der Peter und Silje sich mal versteckt haben, als sie vor Uffe und der Gang Schutz suchen mussten.

Die Auffahrt zum Wohnhaus zieht sich, und der Garten drumherum ist vernachlässigt. Wie immer sind die Küchenvorhänge vorgezogen. Man kann nicht sehen, ob jemand zu Hause ist.

»Ich hätte dir gern ein Geschenk gemacht, wenn ich dran gedacht hätte.«

Sie klingt eher nüchtern als beschämt. Peter schüttelt nachdrücklich den Kopf.

»Komm vorbei und iss Kuchen mit mir, das wäre das beste Geschenk überhaupt!«

Silje wirft einen Blick über die Schulter in Richtung Haus. Peter folgt ihrem Blick und meint, hinter der Küchengardine eine Bewegung zu erhaschen.

»Ich muss jetzt los.«

Sie dreht sich um und läuft die Auffahrt hoch. Peter schafft es nicht mal mehr zu antworten, sondern hebt nur die Hand und winkt, lässt dabei jedoch das Küchenfenster nicht aus den Augen. Da steht jemand. Inzwischen ist er sich sicher.

Am Abend isst Peter alleine Kuchen und entwirft nebenher eine Skizze, wie er die Seifenkiste zusammenbauen will. Silje ist nicht mehr aufgetaucht. Als Mama nach Hause kommt, schläft er schon lange.

Idun und Tareq sitzen in ihrem Wagen. Die Scheiben sind allmählich wieder beschlagen.

»Du gehst zuerst rein. Ich warte genau zwei Minuten, dann komme ich nach. Ich bleibe in der Nähe der Tür und setze mich ans vordere Ende der Bar, sofern da ein Hocker frei ist.« Tareq sieht sie ruhig an.

»Alles klar.«

Sie dreht sich zu ihm um, fasst ihm an die Brust und tastet nach dem Mikrofon unter seinem Hemd.

»Siv, kannst du uns hören?«

Es knistert in Iduns Kopfhörer, dann meldet sich Siv.

»Als wärt ihr in meinem Kopf.«

Idun lehnt sich auf ihrem Sitz zurück.

»Glaubst du wirklich, Hannes geht auf deinen Vorschlag ein?«

»Ich hoffe es.«

»Schicker Mantel.«

Idun nickt in Richtung von Tareqs Brust, und er blickt an sich hinab. Der grobe Stoff schimmert im winterfahlen Sonnenlicht, das durch die Windschutzscheibe fällt.

»Den hat Siv heute Morgen gekauft, samt Hose und Schuhen. Ich wusste ja nicht, dass ich hier oben im Norden undercover arbeiten würde, deshalb hängt mein Mafioso-Outfit immer noch in Stockholm. Fühlt sich an, als wäre ich unterwegs zu einer Hochzeit.«

Idun muss lachen.

»Tja. Sind wir so weit?«

Nickend legt Tareq die Hand an den Türgriff. Kalte Luft schlägt ihnen entgegen, als er die Tür aufschiebt. Idun sieht ihm hinterher, als er die Straße überquert und den Gehweg erreicht. Nach ein paar Schritten ist er um die Ecke verschwunden. Sie sieht auf die Uhr, atmet bewusst langsam und zählt die Sekunden, spürt, wie die Sonne sie durchs Fenster wärmt, und steigt schließlich aus. Sie schlägt dieselbe Richtung wie Tareq ein, biegt um die Ecke und geht noch ein Stück die Storgatan entlang, ehe sie abermals abbiegt und vor dem Hackes steht. Ein echt übler Name für ein so gutes Lokal – wahrscheinlich der Hipster-Versuch, ein bisschen Straßendreck-Flair mit feiner Tischwäsche und einer teuren Weinkarte zu kombinieren. Vor allem aber ist es ein beliebter Treffpunkt für steinreiche Kriminelle.

Idun betritt das Lokal, hat Glück und steuert sofort einen freien Hocker an der Bar an. Sie bittet um die Speisekarte und um ein Glas Wasser, reißt sich zusammen, um nicht allzu auffällig den Blick schweifen zu lassen, hält aber verstohlen nach Tareq Ausschau. Er ist nirgends zu sehen.

Tareq steht mit einem Glas Whisky am anderen Ende der Bar. Er hat keinen einzigen Schluck genommen, schwenkt nur hin und wieder das Glas. Obwohl draußen hinter den großen Fenstern zur Straße die Sonne scheint, ist es in dem Lokal überraschend dunkel.

Er weiß, dass der Barkeeper ihn zur Kenntnis genommen hat. Es sind die Kleidung und seine Haltung. Außerdem war der ungewöhnliche Whisky-Wunsch ein deutliches Signal. Ein Glas für fast tausend Kronen. Überdies scheint der Mann hinter dem Tresen bemerkt zu haben, dass Tareq nicht einmal daran nippt.

»Haben Sie noch einen Wunsch?«, fragt er leise und trocknet mit einem Leinengeschirrtuch ein Weinglas ab.

»Yassin Farar möchte sich mit Hannes Vinge unterhalten.«

Tareq spricht mit starkem arabischem Akzent. Der Barkeeper nimmt das Glas hoch, mustert es konzentriert und poliert weiter.

»Was darf ich als Grund Ihres Besuches nennen?«

Tareq fährt sich bedächtig über den Bart. Er hat Bartöl benutzt, und der Bart fühlt sich seidig an.

»Ein geschäftliches Angebot, zu dem er nicht Nein sagen wird.«

Statt darauf einzugehen, hängt der Barkeeper das Glas über die Bar und nimmt sich das nächste vor. Nachdem er auch dieses poliert hat, kehrt er Tareq den Rücken und geht in Richtung Kasse. Zwei Frauen betreten das Lokal. Sie stampfen sich den Schnee von den Schuhen und schälen sich aus ihren Daunenjacken, bestellen je ein Glas Wein und eilen auf einen Fenstertisch zu, der soeben frei geworden ist. Tareq meint, am anderen Ende einen Blick auf Iduns Jacke erhascht zu haben, vermeidet es aber, genauer hinzusehen. Es vergehen mehrere Minuten. Er glaubt schon, das war's, Hannes kann den Köder nicht geschluckt haben, als er plötzlich eine Hand an seiner Schulter spürt. Langsam und darauf bedacht, seinen entspannt-herablassenden Gesichtsausdruck aufrechtzuerhalten, dreht Tareq sich um. Hinter ihm steht ein kahlköpfiger Mann mit Stiernacken und stahlgrauen Augen.

»Yassin Farar?«

Der Mann hat einen unüberhörbar finnlandschwedischen Zungenschlag. Tareq stellt sein Whiskyglas ab.

»Das ist korrekt.«

Die stahlgrauen Augen mustern ihn aufmerksam.

»Sie kommen mit einem Angebot?«

Tareq nickt knapp.

»Schießen Sie los.«

»Es ist nicht für Sie gedacht.«

Der Mann presst die Kiefer zusammen.

»Ich entscheide, ob es für Hannes geeignet ist.«

Tareq reckt das Kinn vor.

»Ich nehme an, Sie wissen nicht, wen Sie vor sich haben.«

Der Blick des Mannes lodert.

»Nein, ich hab keine Ahnung. Aber es ist mir auch egal. Erzählen Sie mir, weshalb Sie hier sind, oder gehen Sie wieder.«

Tareq späht über die Schulter seines Gegenübers. Dann wirft er einen verstohlenen Blick zum Barkeeper, der ihnen den Rücken zugewandt hat. Es ist hinreichend laut in dem voll besetzten Lokal, trotzdem beugt er sich vor, um sicherzugehen, dass niemand sie hört.

»Was ich anzubieten habe, bespricht man nicht in aller Öffentlichkeit.«

Dann lehnt er sich wieder gegen den Tresen. Der Finne scheint zu überlegen.

»Wir haben von Ihnen noch nie gehört. Ich kann Sie nicht einfach zu Hannes vorlassen.«

Tareq zuckt bloß mit den Schultern.

»Schon okay. Dann gehe ich und suche mir einen anderen Käufer.«

Er stellt den Mantelkragen auf, wirft dem kahl rasierten Kerl einen letzten Blick zu und will das Lokal gerade verlassen, als der Finne seine Hand ans Ohr hebt. Erst jetzt entdeckt Tareq den In-Ear-Sender. Er scheint jemandem zu lauschen. Dann wirft er Tareq einen fast schon enttäuschten Blick zu.

»Warten Sie zwanzig Sekunden. Und dann folgen Sie mir.«

Tareq bleibt an der Bar stehen und sieht den Stiernacken durchs voll besetzte Restaurant verschwinden. Dann setzt auch er sich in Bewegung und geht betont langsam hinterher, damit er nicht übereifrig wirkt. Er hofft, dass Idun sehen kann, in welche Richtung er verschwindet. Isas Ermahnungen schießen ihm durch den Kopf. Er ist überrascht, wie sehr sich die Sorge um sie in seiner Brust bemerkbar macht.

Der Stier biegt nach rechts ab und hält auf eine Tür zu. Tareq lässt den bestuhlten Bereich hinter sich und betritt einen Raum mit niedriger Decke und dunkel vertäfelten Wänden. Schwarze Ledersessel, Teppiche. Als die Tür hinter ihm ins Schloss gleitet, ist aus dem Lokal nichts mehr zu hören. Der Raum ist schallgedämpft.

Am rückwärtigen Ende brennt ein Feuer in einem gemauerten Kamin. Daneben steht Hannes Vinge, der leger in Jeans und Strickpulli gekleidet ist. Er hat die Hände in die Taschen geschoben und lehnt lässig an der Wand.

»Yassin Farar. Herzlich willkommen.«

Seine Stimme ist überraschend hell. Tareq stellt sich genauso breitbeinig hin wie zuvor an der Bar. Er hat sich gemerkt, dass die Tür nach außen aufgeht und dass es statt einer Klinke einen älteren Drehknauf gibt.

»Danke.«

Der arabische Akzent fühlt sich ganz natürlich an, er

muss lediglich darauf achten, dass er sich kerzengerade hält und die Schultern durchdrückt. Der Finne mit den stahlgrauen Augen setzt sich auf einen der Sessel am Kamin. Er schlägt die Beine übereinander und knöpft sein Sakko auf. Tareq erhascht einen Blick auf ein Holster seitlich an dessen breiter Brust.

»Sie wollen mir ein Geschäft vorschlagen?«

Hannes' Blick ist hellwach, er selbst hat sich bislang nicht gerührt. Er ist schlank, fast hager, und hat die Hände vor dem Bauch verschränkt. Er ist verhältnismäßig klein, Tareq überragt ihn um einen Kopf.

»Wie man hört, kaufen Sie Waren aus dem Ausland.«

Darauf antwortet Hannes nicht.

»Siebzig Kilo Heroin. Lupenrein, direkt aus Afghanistan.«

Hannes' Mundwinkel zuckt leicht nach oben.

»Ich habe alles, was ich brauche.«

Tareq steht ungerührt da.

»Dann ist die Ladung, die vergangene Woche an der finnischen Grenze einkassiert wurde, gar nicht Ihre gewesen?«

Wie gut, dass Siv diese Information so kurzfristig bei den finnischen Kollegen hat einholen können. Doch Hannes' halbes Lächeln bleibt bestehen.

»Ich weiß nicht, wovon Sie reden.«

Tareq atmet langsam ein und aus.

»Dann hat womöglich jemand anderes einen größeren Bedarf an meinem Angebot.«

Hannes nickt.

»Ganz bestimmt.«

Erstaunlich. Also war die beschlagnahmte Lieferung gar nicht zu Hannes, sondern zu jemandem aus Südschweden unterwegs? Aber warum sollte jemand sie erst durch den ganzen Norden karren? Warum nicht einen Grenzübergang weiter südlich wählen?

Hannes sieht Tareq neugierig an.

»Wenn weiter nichts wäre, möchte ich mich für Ihr Angebot herzlich bedanken. Finden Sie allein hinaus?«

Der Finne setzt sich in seinem Sessel auf, wahrscheinlich um zu signalisieren, dass er jederzeit aufstehen und Yassin Farar nach draußen begleiten kann. Tareq ahnt, dass seine Chance drauf und dran ist zu verstreichen. Welcher Drogendealer lässt sich siebzig Kilo reines Heroin durch die Lappen gehen?

Er sieht Hannes an. Ihm schwirrt der Kopf, trotzdem bewahrt er äußerlich Ruhe.

»Da gäbe es noch etwas anderes.«

Hannes zuckt nicht mit der Wimper, sondern sieht Tareq nur reglos an.

»Ich hätte da noch eine Lieferung Frauen, die auf dem Weg nach Schweden sind. Fünf Perserinnen im Teenageralter. Allerdings sind am Hafen Probleme aufgetaucht. Mein üblicher Kontakt schafft es nicht, die Ware durchzubringen.«

Die Stille in dem schallisolierten Raum ist förmlich zu greifen.

»Aber es scheint sich gerade in Estland eine Lücke aufzutun. Von dort wäre es ein Leichtes, sie nach Schweden zu bringen. Fehlt nur noch ein Käufer.«

Tareq verstummt. Es vergeht einige Zeit, ehe Hannes das Wort ergreift.

»Darf ich fragen, wo Sie herkommen?«

Seine Stimme ist wirklich überraschend hell. Tareq versucht, weiter ruhig zu atmen.

»Bei allem Respekt, aber das hat hier nicht zu interessieren.«

Er achtet weiterhin darauf, nonchalant zu wirken, doch hinter den Rippenbogen hämmert sein Herz. Er ist gut darin zu improvisieren, aber womöglich ist er diesmal zu weit gegangen.

Hannes zuckt kaum merklich mit den Schultern.

»Ich mache keine Geschäfte mit Leuten, die meine Fragen nicht beantworten.«

Tareq quittiert es mit einem gleichermaßen knappen Schulterzucken.

»Ist schon in Ordnung. Ich finde einen anderen Käufer, sowohl für den Stoff als auch für die Frauen.«

Die Sekunden verstreichen quälend langsam.

»Fünf Perserinnen, sagen Sie?«

Tareq antwortet nicht.

»An die Sie einfach so gekommen sind?«

»Ich bin Yassin Farar. Ich komme an alles, was ich will.«

Doch Hannes ist immer noch misstrauisch.

»Die Sache ist aber doch die ... Sie werden nördlich von Sundsvall keinen anderen Käufer finden. Nicht für derlei Waren. Der Norden gehört mir – von Mittelschweden bis zum nördlichsten Zipfel. Die Freier pilgern nur so in meine Bordelle. Wie kommen Sie darauf, dass Sie einen anderen Käufer finden könnten?«

Vor einem Wildfremden von Bordellen zu reden scheint Hannes nicht weiter zu stören, was ungewöhnlich in derlei Kreisen ist.

»Deshalb rate ich Ihnen, an mich zu verkaufen. Also – wenn Sie Ihre Waren loswerden wollen. Allerdings bin ich wie schon gesagt an dem Heroin nicht interessiert.«

Etwas in seiner Stimme hat sich verändert. Tareq macht

sich auf alles gefasst. Hahnenkämpfe sind im Milieu fast schon obligatorisch, und über ein so großes Revier zu verfügen ist für einen Luden von Hannes Vinges Kaliber ganz entscheidend.

»Ich handele bis runter nach Malmö. Ich bin also nicht darauf angewiesen, im Norden zu verkaufen.«

Hannes schnaubt amüsiert.

»Sie erlauben hoffentlich, dass ich daran so meine Zweifel habe. Sie können unmöglich Käufer im ganzen Land haben – das würden die Anbieter im Süden niemals akzeptieren.«

Hannes wirkt inzwischen fast verärgert.

»Sie machen sich nur Feinde, wenn Sie weiterhin solche Behauptungen aufstellen.«

»Yassin Farar hat keine Feinde. Ich verkaufe, an wen ich will, und allmählich bin ich diese Unterredung leid.«

Tareq weiß nur zu gut, dass er erst den Finnen auf dem Sessel ausschalten muss, Hannes' Leibwächter. Der Blick aus dessen stahlgrauen Augen lässt keinen Zweifel daran, dass er für seinen Boss alles tun würde. Hannes selbst dürfte nicht sonderlich schwer zu überwältigen sein, dieser kleine Wicht mit dem riesigen Ego. Vermutlich ist er bewaffnet, trotzdem sendet er unklare Signale aus, fast als wäre er seiner Rolle nicht sicher. Ein Zuhälter mit mangelndem Selbstvertrauen. So etwas sieht man nicht allzu häufig.

»Was wollen Sie für die Ware sehen?«

»Zwanzigtausend pro Stück.«

Hannes' Lachen klingt aufrichtig.

»Wollen Sie mich verarschen? Zwanzig Riesen für eine iranische Mieze?«

Er lacht erneut, laut und diesmal lange. Der Finne

stimmt in das Gelächter mit ein. Mit einem schalen Geschmack im Mund beäugt Tareq die beiden Männer, die finden, dass zwanzigtausend zu viel wären für eine junge Frau, die man über mehrere Jahre im Schnitt für fünftausend täglich an Freier verschachern kann. Eine Frau, die ein Vermögen einbringt, bis sie irgendwann unverkäuflich ist, nicht mehr benutzbar, bis man sie einfach erdrosseln und in einen Fluss werfen oder alternativ erschießen und irgendwo im Wald verscharren kann, weit genug weg von Hannes Vinges privatem Gartengrundstück.

»Iranisch?«

Tareqs Nachfrage bringt sie zum Schweigen. Hannes lächelt ihn verwundert an.

»Sagten Sie das nicht?«

»Ich sagte, fünf *Perserinnen*. Goldbrauner Teint, wallende Locken, meergrüne Augen. Musliminnen. Unschuldig und unterwürfig.«

Die Vorurteile fremder Leute gehen ihm nicht leicht von den Lippen, allerdings weiß Tareq, dass sie bei Hannes gut ankommen – so gut wie bei den meisten Zuhältern der westlichen Welt.

Hannes Blick lodert auf. Es ist, als hätte ein Funke gezündet.

»Wie schnell können Sie liefern?«

»Sie könnten in einer Woche in jedwedem südschwedischen Hafen sein. Stockholm ist schwierig, eine Kleinstadt ist da besser geeignet. Anschließend werden sie in einem Transporter hergebracht und zu einer vereinbarten Adresse geliefert. Meine einzige Forderung wäre, dass Sie sie persönlich entgegennehmen.«

Der Mann auf dem Sofa streckt sich, doch Hannes geht sofort dazwischen.

»Kommt nicht infrage.«

Tareq streicht sich erneut über den Bart.

»Ich liefere persönlich aus und erwarte, persönlich empfangen zu werden. Ich habe Mitarbeiter, aber keine Zwischenhändler. Die Sache ist wasserdicht – so heißt das doch in Ihrer Sprache?«

Hannes schweigt. Eine ganze Zeit lang.

»Nur wenn Sie beweisen können, dass Sie sind, wer Sie zu sein behaupten.«

Tareqs Gesicht versteinert.

»Fünf muslimische Jungfrauen sind Beweis genug. Ich komme in ein paar Tagen wieder. Bis dahin entscheiden Sie sich, ob Sie die Ware haben wollen oder nicht. Wenn nicht, akzeptiere ich das. Ich habe wie gesagt noch andere Kunden.«

Hannes gebietet ihm mit erhobener Hand Einhalt.

»Sie kommen nicht einfach wieder. Ich richte übermorgen eine private Feier auf meiner Insel aus. Sie sind eingeladen – bringen Sie eine Frau mit oder leihen Sie sich eine von meinen. Es sind einige angeheuert, damit genug da sind.« Dass man sich Frauen ausleihen kann, sagt er, als wäre es das Selbstverständlichste der Welt. »Ich bin an Ihrer Lieferung interessiert. Aber ich will eine Garantie. Und die schaffen Sie mir bis übermorgen herbei.«

Tareq denkt kurz darüber nach. Dann nickt er zur Antwort und dreht sich um. Ehe er den Raum verlässt, wirft er Hannes noch einen Blick über die Schulter zu.

»Sie werden es nicht bereuen, Hannes Vinge.«

Und dann geht er. Er nimmt an, dass Idun noch immer auf dem hintersten Barhocker sitzt, schaut aber nicht in ihre Richtung. Gemeinsam müssen sie die Illusion aufrechterhalten, dass Tareq fünf Jungfrauen zu verkaufen hätte. Eine Woche noch – und überdies muss Yassin Farar Hannes binnen einer Frist von zwei Tagen eine Garantie liefern.

Ihm ist bewusst, dass dies eine besonders heikle Angelegenheit darstellte.

1983

Es ist der erste Abend der Sommerferien. Peter und Silje waren schon den ganzen Tag über mit der Seifenkiste unterwegs. Sie läuft wie am Schnürchen, besonders wenn sie auf der Anhöhe oberhalb von Peters Viertel starten und dann den Weg entlangfahren, der parallel zu den Schienen verläuft. Sie haben gelacht, bis ihnen der Bauch wehtat. Peter hat Silje nie zuvor so ausgelassen erlebt. Sie haben darüber sogar völlig vergessen, dass Peters Mutter am Morgen Burger für sie gebraten und in den Kühlschrank gestellt hatte.

Mittlerweile sind sie an den Aldersjön geradelt und sitzen auf dem Badesteg. Die Sonne steht immer noch hoch am Himmel. Eine Teenagerclique ist rüber zur anderen Seite geschwommen, und die beiden sehen ihnen hinterher.

»Sollen wir später im Sommer auch mal rüberschwimmen?«

Silje klingt ungewöhnlich vorfreudig, und Peter nickt, obwohl ihm das dunkle Wasser in der Seemitte insgeheim Angst macht.

»Klar. Aber ich hab mal gehört, dass es da draußen schweinetief ist – und dass das Militär dort vor ein paar Jahren mal tote Pferde versenkt hat.«

Silje sieht ihn skeptisch an.

»Vor wie vielen Jahren?«

Peter hat keine Ahnung.

»Vor fünf Jahren vielleicht?«

Silje nickt zufrieden.

»Dann sind die längst von den Fischen verputzt und aufgefuttert worden. Da ist kein Fitzelchen Pferdefleisch mehr übrig.«

Sie klingt überzeugt. Peter ist sich da nicht ganz so sicher.

Die Jugendlichen schwimmen zurück. Sie lachen, bespritzen einander mit Wasser, und die immer noch ungebräunte Haut glitzert in der Abendsonne.

»Magst du Schwimmen überhaupt?«

Peter sieht Silje verdutzt an.

»Na klar.«

Es kommt einen Hauch zu schnell. Sie lacht, hört aber sofort wieder auf.

»Als ich klein war, hatte ich Angst vor Wasser. Jetzt nicht mehr. Man kann einfach nicht ständig Angst vor irgendwas haben, dafür ist das Leben zu kurz.«

Sie klingt so reif für ihr Alter. Peter weiß nie, wie er reagieren soll, wenn sie solche Sachen sagt. Stattdessen hält er sich an den einfacheren Teil dessen, was sie erzählt hat.

»Warum hattest du denn Angst vor Wasser?«

Silje blickt hinüber zu den Teenagern. Sie haben den Strand fast erreicht.

»Weil meine Mama ertrunken ist.«

Sie sagt es, als wäre es vollkommen nebensächlich. Peter wusste zwar, dass Siljes Mutter gestorben ist, aber Silje hat nie erzählt, was passiert ist.

»Sie ist ertrunken? Das ist ja schrecklich!«

Er widersteht dem Impuls, ihr einen Arm um die Schultern zu legen. Er weiß, dass sie nicht berührt werden will.

»Wo ist das passiert?«

Er würde die Frage am liebsten sofort zurücknehmen, doch Silje antwortet völlig unbekümmert.

»Zu Hause, in der Badewanne. Sie ist eingeschlafen. Ich war sechs und hab draußen gespielt, als es passiert ist. Als ich heimkam, hat Papa es mir dann erzählt. Als Nächstes kam der Rettungswagen und hat sie mitgenommen. Die Polizei war auch da.«

Ihm schnürt sich die Kehle zu. Er selbst hat nur seine Mutter, sein Vater ist schon vor Peters Geburt verschwunden. Er weiß von ihm nur, was Mama erzählt – dass er ein Mistkerl war und sie ohne ihn besser dran sind.

Eine Zeit lang sitzen sie schweigend auf dem Badesteg. Mit einem Mal fühlt sich die Sommerluft erdrückend an. Peter ist tieftraurig. Vorsichtig streckt er sich nach Siljes Hand aus und streicht ihr über die Finger. Silje zieht ihre Hand zurück und steht auf.

»Ich muss jetzt nach Hause.«

Peter ärgert sich über sich selbst. Verdammt noch mal.

Stumm stapfen sie durch den Sand bis zu dem Wäldchen, wo sie ihre Fahrräder an Bäume gelehnt haben. Sommer liegt in der Luft, als sie über den Schotterweg nach Hause fahren.

Viktor Grahn zündet die Kerzen auf dem Esstisch an. Er hat die silbrigen Rörstrand-Teller und die Kristallgläser aufgedeckt, die Shirin in ihrem letzten Urlaub in Florida gekauft hat. Im Kühlschrank liegen Hummer, Maränenrogen und eine Flasche Schampus bereit. Er hat den teuersten gekauft, den er finden konnte, obwohl er weiß, dass er schon ab tausend Kronen guten Champagner kriegt. Zumindest war das früher so. Aber Shirin ist zusehends schwerer zu beeindrucken.

Am Vormittag hat er den größten Deal dieses Winters abgeschlossen. Der Vertrag kam noch vor dem Mittagessen, und Viktor musste sich hinsetzen, als er sah, wie hoch seine Provision ausfallen würde. Ein wichtiger Etappensieg – womöglich der wichtigste in diesem Jahrzehnt.

Er steckte den Kopf durch Pauls Tür und teilte es ihm betont beiläufig mit. Ein breites Grinsen machte sich auf dessen Gesicht breit, er applaudierte ihm und fand, das müssten sie sofort feiern gehen. Viktors erster Gedanke war, dass das eine tolle Idee wäre – denn feiern soll man mit denen, die sich aufrichtig mit einem freuen.

Doch dann trat er selbst auf die Bremse. Shirin scheint ihm zusehends zu entgleiten, er weiß auch nicht, warum oder wie er es verhindern soll. Es geschieht im Stillen, im Unausgesprochenen, und es versetzt ihn in Panik. Er liebt sie, braucht sie, könnte sich nicht allein um Moa kümmern und sie nur alle zwei Wochen zu sich holen. Das funktioniert nicht bei seinem Job. Die Gleichung geht nicht auf. Gleichzeitig ärgert es ihn, dass Shirin immer mehr auf Distanz geht. Seit Jahren lebt sie wie die Made im Speck von dem Geld, das Viktor verdient. Hat ihre Wohnung teuer eingerichtet, Luxusreisen gebucht, Massagen, lange Wochenenden in Hotelresorts, bei denen die meisten sich nicht mal einen verstohlenen Blick in die Lobby leisten könnten. Sie hat Feiern organisiert, bei denen der Schampus nur so strömte – alles auf Viktors Kosten. Als dann auch noch Moa zur Welt kam, waren sie glücklicher denn je ... zumindest bis zum vorigen Jahr.

Anfangs bemerkte Viktor es kaum. Lautlos und unauffällig ging Shirin auf Abstand. Über so lange Zeit, dass er erst im Nachhinein erkannte, dass es schon länger so ging. Die Müdigkeit abends, das Nein zu einem weiteren Glas Wein, zu einem Film oder einem Stündchen im Whirlpool im Untergeschoss. Längere Laufrunden, die schmerzende Hüfte nach der Schwangerschaft und die damit einhergehende Notwendigkeit, öfter zum Yoga zu gehen. Lange Spaziergänge ohne Begleitung – immer ausgerechnet, wenn Moa nicht in ihrem Buggy sitzen wollte und Viktor dann mit ihr zu Hause bleiben musste. An manchen Tagen stand Shirin lange vor ihm auf und saß dann am Computer im Arbeitszimmer: frisch geduscht und geschminkt, wenn auch im Bademantel – dem schimmernden mit dem Seidengürtel, den er ihr zu Weihnachten geschenkt hatte.

Die zuschlagende Wohnungstür reißt ihn aus seinen Gedanken. Er lässt einen letzten Blick über den Esstisch schweifen. Die Kerzen brennen, aus den Boxen kommt leise Musik. Die Wohnung ist blitzblank geputzt und duftet dezent nach Reinigungsmittel. Er muss dringend daran denken, der Putzhilfe ein Trinkgeld zukommen zu lassen. Was für ein Glück, dass sie begriffen hat, dass es dringend war, trotz der Sprachprobleme.

Viktor geht hinaus auf den Flur, um seine zwei Mädels willkommen zu heißen. Er lächelt gezwungen, als er um die Ecke geht und sie an der Wohnungstür vor sich sieht. Shirin ist in die Hocke gegangen, hilft Moa aus dem Overall. Das Mädchen sieht müde aus und ein bisschen traurig. Viktor nimmt sie hoch, pustet ihr übers Haar und gibt ihr einen sanften Kuss auf die Stirn.

»Wie war's im Kindergarten?«

Statt zu antworten, windet sich Moa aus seinem Griff. Er setzt sie auf dem Fußboden ab.

»Was gibt's zu essen?«

Sie sieht Shirin an. Viktor schnaubt amüsiert.

»Heute hat Papa gekocht.«

Moa dreht sich zu ihm um.

»Ich will Nudeln.«

Lachend geht er in die Hocke.

»Klar kriegst du Nudeln. Ich hab sogar Würstchen dazu gebraten. Und Gurkensticks geschnitten.«

Begeistert klatscht die Kleine in die Hände und rennt in Richtung Küche.

»Erst die Hände waschen!«

Er steht wieder auf. Shirin zieht ihren Mantel aus. Er will ihn ihr abnehmen, doch sie hängt ihn selbst an einen der Messinghaken unter der Hutablage.

»Schön, dass ihr wieder zurück seid.«

Sie lächelt ihn erschöpft an.

»Danke ... Hier riecht es gut. Was gibt es denn?«

»Hummer, Rogen und Champagner. Ein ganz normales Abendessen.«

Eigentlich rechnet er damit, dass sie über ihren Running Gag lacht – dass ihr Luxusleben nichts weiter als Alltag sei. Doch sie verzieht keine Miene, streift bloß die Lederstiefel ab und stellt sie in die Garderobe.

»Was gibt's denn zu feiern?«

Sie klingt interessiert. Viktor beschleichen Zweifel.

»Den Bonus für einen Geschäftsabschluss. Sieht aus, als würde er siebenstellig.«

Die Enttäuschung brennt in seinem Rachen. So hat er die gute Nachricht nicht überbringen wollen. Sie hätten mit Schampus, Maränenrogen und Kerzen am Tisch sitzen sollen. Shirin hätte sich darüber freuen und entzückt juchzen sollen, wie nur sie juchzen kann, von ihrem Stuhl aufspringen und ihm um den Hals fallen sollen. Sie hätten den ganzen Abend feiern, irgendwann Moa ins Bett bringen und dann unten im Bad weitermachen und anschließend vielleicht noch einen Espresso aus den goldfarbenen Tässchen trinken sollen, die Viktor aus tiefster Seele hasst, Shirin jedoch liebt.

Und jetzt sieht sie ihn nicht mal an, hebt nur Moas Rucksack vom Boden auf, stellt ihn an die Wand und ordnet in derselben Bewegung die Fransen des Perserteppichs.

»Hast du gar keinen Hunger?«

Da ist ein Zögern in seiner Stimme, und er fühlt sich wie ein Idiot, so wie er in ihrem Flur steht und sich Hoffnungen macht, während seine Frau hauptsächlich desinteressiert wirkt. Diese gelangweilte Art, die sie in letzter Zeit hat – wie kann sie es wagen?

Beim Essen schweigen sie. Shirin schlürft den Champagner, und dann lächelt sie Viktor zu dessen großer Freude an.

»Das war wirklich sehr lecker. Danke.«

Sie klingt einen Hauch energiegeladener, Viktor kann es ihr anhören, wenn er sich Mühe gibt.

Er hilft Moa von ihrem Stuhl. Das Mädchen hat fertig gegessen und will sich im Wohnzimmer eine Kindersendung ansehen. Shirin setzt sie aufs Sofa, und Viktor hört, wie der Fernseher angeschaltet wird. Dann kommt Shirin zurück. Sie bleibt hinter ihm stehen, er dreht sich um und sieht, wie sie auf ihr Handy guckt.

»Wem schreibst du?«

Sie antwortet nicht sofort.

»Ist geschäftlich. Das konnte nicht warten.«

Er nickt. Shirin kann den Blick nicht von ihrem Handy losreißen. Sie setzt sich wieder und überkreuzt die Fußknöchel. Nach einer Weile legt sie das Handy mit dem Display nach unten auf den Tisch.

»Glückwunsch zum Bonus. Gut gemacht.«

Er hebt lächelnd sein Glas und schafft es, sie dazu zu animieren, mit ihm anzustoßen.

»Fühlt sich echt gut an, ja. Endlich hat sich die Schufterei ausgezahlt. Das Geld ist spätestens nächste Woche auf meinem Konto. Ich dachte mir, wir könnten im April vielleicht verreisen? Ski fahren in den Alpen – oder shoppen in Paris?«

Sie nickt geistesabwesend, lächelt, aber die Augen lächeln nicht mit.

»Vielleicht.«

Viktor schluckt trocken. Warum ist ihr sein Erfolg plötzlich so egal? Was ist hier eigentlich los?

Er schwenkt sein Glas. Bläschen steigen nach oben.

»Oder wir bleiben einfach zu Hause. Ich kann auch arbeiten gehen und noch mehr Geld verdienen.«

Es gelingt ihm nicht mehr, seinen Sarkasmus zu verhehlen. Er will, dass sie endlich begreift, wie vernachlässigt und ignoriert er sich fühlt. Sie nimmt einen kleinen Schluck Champagner, sieht abwesend aus dem Fenster. Der Winterabend draußen ist pechschwarz.

»Was immer sich für dich besser anfühlt. Ich verstehe schon, wenn du arbeiten musst.«

Er liebt Shirin und vermisst sie, will, dass sie einander wieder nah sind, dass sie sein Geld ausgibt, dass sie Moa erzählt, was für einen tollen Vater sie hat und was für ein fantastischer Ehemann er ist. Vielleicht hatte seine Mutter ja doch recht – vielleicht hätte er jemanden heiraten sollen, der ihm ähnlicher gewesen wäre, jemanden, der ebenfalls gut betucht aufgewachsen wäre und verstanden hätte, was es bedeutet, extrem erfolgreich zu sein. Was es heißt, wenn man das große Geld macht.

Viktor hat mehrere solcher Frauen gedatet. Hat mit Frauen in teuren Markenklamotten und mit dicken Klunkern, die im Schein echter Kerzen in Restaurants mit Seidentischwäsche und Kronleuchtern unter der Decke funkelten, zu Abend gegessen. Nur war keine von ihnen wie Shirin. In ihren knielangen Röcken und alltagstauglichen Oberteilen war sie authentischer als alle anderen, die er je kennengelernt hatte. Sie hatte lange Haare, dunkle Augen und ein Lächeln, das aufrichtig war, ganz gleich, wozu er sie einlud. Sie stellte ihm Fragen, die von echter Neugier zeugten – Neugier auf ihn als Menschen, nicht auf seinen Erfolg. Sie wollte wissen, wie er dachte, wovon er träumte, was er sich vom Leben erhoffte. Shirin stand ihm durch Höhen und Tiefen zur Seite, ganz ohne Erwartungen oder Forderungen. Sie liebte ihn, weil er Viktor war, nicht wegen seiner Millionen.

Und genau das fand seine Mutter so merkwürdig. Wie

sollte das mit ihnen klappen, wenn sie dem Geld nicht ebenso viel Bedeutung zuschriebe wie ihr Sohn?

Und jetzt sitzt sie ihm mit einem Glas Champagner in der Hand gegenüber, sieht aus dem Fenster und erweckt nicht gerade den Eindruck, als wäre sie an der Planung eines Osterurlaubs auch nur im Geringsten interessiert.

Wenn du willst, verreisen wir.

Wenn du willst, kannst du gern arbeiten.

Für Shirin Grahn scheint es keine Rolle mehr zu spielen.

1984

Silje liegt in der Badewanne. Das Wasser ist fast zu warm, und der Dampf steigt ihr ins Gesicht, sodass sie kaum noch etwas sehen kann. Die roten Haare kleben an ihrem Kopf, die Spitzen schwimmen rund um die Schultern im Wasser. Sie atmet durch den Mund, versucht, sich zu entspannen, aber sie schafft es nicht. Die Hände schweben knapp unter der Oberfläche, und die Schnitte an ihren Unterarmen leuchten wie wütende Striche. Der frischste brennt, als sie sich bewegt und das Wasser in Bewegung versetzt.

Eigentlich will sie nur schlafen, traut sich aber allenfalls, die Augen zu schließen; ein ums andere Mal schlägt sie sie auf, um sich zu vergewissern, dass die Tür immer noch geschlossen ist. Die Riegel oberhalb der Klinke leuchtet ihr rot entgegen. Sie ist vierzehn und weiß immer noch nicht, wie es ist, wenn man sich sicher fühlt – außer wenn sie mit Peter neben sich in einem Baum sitzt. Nur da verspürt sie einen Moment des Friedens.

Sie sind Freunde, und so wird es auch bleiben. Peter kann ihr nicht sagen, dass er in sie verliebt ist, sonst verliert er sie als Freundin. Genau deshalb hat sie ihn sich ausgesucht. Den einsamen Jungen, der keinen einzigen Kumpel und vor allem und jedem Angst hatte und der so sichtlich nach Gemeinschaft und Geborgenheit und einem Begleiter gehungert hat. Silje weiß genau, dass sich ihre Entscheidung für den Außenseiter am Ende für sie auszahlt, weil dieser treu und ergeben ist und alles in seiner Macht Stehende tun würde, um ihre Beziehung aufrechtzuerhalten, ohne dass sie diese Beziehung mit Liebe verkomplizieren würden – ganz gleich was sie in Wahrheit empfinden. Peter würde für sie auf jeden Baum dieser Welt klettern, wenn sie ihn darum bitten würde, und das, obwohl er Klettern eigentlich gar nicht mag. Anfangs hatte er Höhenangst. Sie hat die Panik in seinen Augen gesehen und wie er den Mund weit aufgerissen hat, um die Angst wegzuatmen. Sie konnte sehen, wie krampfhaft er sich an den Ästen festklammerte. Als wären zwei Meter Fallhöhe ein sicheres Todesurteil. Silje musste sich mächtig zusammenreißen, um nicht zu lachen. Peter hatte tatsächlich Todesangst – und kletterte trotzdem. Weil er mit Silje zusammen sein wollte.

Ein Geräusch vor der Tür reißt sie aus ihren Gedanken. Schlagartig ist sie von Kopf bis Fuß angespannt und setzt sich so abrupt auf, dass Wasser über den Wannenrand schwappt und auf der abgetretenen Badematte landet, deren Farbe an das Innere einer Fettzelle erinnert. Daran hat sie sofort denken müssen, als ihr Biologielehrer ihnen Diabilder der inneren Organe zeigte. Der einzige abschließbare Raum in diesem Haus hat die Farbe von Fettzellen. Silje könnte nicht sagen, ob das urkomisch oder beklemmend ist.

Sie hält den Atem an und lauscht konzentriert, ob sich vor der Badezimmertür jemand bewegt. Manchmal kann sie seinen Alkoholatem riechen, spürt förmlich, wie die Luft von seinem beißenden Mundgeruch vibriert, der mit Bier und billiger Wurst angereichert ist, nachdem er tagelang nicht zur Zahnbürste gegriffen hat. Silje kann ihm an der Atmung anhören, wie viel er getrunken hat. Komplett nüchtern war er zuletzt, als er vor Jahren mal vorübergehend einen festen Job hatte und sich nicht als Tagelöhner andienen musste. Gestern war er früh zu Hause. Silje weiß, das heißt, dass nicht genügend Arbeit da war. Und da trinkt er noch mehr. Wenn kein Geld fließt, fließt stattdessen eben der Schnaps, es ist paradox, sofern sie das Wort richtig verstanden hat.

Siljes Vater steht auf der anderen Seite der Tür. Sie weiß es mit Sicherheit, spürt die Schwingungen durch das verschlissene Kiefernholz. Der Hals, der Bauch und der Kopf tun ihr weh. Ihr Unterleib zieht sich schmerzhaft zusammen, sie hat einen staubtrockenen Mund, und es kribbelt in den Fingern. Sie versucht, durch den Mund zu atmen, damit er sie nicht hört. Warum, weiß sie nicht, er sieht von draußen, dass die Tür verriegelt ist, und er weiß, dass sie da ist. Er weiß, dass sie badet, dass sie nackt ist. Und sie weiß, dass er hereinkommen will. Manchmal wünschte sich Silje, sie wäre tot. Jetzt gerade ist ein solcher Moment.

Im nächsten Augenblick wandert die Klinke nach unten. Vor Schreck pinkelt sie in die Wanne, und ein paar Sekunden lang ist das Wasser zwischen ihren Beinen blassgelb. Sie rührt sich nicht mehr. In ihrem Hinterkopf braut sich ein Laut zusammen, der nach heulendem Kleinkind klingt. Sie versucht, an etwas anderes zu denken. An Peter, die Bäume, die Äste, das Laub und den Himmel. Sie stellt sich vor, wie sie einen Baum emporklettert, der nie zu Ende geht, in dem es höher und immer höher geht, und sie kann fast die Muskelspannung in den Schenkeln, in den Armen und in ihrem Rücken spüren. Weiter klettern, hoch, komm schon, Peter! Du hast keine Angst!

Nach einer Weile wandert die Klinke wieder nach oben. Im Bad ist es mucksmäuschenstill. In ihr jedoch findet ein

Todeskampf statt, der sich anfühlt, als würde sie nie mit ihm klarkommen. Es wird die ganze Nacht so weitergehen. Es ist immer das Gleiche, das immer gleiche stundenlange Grauen, das mindestens bis zum nächsten Morgen anhält.

Als sie zu guter Letzt aus der Wanne steigt, ist das Wasser längst kalt geworden. Sie trocknet sich ab und kämmt sich die roten Haare so lange, dass sie fast trocken sind, bis sie den Kamm weglegt. In dieser Nacht schläft sie auf dem Badezimmerboden, unter dem feuchten Handtuch, hat Bauchweh, und ihr Herz hämmert so hart, dass es in ihren Ohren dröhnt.

»Du hast ihm *was* erzählt?!«

Sie haben sich in Tareqs Hotelzimmer getroffen. Anders starrt Tareq an. Der Schock steht ihm ins Gesicht geschrieben. Seine Haare stehen noch wilder vom Kopf ab als sonst. Man merkt ihm an, wie erschüttert er ist. Tareq sitzt auf dem Sessel am Fenster.

»Dass ich ihm fünf Perserinnen für seine Bordelle liefern kann.«

Er klingt vollkommen ruhig. Idun mustert ihn in der darauffolgenden angespannten Stille unverwandt.

»Verdammt, Tareq! Wie konntest du so etwas vorschlagen? Idun, hast du darüber Bescheid gewusst?«

Anders sieht sie forsch an. Sie hebt nur kurz die Hand, was alles bedeuten könnte.

»Die Gelegenheit war günstig, und wir haben sie ergriffen.«

Natürlich hatte sie keine Ahnung, dass es sich so entwickeln würde. Aber sie wird ihrem Kollegen jetzt nicht in den Rücken fallen.

»Aber wie sollen wir das bitte umsetzen? Es ist ja nun nicht so, als hätten wir fünf Mädchen am Start, die unten im Materiallager nur auf ihren Einsatz warten.«

Anders wendet sich wieder zu Tareq. Er sieht zugleich wütend und verschreckt aus. Idun muss einen Seufzer unterdrücken.

»Es ist nun mal, wie es ist – und ich finde, wir sollten von der jetzigen Ausgangslage ausgehend planen.«

Anders fasst sich an die Stirn. Siv, die bislang stumm auf dem Sessel neben Tareq gesessen hat, schiebt sich die Brille auf die Stirn.

»Was genau stellt ihr euch vor?«

Die Frage ist an sie beide gerichtet. Idun gibt Tareq mit einer Geste zu verstehen, dass er antworten soll, immerhin hat er sie in diese Situation manövriert.

»Ich habe Hannes versprochen, morgen mit mehr Infos zu kommen.«

Anders zuckt zusammen.

»Morgen schon?! Du bist ja verrückt!«

Tareq lässt Siv nicht aus den Augen und fährt fort.

»Bis dahin brauche ich eine Art Garantie für ihn, die bestätigt, dass er sich auf mich verlassen kann – also, in Sachen Lieferung.«

Anders reißt wütend die Arme hoch.

»Aber wir können doch nicht zu einem Verbrechen beitragen! Das ist illegal und hätte für unsere Arbeit und bei Gericht niemals Bestand! Was habt ihr euch dabei gedacht?«

Er starrt erst Tareq, dann Idun an. Siv hebt beschwichtigend die Hand.

»Hör auf zu schreien. Wir sollten jetzt besser alle nachdenken.«

Anders beruhigt sich halbwegs, wirft Siv jedoch einen verstimmten Blick zu und murmelt irgendetwas in sich hinein, ehe er sich wieder setzt.

Tareq sieht Siv dankbar an.

»Ich habe mir schon Gedanken gemacht. Der Kontakt zu Hannes wird uns auch zu anderen Geschäftstätigkeiten führen, zu anderen Waren oder anderen Deals.«

Er sieht über Anders' finsteren Blick hinweg. Siv runzelt die Stirn.

»Du glaubst, du könntest an spezielle Informationen zu seinen Wohnungsbordellen herankommen?«

»Nicht direkt – da müssten Morgan und Emil weitertüfteln –, aber unterdessen spinnen wir ein noch größeres Netz. Ich denke dabei hauptsächlich an Auslandsgeschäfte, die über das hinausgehen, was ich Hannes zunächst angeboten habe.«

Iduns Vorstellung verdichtet sich. Sie sieht Siv an, die ebenfalls begriffen zu haben scheint, worauf Tareq hinauswill. Anders hingegen sieht völlig ahnungslos aus. Idun beschließt, ihn in die richtige Richtung zu schubsen, indem sie nachhakt.

»Du meinst, du willst so tief in sein Netzwerk vordringen, dass du einen Einblick in seine gesamten Geschäftstätigkeiten bekommst. Emil und Morgan wissen bestimmt, womit er sonst noch zu tun haben könnte. Und sobald wir einen Gesamtüberblick haben, können wir Hannes den Hahn abdrehen, sodass er neue Einkäufe tätigen muss.«

Tareqs Augen blitzen.

»Genau das meine ich. Wir müssen dort zuschlagen, wo Hannes am verwundbarsten ist. Und das ist dort, wo die Frauen sind, in seinen Wohnungen.«

»Und du hast vor, ihm einen Megadeal vorzuschlagen? Noch bevor das erste Geschäft besiegelt ist?«

»Ja.«

Siv nimmt ihren Notizblock aus der Tasche und schreibt etwas auf. Anders fährt sich durch die zerzausten Haare.

»Aber was, wenn er Nein sagt? Wenn er gar nicht mehr Frauen kaufen will? Die wir abgesehen davon überhaupt nicht haben, sollte ich wohl hinzufügen.«

Tareq sieht seinen Interims-Chef an.

»Wir gehen in die Wohnungen und nehmen ihm zunächst das, was er hat. Im selben Moment dürfte er hektisch werden und schnellstmöglich neue Frauen brauchen – und wird hoffentlich unachtsam. Wenn er bis dahin das Gefühl hätte, er könnte sich auf mich verlassen, könnten wir ihn ein für alle Mal einkassieren, samt einem Teil seiner Mannschaft, und mit dem Rest würden wir uns auch unterhalten.«

Anders sieht immer noch skeptisch aus, trotzdem nickt er, wenn auch nur widerwillig. Endlich scheint er begriffen zu haben, worum es Tareq geht.

»Und ihr hofft, dass irgendwer mehr über den Mord an Evert Holm weiß?«

»Und vielleicht sogar über Marina Alm.«

Anders presst die Lippen zusammen.

»Trotzdem würden wir immer noch ein Verbrechen heraufbeschwören. So etwas schlägt uns bei Gericht ins Kreuz.«

»Es wird zu dem Frauenhandel gar nicht erst kommen. Wenn wir erst wissen, wie und wo er seine Deals abschließt, können wir ihn vielleicht schon bei einer früheren Aktion drankriegen, bei einer echten Übergabe, und dann muss es zu unserer Aktion gar nicht erst kommen. Außerdem wissen nur wir vier Bescheid, sodass das alles bei Gericht überhaupt nicht zur Sprache kommt.«

Idun ist zu gleichen Teilen beeindruckt und verblüfft. So etwas hat sie von Tareq nicht erwartet – ebenso wenig wie die Flunkerei gegenüber Leon Berger im Gefängnis.

»Aber wie können wir davon ausgehen, dass Hannes noch vor nächster Woche neue Frauen braucht? Und wer sagt denn, dass er daran Bedarf hat? Also, über die fünf hinaus, die du ihm in Aussicht gestellt hast und die wir – wie schon gesagt – nicht haben.«

Idun seufzt erneut tonlos in sich hinein.

»Da dürften wohl Morgan und Emil ins Spiel kommen.«

Anders sieht sie misstrauisch an.

»Sie müssten zunächst im großen Stil gegen die Bordelle vorgehen – eine groß angelegte Razzia, bei der mehrere Frauen befreit würden.«

Anders hustet.

»Du meinst ernsthaft, wir sollen die Prostituierten da rausholen, nur damit Hannes Vinge sich neue beschaffen muss? Ihr seid ja völlig durchgeknallt! Und wie zum Teufel soll das binnen einer Woche funktionieren? Morgan und Emil sind seit Jahren an diesen Taten dran.«

Tareq bleibt ungerührt.

»Die Razzias sollen lediglich dazu führen, dass Hannes Vinge ins Schleudern gerät. Dabei sollen überdies ein paar Handlanger aus dem Verkehr gezogen werden, von denen irgendwer uns doch wohl in die richtige Richtung führen kann, was den Mord an Evert Holm angeht und vielleicht sogar in Sachen Marina Alm. Wir brauchen letztlich nur einen Einzelnen, der sich vorstellen könnte zu singen. An dieser Stelle kommt Staatsanwalt Sandberg ins Spiel, der Hafterleichterungen in Aussicht stellt.«

Idun massiert sich die Schläfen. Darüber muss sie erst nachdenken, denn teils muss sie ihrem Chef immer noch recht geben.

»Es bleibt trotzdem Fakt, dass wir ein Verbrechen heraufbeschwören, um ein anderes zu verhindern. Und da hat Anders schon recht – das wäre kein legales Mittel.«

Der Leiter der Mordkommission lacht kurz auf – wenigstens eine, die ihm beipflichtet.

Doch Tareq schüttelt den Kopf.

»Es kommt doch auf die Perspektive an. Wir bieten Hannes ein Geschäft an, aus dem unter Garantie nichts wird. Aber er muss dem Deal zustimmen, weil Morgan und Emil bis zu diesem Zeitpunkt Teile seiner existierenden Geschäftstätigkeit zerschlagen haben. Die beiden erfahren ihrerseits nichts von unserem Plan, sie gehen lediglich davon aus, dass sie ein paar Wohnungsbordelle hochnehmen. Anschließend nutzen wir die Gelegenheit und befragen die Festgenommenen zu Evert und zu Marina. Ich wiederum stoße tiefer in Hannes' Organisation vor – und zwar aus einem einfachen Grund: weil Hannes mich brauchen wird. Oder vielmehr meine Dienstleistungen, wenn man genau sein will.«

Er sieht Anders auffordernd an.

»Deine Aufgabe besteht darin, dass du die Ermittlungen im Fall Marina Alm zumindest vorübergehend uns überträgst. Idun muss übernehmen, und du könntest so argumentieren, dass der Mord an Marina eine klare Verbindung zu unserem Fall Evert aufweist. Immerhin haben wir sein Sperma an ihrer Leiche nachweisen können, insofern liegt die Verbindung doch klar auf der Hand. Morgan und Emil sollen sich stattdessen auf Hannes Vinge und die Wohnungen konzentrieren.«

Er verstummt. Kurz sagt niemand etwas. Anders sitzt da wie versteinert, und Sivs Hand mit dem Stift hat über ihrem Schreibblock innegehalten. Idun hält die Luft an, kann aber schließlich nicht mehr umhin auszusprechen, was ihr durch den Kopf geht.

»Eigentlich sollten *wir* die Razzia durchführen. Sofern wir den Fall Marina übernehmen.«

Tareq sieht sie aufmerksam an.

»Aber wie kommen wir an die Wohnungen heran?«, fährt sie fort. »Und wie sollte *uns* binnen einer Woche der große Durchbruch gelingen?«

»Hannes Vinge gibt morgen eine Party. Wir beide gehen dorthin. Ich hab ihm versprochen, ihm Garantien vorzulegen, und dieses Versprechen halte ich.«

»Und bis dahin haben wir uns so eine ›Garantie‹ einfallen lassen, die zünden könnte?«

Statt zu antworten, hält Tareq lediglich unverwandt Blickkontakt.

»Und du glaubst ernsthaft, dass das klappt?«, hakt sie nach. »Ein arabischer Zuhälter und – was? Eine schwedische Luxusnutte?«

Tareq antwortet gemessen: »Ja. Genau das glaube ich.«

1984

Das Prasseln von Steinchen auf der Fensterscheibe dringt durch den Schlaf zu ihm hindurch. Nur langsam kommt Peter zu sich, weiß erst gar nicht, wo er ist, und dann wundert er sich, wo das Geräusch herkommt. Er liegt immer noch mit schweren Gliedern in seinem warmen Bett und versucht, wieder einzuschlafen, als er es erneut hört. Schlagartig hellwach setzt er sich auf, schlägt die Decke zurück und tappst ans Fenster, wo er den Vorhang zur Seite schiebt. Draußen ist helle Sommernacht, und er erkennt sofort, wer dort vor dem buschigen Flieder steht. Er winkt. Silje winkt nicht zurück. Er fängt ihren Blick auf, und obwohl sie mehrere Meter voneinander entfernt sind, kann er sehen, dass sie weint. Die Schultern beben, und ihr Gesicht ist verquollen.

Alarmiert gibt Peter ihr ein Zeichen, dass er nach unten kommt. Silje reagiert nicht, nickt nicht mal. Und jetzt wird er panisch. Sein Magen zieht sich zusammen, als er schnell in Jogginghose und T-Shirt schlüpft. Auf leisen Sohlen schleicht er aus seinem Zimmer und dann die Treppe hinunter. Mama hat Spätschicht gehabt und schläft tief und fest, er hat sie nicht heimkommen hören, weiß aber, dass sie zu Hause ist. Die Sonne geht bereits auf, es dürfte wenige Stunden nach Mitternacht sein, da schläft sie noch eine ganze Weile.

Als er hinaus in den Garten läuft, steht Silje immer noch

vor dem Fliederbusch. Hinter ihr leuchtet der Sonnenaufgang. Das intensive Orangerot leckt über ihre Haare und verleiht ihr einen gleißenden Glorienschein. Sie ist schön, findet Peter schon immer, aber in dieser Nacht sieht man es umso deutlicher. Ihm bleibt fast die Spucke weg, als er sie im Gegenlicht sieht. Sie trägt ein schwarzes, knielanges Kleid und darüber eine graue Strickjacke. Tränen laufen ihr übers Gesicht, sie hat die Augen weit aufgerissen und sieht verstört aus. Ihre Schultern beben noch immer. Er läuft auf sie zu, weiß allerdings nicht, was er tun soll. Wie tröstet man jemanden, der nicht angefasst werden will?

»Was ist passiert?«

Sie blickt ihm ins Gesicht. Er sieht den Schmerz in ihren gläsernen Augen, die Iris schimmern wie angelaufenes Silber.

»Entschuldigung ... Ich wusste nicht, wo ich sonst hinlaufen sollte ...«

Sie schluchzt. Peter fühlt sich, als würde etwas in ihm zerbrechen. Er schüttelt den Kopf. Silje soll einfach immer zu ihm kommen.

»Du brauchst dich nicht zu entschuldigen. Du kannst jederzeit kommen, aber Mama schläft, deshalb können wir nicht nach drinnen. Sollen wir uns auf die Treppe setzen?«

Sie schüttelt den Kopf, wischt sich mit dem Ärmel die Wangen trocken und seufzt zittrig auf. »Können wir klettern?«

Peter sieht sie von Kopf bis Fuß an. Das Kleid ist am Saum zerschlissen, und sie trägt zu große, abgetretene Sandalen.

Er nickt.

»Klar klettern wir.«

Sie gehen in Richtung Schule. Als sie ihren Lieblingsbaum erreichen, schwingt Silje sich geschickt hinauf ins Geäst. Das Kleid und die Sandalen sind kein Problem, wie immer kommt sie im Nu nach oben. Peter folgt nach. Weil er gerade erst aufgewacht ist, sind seine Arme schwer, und er muss sich konzentrieren, um nicht abzurutschen, die Finger greifen noch nicht so fest zu wie sonst. Trotzdem schafft er es hinauf, und dann sitzen sie eine Zeit lang stumm nebeneinander, Silje am Stamm, Peter daneben.

»Was ist eigentlich los?«

Er beißt sich auf die Lippe, weiß nicht, wie er die Frage sonst stellen soll. Silje ist immer so traurig, er kennt sie kaum anders, aber dass sie weint, ist neu.

Sie schließt die Augen.

»Können wir einfach nur hier sitzen?«

Sie bringt nur ein Flüstern zustande. Und presst sich eine Hand auf den Bauch. Peter ahnt, dass sie Schmerzen hat, weiß aber nicht, wo.

»Bist du krank?«

Sie schüttelt den Kopf, und Peter fragt nicht nach. Sie sitzen in ihrem Baum, während die Sonne immer höher steigt. Nach zwei Stunden ist die Sommernacht dem Morgen gewichen. Peters Beine tun weh, allmählich bohrt sich das Holz in Hintern und Oberschenkel. Silje atmet durch den Mund. Die ganze Zeit schon, seit sie hier oben sitzen. Irgendwie sieht es aus, als wollte sie verschwinden, als wollte sie sich einfach in Luft auflösen und von der Brise davongetragen werden. Vielleicht nie wieder zurückkommen.

»Ich will abhauen.«

Wieder nur dieses Flüstern. Peter muss sich zu ihr umdrehen, um die Fortsetzung mitzubekommen.

»Ich kann nicht mehr hierbleiben.«

Er kneift die Augen zusammen und versucht, es zu begreifen.

»Würde dein Vater dich gar nicht vermissen, wenn du abhauen würdest?«

Ein Schatten huscht über Siljes Gesicht.

»Ich muss hier weg. Ich muss einfach.«

Peter nickt, auch wenn er kein Wort versteht. Er weiß nicht, was er dazu sagen soll. Deshalb sagt er lieber nichts.

Als Viktor Grahn sich an seinen Schreibtisch setzt, ist es Viertel vor sieben. Er nimmt seinen Laptop aus der Tasche, und während der hochfährt, schließt Viktor die Augen und massiert sich die Schläfen. Dieser Tag ist schon gelaufen, noch bevor er richtig angefangen hat.

Es klopft. Viktors Kollege und Miteigentümer der Firma, Paul Magnusson, schiebt den Kopf durch die Tür.

»Na, Chef, wie läuft's?«

Zur Antwort stöhnt Viktor nur. Paul sieht ihn fragend an und zieht die Tür hinter sich zu, ehe er sich auf das tiefe Ledersofa an der Wand fallen lässt. Er sitzt entspannt und breitbeinig da und hat die Arme über die Rückenlehne gelegt.

»Du siehst fertig aus. Was ist los?«

Viktor meint, einen ironischen Unterton zu vernehmen, und sieht ihn müde an.

»Ich *bin* fertig. Aber das hat nichts mit der Arbeit zu tun.«

Paul nimmt die Hände hoch.

»Moa ist drei. Jetzt mal halblang. Ich hab zwei Einjährige zu Hause. Mit Zwillingen ist nicht zu spaßen, das kann ich dir sagen. Du hast kein Recht, dich zu beschweren.«

Er lacht über seine eigene Weisheit. Viktor verzieht wenig amüsiert das Gesicht.

»Moa ist nicht das Problem.«

Paul runzelt die Stirn.

»Du bist aber nicht krank, hoffe ich?«

Viktor schüttelt den Kopf.

»Ich bin nicht krank.«

Paul gibt ihm mit einer Geste zu verstehen, dass er es erklären muss.

»Es ist Shirin.«

Die Falten in Pauls Stirn werden tiefer. Er war dabei, als Viktor und Shirin sich zehn Jahre zuvor in einer Kneipe erstmals begegnet sind. Shirin hat damals als Bedienung in dem altehrwürdigen Lokal neben dem Rathaus gejobbt, und für Viktor war es Liebe auf den ersten Blick.

Viktor seufzt ermattet. Er ist sich nicht sicher, ob es der Ärger ist oder etwas anderes, was so fertigmacht. Paul wartet auf seine Fortsetzung.

»Es ist, als hätte sie das Interesse verloren ... Verdammt, Paul, ich tue alles für sie und für Moa, alles! Ich arbeite siebzig Stunden die Woche und verdiene so viel Geld, dass Shirin darin schwimmt. Ich hab sogar diese verdammte Wohnung gekauft, die nur so überquillt vor Gemütlichkeit. Und dann ist sie nie da – zumindest nicht mit dem Kopf. Sie entgleitet mir, obwohl ich alles und mehr für sie tue.«

Beschämt sieht er zu Paul. Der Kollege hat bislang nichts dazu gesagt.

»Sie arbeitet zu viel und ist in Gedanken ständig woanders. Gestern habe ich Hummer gekocht, um den Deal hier auf der Arbeit zu feiern. Sie hat ihn in sich reingeschaufelt, als wäre es irgendein banales Alltagsessen.«

Er macht eine halb wütende, halb verzweifelte Geste, hinter der in Wahrheit lediglich Trauer steckt. Paul nickt, trotzdem sieht er abwesend aus. Viktor wartet eine Weile, muss die Frage dann aber stellen.

»Woran denkst du? Du bist mit dem Kopf ja wohl auch ganz woanders. Ich sehe es dir an, Paul, was zur Hölle ist los?«

Paul kratzt sich am Hals, wie immer, wenn er über etwas nachdenkt.

»Wir gehen morgen ein Feierabendbier trinken. Ich will dir was zeigen.«

Viktor seufzt.

»Meinetwegen. Und ich muss ja mal über etwas anderes nachdenken als über meine Frau, die mich von sich weghält.«

Paul schnaubt herablassend und amüsiert gleichermaßen.

»Glaub mir. Nach diesem Bier hast du etwas anderes, worüber du nachdenken kannst.«

Als Idun das Lunchrestaurant betritt, sitzt Calle schon an einem der hinteren Tische und hat ein Glas mit Eiswasser vor sich stehen. Idun schält sich auf dem Weg zu ihm aus ihrer Jacke. Obwohl es nur knapp zehn Minuten zu Fuß waren, ist sie im Gesicht und in den Beinen durchgefroren. Draußen sind es minus achtundzwanzig Grad, sie hätte es besser wissen und ihre Thermohose anziehen müssen.

Sie setzt sich ihm gegenüber und hängt die Daunenjacke über die Stuhllehne, während Calle bereits die Bedienung ruft. Idun bestellt sich ebenfalls ein Wasser sowie ein Lachssteak mit Stampfkartoffeln. Calle nimmt den Cesar Salad mit extra Knoblauchbutter. Stumm sehen sie dem jungen Mann nach, als er mit ihrer Bestellung hinter der Bar verschwindet.

»Hallo.«

Calle lächelt Idun an. Sie nickt in Richtung seiner Wange. Das transparente Tape um den Pflasterverband sieht neu aus.

»Ist kleiner als beim letzten Mal.«

Er streicht mit dem Daumen darüber.

»Ist heute frisch gewechselt worden. Die Ärztin sagt, die Heilung verläuft gut. Und dass Frauen auf Männer mit Narben stehen.«

Idun spürt, wie sich ihr der Bauch zusammenkrampft, obwohl sie natürlich weiß, dass es als Scherz gedacht war.

Offenkundig hat Calle ihre düstere Laune sofort wahrgenommen, weil er ihre Hand nimmt und seufzt.

»Iddan, verdammt, hör auf damit. Wenn wir wieder als Partner arbeiten wollen, musst du dich endlich zusammenreißen. Was passiert ist, war nicht deine Schuld, und ehrlich gesagt kann ich deinen beschämten Blick nicht ertragen. Jetzt ist mal Schluss damit – entweder du brichst zusammen, oder du reißt dich am Riemen. Aber hör endlich auf mit dieser Trauermiene, weil die nämlich langsam echt nervig ist.«

Sie zaudert.

»Dein Gesicht ...«

Sie starrt den Pflasterverband an. Doch Calle lässt sie nicht vom Haken.

»Ich weiß. Trotzdem will ich, dass du endlich damit aufhörst, Herrgott und Hurensohn noch mal!«

Sie kann nicht umhin zu lächeln. Himmel, wie Calle fluchen kann. Sie ist dankbar, als sich ihr Bauch wieder ganz leicht entspannt.

Der junge Mann kommt mit dem Essen. Sie warten, bis er wieder weg ist.

»Also. Dann versuche ich jetzt, mit meinem Leben weiterzumachen.«

Calle nimmt eine große Gabelvoll und antwortet mit dem Mund voller Hühnchen: »Gut so.«

Schweigend machen sie sich über ihr Essen her. Idun stellt fest, dass sie hungriger ist als gedacht.

»Wir stehen bei der Ermittlung an einem Scheideweg.«

Sie sieht sich um, vergewissert sich, dass niemand zuhört, und Calle nickt ihr interessiert zu.

»Erzähl.«

»Evert Holm und Marina Alm. Wir müssen die Verbindung zwischen den beiden Fällen herstellen. Everts Sperma ist an Marinas Leiche sichergestellt worden.«

Sie sieht Calle an, wie er förmlich die Ohren spitzt.

»Wäre Evert auf andere Weise gestorben, wäre uns das wahrscheinlich nicht halb so wichtig, aber nachdem der Täter derart wütend an dessen Geschlechtsteil zu Werke ging, ist der Hinweis auf ein sexuelles Motiv einfach zu deutlich.«

Calle stochert in seinem Salat, sagt aber nichts.

»Der Penis wurde von jemandem durchtrennt, der genau wusste, was er da tat – von einem Linkshänder im Übrigen. Everts Kinder kämen infrage – die Tochter operiert, der Sohn ist Linkshänder. Beide hätten ein Motiv, haben aber auch belastbare Alibis. Wir müssen die Ermittlung weiter vorantreiben und weitere Spuren verfolgen. Dass die beiden Geschwister ihren Vater ermordet haben, ist nicht sehr wahrscheinlich – auch wenn sie zusammengenommen die richtigen Eigenschaften hätten ... und darüber hinaus ein echt schlechtes Verhältnis zu ihrem Vater hatten.«

Calle fuchtelt mit der Gabel in ihre Richtung.

»Du meintest gerade, sie hätten ein Motiv?«

Idun schneidet ein Stück Tomate klein. Die anderen Gäste verlassen allmählich das Lunchrestaurant, draußen vor dem Fenster wird es Nachmittag.

»Evert war kein guter Vater, ganz im Gegenteil. Pia hat angegeben, dass er der Grund für Adams Drogenkarriere und somit mittelbar für die Psychose und den Verfolgungswahn verantwortlich war. Das vielleicht Interessantere ist aber, dass Adam behauptet, Evert habe die Tochter in ihrer Kindheit sexuell missbraucht. Sie selbst weist das weit von sich.«

Calle schwenkt sein Glas. Es ist fast leer.

»Sexueller Missbrauch wäre ein starkes Motiv. Es würde auch den Gewaltexzess am Schwanz des Alten erklären.«

Idun schiebt ihren Teller von sich weg. Calle nimmt sich ihre Essensreste vor, gabelt ein Stück Lachs auf und schiebt es sich in den Mund.

»Ich weiß einfach nicht, was ich glauben soll, aber trotz Alibi will ich Everts Kinder noch nicht von der Liste der Verdächtigen streichen. Nur kommen wir mit den beiden nicht weiter, deshalb brauchen wir einen neuen Ansatz.«

Calle schluckt und schließt die Augen. Idun wartet ab. Als er die Augen immer noch nicht wieder aufschlägt, wird sie nervös.

»Hast du Schmerzen?«

Er schüttelt den Kopf, allerdings immer noch mit geschlossenen Augen.

»Mir ist nur leicht schwindlig. Die Nerven, du weißt schon. Erzähl einfach weiter, du ahnst ja nicht, wie gern ich Teil dieser Ermittlung wäre, verdammt. Gibt's keinen weiteren Angehörigen, den man auseinandernehmen könnte?«

»Nur die pensionierte Sekretärin, mit der Evert ein Verhältnis hatte. Aber das ist seit Langem Geschichte, und ich kann mir auch nicht vorstellen, dass eine alte Frau ihm erst den Penis abhackt, ihn anschließend mit mehr als zwanzig Schlägen totprügelt und aufs Eis rausschleppt und dort liegen lässt.«

Calle schlägt die Augen auf.

»Ausgerechnet du solltest wissen, dass man alte Frauen nicht unterschätzen darf.«

»Fürs Erste konzentrieren wir uns auf die Verbindung zwischen Evert und Marina. Tareq und ich haben den Fuß in der Tür zu Hannes Vinges Netzwerk. Oder ... eher Tareq, um ehrlich zu sein. Und wir sind zu einer Party eingeladen.«

Schlagartig ist Calle wie ausgewechselt.

»Ihr könnt doch nicht einfach bei Vinge einmarschieren, verdammt noch mal! Was genau habt ihr vor, Idun?«

Er faucht sie richtiggehend an. Idun sieht sich um und antwortet leise: »Sowohl Evert als auch Marina stehen mit Vinges Wohnungsbordellen in Verbindung, da sind wir uns sicher. Und du wärst es auch, Calle, wenn du nur ein, zwei Sekunden darüber nachdenken würdest.«

Sie sieht ihn ernst an. Sein Gesichtsausdruck wird einen Hauch sanfter, und Idun nickt, als sie ihm ansehen kann, dass er ihr recht gibt.

»Und anders kommen wir an Hannes auch nicht heran. Es geht einfach nicht anders – Morgan und Emil versuchen es schon seit einer Ewigkeit.«

Ausführlich legt Idun ihren Plan dar. Calle hört ihr zu, ohne zu unterbrechen. Dass auch sie anfangs skeptisch war, verschweigt sie ihm lieber. Als sie fertig ist, sitzt Calle eine Zeit lang still da. Dann pfeift er durch die Zähne und lehnt sich zurück.

»Das ist ja wohl das Irrste, was ich je gehört habe.«

Mit loderndem Blick sieht er sie an.

»Und womöglich auch das Genialste.«

Er beugt sich wieder vor, nimmt sich von ihrem Teller noch ein Stück Lachs und hält es sich vors Gesicht.

»Wer hatte die Idee?«

»Tareq.«

Calle nickt anerkennend.

»Iddan, das wird schwierig, verdammt schwierig – und gefährlich erst recht. Aber weißt du, was? Wenn ihr damit durchkommt, seid ihr nicht nur Everts und Marinas Mörder einen Schritt näher gekommen. Wenn ihr das schafft, sprengt ihr gleichzeitig das größte Menschenhandelsnetzwerk in ganz Norrbotten. Und das wäre mal was.«

Er nickt, als wäre er angesichts seiner eigenen Schlussfolgerung verblüfft.

»Wissen Morgan und Emil, was ihr da vorhabt? Ihr betretet damit natürlich ihr Territorium.«

»Morgan muss nur erfahren, dass wir es mit zwei Ermittlungen zu tun haben – mit ihrer und unserer. Darüber hinaus ist es Verschlusssache. Emil bleibt komplett außen vor, weil er derzeit versucht, einen Insider aus dem Netzwerk zu akquirieren. Er soll nicht auf sämtlichen Hochzeiten gleichzeitig tanzen müssen.«

»Gut. Klingt völlig richtig. Wenn ihr damit durchkommen wollt, müsst ihr den Kreis aus Eingeweihten verdammt klein halten.«

Idun winkt der Bedienung und verlangt nach der Rechnung. Der junge Mann nickt beschwingt und verschwindet in Richtung Registrierkasse, die am entlegenen Ende des Bartresens steht. Als Calle weiterspricht, kann sie ihm anhören, dass es ihm ernst ist.

»Ich muss trotzdem eines sagen. Seid verflucht vorsichtig! Wenn das hier zum Teufel geht, seid ihr am Arsch. Hannes Vinge bringt euch um, wenn ihr auffliegt, ganz ohne Zweifel. Eigentlich unfassbar, dass Anders das genehmigt hat. Ich finde es hochgradig heikel – aber wie gesagt gleichzeitig auch genial.«

Der Pflasterverband leuchtet auf seiner sommersprossigen Wange. Idun bringt ihre Antwort nicht rechtzeitig hervor, ehe auch schon die Bedienung kommt und die Rechnung zwischen ihnen auf den Tisch legt. Calle zieht den Bon sofort zu sich heran, während er sich noch ein letztes kaltes Stück Lachs in den Mund schiebt.

1986

Sie sitzen in einer der hintersten Kirchenbänke. Im vergangenen halben Jahr ist Peter mehr gewachsen als Silje, jetzt fehlen nur noch ein paar Zentimeter, und er hat sie eingeholt. Die Kirche ist voll besetzt. Er streckt sich, um einen Blick auf den Chor zu erhaschen, der vorn am Altar steht und schrecklich falsch singt. Es klingt wirklich schlimm. Silje verzieht amüsiert das Gesicht. Peter beugt sich zu ihr hinüber.

»Wärst du pünktlich gewesen, hätten wir bessere Plätze gekriegt.«

Er versucht, betont sarkastisch zu sprechen, damit sie ihn nicht missversteht. Das ist das Schwierigste mit Silje: Sie und Peter sind beste Freunde, aber er muss ungeheuer gut aufpassen, dass er sich nicht verkehrt ausdrückt. Silje versteht ihn gern mal falsch, und dann legt sich bei ihr ein Schalter um, manchmal für den ganzen restlichen Tag. Wenn er so darüber nachdenkt, dann ist es mit den Jahren sogar schlimmer geworden. Silje zieht sich immer mehr zurück. Manchmal befürchtet er schon, dass sie am liebsten nur noch allein sein will und sich nur mehr mit ihren eigenen Grübeleien beschäftigt. Aber sicher ist er sich nicht. Sie kommt häufig bei ihm zu Hause vorbei, ja, sogar häufiger als früher, aber dann will sie nur dasitzen, Musik hören und nichts tun oder allenfalls auf Peters Bett liegen und Zeitung lesen. Obwohl Peter sieht, dass sie gar nicht liest. Die Augen verharren ewig reglos auf ein und derselben Seite, und sie blättert so gut wie nie um. Manchmal fürchtet er, dass sie drauf und dran sein könnte zusammenzubrechen. Dass sie jeden Moment kaputt gehen und verschwinden könnte und dann nicht mehr da wäre. In solchen Augenblicken verspürt er einen so großen Kloß im Hals, dass er ins Bad gehen und sich kaltes Wasser ins Gesicht und über die Unterarme spritzen muss. Er muss vor Silje das Gesicht wahren. Er weiß nicht mal richtig, warum, aber so ist es eben. Derjenige von ihnen, der zuerst zusammenbricht, verrät den anderen, und Peter will nicht der Verräter sein.

Der Chor hat fertig gesungen. Feierlich spricht der Pastor von erholsamen Sommerferien, von warmen Tagen und Sonnenschein, Badeausflügen an den See und ans Meer und von jeder Menge Eis. Peter macht sich Sorgen. Die macht er sich jedes Mal, wenn das Schuljahr zu Ende geht. Selbst wenn er seit ein paar Jahren nicht mehr täglich von Uffes Gang drangsaliert wird, sitzt die Anspannung tief. Er ist auf der Hut, wirft in einem fort Blicke nach hinten und hat stets einen Fluchtplan parat. So ist das bei Mobbingopfern. Sie machen sich zuvorderst unsichtbar; im nächsten Schritt machen sie sich zur Flucht bereit.

Silje lehnt sich an seine Schulter. Er kann ihren Atem spüren, und er muss daran denken, wie sehr er sie liebt – seit jenem ersten Moment – und dass das nie aufhören wird. Doch Silje wird es nie erfahren. Sie beide sind beste Freunde und werden auch nie etwas anderes sein, aber das reicht Peter vollauf.

»Ich hab gestern mit Dogge geschlafen.«

Sie flüstert so leise, dass wirklich niemand außer Peter sie hört, trotzdem dröhnt der Satz wie Gebrüll in seinen

Ohren. Schlagartig ist es in der Kirche still, er sieht nur mehr, wie der Mund des Pastors vorn am Altar sich bewegt, wie er gestikuliert und ihre Mitschüler auf den Bänken unruhig hin und her rutschen. Trotzdem hört Peter keinen Mucks mehr. Dogge aus der Parallelklasse ... der Kautabak kaut und die Lehrer beschimpft und mindestens zweimal die Woche nachsitzen muss. Außerdem ist er ungepflegt, hat zerzauste Haare und trägt zu große Kleidung. Als Peter nichts sagt, dreht Silje sich zu ihm um. Er spürt ihren warmen Atem auf seiner Wange.

»Eigentlich wollte ich nicht, aber er hat nicht locker gelassen. Und da dachte ich mir, ist doch egal – irgendwann muss es ja sein.«

Ihr Atem riecht nach Pfefferminzkaugummi. Peter kriegt beinahe keine Luft mehr. Er versucht, ungerührt dreinzublicken, atmet langsam aus, um dem Gefühlschaos in seinem Inneren Herr zu werden. Eine Weile herrscht noch Stille, dann kann er die Geräusche aus der Kirche endlich wieder hören.

»Dann bist du in Dogge verliebt?«

Er muss das wissen. Er wird damit leben können, dass sie Geschlechtsverkehr hatten – allerdings nicht, wenn Gefühle im Spiel waren. Peter weiß, dass Silje für ihn nicht das Gleiche empfindet wie er für sie, aber selbst damit kann er leben; das Einzige, was er nicht ertragen könnte, wäre, wenn sie ihn für einen anderen stehen ließe. Und ihm ist nur zu klar, dass Silje so jemand wäre. Für sie kann es immer nur einen Menschen geben.

Sie schüttelt den Kopf und lehnt sich wieder an seine Schulter. Die roten Haare kitzeln ihn am Arm.

»Nie im Leben. Er wollte nur mit jemandem Sex haben. Also hatten wir Sex.«

Peter beißt sich so fest auf die Zunge, dass es blutet. Bei dem Geschmack muss er schwer schlucken.

»Du hättest Nein sagen können, und wenn er noch so hartnäckig gewesen wäre.«

Silje antwortet nicht. Peter versucht zu atmen.

»Hast du verhütet?«

Die Frage klingt fürchterlich erwachsen, aber ihm fällt nichts anderes ein. Silje antwortet wieder nicht, kratzt sich nur geistesabwesend an den Unterarmen. Peter sieht, dass sie über den Handgelenken neue Schnittwunden hat, dünne rote Striemen, die inmitten bleicher Haut richtig leuchten. Sie dreht sich abermals zu ihm um. Peter sieht ihr tief in die Augen. Er liebt sie mehr als jeden anderen Menschen auf der Welt.

»Hat es sich gut angefühlt? Ich meine … Du bereust es nicht oder so?«

Silje zuckt mit den Schultern. Peter hat keine Ahnung, was das bedeuten soll.

»Jetzt hör schon auf damit. Wir haben es gemacht, weil Dogge es wollte, aber das muss doch nicht heißen, dass wir zusammen sind oder so was in der Art.«

Sie klingt leicht verärgert. Diesmal ist Peter an der Reihe, nicht zu reagieren. Sie sind gerade mal sechzehn, da schläft man doch nicht mit jemandem, mit dem man gar nicht zusammen sein will? Oder doch? Peter hat keine Ahnung. Bislang hat kein Mädchen je auch nur in seine Richtung geguckt, insofern hat er über diese Frage auch nie nachdenken müssen. Er wird als Jungfrau sterben, aber das ist ihm egal. Solange er nur Silje hat.

Der Pastor segnet die Schulgemeinde, und damit ist der letzte Schultag beendet. Sie haben die Volksschule abgeschlossen, im Herbst fangen sie am Gymnasium an. Peter hat es in den naturwissenschaftlichen Zweig geschafft, Silje hat den zweijährigen sozialkundlichen Zweig gewählt.

Erst am Tag zuvor hat sie darüber fabuliert, ganz von der Schule abzugehen und dass sie im Herbst vielleicht in den Süden ziehen will, vielleicht schon heute, wenn ihr der Sinn danach steht. Deshalb ist heute auch der schlimmste Tag in Peters Leben. Es kann gar nicht mehr schlimmer kommen, jedenfalls nicht, sofern Silje ernst macht. Dass sie mit Dogge geschlafen hat, ist da eine Nebensächlichkeit.

Manchmal denkt Peter, er sollte vielleicht mit jemandem reden, mit einem Erwachsenen, der ihm einen guten Rat geben könnte. Hin und wieder ist er kurz davor gewesen, sich seiner Mutter anzuvertrauen, aber die arbeitet viel und schuftet hart, damit er es gut hat und damit sie Essen auf dem Tisch haben. Sie hat zwei Jobs, kriegt zu wenig Schlaf und hat nie Zeit für sich, da kann Peter sie mit Siljes Problemen nicht auch noch belasten.

Von einer Sekunde auf die andere haben sie Sommerferien. Die Schülerinnen und Schüler in der Kirche brechen in Jubel aus. Die Lehrer sehen aus, als würden sie jeden Moment vor Erleichterung losheulen, auch wenn sie ihre Klassen immer noch mit einem gekünstelten Lächeln bedenken, bescheiden Applaus spenden und so tun, als würden sie sich über deren ausgelassene Stimmung freuen.

Der Jubel der Schüler hingegen ist echt. Peter hingegen fühlt sich, als wäre etwas in ihm für alle Zeiten zerbrochen.

Christian Ekenstjerna sitzt im Besprechungsraum. Es ist Freitagnachmittag, draußen ist die Welt bereits kohlrabenschwarz. Der norrbottnische Winter ist nun mal, wie er ist – finster und vereist wie ein Tiefkühlfach, das man nie abtaut. Mitunter bereut er es, hier heraufgezogen zu sein. Nicht weil er den Winter verabscheuen würde, aber die Dunkelheit findet er fürchterlich. Knapp zwei Monate in annähernd totaler Finsternis – es ist knapp an der Grenze des Erträglichen. Doch dann kommen der Frühling und der Sommer, und dann ist es mit dem Licht das glatte Gegenteil. Monatelang bleibt es in Norrbotten rund um die Uhr taghell, da ist schlagartig alles vergeben und vergessen.

Er sollte seine Sachen packen und nach Hause gehen. Erik will Lammkoteletts mit Rotweinjus kochen, Christians Leibspeise. Mit einem Glas Rotwein und anschließend einem starken Espresso – der perfekte Abschluss einer langen Arbeitswoche. Doch Christian bringt es nicht fertig aufzustehen. Es ist einfach zu angenehm, hier in der Einsamkeit sitzen zu bleiben und sich nach der letzten Gruppensitzung der Woche noch ein bisschen auszuruhen. Bei den Sitzungen ist er in der Regel nur als Zuhörer dabei. Heute waren es vier Patienten, alle mit schizophrenen und stark ausgeprägten paranoiden Zügen. Der Einzige, der diesmal ferngeblieben ist, war Adam. Sowohl Christian als auch die Abteilungspflegerin haben versucht, ihn von der Teilnahme zu überzeugen, aber es hat nichts genützt. Er wollte in Ruhe gelassen werden, im Gemeinschaftsraum sitzen und aus dem Fenster hinaus in den nachtschwarzen Nachmittag schauen. Christian muss zugeben, dass ihm das Kummer bereitet. Adam ist grundsätzlich eher in sich gekehrt, trotzdem nimmt er normalerweise an den Sitzungen teil und hört wenigstens zu. Meist trägt er selbst nichts bei, starrt zu Boden und tut so, als wäre er mit den Gedanken woanders, doch Christian weiß, dass er hört, was gesprochen wird. Man sieht es ihm an den Bewegungen der Augen an, an den Pupillen, die reagieren, wenn ein anderer Patient etwas erzählt, womit Adam sich identifizieren kann. Das mag die Kindheit sein, in der die Eltern abwesend waren; ein Elternteil, der gestorben ist oder zu Gewalt geneigt hat. Da hört Adam zu, auch wenn er so tut, als gelte seine ungeteilte Aufmerksamkeit dem hellgrauen Linoleumboden.

Seit die zwei Polizisten mit der Nachricht vom Tod seines Vaters gekommen sind, hat er sich verändert, kaum merklich, aber Christian hat es zur Kenntnis genommen. Die kleinen Fortschritte – dass er nach dem Frühstück noch ein bisschen länger sitzen bleiben will, ein schmales Lächeln gegenüber einem anderen Patienten, der etwas Lustiges sagt, und dass er nicht mehr im selben Maße panisch darauf besteht, dass die Tür hinter ihm verriegelt wird, sobald er in sein Zimmer zurückkehrt. Adam ist schwer krank, aber es gibt sie, die winzigen Hinweise auf eine Verbesserung. Und das verwundert Christian.

Ein Tumult draußen auf dem Flur reißt ihn aus den Gedanken. Er packt seinen Schreibblock weg und schultert die Tasche, tastet nach seiner Zugangskarte, die an einem Drahtseil an seinem Gürtel hängt, und hält sie an den Kartenleser. Als das Schloss aufsurrt, lässt er die Karte los. Mit einem Schnurren gleitet sie zurück, und er drückt die Tür auf.

Ein Stück den Flur entlang stehen Cilla und Jellika, zwei Patientinnen, die hin und wieder aneinandergeraten. Die Streitereien haben mit ihrer Diagnose nichts zu tun, sie können einander schlicht und ergreifend nicht ausstehen. Dass es mitunter zu körperlichen Auseinandersetzungen kommt, ist allerdings sehr wohl Resultat ihrer mangelnden Impulskontrolle und die wiederum Folge des jahrelangen Drogenmissbrauchs.

»Du passt ab sofort lieber gut auf, du Hure!«, faucht Jellika, dass der Speichel nur so fliegt.

Sie hat die Fäuste im Rücken geballt, und Cilla richtet sich gerade auf. Weil sie größer als Jellika ist, wirkt sie allein schon äußerlich überlegen. Und sie ist wirklich kräftiger, das weiß Christian, seit sie zuletzt aneinandergeraten sind und Jellika einen Schneidezahn eingebüßt hat. Trotzdem blitzen ihre Augen vor Zorn. Cilla hat ein höhnisches Grinsen aufgelegt.

Langsam und mit den Händen in den Hosentaschen geht Christian auf die beiden zu. Die Tasche hängt ihm locker von der Schulter. Ruhe auszustrahlen ist jetzt, da die Lage überzukochen droht, ganz wesentlich.

»Hast du mich gerade Hure genannt?«

Cillas Stimme bebt vor Wut.

»Wie geht's euch Mädels?«

Christian nennt die zwei ganz bewusst so, obwohl sie beide schon über fünfzig sind. Es hat einen deeskalierenden Effekt, doch diesmal scheint keine der hitzköpfigen Frauen darauf zu reagieren. Jellika stochert mit dem Zeigefinger in Cillas Richtung.

»Du bist eine Hure!«

Die Stimme trieft vor Verachtung und Hass. Christian wirft einen Blick über die Schulter, um zu sehen, ob Wachleute da sind, aber es ist niemand zu sehen. Als er sich wieder umdreht, ist er überrascht, dass er Adam auf einem Stuhl direkt am Ausgang entdeckt. Er war hinter den zwei Frauen zuvor nicht zu sehen. Verschreckt beäugt er die beiden. Christian runzelt die Stirn. Was hat er dort verloren? Adam, der das Heim nie verlässt und sich entweder in seinem Zimmer oder allenfalls im Gemeinschaftsraum aufhält, und das auch nur ein paar wenige Male in der Woche und ausschließlich, wenn ein Betreuer anwesend ist. Dass er hier draußen allein auf dem Flur sitzt, ist zweifelsohne neu.

»Ich schlag dich tot!«

Endlich hat Christian die Frauen erreicht. Er will gerade mit ruhiger Stimme verkünden, dass Cilla eine andere Patientin derart bedrohe, sei inakzeptabel, als Jellika auch schon den ersten Schlag setzt. Christian kann gar nicht schnell genug reagieren, als die Faust Cilla im Gesicht trifft. Ihre Lippe platzt auf, Blut und Speichel spritzen auf ihr Oberteil, sie taumelt rückwärts und landet an der Flurwand. Christian weicht einen Schritt zurück. Das hier wird böse enden.

»Wache in den Flur, sofort!«, ruft er, so laut er kann, doch im selben Moment macht Cilla einen Satz nach vorn und stürzt sich auf Jellika. Die kann nicht ausweichen, und beide Frauen landen auf dem Fußboden, Cilla zuoberst, und in entfesselter Wut drischt sie auf Jellikas Kopf ein. Die kreischt, fuchtelt mit den Armen, kann jedoch keinen Gegenschlag landen.

Die beiden schreien wie wild. Fäuste fliegen, nur wenige Schläge finden ihr Ziel, doch dann gelingt Jellika abermals ein Treffer, und Cillas Augenbraue platzt auf. Blut läuft ihr ins Auge und übers Gesicht. Christian drückt den Alarmknopf an der Wand und schreit auf die Frauen ein, dass sie augenblicklich aufhören sollen. Er befolgt das Protokoll, geht nicht dazwischen, sondern wartet auf das Wachpersonal. Aus dem Augenwinkel sieht er, wie Adam zu Tode verängstigt auf seinem Stuhl kauert und die Knie angezogen hat. Er macht keinen Mucks, starrt nur wie versteinert zu Boden.

Als Cilla die Hände an Jellikas Hals legt, kann Christian nicht länger dastehen, sondern stürzt auf sie zu, versucht, die panische Jellika zu befreien, doch Cilla ist inzwischen zu zornig und zu stark für ihn. Er will gerade erneut auf sie einschreien, als er eine Hand an seiner Schulter spürt, die ihn zur Seite zieht. Es ist einer der männlichen Betreuer, der nun gemeinsam mit einem breitschultrigen Kollegen die beiden Frauen voneinander trennt. Jellika schreit wie am Spieß und fuchtelt wie wild mit den Armen und keucht, als wäre sie drauf und dran zu ersticken. Cilla faucht immer noch und versucht, nach ihr zu treten. Dann haben die beiden Wachen sie fest im Griff. Cilla spuckt Blut auf den Boden und speit wüste Beschimpfungen aus, während sie Jellika und Christian abwechselnd mit wutlodernden Blicken bedenkt.

»Fahr zur Hölle, du Nutte, ich bring dich um – ich bring sie um! Ich bring sie um, zur Hölle, diese verdammte Schwanzlutscherin!«

Christian lehnt sich an die Wand, massiert sich den Nacken und versucht, sein Hemd zu richten, das ihm aus der Hose gerutscht ist. Dann sieht er die beiden Wachen an, nickt ihnen dankbar zu, und im nächsten Moment dämmert ihm, dass er Erik wird anrufen und vorwarnen müssen, weil es später werden dürfte. Das Lammkotelett muss leider warten.

Die Wachen schieben die beiden Frauen vor sich her in Richtung ihrer Abteilung. Sie müssen medizinisch versorgt werden, und dann dürfte es Christians Aufgabe sein herauszufinden, wie es zu der Schlägerei kommen konnte. Erst anschließend kann er Feierabend machen.

Von hinten hört er, wie die Tür zum Flur zuschlägt. Sicher das Personal aus der Nachbarabteilung, das zu Hilfe geeilt ist, als der Alarm losschrillte. Er reibt sich die Augen, spürt, dass er Kopfschmerzen kriegt, und will sich gerade umdrehen, um ihnen zu sagen, dass alles wieder unter Kontrolle ist.

Doch da steht niemand. Er ist allein auf dem Flur.

Christian blinzelt. Er macht ein paar Schritte, um sicherzugehen. Adams Stuhl ist verwaist. Ist er aufgestanden und an ihnen vorbei in die Abteilung geeilt? Christian muss unbedingt nach ihm sehen, bevor er nach Hause geht. Eine solche Auseinandersetzung mitzuerleben kann einen aus dem Gleichgewicht bringen, gerade wenn man ohnehin psychisch angeschlagen ist.

Er weiß nicht, woher der Gedanke kommt, doch plötzlich rauscht es in seinen Ohren. Seine Hand schnellt an seinen Gürtel. Das Drahtseil des Kartenhalters baumelt leer an seinem Bein hinab.

Verdammt.

Erneut drückt er den Alarmknopf an der Wand, obwohl er weiß, dass es dafür zu spät ist.

1987

Als die siebzehnjährige Silje wach wird, weiß sie erst nicht, wo sie sich befindet. Das Zimmer riecht nicht wie bei ihr zu Hause, sie liegt bäuchlings in einem fremden Bett, und ihr tut die Schulter weh, als sie versucht, den Arm zu bewegen. Sie ächzt, rollt sich zur Seite, versucht, die schmerzende Stelle zu massieren, während sie gleichzeitig die Augen aufzwingt. Das Zimmer badet in Licht. Strukturtapete an den Wänden. Zwei Bilder mit weinenden Kindern hängen direkt über ihr. Als sie die Augen wieder schließt, fühlt es sich an, als würde sich alles drehen.

Silje ist unbekleidet. Langsam setzt sie sich auf. Es hämmert hinter ihren Schläfen, und sie fühlt sich halb verkatert, halb krank. Vergebens versucht sie zu schlucken. Ihr Hals ist trocken wie die Wüste. Sie blinzelt ein paarmal, presst sich die Finger an die Schläfen. Gott, wie durstig kann man sein!

Dann sieht sie sich um. Da liegt jemand neben ihr. Ein Mann. Er sieht älter aus, hat dichte Bartstoppeln, in die sich erste graue Stellen geschlichen haben. Er schläft tief und fest, liegt auf dem Rücken, hat den Mund weit geöffnet. Die Haare sehen fettig aus, er ist dünn, nackt, liegt ohne Decke da. Der schlaffe Schwanz ist zur Seite gerutscht, liegt schrumpelig auf der Leiste auf, fast als wäre er lediglich ein dürrer Hautsack.

Angewidert reißt Silje den Blick von ihm los, entdeckt

ihre Klamotten auf einem Haufen am Boden unter dem Fenster. Sie steht auf, nimmt ihre Sachen hoch und tapst aus dem Zimmer ins angrenzende, grün tapezierte Wohnzimmer. Eine Sitzgruppe an der Wand, ein niedriger Couchtisch voller Bierdosen, Weinflaschen und transparenter Plastikbecher mit Getränkeresten. Auf dem Fußboden steht eine Bong. Die Luft ist stickig und verraucht. Es riecht süßlich und nach Kräutern. Kein Mensch zu sehen. Erleichtert lässt Silje ihre Klamotten fallen und geht daneben in die Hocke. Sie kann ihre Unterhose nicht finden und schlüpft kurzerhand nackt in die Jeans. Immerhin ist der BH noch da, allerdings zittern ihre Finger so sehr, dass sie eine Weile mit den Häkchen kämpfen muss, ehe sie es schafft, sie im Rücken zu schließen. Sie streift sich den Strickpulli über, als sie eher spürt als hört, dass sich im Schlafzimmer jemand bewegt. Sie lässt die Socken am Boden liegen und läuft eilig die Treppe hinunter, geht auf leisen Sohlen durchs Erdgeschoss. Landet in einer weitläufigen Diele. Rechts geht ein weiteres Zimmer ab. Auf dem Sofa schlafen zwei nackte Frauen, Bauch an Rücken, die Hand der einen umfasst die Brust der anderen. Auf dem Teppich vor ihnen liegt ein Mann. Er hat eine Hose an, doch der Oberkörper ist nackt, er ist stark übergewichtig und mindestens ebenso alt wie der Typ aus dem Bett. Quer über den Bauch verläuft die heftigste Narbe, die Silje je gesehen hat.

Sie hört Schritte von oben und läuft zurück in die Diele. Erschrocken stellt sie fest, dass dort keine Haustür ist. Es hämmert in ihrem Kopf, sie muss sich kurz an der Wand festhalten, die Augen schließen und durchatmen.

Als sie die Augen wieder aufschlägt, steht der Mann aus dem Bett – immer noch nackt – auf der untersten Treppenstufe und sieht sie mit wässrigem Blick an.

»Hallo, Sara.«

Er lallt.

»Silje.«

»Was?«

Sie seufzt gekünstelt, verschränkt die Arme vor der Brust, eine Taktik, die normalerweise funktioniert.

»Ich heiße Silje. Nicht Sara.«

Als wäre das wichtig.

»Aha«, sagt er und nimmt die letzte Stufe. Silje dehnt den Nacken.

»Ist auch egal. Ich gehe jetzt.«

Sie versucht, sich an ihm vorbeizuzwängen, doch er hält sie an der Schulter fest. Er ist stark, und Silje ist überrascht, dass ein so magerer Typ solche Kraft aufbringt.

»Lass mich los.«

Sie sagt es ohne jede Regung, sieht ihm direkt in die Augen, bemüht sich, unerschrocken aufzutreten. Sein Blick ist immer noch verschleiert vom Rausch der vergangenen Nacht.

»Nur die Ruhe. Wir könnten doch noch mal ficken, bevor du gehst.«

Silje will seine Hand wegschlagen, lässt es aber bleiben. Es gibt wesentlich bessere Wege nach draußen. Dass diese Kiffer immer so blöde sein müssen. Sie nimmt an, es liegt daran, dass das Gras ihnen das Gehirn zerfrisst.

»Okay«, sagt sie träge und knöpft ihren obersten Jeansknopf auf. »Ich muss nur noch mal pinkeln, dann komm ich hoch.«

Seine wässrigen Augen leuchten auf, und er dreht sich tatsächlich um und quält sich wieder nach oben. Silje folgt ihm mit dem Blick, bis er außer Sichtweite verschwunden ist. Eilig knöpft sie die Jeans wieder zu und geht in die

Richtung, in der sie die Haustür vermutet. Und tatsächlich – dort ist sie, und ihre abgetretenen Lederschuhe stehen davor. Barfuß steigt sie hinein und schiebt die Tür auf. Kühle Herbstluft schlägt ihr entgegen. Sie wirft noch einen Blick zur Garderobe, entdeckt einen Damenwollmantel mit goldfarbenem Reißverschluss, schnappt ihn sich, tritt unter das Vordach und zieht den Mantel an. Als sie die Hände in die Taschen schiebt, ertastet sie einen Geldbeutel. Sie nimmt ihn heraus und späht hinein. Ein Fünfhunderter und vier Hunderterscheine. Als Silje die Auffahrt entlangläuft, verspürt sie den unverhofften Siegesrausch am ganzen Leib.

Viktor Grahn legt sein Besteck beiseite und lehnt sich auf seinem Stuhl zurück. Shirin sitzt ihm gegenüber, die Kerzen werfen lange Schatten über ihr Gesicht. Sie hat ihr Weinglas in der einen und Moas Serviette in der anderen Hand und sieht erschöpft aus.

»Hat es dir geschmeckt, Liebling?«

Viktor kann hören, wie sehr sie sich anstrengen muss, fröhlich zu klingen. Die dreijährige Moa blickt zu ihr hoch.

»Ja.«

Sie schiebt sich den Löffel in den Mund und kaut. Sie hat Ketchup im Mundwinkel, und Shirin kichert leise in sich hinein. Wer sie nicht kennt, würde das Kichern für aufrichtig halten, doch Viktor weiß es besser. Er nimmt den letzten Schluck aus seinem Weinglas und steht mit der leeren Flasche in der Hand auf.

»Soll ich noch eine aufmachen?«

»Für mich nicht.«

Er zuckt mit den Schultern.

»In Ordnung. Dann nehme ich mir noch ein Bier.«

Auf dem Weg zum Kühlschrank wirft er ihr einen verstohlenen Blick zu, sieht, wie sie Moa hilft, sich die Finger abzuwischen. Er nimmt sich ein Bier und macht es noch auf dem Rückweg zum Esstisch auf. Als sie das Zischen hört, muss Moa lachen, und Viktor zerzaust ihr die Haare.

»Du bist jedenfalls froh, dass es Freitag ist!«

Er sagt es mit seiner Kinderstimme und zwackt ihr sanft in die Wange. Moa zieht den Finger durch die Ketchup-Reste. Schweigend wischt Shirin ihr abermals die kleine Hand ab. Viktor entdeckt die altbekannte Falte zwischen ihren Augenbrauen, sagt aber nichts. Erst als er sich gesetzt hat, kommentiert Shirin seinen bekümmerten Einwurf.

»Ich bin ebenfalls froh, dass es Freitag ist. Aber deshalb muss man ja nicht gleich so viel Alkohol trinken.«

Ihre Stimme klingt tonlos. Viktor sieht sie aus zusammengekniffenen Augen an. So viel Alkohol? Er hat zwei Fingerbreit Whisky getrunken, als er nach Hause kam, eine halbe Flasche Wein zum Essen und jetzt ein kleines Bier. Ist das so viel? Er schweigt eine Zeit lang und beschließt dann, nicht weiter darauf einzugehen.

»Wie läuft's bei der Arbeit?«

Er gibt sich alle Mühe, so zu klingen, als wäre er an ihrem Job in dieser albernen Agentur interessiert. Shirin stellt Moas Teller auf ihren eigenen.

»Gut.«

Er nickt und nimmt einen Schluck Bier, spürt aber, wie sich der Ärger hinter seiner Stirn zusammenbraut.

»Ich dachte nur, weil du so viele Überstunden machst. Ist das denn wirklich nötig? Verdiene ich nicht genug?«

»Ich weiß es nicht, Viktor.«

Sie streckt sich nach seinem Teller aus. Moa rutscht von ihrem Stuhl.

»Vergiss nicht, dir die Hände zu waschen, mein Schatz.«

Viktor sieht Moa nach, die in Richtung Bad läuft. Er hört den Wasserhahn rauschen und weiß genau, dass sie zu viel Flüssigseife benutzt.

»Du fehlst mir.«

Er versucht, sanft zu klingen.

»Du fehlst mir auch. Aber so ist es nun mal. Ich muss arbeiten gehen.«

Viktor hört ihr an, dass sie noch mehr zu sagen hätte, trotzdem verstummt sie. Wie schwer es ihm in letzter Zeit fällt, sie zu verstehen. Sie hat sich verändert. Ist unterkühlt und irgendwie weit weg, an einem Horizont, den er nicht erreichen kann.

»Traurig nur, dass das zu unfreiwilligem Zölibat führen muss.«

Er bereut es augenblicklich. Shirin steht auf, sammelt die Gläser und Bestecke ein, legt sie auf den obersten Teller und trägt sie zur Spüle. Er spürt, wie die Scham sich bemerkbar macht, und hüstelt leise, damit sie es ihm nicht anhört.

»Sollen wir uns einen Film downloaden, wenn Moa eingeschlafen ist?«

Shirin bestückt die Spülmaschine.

»Ich hab schon den ganzen Tag Kopfschmerzen. Eigentlich wollte ich mich zusammen mit Moa hinlegen.«

Er nickt, nimmt noch einen Schluck Bier, hat nichts weiter zu sagen. Wenn sie sich ins Bett legen kann, kann sie doch genauso gut neben ihm auf dem Sofa liegen und sich mit ihm einen Film ansehen? So haben sie es früher immer gemacht. Das Geschirr vom Abendessen abgespült, Moa gemeinsam ins Bett gebracht und noch ein Glas Champagner getrunken und über seine Erfolge und seine Arbeit und die Millionen gesprochen, die ihnen eine Welt voller Möglichkeiten eröffnen.

Er unterdrückt einen Rülpser und sieht aus dem Fenster. Der Winterhimmel ist sternenklar. Über dem Wäldchen am Ende des Viertels tanzen Nordlichter. Viktor sieht ihnen nach. Die Enttäuschung fühlt sich an wie eine Aschewolke in seinem Bauch. Er ist es so leid, verdammt.

Die Stimmung in Anders' Dienstzimmer ist angespannt. Morgan sieht Idun stumm an. Anders ist eindeutig bedrückt.

»Und ihr seid euch ganz sicher, dass ihr nicht anders an Hannes Vinge herankommt?«

Idun zupft ihren schwarzen Lederrock zurecht. Das kurze Jäckchen sitzt straff über den Schultern, und die Strumpfhose ist fürchterlich unbequem – was für eine unsägliche Erfindung.

»Wir haben doch schon darüber geredet. Tareq konnte es ihm nicht abschlagen. Das hier ist unser Weg ins Netzwerk.«

Anders sieht aus, als würde er jeden Moment losheulen. Morgan versucht, ihn zu beschwichtigen.

»Es wird ein großes Fest mit zig Gästen. Mehrere Schwerstkriminelle, aber auch ziemlich viele Trittbrettfahrer und Möchtegerns. Und Prostituierte in großer Zahl.«

Anders sieht ihn skeptisch an. Aus der kleinen schwarzen Handtasche mit Fransen am Gurt zieht Idun einen Lippenstift, den Siv ihr geliehen hat. Mit wenig Routine zieht sie sich die Lippen nach, überprüft ihr Spiegelbild in dem Bilderrahmen an Anders' Bürowand, in dem eine Urkunde bescheinigt, dass er gerade erst dreiundzwanzig Jahre zuvor einen Polizei-Schießwettbewerb gewonnen hat.

Auf dem Schreibtisch gibt Iduns Laptop ein Klingelsignal von sich. Sie drückt auf die Leertaste, und einen Augenblick später ist Tareq auf dem Bildschirm zu sehen. Er steht in seinem Hotelzimmer, hat einen augenscheinlich teuren, figurbetonten grauen Anzug an. Um den Hals trägt er eine übertrieben wuchtige Goldkette. Das Hemd ist oben aufgeknöpft, darunter ist sein dichtes Brusthaar zu erahnen. Der Bart wirkt frisch geölt, die Haare sind akkurat frisiert. In der Hand hält er einen Mantel, von dem Idun weiß, dass er gern in Bekleidungsgeschäften geklaut wird.

Sie lächelt in die Webcam.

»Du siehst aus wie jemand, der ziemlich viel Geld als Dealer verdient hat.«

Tareq erwidert ihr Lächeln und mustert sie.

»Und du siehst aus, als würdest du viel zu wenig verdienen, obwohl du oft anschaffen gehst.«

Idun blickt an sich hinab.

»Lippenstift und Rock sind echt nicht mein Ding. Ganz zu schweigen von hohen Absätzen.«

Sie nickt in Richtung der Lederstiefel, die vor Anders' Schreibtisch stehen, auch wenn Tareq sie nicht sehen kann. Die Stiefel sehen aus, als wären sie mal teuer gewesen, allerdings sind sie inzwischen sichtlich in die Jahre gekommen. Siv hat sie kürzlich erst zu einem schwarzen Bleistiftrock getragen, und als Idun sie damit sah, musste sie unwillkürlich an *Pretty Woman* denken, diesen hoch problematischen Neunzigerjahre-Film, der die Legende befeuert, es gäbe allen Ernstes glückliche Prostituierte.

Sie dreht den Laptop in Anders' Richtung, damit Tareq an ihrem Gespräch teilhaben kann.

»Es könnte sein, dass dich eine mürrische Gefängnisdirektorin namens Sjömark kontaktiert. Wir haben bei unserem Besuch in Haaparanta eine Grenze überschritten, und damit meine ich nicht die Grenze nach Finnland.«

Anders winkt ab.

»Die soll sich nur melden. Aber zurück zum Grund unseres Treffens. Was habt ihr euch überlegt für den Fall, dass es schiefgeht?«

Idun schmatzt mit den rot bemalten Lippen und hat prompt einen künstlichen Geschmack im Mund.

»Es darf einfach nicht schiefgehen. Wir müssen da rein und den Eindruck erwecken, als könnte sich Hannes auf Tareq verlassen. Und dann ziehen wir uns wieder diskret zurück.«

Sie versucht, die Strumpfhose unter dem engen Rock zurechtzuziehen. Calle würde Tränen lachen, wenn er sie so sehen könnte. Nach mehreren Versuchen gibt sie wieder auf.

»Das geht so nicht ... Ich kann mich in diesem Rock nicht bewegen. Und in der Strumpfhose noch viel weniger. Wer bitte schön kommt auf solche Ideen?«

Morgan dreht sich zu ihr um.

»Da liegt noch eine Lederhose in unserem Büro, die Emils Frau dort vor ein paar Wochen vergessen hat.«

Er scheint die merkwürdige Stimmung im Raum gar nicht zu bemerken.

»Ihr dürftet in etwa die gleiche Größe haben, vielleicht ist die Hose an den Hüften ein bisschen weit ... Hast du einen Gürtel?«

Idun bedenkt ihn mit einem dankbaren Blick.

»Ja, hab ich.«

»Na also«, sagt Tareq aus dem Laptoplautsprecher. »Dann sehen wir uns gleich.«

Die Party findet in einer strahlend weiß vertäfelten Villa von mindestens vierhundert Quadratmetern mit zwei runden Türmchen statt. Vor dem Haus befindet sich ein Riesenpool, der unter Garantie das ganze Jahr über beheizt wird. Durch das beschlagene Glasdach sieht das Wasser aus wie eine türkisfarbene Glitzerdecke – und steht damit in starkem Kontrast zu der nachtschwarzen Finsternis, die das verschneite Grundstück umgibt.

Idun parkt ihren Schneescooter an der Mauer, nimmt den Helm ab und sieht zu Tareq, der hinter ihr gesessen hat. Auch er hat den Helm abgenommen, und der Atem bildet vor seinem Gesicht Wölkchen. Idun klappt den Soziussitz hoch und nimmt die Lederstiefel heraus, ehe sie den Scooter-Overall abstreift. Sie bibbert vor Kälte, und ihre Finger sind bereits durchgefroren, als sie die Scooter-Kleidung unter den Sitz legt. Tareq tut es ihr gleich. Mit steifen Fingern knotet er sich die Schuhe. Idun zieht ihr kurzes Jäckchen enger, und dann machen sie sich auf den Weg zum Eingang der Villa. Als sie vom Revier losgefahren sind, waren es minus sechzehn Grad, eigentlich zu kalt, um Scooter zu fahren.

Vor dem Eingang werden sie von zwei muskelbepackten Kerlen empfangen, die beide eine schwarze Jacke und feste Schuhe mit Stahlkappen tragen.

»Name?«

Tareq bleibt auf der untersten Stufe stehen. Die Vordertreppe ist gemauert und ebenso breit wie die grüne Flügeltür, die ins Innere der Villa führt.

»Yassin Farar.«

Der arabische Einschlag ist nicht zu überhören. Idun stellt sich direkt hinter ihn. Einer der Türsteher studiert eine Liste, dann nickt er Tareq knapp zu. Yassin und seine Hure dürfen eintreten.

Idun geht dicht hinter ihm her, hält den Blick nach unten gerichtet, um niemandem ins Gesicht sehen zu müssen. Yassin tritt überheblich auf, sie unterwürfig, eine Strategie, auf die sie sich mit Morgan geeinigt haben, der weiß, wie es in derlei Kreisen läuft. Derjenige, der Geld hat, bestimmt. Alle anderen ordnen sich unter, mal mehr und mal weniger, aber immer entsprechend der finanziellen Lage. Jene, die ihren Körper verkaufen, befinden sich ganz unten in der Hackordnung. Ohne Kohle ist man nichts, weder in Sachen Rang noch Menschenwürde.

Der Eingangsbereich ist riesig, die Decke mindestens vier Meter hoch, überall Einrichtungsgegenstände aus Edelmetallen. Kristallleuchter hängen von der Decke und verbreiten gedämpft warmes Licht. Aus Boxen strömt Musik, die nach oben steigt und sich mit dem Murmeln der Gäste vermischt, die sich in dem offenen Raum bewegen. Es sind mehrere Hundert. An der meterlangen Garderobe hängen unzählige Mäntel und Jacken. Zwei Frauen in engen Kleidern eilen auf hohen Absätzen auf sie zu und fragen, ob sie ihnen mit ihren Jacken behilflich sein könnten. Tareq überreicht seinen Mantel, während Idun den Kopf schüttelt und ihr Jäckchen enger zieht. Dann besinnt sie sich eines Besseren und lässt die Jackenschöße los, damit sie offen herabfallen. Ihre Rolle besteht darin, billig und unsichtbar auszusehen. Sich zu bedecken wäre da die falsche Herangehensweise.

Sie kommen an einem Treppenaufgang vorbei, an dem eine Frau mit einem Tablett steht, und nehmen sich je ein Glas Schampus. Tareq tut so, als würde er einen Schluck nehmen, während Idun sich damit begnügt, das Glas vor sich herzutragen. Sie ist vollauf damit beschäftigt, nicht den Blick schweifen zu lassen und unterwürfig auszusehen, gleichzeitig ihre Umgebung im Auge und den Blick zu Boden gerichtet zu halten. Um sie herum überall Gäste in Feierlaune: Männer in Anzügen oder teuren Jeans und Sakko, Frauen in engen Paillettenkleidern oder Hosenanzügen. Im Licht der Kronleuchter blitzt von billigem Modeschmuck bis zu teuren Klunkern alles Mögliche auf, hier und da auch ein Spitzen-BH aus einem tiefen Ausschnitt.

Tareq und Idun durchqueren einen weiteren großen Raum mit niedrigen Sitzmöbeln und teuren Teppichen. Leute tanzen, plaudern, lachen und knutschen, begleitet von lauter Musik und umweht von süßlichem Cannabisgeruch. Ein jüngerer Mann mit blonden Haaren und wässrigen Augen bleibt vor Tareq stehen.

»Womit hast du deine Kohle verdient?«

Die Frage klingt arrogant, und der berauschte Blick sieht skeptisch aus, auch wenn der Mann nicht imstande ist zu fokussieren. Tareq legt eine Überheblichkeit an den Tag, wie Idun sie noch nie erlebt hat.

»Wer will das wissen?«

Ihr ist warm in der Lederhose, und Idun spürt, wie ihr der Schweiß an den Innenseiten der Schenkel hinabläuft.

»Du bist neu hier.«

Wieder der mit den wässrigen Augen. Tareq antwortet nicht, sieht ihm nur stählern ins Gesicht. Idun würde sich am liebsten umdrehen und Zimmer um Zimmer absuchen, dabei weiß sie genau, dass sie sich hier besser nicht wie eine Polizistin verhält. Wenn nur einer sie enttarnt, ist das Spiel aus.

»Wie kommen Sie darauf, dass ich hier neu wäre?« Tareq klingt amüsiert. Idun presst die Lippen zusammen und atmet durch die Nase. Ihre getuschten Wimpern fühlen sich an, als würden sie wie Blei die Lider beschweren. Die wässrigen Augen blinzeln langsam.

»Weil man hier nicht fragt, wie andere heißen. Bei Vinge fragt man nicht nach Namen.«

Seine Stimme klingt belegt. Tareq rührt sich nicht und scheint nachzudenken. Die wässrigen Augen blinzeln erneut und können nicht fokussieren. Tareq beugt sich zu ihm vor.

»Sie sprechen mich nicht noch einmal an.«

Das wirkt, wenn auch erst zeitverzögert. Der Mann schwankt leicht, fasst sich an die Wange und geht dann an ihnen vorbei in Richtung Eingangsbereich.

Idun und Tareq setzen ihren Weg fort. Sie haben sich zurechtgelegt, dass er für sie bezahlt hat und sie in seinen Besitz übergegangen ist. Er könnte sie jederzeit weiterverkaufen, wenn er will, oder sogar weiterverschenken. Als wäre sie ein Gegenstand.

Je tiefer sie in die Villa vordringen, umso dichter stehen die Gäste beisammen. Sie müssen sich zwischen ihnen hindurchschieben. Die Musik ist ohrenbetäubend laut, und der Fußboden vibriert. Frauen mit gekünsteltem Lächeln und Smokey Eyes schmiegen sich an Männer. Idun würde sich am liebsten gerade aufrichten und ihre Position im Raum behaupten, sie würde sich nur zu gern dieses alberne Jäckchen abstreifen und sich all die

Widerlinge vornehmen, aber so funktioniert es nicht. Sie müssen sich auf Hannes Vinge konzentrieren. Ein paar Tippelschritte weit schließt sie die Augen, klammert sich an Tareqs Hand, bewegt sich langsam hinter ihm her. In Vinges Villa wird gefeiert, gelacht, Geld wechselt den Besitzer ... und es kommt zu Übergriffen. Idun kann die Gewalt förmlich riechen.

Abrupt bleibt Tareq stehen. Er dreht sich um, gibt ihr einen Kuss auf die Wange und schiebt ihr die Hand auf den Hintern. Sie weiß, was das heißt, tritt zurück und bleibt mitten im Raum stehen, der diesen Abend als Tanzfläche dient. Sie sieht Tareq hinterher, der in der Menge verschwindet. Sie selbst dreht sich um und geht in die entgegengesetzte Richtung. Als Prostituierte darf sie hier niemandem Fragen stellen, aber sie kann sich in die Schatten zurückziehen und die Ohren spitzen. Vielleicht gibt es ja jemanden, der ein wenig zu laut ein wenig zu viel plaudert. Sie schiebt sich an einer Gruppe aus Anzugträgern vorbei. Linker Hand tanzen ein paar Frauen, bewegen sich aufreizend, kreisen die Hüften und werfen ihre langen platinblonden Haare zurück.

Idun erreicht die Bar und stellt sich ans Ende, überkreuzt die Knöchel und versucht, sich mit ihrem Champagnerglas in der Hand unsichtbar zu machen. Sie tut so, als würde sie einen Schluck trinken, lässt die tanzenden Frauen nicht aus dem Blick und nimmt dann vorsichtig die restlichen Leute in Augenschein. Allein hier dürften es knapp zweihundert Leute sein. Das Licht ist golden, die Luft warm, wenn auch nicht annähernd so stickig wie draußen im Eingangsbereich. Unaufhörlich dröhnt Musik aus den Boxen. Auf einer Chaiselongue am anderen Ende der Bar liegt ein Mann zwischen zwei paillettenfunkelnden Frauen. Er hat sein Sakko abgelegt, Hose und Hemd aber noch an, trotzdem ist seine Erektion deutlich zu sehen.

Es sind mehr Frauen als Männer im Raum, die Stimmung ist ausgelassen, ein Schlager aus den Achtzigern wird gespielt, und ein paar Männer am Eingang grölen lautstark mit. Ein Glas zerschellt am Boden, und irgendwer applaudiert. Eine Frau klettert auf einen Barhocker, tanzt aufreizend mit weit ausholenden Bewegungen. Ein dicker Mann zerrt sie wieder nach unten, und sie fangen augenblicklich an zu knutschen.

Idun stellt ihr Glas auf den Bartresen, bewegt sich diskret auf die rückwärtige Wand zu und kommt an zwei Frauen vorbei, die so betrunken sind, dass sie kaum noch gerade stehen können. Dann sieht sie sie.

Abrupt bleibt sie stehen.

Sie sind zu viert, stehen nebeneinander an der hinteren Wand, sind in dunkle Anzüge gekleidet, haben Sender im Ohr und lassen den Blick durch den Raum schweifen. Idun ahnt intuitiv, dass sie nach jemandem Ausschau halten, sie kann es ihnen an den Augen und an der Kopfhaltung ansehen. Sie neigt den Kopf, späht unauffällig zu ihnen hinüber, ist jederzeit bereit, wieder wegzusehen, falls einer von ihnen ihren Blick auffangen sollte. Einer der Typen sagt etwas zu seinem Nebenmann, der hebt die Hand an den Sender im Ohr, sagt ein paar Worte in Richtung Schulter oder vielmehr in Richtung Überwachungszentrale, wie Idun vermutet. Womöglich haben sie sogar einen direkten Draht zu Hannes persönlich. Die Sakkos sind zugeknöpft, trotzdem kann Idun sehen, dass sie bewaffnet sind. Schulterholster unter engen Anzügen und Oberkörper, die nach Nahkampftraining aussehen.

»Wärst du zu haben?«

Eine Stimme von rechts. Widerwillig reißt sie den Blick von den vier Männern los, dreht den Kopf und sieht in ein blutunterlaufenes Augenpaar. Er hat rote Haare, einen rötlichen Schnauzbart, die Wangen sind von zu wenig Schlaf und zu viel Feierei aufgedunsen.

»Und – bist du zu haben?«

Leicht schwankend glotzt er ihr ins Dekolleté, ehe er ihr träge ins Gesicht sieht. Sie schüttelt den Kopf.

»Bin schon gebucht.«

Sie will sich schon wegdrehen, weil sie davon ausgeht, dass dieses Gespräch vorbei ist, doch der Mann mit dem Schnauzbart gibt noch nicht auf.

»Kann er nicht teilen?«

Er klingt wie ein trotziges Kind.

»Nein. Mein Kunde teilt nicht gern.«

Kunde. Nicht Freier. Da war Morgan deutlich.

Der Mann stützt sich an der Wand ab. Er ist sturzbetrunken, und Idun macht einen Schritt von ihm weg. Wenn er jetzt umkippt, erregen sie Aufmerksamkeit. Ohne ein weiteres Wort lässt sie ihn stehen, bewegt sich von der Bar weg, schiebt sich an einem kreischenden Vierergrüppchen vorbei und spürt den nachtkalten Windzug von draußen, als sie an zwei Fenstern vorübergeht.

Dann entdeckt sie am anderen Ende des Raumes Tareq, der durch eine Tür kommt. Er bewegt sich langsam und hat die Hände entspannt in die Taschen geschoben. Sein Bart schimmert, die dunklen Augen scheinen nach etwas zu suchen. Idun ist sich nicht sicher, ob sie es ist, macht einen Schritt auf die Tanzfläche, überlegt noch, ob sie ihm entgegengehen soll, als sie aus dem Augenwinkel eine Bewegung wahrnimmt. Sie sieht, wie die vier Security-Typen ihren Posten an der Wand verlassen und koordiniert und mit starrem Gesichtsausdruck in Tareqs Richtung gehen. Ihre Hände ruhen an den Seiten, als wären sie auf halbem Weg zu den Holstern. Idun folgt ihrer Blickachse und ist sich sicher, dass sie es auf Tareq abgesehen haben, und dann sieht sie, dass er es ebenfalls bemerkt hat. Ohne nachzudenken, schiebt Idun die Hand an ihre Gesäßtasche und tastet über ihr Handy.

Die Typen haben Tareq erreicht. Der vorderste legt ihm eine Hand an die Schulter, beugt sich vor und raunt ihm etwas ins Ohr. Tareq hört zu, und Idun hält den Atem an, wird von Tänzern auf die Tanzfläche geschubst und versucht verzweifelt zu erkennen, ob sie Alarm schlagen muss oder nicht.

Dann sieht Tareq hoch. Er fängt ihren Blick auf – und es dauert nur einen Wimpernschlag, aber der reicht, damit sie versteht, was sie tun soll. Nämlich nichts. Er will, dass sie stillhält.

Idun steht wie versteinert da, während die vier Security-Typen und Tareq durch den hinteren offenen Durchgang verschwinden.

Idun verlässt den großen Raum. Sie schiebt sich quer durch die Eingangshalle in Richtung des breiten Treppenaufgangs. Sie bemüht sich, entspannt dreinzublicken, spürt aber, wie ihr der Schweiß über den Rücken strömt, als sie sich ein Stück aufrichtet und sich umsieht. Von Tareq nirgends eine Spur. Sie weicht ein paar Männern aus, die komplett unrhythmisch vor sich hin tänzeln, und legt die Hand ans Geländer. Dann macht sie sich – wesentlich langsamer, als ihr lieb ist – auf den Weg in den ersten Stock. Der obere Flur ist verwaist, allerdings stehen zwei Zimmertüren offen, und aus einem der Räume sind Stimmen zu hören. Von unten dröhnt die Musik herauf und legt sich wie ein Schleier aus Lautstärke über ihre Ohren. Sie blickt zurück zur Gästeschar und hält nach Tareq Ausschau, aber es scheint zwecklos zu sein. Er ist nirgends zu sehen.

Eine Bewegung am Rand ihres Sichtfelds weckt ihre Aufmerksamkeit. Direkt unter ihr am Fuß der Treppe stehen zwei Männer und sehen hoch zu ihr. Sie sind teuer gekleidet und haben statt eines Senders im Ohr je ein Sektglas in der Hand. Sie haben den Kopf leicht in den Nacken gelegt und lassen sie nicht aus den Augen. Idun tut so, als würde sie den Blick über den Eingangsbereich schweifen lassen, lächelt und winkt jemandem, der gar nicht da ist. Dann sieht sie flüchtig zurück zu den Männern, die denken sollen, sie hätte sie bloß beiläufig mit dem Blick gestreift. Der eine lächelt sie an, sagt etwas zu seinem Kompagnon, seine Lippen bewegen sich, allerdings ist über die laute Musik hinweg kein Ton zu hören. Der andere antwortet. Dann kommen sie die Treppe herauf.

Verdammt.

Idun dreht sich um. Hinter ihr befindet sich eine geschlossene Tür mit einem WC-Schild. Dort könnte sie sich einschließen – aber was dann? Was, wenn die beiden anklopfen? Den ganzen Abend dort drinzubleiben ist keine Option, das würde viel zu viel Aufmerksamkeit erregen. Aber die Tür zu öffnen und zwei Männer einzulassen, die glauben, man stünde für Geld parat, steht genauso wenig zur Debatte. Morgan hat sie ausdrücklich gewarnt und ihr eingebläut, sich von Männergruppen fernzuhalten, gerade in einer Umgebung, aus der sie sich nicht ohne Weiteres befreien kann.

Sie dreht sich um in Richtung Flur, kommt am ersten Schlafzimmer vorbei und wirft einen flüchtigen Blick hinein. Es ist leer. Das nächste Schlafzimmer – die Momentaufnahme einer nackten Frau, die auf einem Doppelbett einen Mann reitet. Idun sieht starr nach vorn und hört über ihren Puls hinweg, der bis hinauf in den Kopf hämmert, keine anderen Geräusche mehr. Sie schließt den Mund, atmet durch die Nase, konzentriert sich darauf, Sauerstoff in ihren Körper zu pumpen. Sie ist Idun fucking Lind, wie Calle immer gesagt hat. Sie schafft das hier.

Am Ende des Flurs steht sie vor einer geschlossenen Tür. Sie wirft einen Blick über die Schulter, ahnt, dass die beiden Männer im nächsten Moment den Treppenabsatz erreichen, drückt die Klinke nach unten, huscht durch den Türspalt und schiebt die Tür hinter sich zu.

Im Schloss steckt ein Schlüssel, doch wenn sie jetzt abschließt, verrät sie nur, wo sie hingeflüchtet ist. Hektisch sieht sie sich um. Ein Balkon, der im Dunkeln liegt. Im fahlen Licht der Fassadenbeleuchtung wirft das Metallgeländer Schatten. Sie eilt um das Doppelbett herum, und gerade schießt ihr durch den Kopf, dass dies hier das Schlafzimmer der Vinges sein dürfte, als sie Stimmen vom Flur hört und in das Ensuite-Bad hinter dem Bett huscht. Sie schließt die Tür, macht Licht, sieht sich um, entdeckt einen deckenhohen Schrank links neben der verglasten Duschkabine. Sie reißt einen Wäschekorb mit Deckel dahinter hervor, stellt ihn neben die Dusche, schaltet das Licht wieder aus und tastet sich vorsichtig in Richtung Schrank. Die Nische dahinter ist schmal, aber wenn sie sich auf die Zehenspitzen stellt, passt sie gerade so hinein. Sie streckt sich nach dem Wäschekorb aus, streift ihn mit den Fingerspitzen, zieht ihn näher und hofft inständig, dass der Korb verhindert, dass jemand annimmt, sie könnte sich hinter dem Schrank verstecken. Sie presst sich so tief in die Nische wie nur möglich, hat plötzlich Schwierigkeiten zu atmen, glaubt, dass es an der Enge liegt, ist sich aber nicht sicher. In der Gesäßtasche steckt ihr Prepaid-Handy. Wadenseitig über dem Knöchel hat sie eine kleine Schusswaffe befestigt. Keine Chance, an sie heranzukommen – sie steckt zwischen Schrank und Wand regelrecht fest. Idun atmet durch die Nase, versucht zu überlegen, was am besten wäre, wenn sie sich verteidigen müsste: die Angreifer durch einen Schuss unschädlich machen oder gleich töten? Wenn es zu einem dieser Szenarien kommt, hat sie nur wenige Minuten für die Flucht aus der Villa. Sie kann unmöglich Siv anrufen und Verstärkung anfordern. Und was wird aus Tareq, sobald es Hannes Vinges Handlangern dämmert, dass Yassin Farars Hure hier herumläuft und Leute abknallt?

Als Idun hört, wie die Badezimmertür aufgeht, schließt sie die Augen. Durch ihre Lider hindurch sieht sie, dass das Deckenlicht angeht.

Tareq steht in einer Bibliothek mit dunklen Regalen und alten Büchern. Die Männer von der Security haben ihm lediglich knapp mitgeteilt, dass Hannes Vinge mit ihm sprechen will. Nachdem sie ihm einen der Sessel gewiesen haben, haben sie ihn wieder allein gelassen.

Minuten verstreichen. Tareq bemüht sich, entspannt auszusehen und sich die Aufregung nicht anmerken zu lassen. Er ahnt, dass er beobachtet wird. In einer Ecke hängt direkt unter der Decke eine Überwachungskamera, die auf die Sitzgruppe gerichtet ist.

Zu einer Seite befindet sich eine deckenhohe Fensterfront. Dahinter schillern klargrüne Nordlichter.

Die Tür geht auf, und einer der Männer kommt zurück. Hinter ihm her geht Vinge. Er trägt einen weißen Anzug und ein grünes Hemd. Er blickt verkniffen drein, und zwischen den Augenbrauen verläuft eine senkrechte Falte. Er setzt sich Tareq gegenüber, schlägt die Beine übereinander und verschränkt die kleinen Hände über dem Knie.

»Yassin Farar.«

Tareq reagiert mit einer minimalen Geste.

»Hannes Vinge.«

»Sie haben Ihr Wort gehalten.«

»Ich halte immer mein Wort. Aber ich frage üblicherweise keine zwei Mal.«

Hannes zieht das Kinn in Richtung Brust.

»Und ich mache keine Geschäfte mit Leuten, denen ich nicht vertraue.«

Der Security-Mann ist an der Tür stehen geblieben. Tareq unterdrückt den Impuls, dort hinzusehen.

»Erzählen Sie mir, wie Sie sich den Deal vorstellen.«

Hannes sagt es, als ginge es um einen Gebrauchtwagen. Er stützt den Ellenbogen auf der Armlehne auf und legt sich zwei Finger an die Schläfe. Die Haut um das Auge verzieht sich.

»Die Ware kommt frühestens am nächsten Freitag und spätestens am Sonntag im Hafen in Malmö an. Die Sicherheitsvorkehrungen dort sind rigoros, und ich gehe gewiss kein Risiko ein, indem ich genauere Zeitangaben mache.«

Hannes hört schweigend zu.

»Dann dauert es ein, zwei Tage, um sie hier hoch zu transportieren, je nachdem, welche Strecke meine Leute fahren. Wir haben Maulwürfe bei der Polizei.«

Er sieht, dass Hannes' Blick sich minimal verändert.

»So viele, dass Sie zwei Drittel des Landes abdecken? Sie werden mir nachsehen, dass ich das nicht glaube.«

Hannes sieht zu seinem Leibwächter an der Tür und schnaubt vernehmlich. Der Typ antwortet, indem er süffisant seufzt und dann zum Fenster schlendert, wo er sich anlehnt. Tareq antwortet mit nüchterner Stimme.

»Wir decken nicht zwei Drittel des Landes ab. Wir decken das ganze Land ab.«

Sein Akzent wird stärker. Er könnte selbst nicht recht sagen, ob das eine bewusste Entscheidung war. Hannes trommelt sich mit den Fingern auf die Schläfe.

»Davon hätte ich längst erfahren. Sie können das Land gar nicht kontrollieren, ohne dass ich davon wüsste, das ist unmöglich.«

Er ist eindeutig misstrauisch. Als Tareq fortfährt, ist er sich im Klaren darüber, dass er sich auf dünnem Eis bewegt. Anders wird durchdrehen, aber Tareq ist es gewöhnt, über Grenzen zu gehen – genau wie er Chefs gewöhnt ist, die sauer werden.

»In dieser Woche kommt es zu einem umfangreichen Polizeieinsatz. Außerhalb von Umeå – direkt nördlich der Stadt. Drei Stunden lang wird jeder einzelne Lkw in Richtung Norden kontrolliert. Die Polizei Sundsvall hat da etwas verlauten lassen. Dort vermuten sie, dass Waren über ihren Hafen geschleust und dann in Richtung norwegische Grenze verbracht werden sollen.«

Hannes sieht ihn unverwandt an.

»Warum Richtung norwegische Grenze?«

»Weil das der einfachste Weg nach Norwegen ist.«

Hannes muss lachen, kneift dann aber die Lippen zusammen. Ihm ist deutlich anzusehen, dass es in ihm arbeitet.

»Ich wäre beeindruckt, wenn es Ihnen gelingen würde, Waren nach Norwegen einzuführen – über die bestgesicherte Grenze Europas.«

»Ich bin ein beeindruckender Mann.«

»Und wann soll diese Aktion in Umeå stattfinden?«

»Am Montag.«

»Wann genau?«

»Nachmittags. Um 14:00 Uhr geht es los.«

Den Zeitpunkt muss er sich unbedingt merken. Hannes nickt anerkennend.

»So kalkulieren Sie die Fahrt aus Sundsvall mit ein. Das Schiff legt zeitgleich mit anderen Frachtern an, was clever ist, wenn man in der Menge verschwinden will.«

Tareq lässt ein paar Sekunden länger verstreichen als nötig – gerade so viele, dass Hannes ihm zuvorkommen kann.

»Sind Sie verheiratet?«

Mit dieser Frage hat er nicht gerechnet. Tareq blinzelt, ist sich im Klaren darüber, dass er besser nicht die Wahrheit sagen sollte, gleichzeitig wird es bei zu vielen Lügen schwieriger, den Überblick zu behalten.

»Ja.«

Hannes nickt.

»Ich auch.«

Tareq sieht hinüber zum Leibwächter, zurück zu Hannes und bemerkt unterdessen, dass die Fenster sich nach innen öffnen.

»Ich schlage vor, Sie überprüfen meine Angaben, was die Razzia am Montag angeht. Ich melde mich nächste Woche bei Ihnen. Wenn Sie auf mein Angebot eingehen wollen, dann handeln wir etwas aus. Wenn Sie nicht interessiert sind, sagen Sie einfach Nein. Ich habe wie gesagt noch andere Käufer.«

Jetzt ist Hannes an der Reihe, aus dem Fenster zu sehen. Er lässt sich Zeit.

»Wie kommt's, dass Sie ausgerechnet an mich verkaufen wollen?«

Tareq unterdrückt den Impuls zu schlucken.

»Weil Sie einen höheren Umsatz haben als andere. Ich mache gern Geschäfte, aus denen sich eine längere Zusammenarbeit ergibt. Mir ist die lange Sicht lieber als einmalige Deals.«

Hannes sieht Tareq feindselig an.

»Sie kennen meinen Umsatz nicht, das ist unmöglich. Es sei denn, Sie sind nicht derjenige, der Sie zu sein behaupten.«

Aus dem Augenwinkel sieht Tareq, wie der Security-Mann sich aufrichtet.

»Ich weiß sehr wohl, was Sie für einen Umsatz machen, weil ich Kontakte zur Polizei habe. Checken Sie diese Sache am Montag. Wenn keine Razzia erfolgt, habe ich Sie an der Nase herumgeführt. In dem Fall können wir für immer Feinde sein – mir dürfte das letztlich egal sein.«

»Wenn Ihnen das egal ist, dann sind Sie geisteskrank.«

Die Drohung ist unmissverständlich. Bedächtig steht Tareq auf. Der Leibwächter reagiert sofort, steht binnen zwei Sekunden bei seinem Chef, doch Hannes hebt nur die Hand und gebietet ihm wortlos Einhalt. Tareq steht breitbeinig vor Vinge.

»Nennen Sie mich meinetwegen geisteskrank. Aber es ist nun mal so, dass ich der Beste auf meinem Gebiet bin, und glauben Sie mir …«

Er senkt die Stimme und sieht auf Hannes hinab, der seelenruhig dasitzt. Tareqs Akzent färbt jede einzelne Silbe ein.

»Wenn Sie mir noch einmal drohen, dann betrachten Sie mein Angebot als nichtig. Ich verkaufe die Ware weiter, und Sie stehen für alle Zeit auf meiner schwarzen Liste. Auf meiner und den Listen meiner Konkurrenten. Für die arabische Geschäftswelt sind Sie gestorben.«

Hannes verzieht keine Miene, doch in seinen Blick schleicht sich ein Hauch Faszination.

»Wir sehen ja am Montag, ob Sie der sind, für den Sie sich ausgeben. Wenn Sie mir Märchen erzählen, dann stehen Sie auf der schwarzen Liste.«

Tareq schiebt die Hände in die Taschen und grinst schief hinter seinem Bart.

»Es wird mir ein Vergnügen sein, mit Ihnen Geschäfte zu machen, Hannes Vinge.«

Hannes steht auf. Der Security-Mann legt die Hand ans

Holster, Tareq bemerkt es, doch sein Blick verharrt weiter auf Hannes. Dann streckt er die Hand aus. Hannes ergreift sie, und sein Handschlag ist überraschend fest.

»Das werden wir ja sehen.«

Tareq nickt zum Abschied.

»Das werden wir sehen.«

Idun presst sich so dicht an die Wand wie nur möglich. Sie ist nicht mehr allein im Badezimmer. Sie hört Schritte auf dem Fliesenboden, jemand hustet – ein Mann –, und sie versucht zu hören, wo im Zimmer er sich befindet. Der Wasserhahn wird aufgedreht. Sie versucht, strategisch zu denken. Sie ist geübt in Selbstverteidigung, weiß genau, wie sie sich aus einer Bedrohungslage befreien kann, doch aus ihrem beengten Versteck hinter dem Schrank kann sie sich unmöglich geschickt hinausbewegen.

Das Wasserrauschen verebbt, und die Schritte entfernen sich. Idun bleibt, wo sie ist, überlegt, aus ihrem Versteck zu schlüpfen und die Waffe zu ziehen. Allerdings weiß sie nicht, wie viele es sind, vielleicht ist der Mann allein, aber bewaffnet, vielleicht sind es mehrere mit ein und derselben Verachtung für Frauen, wie sie auch der Hausbesitzer an den Tag legt. Sie ist sich fast sicher, dass es die beiden von der Treppe sind, aber das bedeutet nicht, dass es inzwischen nicht mehr geworden sein könnten. Sie weiß lediglich mit Gewissheit, dass Hannes Vinge wohl kaum Freunde haben dürfte, die Frauen im Allgemeinen und Prostituierte im Speziellen hoch schätzen. Und an diesem Abend spielt Idun ausgerechnet eine Prostituierte – und die hat keinerlei Rechte. An diesem Abend dürfen Männer mit ihr machen, was immer sie wollen.

Die Deckenlampe erlischt, doch die Tür bleibt offen stehen. Idun sieht es an dem schwachen Schein, der durch den Spalt fällt. Sie spitzt die Ohren, versucht zu hören, ob die Männer gegangen sind, als sie wie befürchtet gedämpfte Stimmen aus dem Schlafzimmer hört. Sie sind zu zweit, der eine hat einen finnischen Zungenschlag, der andere spricht breites Norrländisch. Idun muss sich konzentrieren, um sie zu verstehen.

»Wo zur Hölle ist sie hin?«

Der Mann mit dem finnischen Akzent.

»Keine Ahnung. Aber du bist sicher, dass sie nicht mit in dem anderen Zimmer war?«

Der Norrländer. Er meint das Nachbarzimmer, in dem das Pärchen Sex hatte. Womöglich glaubt er, dass Idun sich ihnen dort angeschlossen hat.

Der Finne antwortet, allerdings versteht Idun kein Wort. Sie streckt sich, versucht, sich zur Seite zu lehnen, um vielleicht so an ihre Pistole zu kommen, doch es funktioniert nicht.

»Ich weiß genau, dass ich sie schon mal gesehen habe.« Der Finne. »Keine Ahnung, wo, aber ich kenne sie.«

»Vielleicht hast du sie mal gefickt«, antwortet der Mann mit dem norrländischen Akzent.

Gelächter. Idun streckt den Rücken durch, es zieht schon im Kreuz.

»*Saatana perkele* ... Ich hab sie nicht gefickt, nur gesehen. Aber ich weiß verdammt noch mal nicht mehr, wo.«

Irgendetwas klappert im Schlafzimmer. Der Finne hat Idun wiedererkannt – vielleicht hat er sie an der Bar im Hackes gesehen? Sie erschaudert. Was ist mit Tareq? Ist er enttarnt worden? Sucht er bereits nach ihr? Warum sind die Männer ihr nach oben gefolgt?

Eine Tür geht auf, womöglich die Zimmertür, Idun weiß es nicht sicher. Doch dann verschwinden die Stimmen im selben Maße, wie die Musik laut wird. Die gesamte Geräuschkulisse verändert sich, und dann wird es mit einem Knall wieder leise. Sie müssen das Zimmer verlassen und die Tür hinter sich zugeschlagen haben.

Idun bleibt noch kurz hinter dem Schrank stehen. Sie muss von hier weg, aus dem Bad, aus dem Zimmer, zurück ins Erdgeschoss. Sie muss nach Tareq sehen und ihm erklären, dass das hier nicht funktionieren wird, dass sie Hannes nicht täuschen können. Wie konnte Tareq nur auf die Idee kommen.

Sie schiebt sich aus ihrem Versteck, rückt den Wäschekorb beiseite, schleicht zur Tür. Das Schlafzimmer liegt im Dunkeln, eine einsame Tischleuchte am Fenster verbreitet einen weichen Schimmer über dem Bett. Auf leisen Sohlen huscht sie zur Tür, legt das Ohr ans Türblatt und lauscht. Außer der Musik aus dem Erdgeschoss ist dort draußen kein Mucks zu hören. Der Bass vibriert durch Wände und Boden.

Vorsichtig zieht sie die Tür auf, und im selben Moment schießt ihr durch den Kopf, dass sie die Waffe ziehen sollte, andererseits will sie keine Aufmerksamkeit erregen. Eine Hure mit einer Pistole wäre eine heikle Angelegenheit.

Der Flur ist leer. Idun verlässt das Zimmer und will gerade die Tür hinter sich zuziehen, als jemand dahinter hervortritt. Sie erstarrt, schnappt panisch nach Luft, und ihr dämmert, dass sie in die Falle getappt ist.

»Da bist du ja.«

Idun starrt in ein stark geschminktes Augenpaar.

»Du bist nicht sonderlich gut darin, dich hier unter die Leute zu mischen, sofern ich Kritik an einer Gesetzeshüterin üben dürfte. Aber das darf ich womöglich, immerhin ist dies hier mein Haus, oder nicht?«

Die Frau spricht leise, aber nachdrücklich. Idun kriegt keine Luft mehr. Die geschminkten Augen huschen in Richtung Treppe.

»Wir können nicht hierbleiben.«

Idun antwortet nicht.

Die Frau sieht sie forschend an.

»Weißt du gar nicht, wer ich bin?«

Langsam holt Idun Luft durch die Nase. Natürlich weiß sie, wer die Frau ist, sie kennt sie von Fotos, sowohl aus den Medien als auch aus Polizeiakten.

»Ich weiß, wer Sie sind.«

Die rußschwarzen Augen sehen sie auffordernd an.

»Sie sind Mia Vinge, Hannes' Ehefrau.«

»Hier können wir jedenfalls nicht stehen bleiben.«
Idun zögert.
»Ich war gerade auf dem Weg nach unten.«
Mia bedenkt sie mit einem verächtlichen Blick. Dann spürt Idun, wie jemand sie am Handgelenk packt, sie blickt nach unten, sieht Mias riesigen Diamantring am Finger und dünne Goldreifen um deren Handgelenk.
Idun zögert noch immer. Was ist hier los? Ist das hier die Falle? Sie strafft die Schultern, presst die Lippen zusammen und schiebt das Kinn vor.
»Wovon reden Sie?«
Sie klingt absolut unglaubwürdig. Mia geht nonchalant darüber hinweg.
»Wir gehen wieder ins Schlafzimmer.«
Idun will schon protestieren, vorbringen, dass sie verabredet und nicht zu haben ist, als Mia weiterspricht.
»Ich weiß genau, wer du bist, Idun. Beeil dich, los, ins Schlafzimmer, und dann sehe ich nach, ob die Luft rein ist.«
Mit einem Mal dämmert es ihr.
»Sie sind auf unserer Seite?«
Mia schiebt die Schlafzimmertür auf.
»Los!«
Trotz der lauten Musik hört Idun Schritte von der Treppe. Eilig schlüpft sie an Mia vorbei ins Schlafzimmer,

stellt sich an die rückwärtige Wand und sieht zur Balkontür. Wenn sie raus soll, dann wäre das der einfachste Weg. Sie hofft nur, dass unter dem Balkon genügend Schnee liegt, loser Pulverschnee, damit sie sich nicht das Genick bricht, wenn sie unten aufschlägt.

Mia schiebt die Tür ins Schloss.

»Versteck dich!«

Leise schleicht Idun um das Doppelbett herum, huscht in das dunkle Bad, presst sich abermals zwischen Schrank und Wand. Im nächsten Moment hört sie ein leises Klopfen, und sie spitzt die Ohren.

»Ja?«

Mias Stimme. Eine Tür geht auf, und schwaches Licht fällt über den Fliesenboden. Was dann kommt, klingt unüberhörbar verwundert.

»Mia? Wir hatten jemand anderen erwartet.«

Der Finne. Sie müssen kehrtgemacht haben und weiter nach ihr suchen.

»Was soll das heißen – wen den? Soweit ich weiß, sind Hannes und ich die Einzigen, die dieses Schlafzimmer benutzen.«

Idun kneift die Augen zu, um sich besser konzentrieren zu können. Einer der Männer räuspert sich, und dann erhebt der mit dem norrländischen Singsang das Wort.

»Wie suchen eine der Nutten, die nach hier oben gelaufen ist. Gäste haben hier nichts verloren, du weißt, dass Hannes so etwas nicht gutheißt.«

Ein paar Sekunden Stille.

»Hier ist aber niemand. Und jetzt verschwindet wieder, ich will mich nur umziehen und dabei ungern gestört werden.«

Doch der Finne ist hartnäckig.

»Wir bleiben vor der Tür. Damit keiner reinkommt.«
Mia schnaubt.
»Wenn sich hier irgendwelche Nutten herumtreiben, dann kümmert euch gefälligst darum. Hannes ist in einer Besprechung, durchsucht die anderen Zimmer, los!«
Die beiden Männer murmeln eine Antwort. Es rumst dumpf, als die Tür ins Schloss fällt, dann ist es wieder still. Nach einer Weile hört Idun Mias Stimme.
»Du kannst wieder rauskommen.«
Idun schiebt sich aus der Nische. Mit den Fingerknöcheln massiert sie sich den unteren Rücken und verlässt das Bad. Mia sitzt auf der Bettkante.
»Ich weiß, dass du Polizistin bist.«
Idun bleibt reglos stehen. Hannes' Frau zuckt mit den Achseln.
»Ist wohl nur recht und billig. Du weißt, wer ich bin, und ich weiß, wer du bist.«
Idun wartet auf die Fortsetzung.
»Die Frage ist nur, ob du weißt, *was* ich bin?«
Idun nickt, obwohl ihr Bauchgefühl ihr sagt, sie sollte sich auf kein Gespräch einlassen.
Mia seufzt. Sie klingt niedergeschlagen.
»Ich bin jetzt schon seit einigen Jahren mit Hannes zusammen. Dass irgendwer seine Organisation unterwandert, ist seine größte Angst – der größte Verrat, den man an ihm begehen kann.«
Sie sieht Idun direkt ins Gesicht.
»Und ich bin eine Verräterin. Oder Informantin, wie es bei euch wohl heißt.«
Idun denkt fieberhaft nach. Ist das hier eine Art Test?
»Ich weiß immer noch nicht, wovon Sie reden.«
Sie klingt aufrichtig, und das, obwohl sie eben erst ge-

nickt hat. Aber ihr ist auch klar, dass Lügen keine gute Idee mehr ist. Wenn dies hier ein Test und Mia darauf aus ist, Idun zu Fall zu bringen, dann ist es ohnehin zu spät. Sie hat nur noch eine Chance: über den Balkon in den Schnee zu springen. Gleichzeitig ist da etwas in Mias Blick, was Idun beruhigt. Sie ist nicht mehr instinktiv nervös, der Raum fühlt sich sicher an, als würden die beiden ein Geheimnis teilen. Normalerweise kann sich Idun auf ihr Bauchgefühl verlassen, auch wenn ihr Kopf gerade etwas anderes sagt. Ein komisches Gefühl.

Mia blickt auf die Tagesdecke und streicht mit der Hand darüber.

»Ich muss Hannes verlassen.«

Idun ahnt, dass Mia noch mehr auf dem Herzen hat.

»Dieses Haus habe ich eingerichtet. Die Kronleuchter sind aus Südafrika, die meisten Möbel aus Italien oder Mexiko. Ich mag keinen Stilmix, wir haben eine klare Linie, einheitliches Holz, handgewebte Stoffe. Unsere Häuser sind wichtig für mich.«

Idun ist sich nicht sicher, worauf Mia hinauswill. Hannes' Frau blickt auf. In ihrem Augenwinkel klebt ein Krümel Wimperntusche.

»Das meiste hab ich mit dem Geld gekauft, das er mit Trafficking verdient. Hannes verkauft Frauen, die teils so jung sind, dass sie nicht mal die Pubertät erreicht haben.«

Jungfrauen. Männer bezahlen das Zehnfache, um der Erste zu sein, der eine Jungfrau vergewaltigen darf.

»Anfangs waren es Drogen. Damit konnte ich leben – immerhin kaufen die Junkies ihren Stoff aus freien Stücken. Aber die Frauen? Die wollen das nicht, das kann ich dir versichern.«

Idun atmet langsam und bedächtig, und ihr schießt

durch den Kopf, dass ja wohl die wenigsten Junkies freiwillig der Sucht verfallen.

Mia massiert sich die Nasenwurzel.

»Ich halte das nicht mehr aus. Wir leben dieses Luxusleben auf Kosten anderer. Ich schäme mich dafür. Ich schäme mich so sehr ...«

Sie blickt abermals auf, und Idun sieht die Verzweiflung in ihren Augen.

»Und deshalb wollen Sie mir jetzt helfen? Um zu verhindern, dass Hannes so weitermacht?«

Mia steht auf.

»Du bist doch nur deshalb hier, weil ihr vor einem Durchbruch steht, oder nicht?«

Idun zögert ihre Antwort hinaus.

»Das hoffen wir.«

»Und jetzt sind Hannes' Leute dir auf den Fersen? Weil sie glauben, dass du eine Prostituierte bist, die hier ein bisschen herumschnüffelt?«

Idun antwortet nicht. Mia sieht an ihr vorbei zur rückwärtigen Wand, vor der ein riesiger Kleiderschrank steht.

»Bist du allein hier?«

Idun sieht sie bloß an. Mia nickt beifällig.

»Hab ich mir auch nicht gedacht. Dieser dunkle Typ mit dem Bart, was? Er ist dein Kollege.«

Auch darauf antwortet Idun nicht.

»Was wollt ihr wissen?«

Idun holt tief Luft. Sie weiß, dass sie ein Risiko eingeht, aber womöglich ist dies ihre einzige Chance.

»Wir brauchen Informationen zu ein paar Bordellen. Die genauen Adressen.«

Mia streicht sich über die Lippen.

»Natürlich. Ihr wollt Hannes den Hahn abdrehen. Damit er unter Druck gerät und den Deal mit deinem Kollegen eingeht.«

Idun kann nicht umhin, diese Frau zu bewundern. Mia Vinge hat zweifelsohne einen Überblick über die Geschäftslage.

»Von Hannes' Leuten wird keiner mit euch reden. Die wissen, dass das ihr Todesurteil wäre.«

»Aber das gilt nicht für Sie.«

Ein Schatten huscht über Mias Gesicht.

»Das gilt nicht für mich. Allerdings hab ich nur wenig Detailwissen ... Ich habe mich immer aus allem herausgehalten. Und das bereue ich auch nicht.«

Idun nickt. Sie ahnt, dass sie Emils Kontakt vor sich hat, und plötzlich hat sie ein mulmiges Gefühl. Irgendwas sagt ihr, dass Mia ihr gerade nicht die ganze Wahrheit erzählt.

»Wir hoffen, dass die Razzia zum Erfolg führt. Oder zumindest seinen Zugriff auf Frauen verringert ... und Ihren Mann somit zwingt, einen neuen Deal einzugehen.«

Mia nestelt an ihrem Diamantring und nickt nachdenklich.

»Das könnte sogar funktionieren. Außerdem wird er nervös, wenn er Leute einbüßt. Es gibt zwar immer genug, auf die er zurückgreifen kann, aber eingearbeitete Leute zu verlieren ist anstrengend, besonders wenn sie in diesem Bereich arbeiten.«

Sie geht auf die rückwärtige Wand zu und drückt auf einen Schalter. Ein leises Surren setzt ein, die Schranktüren gleiten auf und verschwinden in der Wand. Sie dreht sich zu Idun um.

»Du musst jetzt verschwinden, und so kannst du nicht wieder gehen. Sie haben unter Garantie deine Beschreibung durchgegeben. Außerdem müssen wir einen Weg finden, dass dein Kollege ohne dich von hier abhaut. Du selbst verschwindest jetzt gleich, kommst aus diesem Schlafzimmer als eine andere Person, als eine andere Hure.«

Idun tritt an den Schrank. Kleider, Hosenanzüge und Blazer in akkuraten Reihen. Es dürften allein hundert Blusen sein. Schuhe in sämtlichen Farben und Formen stehen auf einem Regalbrett und sind nach Höhe der Absätze sortiert.

»Aber kriegen Sie mich denn hier rausgeschleust?«

Mia nickt vielsagend auf ihre Garderobe.

»Das kriegen wir schon hin. Allerdings nur unter einer Bedingung.«

Idun sieht sie aufmerksam an.

»Wenn du gehst, bekommst du drei Adressen von mir. Adressen von Wohnungen, in denen Frauen festgehalten und bewacht werden. Ich kümmere mich um weitere Beweise für Hannes' Geschäfte – welche das sind, kann ich jetzt noch nicht sagen, aber es wird schon reichen.«

Idun steht mucksmäuschenstill da.

»Im Gegenzug haltet ihr mich aus der Ermittlung raus. Ich will unter gar keinen Umständen angezeigt oder auch nur vernommen werden, es sei denn, ich melde mich von allein, und da muss die Aussage aufgezeichnet werden. Ich will in keinem Gerichtssaal erscheinen. Ein One-Way-Ticket brauche ich auch, unter falschem Namen, und den entsprechenden Pass. Irgendein warmes Land, in dem die Bevölkerung halbwegs Englisch spricht und das kein Auslieferungsabkommen mit Schweden hat. Und dann sieht mich hier keiner wieder.«

Idun überlegt genau, was sie darauf antwortet.

»Und all das tun Sie nur, weil Sie es nicht mehr ertragen, über Hannes' Geschäfte Bescheid zu wissen?«

Mia nickt. Sie hat feuchte Augen.

Idun zögert.

»Ich weiß nicht, ob ich das in die Wege leiten kann ...«

Mia dreht ihr den Rücken zu und fängt an, ihre Kleidungsstücke zu durchwühlen.

»Natürlich kannst du das.«

Idun betrachtet sich im Ankleidespiegel. Sie hat ein dunkelblaues, mit Silberfäden durchwirktes, eng geschnittenes Kleid angezogen, darüber einen weißen Blazer sowie ein Paar hohe Stiefel mit breitem Schaft. Die Pistole ist immer noch an ihrer Wade festgeschnallt. Ihre Haare hat sie zu einem Knoten gebunden, sich die Augen dunkel geschminkt und die Lippen dunkelrot nachgezogen. Nie zuvor hat sie so viel Make-up aufgelegt. Mika würde sich schlapp lachen, wenn sie sie jetzt sähe.

»Ich sehe aus wie eine stinkreiche Frau mit echt schlechtem Geschmack ... oder wie eine total aufgedonnerte Prostituierte.«

Mia fängt ihren Blick im Spiegel auf.

»Du siehst aus wie eine Prostituierte, die von ihrem stinkreichen Freier eingekleidet wurde, sich aber selbst geschminkt hat. Und genau so soll es sein. Du darfst zwischen den anderen Gästen nicht auffallen.«

Idun zupft den Blazer zurecht.

»Was springt für Sie dabei raus?«

Mia zuckt mit den Schultern.

»Die Gelegenheit, Hannes zu verlassen ...«

»Und das geht nicht auf andere Art und Weise?«

Mia schiebt die Make-up-Pinsel zurück in das Necessaire.

»Hannes verlässt man nicht einfach ...« Und dann fügt sie leise hinzu: »Das würde er niemals hinnehmen.«

Sie nestelt erneut an ihrem Diamantring.

»Ich habe nur eine Chance auf Freiheit, und die setzt voraus, dass Hannes hinter Gittern landet. Er hat Leute, die seine Geschäfte für ihn weiterführen würden – damit wäre nie Schluss. Marko, sein engster Mitarbeiter, hat für den Fall schon alles vorbereitet. Eine Art Back-up-Plan, falls Hannes irgendwas zustößt. Mein Mann ist komplett auf Geld fixiert, das ist ihm wichtiger als alles andere auf der Welt. Sogar wichtiger als ich.«

»Dann wollen Sie im Grunde, dass Hannes verurteilt wird, damit Sie ein eigenes Leben führen können?«

»Ich brauche kein Geld. Ich will von ihm keine Krone sehen. Das Einzige, was ich will, ist meine Freiheit. Ich bin das alles so leid – die Partys, die Abendessen, die Männer ... Es gehen immer nur Männer bei uns ein und aus. Männer, die für Hannes arbeiten, Männer, die um ihn herumscharwenzeln, Männer, die sich unendlich ins Zeug legen, um für ihn arbeiten zu dürfen. Für sein Geld und für Macht. Und für Huren. Drogen. Alles, was man sich wünschen könnte. Es ist, als würde er die ganze Welt besitzen. Zumindest diesen Teil der Welt.«

Sie blickt zu Boden, scheint plötzlich um die richtigen Worte zu ringen. Idun lässt ihr Zeit.

»Anfangs hab ich ihn wirklich geliebt. Jahrelang hab ich ihn geliebt. Aber das, was er jetzt macht, was zu seinem Hauptgeschäft geworden ist ... Das kann ich nicht akzeptieren.«

Idun weiß, dass es in derlei Situationen wichtig ist, Vertrauen aufzubauen – Mia muss das Gefühl haben, dass sie sich auf Idun verlassen kann, dass sie auf ihrer Seite ist.

»Was wollten Sie vom Leben, bevor Sie Hannes getroffen haben?«

Mia scheint die Frage zu verblüffen.
»Ich wollte ... glücklich sein, nehme ich an. Und ich hab geglaubt, dass Geld der Schlüssel wäre. Aber da habe ich mich getäuscht.«
»Tut er Ihnen weh?«
Mias Blick wird leicht glasig.
»Du hast da Wimperntusche am Auge ... Warte, ich hole Papier.«
Sie verschwindet im Bad und kommt mit einem Taschentuch zurück. Idun wischt sich die Wimperntusche aus dem Augenwinkel. Mia greift zu einem schwarzen Lidschatten und perfektioniert das Make-up. Idun selbst findet, dass sie komplett bescheuert aussieht.
»So. Und jetzt kümmern wir uns mal darum, wie wir dich hier rausbekommen.«
Idun nimmt die Lederhose hoch und legt sie über einen Stuhl. Aus der Gesäßtasche angelt sie das Handy hervor – und Mia reißt die Augen auf.
»Du kannst jetzt niemanden anrufen! Wenn sie das Handy finden, bricht die Hölle los!«
»Es ist ein Prepaid-Handy. Ich hab damit nur eine SMS verschickt und sie sofort aus dem Speicher gelöscht. Mein Partner dürfte schon nach mir suchen, und wenn wir einander nicht finden, wird er die Kollegen anrufen, um zu hören, wo ich bin. Ich habe so meine Zweifel, dass er mich so, wie ich jetzt aussehe, wiedererkennen wird – in seinem Kopf habe ich Lederhose und Glitzeroberteil an.«
Sie nickt vielsagend in Richtung Spiegel.
»Apropos. Erkennt Hannes Ihre Kleidung nicht wieder?«
»Dieses Kleid habe ich nie angehabt. Er hat es nie gesehen.«

Idun schaltet das Handy ein, gibt die PIN ein und schreibt eine SMS an Siv.

Hab mich umgezogen, blaues Kleid, weißer Blazer.
Muss allein gehen, Tareq weiß nicht Bescheid.

Sie schickt die SMS ab, löscht sie aus den gesendeten Objekten, schaltet das Handy aus und wirft es in ihre Tasche.
»Hast du mich gerade verraten?«
Mias Stimme klingt heiser.
»Ich würde Sie niemals verraten. Sie sind mein wertvollster Kontakt. Außerdem ist es einem Polizisten strengstens untersagt, einen Zeugen in Gefahr zu bringen. Sie sind in Sicherheit, das schwöre ich.«
Mia drückt auf den Garderobenschalter, die Türen gleiten aus ihrer Wandnische und schließen sich lautlos.
»Hannes ist sehr misstrauisch, weißt du. Er vertraut nur Marko und mir, und zwar in dieser Reihenfolge.«
Marko. Idun muss unbedingt Siv bitten, mehr über den finnischen Irren herauszufinden.
»Was macht dein Partner, wenn ihr euch seht? Kann man sich auf seine Reflexe verlassen?«
Idun blinzelt. Mia weiß genau, was zählt – sicher infolge all der Jahre als Ehefrau eines der größten Verbrecher Nordschwedens.
»Er wird mich nicht darauf ansprechen. Dass ich jetzt anders aussehe, ist ein klares Signal dafür, dass ich enttarnt worden bin und schleunigst gehen muss. Da laufen wir keine Gefahr.«
Sie sieht Mia unverwandt an und hofft inständig, dass sie recht hat. Mia legt ein paar liegen gebliebene Haarnadeln in einen Korb auf dem Schminktisch.

»Ich gehe vor dir die Treppe runter. Du kommst nach, aber langsam, als hättest du zu viel getrunken. Ich bleibe unten stehen, rede vielleicht mit jemandem oder schaue auf mein Handy. Du gehst an mir vorbei zur Tür, siehst fröhlich, aber betrunken aus, meidest jeden Blickkontakt – und das ist besonders wichtig. Wenn du in den Eingangsbereich kommst, gehst du nach links und nimmst den Flur, der in den hinteren Teil des Hauses in Richtung Wald verläuft. Die Bäume siehst du durch die großen Fenster, wir haben unter den Fichten Lampen installiert. Ganz hinten rechts liegt mein Arbeitszimmer. Mach die Tür nicht auf, aber stell dich dicht davor. Die Türrahmen sind tief, da kannst du dich verstecken.«

Idun versucht, sich alles zu merken.

»Was, wenn Leute auf dem Flur stehen?«

»Da spielst du weiter die Betrunkene. Schwanke leicht hin und her, aber vermeide weiterhin unbedingt Blickkontakt. Blickkontakt heißt, dass man zu haben ist.«

Idun beißt sich auf die Lippe, was Mia anscheinend so deutet, als käme sie nicht mehr mit.

»Zu haben – für Sex, gegen Geld. Wenn du in diese Lage gerätst, kann ich dir nicht mehr helfen. Dann bist du auf dich allein gestellt – oder besser: dem Mann ausgeliefert, der meint, er hätte ein Anrecht auf dich. Und glaub mir, wenn ich sage, dass nicht alle dafür bezahlen.«

Idun läuft es kalt über den Rücken.

»Ich kann dich da rausholen, aber du musst genau tun, was ich sage.«

»Mein Kollege – was wird aus dem?«

Mia sieht sie durchdringend an.

»Der will mit dir schlafen und zieht dich in mein Arbeitszimmer. Wenn nicht, musst du allein klarkommen.«

Idun räuspert sich. Sie hat abermals einen Kloß im Hals. »Aber wie soll er denn wissen, in welches Zimmer er mich ziehen soll?«

Mia verschränkt die Hände im Rücken.

»Das, Idun Lind, ist dein Problem.«

Als Mia das Schlafzimmer verlässt, bleibt Idun noch kurz auf der Bettkante sitzen. Stumm zählt sie bis zehn, bevor sie ihr hinterhergeht. Sie sieht, wie Mia an den zwei Gästezimmern vorbeieilt, ohne einen Blick hineinzuwerfen. Als sie den Treppenabsatz erreicht, legt sie die Hand aufs Geländer und geht nach unten. Sie sieht kein einziges Mal nach hinten, um zu überprüfen, ob Idun kommt.

Idun selbst hält den Blick auf den Boden gerichtet, als sie in Richtung Treppe geht. Sie taumelt, setzt unregelmäßige Schritte und beschleunigt, als sie an den Gästezimmern vorbeihuscht. Sie erreicht den Treppenabsatz, als Mia gerade auf halber Höhe auf dem Wendepodest kehrtmacht. Idun beobachtet sie aus dem Augenwinkel – jene Frau, die mit einem der einflussreichsten Menschenhändler Schwedens verheiratet ist und nun hofft, einen Ausweg aus ihrer Ehe gefunden zu haben.

Die Pistole reibt an ihrem Knöchel. Dann kommen ihr auf dem Weg nach unten ein älterer Mann und eine junge Frau entgegen, er im Anzug, sie in einem engen Schlauchkleid. Der Ausschnitt ist tief, die Kluft zwischen den Brüsten betont. Idun geht mit gesenktem Blick weiter. Als das Paar an ihr vorbei ist, dreht sie das Gesicht in Richtung Geländer, um nicht erkannt zu werden, und bereut bereits jetzt, zugelassen zu haben, dass Mia ihr die Haare hochgesteckt hat, statt sie offen zu tragen. Ob das Paar sie überhaupt zur Kenntnis genommen hat, weiß sie nicht. Sie haben nichts gesagt, sind lediglich an ihr vorbeigegangen, er hat der Frau die Hand auf den unteren Rücken gelegt, sie kichert auf ihren Stilettos.

Im Erdgeschoss wird unvermindert weitergefeiert. Die Musik ist jetzt anders und gleicht eher der, die viel zu laut und in Dauerschleife auf Rummelplätzen gespielt wird. Der Bass ist so hochgedreht, dass er durch Iduns Sohlen vibriert. Auch der Bereich vor der Treppe hat sich mittlerweile in eine Tanzfläche verwandelt. Menschen bewegen sich im Takt der Musik, die Luft riecht süßlich, und entlang der Wände stehen Leute in Grüppchen zusammen und versuchen, sich über die Musik hinweg zu unterhalten.

Mia ist auf der untersten Stufe stehen geblieben. Sie spricht mit einem jungen Mann mit muskelbepackten Armen und schwarzen Schuhen. Aus dem Augenwinkel sieht Idun, dass er aufmerksam den Blick schweifen lässt und einen Sender im Ohr trägt. Mia legt ihm die Hand an die Schulter und beugt sich vor, um etwas zu ihm zu sagen, und Idun stellen sich die Nackenhaare auf. Was, wenn Mia sie reingelegt hat?

Idun schiebt sich an ihnen vorbei und durchquert das Getümmel. Ab und zu weicht sie zur Seite aus, versucht, nicht mit jemandem zusammenzustoßen und erst recht keinen Blick aufzufangen. Sie wendet sich nach links. Der Flur, den Mia ihr beschrieben hat und an dem das Arbeitszimmer liegen soll, ist dunkel. Zwei bodentiefe Fenster bilden die Stirnseite, und dahinter ist nur Schwarz zu sehen, das von einem weißen Strahler erhellt wird, der auf die vordersten Fichten gerichtet ist. Nur noch ein paar Meter liegen vor ihr, als sie eine Stimme hinter sich hört.

»Wohin des Wegs?«

Sie wirbelt herum und sieht einen Mann auf sich zukommen. Er sieht ein paar Jährchen jünger aus als sie selbst, hat dunkle Augen und dichtes braunes Haar, ist akkurat gekleidet und trägt keinen Sender. Idun weicht seinem Blick aus, zuckt nur abweisend mit den Schultern und dreht sich halb von ihm weg.

»Ich bin schon verabredet.«

Sie will gerade weitergehen, als er weiterspricht.

»Das glaube ich nicht.«

Idun bleibt stehen, weiß nicht, ob sie zurück- oder weitergehen soll. Jedenfalls kann sie nicht in Mias Arbeitszimmer gehen, nicht, solange sie jemand dabei sieht.

»Bin ich aber. Und er teilt nicht.«

Sie spricht jetzt lauter, wirft einen Blick über die Schulter und stellt alarmiert fest, dass der Mann zu ihr aufgeschlossen hat. Sie will sich gerade wegdrehen, als er sie am Handgelenk packt. Er hält sie nicht hart, aber entschlossen fest, und am liebsten würde Idun ihn anschreien, doch sie starrt nur weiter zu Boden.

»Mit wem bist du denn verabredet?«

Sie späht an ihm vorbei. Mia ist nirgends zu sehen.

»Mit einem von Hannes' Leuten.«

Die Antwort scheint zu wirken, weil der Mann tatsächlich zögert.

»Und wo ist er? Solltest du nicht dort sein, wo er ist?«

Eine berechtigte Frage. Als Hure müsste sie ihren Platz kennen.

»Er wartet auf mich. Deshalb muss ich jetzt gehen.«

Sie spürt es eher, als dass sie es kommen sieht. Zorn blitzt in seinem Gesicht auf. In der nächsten Sekunde schnellt seine Hand nach oben und packt sie hart am

Unterkiefer. Bevor sie auch nur reagieren kann, drückt er ihren Kopf seitlich gegen die Wand. Es tut zwar nicht weh, aber sie ist überrumpelt.

»Du lügst. Du verdammte Hure lügst mich an.«

Er faucht ihr ins Gesicht, sein Atem riecht nach Erdnüssen und Schnaps. Idun hält die Luft an, will sich instinktiv verteidigen, doch ihr Verstand sagt ihr, dass sie stillhalten muss.

»Er wird sauer, wenn ich nicht komme.«

Die Stimme ist ein unterwürfiges Flüstern. In jeder anderen Lage hätte sie ihm ins Bein geschossen.

Der Griff um ihren Kiefer verstärkt sich, ihre Haut verzieht sich unter seinen Fingern. Angst schlägt in ihr Wurzeln, als sie die Erregung in seiner Stimme hört.

»Das schaffen wir noch.«

Der Ruck kommt unerwartet – und er schlägt ihren Kopf hart gegen die Wand. Schmerzen schießen ihr durch Hinterkopf und Nacken, und instinktiv flammt Wut in ihr auf, während ihr gleichzeitig kurz schwarz vor Augen wird.

Idun sieht noch, wie überrascht er dreinblickt, als sie den Fuß zur Seite setzt – binnen eines Wimpernschlags reißt sie den Ellenbogen hoch und rammt ihn ihm im Neunziggradwinkel in den Innenarm. Er lässt ihren Kiefer los, Idun macht einen weiteren Schritt zur Seite und trifft ihn mit der Faust hart unterm Kinn. Als ihre Faust oberhalb seines Adamsapfels landet, schnellt sein Kopf nach hinten. Sie hört ihn röcheln, macht einen Schritt vor, reißt erneut den Ellenbogen hoch und legt die Faust in die offene Hand, mit Wucht schlägt sie ihm von unten gegen die Nase. Es knirscht, Blut spritzt ihm über Kinn und Hemd, er schlägt gegen die Wand, brüllt laut auf, Tränen stieben, und er speit Blut und Spucke über sie beide. Idun wirft einen alarmierten Blick über den Flur und sieht Tareq auf sich zurennen.

»Verdammt noch mal!«

Er wirkt gestresst, sieht sich ebenfalls um und reißt den schreienden Mann vom Boden hoch. Blut aus der Nase strömt ihm übers Hemd, und ungläubig sieht er abwechselnd seine blutigen Hände, Tareq und Idun an.

»Weg hier!«, ruft Tareq über die Musik hinweg.

Idun eilt auf die vorletzte Tür zu und schiebt sie auf.

»Bring ihn hier rein!«

Tareq bugsiert den blutenden Mann vor sich her, schubst ihn in den Raum und schließt die Tür hinter ihnen. Die Musik ist nur noch als gedämpftes Bassdröhnen zu hören.

»Was soll das?«

Tareq ist aufgebracht. Idun reißt die Hände hoch und versucht fieberhaft, auf eine Lösung zu kommen.

»Er wollte mich vergewaltigen. Aber das geht doch nicht, ich gehöre doch dir!«

Sie starrt Tareq an und betet inständig, dass er begreift, dass sie immer noch ihre Rollen spielen. Sie sieht kurz Zweifel in seinem Gesicht, doch als er zu guter Letzt reagiert, ist sein arabischer Akzent zurück.

»Das ist korrekt.«

Sie starrt ihn an, wartet darauf, dass er weiterspricht.

»Aber du kannst deshalb doch verdammt noch mal nicht um dich schlagen! Das ist meine Verantwortung!«

Yassin Farar – da ist er wieder.

Tareq versetzt dem blutenden Mann einen Faustschlag.

»Hast du geglaubt, du könntest dir einfach meine Hure nehmen?«

Der Mann blutet immer noch stark aus der Nase. Er hustet, röchelt, und Tränen ziehen wässrige Streifen durch das Blut auf seinen Kiefern.

»Ich wusste doch nicht, dass sie schon gebucht ist! Woher sollte ich das wissen?«

Die Stimme rutscht ins Falsett. Tareq sieht ihn finster an.

»Weißt du überhaupt, mit wem du es gerade zu tun hast?«

Er sagt es langsam und bedächtig. Der Mann schüttelt schmerzverzerrt den Kopf.

»Ich bin Yassin Farar, Hannes Vinges wichtigster Gast und nicht im Geringsten daran interessiert, meine Hure mit dir zu teilen – oder mit irgendwem anderen.«

Der Mann hat die Hand vor den Mund geschlagen. Er zittert inzwischen von Kopf bis Fuß.

»Und jetzt hau ab. Aber denk dran …«

Tareq richtet den Zeigefinger auf dessen Gesicht. Als er fast dessen Nase berührt, stöhnt der Mann eher vor Angst denn vor Schmerzen.

»Wenn du meinen Namen irgendeiner Menschenseele gegenüber erwähnst, dann spür ich dich auf. Ich schlitze dir und deiner Frau, deiner Mutter, deiner Großmutter und all deinen Huren die Kehle auf. Und wenn du Schwestern hast, kommen die auch direkt dran. Die verkaufe ich in einen russischen Stall oder nach Usbekistan. Und ich gehe davon aus, dass du dir vorstellen kannst, wie es Huren dort ergeht.«

Der Mann mit der gebrochenen Nase hat die Augen weit aufgerissen, und die mindeste Bewegung treibt ihm Tränen in die Augen. Sie tropfen vermischt mit Blut, Speichel und Rotz hinab auf sein Hemd.

Tareq stößt ihn von sich weg und sieht in Richtung Tür. Idun zieht sie auf, und mit zu Boden gerichtetem Blick und der zitternden Hand vor der Nase taumelt der Mann an ihnen vorbei hinaus auf den Flur. Idun schiebt die Tür ins Schloss und wirbelt zu Tareq herum.

»Wir müssen hier weg.«

Er will gerade antworten, als die Tür erneut aufgeht. Mia Vinge tritt ein und schmettert die Tür hinter sich zu.

»Was zur Hölle geht hier vor?«

Sie starrt die beiden an. Idun versucht, sie zu beruhigen.

»Das hier ist mein Kollege. Ich bin in ein Handgemenge mit einem der Gäste geraten.«

Wütend sieht Mia sie an.

»Du solltest den Ball flach halten! Was hab ich zum Thema Blickkontakt gesagt? Wie viel Aufmerksamkeit willst du denn noch auf dich ziehen?«

Sie zeigt beidhändig zur Tür. Idun stemmt die Hände in die Hüften und weiß nicht, was sie noch sagen soll. Tareq sieht Mia verwirrt an.

»Wer sind Sie? Was soll das hier?«

Mia schnaubt und tritt auf den Schrank an der rückwärtigen Zimmerwand zu.

»Du weißt genau, wer ich bin. Ihr müsst von hier verschwinden, und zwar auf der Stelle. Nach Iduns idiotischer Aktion habt ihr nur noch ein paar Minuten.«

Sie zieht den Schrank auf, reißt eine schwarze Jeans und einen engen Pullover heraus.

»Hier, zieh die an – das sieht so ähnlich aus wie die Sachen, in denen du gekommen bist.«

Idun reißt sich Blazer, Stiefel und das blaue Kleid vom Leib, bis sie in Unterwäsche und mit der Pistole an der Wade dasteht. Mia eilt zum Fenster und zieht die Vorhänge zu, während Idun in die schwarze Jeans schlüpft. Tareq hält ihr den Pulli hin, während sie die Hose zuknöpft.

»Seid ihr mit einem Scooter oder mit dem Auto da?«
Die Frage ist an Tareq gerichtet.
»Scooter. Der Schlüssel liegt in meinem Mantel draußen an der Garderobe.«
»Ihr müsst zurück zum Eingang und eure Sachen holen. Dann verlasst ihr das Fest, ohne euch noch mal umzusehen. Lass die Haare locker runterfallen.«
Letzteres ist als Hinweis an Idun gedacht. Sie zieht sich die Haarnadeln aus dem Knoten, gibt sie Mia zurück und lockert die Haare, bis sie ihr über die Schultern fallen.
»Wenn irgendwer fragt, warum du dich umgezogen hast, dann tu so, als wäre es dir peinlich. Lache verlegen, erzähl, dass du an einem Gang Bang teilgenommen und dir anschließend das falsche Oberteil geschnappt hättest.«
Idun blinzelt in Mias Richtung.
»Gang Bang?«
Mia winkt ab.
»Haut endlich ab!«
Sie wirft das Kleid, den Blazer und die Stiefel in die Garderobe und hält inne.
»Du brauchst noch Schuhe.«
Mia schlüpft aus ihren eigenen schwarzen Pumps. Idun zieht sie an – und es ist annähernd die richtige Größe. Sie fängt Mias Blick auf, versucht, sich dankbar zu zeigen, doch Hannes' Ehefrau fuchtelt nur wütend in Richtung Tür.
»Raus jetzt!«
Tareq geht voran, und seine Schritte auf dem Flur sind zielgerichtet. Idun bleibt ihm dicht auf den Fersen, greift nach seiner Hand, torkelt auch nicht mehr, hält trotzdem den Blick gesenkt. Die Musik ist ohrenbetäubend laut, als

sie die Treppe erreichen, sich durch die Menge und weiter zur Garderobe drängeln. Dort ist weniger los. Ein paar vereinzelte Gäste stehen mit Gläsern in Händen an der Wand und unterhalten sich. Tareq zieht Idun auf einen der Türsteher an der Garderobe zu.

»Yassin Farar.«

Er hat die Stimme gesenkt. Idun spürt, dass seine Hand schweißnass geworden ist. Einer der Security-Leute dreht sich um und taucht schier zwischen den Wintermänteln und Jacken unter. Tareq rührt sich nicht, und Idun wagt nicht, sich umzusehen. Die Pistole brennt an ihrer Wade. Der Mann kommt mit Tareqs Mantel zurück.

»Sie möchten schon gehen?«

Er hat einen russischen Akzent – die gleiche leicht verzögerte Betonung wie Svetlana. Tareq wirft Idun einen vielsagenden Blick zu.

»Ich hab hierfür teuer Geld bezahlt. Partybegleitung reicht mir da nicht.«

Der Mann grinst ihn an.

Sie wenden sich zum Ausgang. Ein weiterer Security-Typ schiebt die Tür auf, und dann stehen sie auf der Eingangstreppe. Die Dunkelheit ist undurchdringlich, die Luft klar und eisig kalt. Mit schnellen Schritten halten sie auf ihren Scooter zu, schlüpfen in ihre Overalls und Stiefel, die unter dem Sozius im Wärmefach gelegen haben. Idun schiebt Mias Schuhe in den Rucksack. Als Tareq den Motor startet, setzt sie sich den Helm auf und steigt hinter ihm auf. Sie klammert sich an seiner Taille fest. Die Handschuhe sind eine Nummer zu groß, sodass sie die Finger krampfhaft verschränken muss.

Ein flüchtiger Schulterblick, und Tareq fährt los in Richtung Waldrand. Das Scheinwerferlicht gleitet über die

Schneedecke, und die Bäume entlang des Weges scheinen unter den vorbeihuschenden Schatten zu wachsen.

Als Tareq in den Wald einbiegt, muss Idun an all die Frauen denken, die in Vinges Villa zurückbleiben müssen. Von Männern gekauft, besessen, jederzeit zugänglich. Sie atmet die eisige Nachtluft ein. Obwohl sie das Visier heruntergeklappt hat, schmerzt die Luft in der Lunge.

In der Kneipe setzen Viktor und Paul sich an einen Ecktisch. Nur Sekunden später ist die Bedienung da. Sie bestellen je ein Bier, und Paul sieht der Bedienung hinterher, als sie zum Tresen zurückkehrt und die Bestellung in die Kasse eintippt.

»Netter Hintern, muss ich schon sagen, auch wenn das Gesicht ein bisschen zu wünschen übrig lässt.«

Viktor geht darüber hinweg und nestelt stumm an dem Behälter mit Zahnstochern. Die Plastikversiegelungen knistern, als er sie mit den Fingern streift.

»Jetzt aber, verdammt noch mal, Viktor – was ist denn los? Kommst du zu Hause nicht zum Zug, oder was?«

Viktor seufzt und lehnt sich auf dem harten Kneipenstuhl zurück.

»Ich hab noch ein viel größeres Problem. Wir haben weder Sex noch reden wir – es ist, als würde Shirin mich gar nicht mehr wahrnehmen. Als würden wir zwar in derselben Wohnung wohnen, als hätten wir eine gemeinsame Tochter und ein Gemeinschaftskonto, als wäre der Rest aber gestorben. Und ich weiß einfach nicht, warum.«

Es sprudelt nur so aus ihm heraus. Paul kratzt sich am Hals.

»Aha. Und …?«

»Was – und? Ich kann dir sagen, das ist nicht sonderlich angenehm.«

Paul schweigt eine Weile. Viktor will gerade fortfahren, als die Bedienung mit den zwei Bieren zurückkommt. Paul bedankt sich für sie beide und kann erneut den Blick nicht von ihrer Kehrseite losreißen, bis sie hinter dem Tresen verschwunden ist.

»Also, von hinten würde ich sie nehmen.«

Viktor sieht seinen Kollegen und Freund von der Seite an. Dass er derart herablassend über Frauen spricht, behagt ihm zwar nicht, aber er sagt lieber nichts. Als die Bedienung außer Sichtweite ist, dreht Paul sich wieder zu Viktor um.

»Dann mal auf uns beide. Auf deine Zukunft.«

Er hebt sein Glas. Der Schaum schwebt wie eine Wolke über dem goldgelben Bier. Viktor lacht tonlos.

»Da gibt's nicht viel, auf das man anstoßen müsste ... Siebenunddreißig, verheiratet und anscheinend zu einem Leben im Zölibat verdammt.«

Er nimmt einen großen Schluck und bekommt ihn in den falschen Hals. Paul nippt an seinem Bier, wischt sich mit dem Handrücken Schaum von der Oberlippe und stellt das Glas neben den Bierdeckel. Auf der Tischplatte entsteht ein nasser Ring.

»Wir machen es wie im Geschäftlichen und nehmen uns einen Aspekt nach dem anderen vor.«

Paul guckt wie bei ihren Besprechungen.

»Was willst du, Viktor? Was soll aus eurer Ehe werden?«

Viktor zuckt mit den Schultern.

»Was ich will? Was soll das denn heißen?«

»Willst du in einer Beziehung ohne Sex leben?«

»Natürlich nicht. Aber der Sex ist nicht das Wichtigste, obwohl er mir natürlich fehlt. Was soll ich denn machen? Shirin ist die Liebe meines Lebens.«

Es ist ihm peinlich, als ihm Tränen in die Augen treten. Er schluckt trocken und nimmt noch einen großen Schluck Bier. Nach einer Weile spürt er endlich die Wirkung des Alkohols und seine Schultern entspannen sich allmählich. Paul trommelt mit den Fingern auf die Tischplatte.

»Du musst ja nicht ohne Sex leben.«

Viktor runzelt irritiert die Stirn.

»Ich hab doch gerade gesagt, dass Sex nicht das Wichtigste ist.«

»Klar, verdammt – das verstehe sogar ich. Aber wenn man außerhalb der Ehe Sex hat, ist es vielleicht leichter zu akzeptieren, dass zu Hause etwas nicht stimmt ... wenn du verstehst, was ich meine?«

Viktor schüttelt ratlos den Kopf. Er versteht rein gar nichts.

»Schlaf mit anderen, Viktor. Da wird es leichter zu akzeptieren, dass ihr nur noch wie Eltern, nicht wie Geliebte zusammenlebt.«

Viktor klappt die Kinnlade runter.

»Verdammt, Paul, soll ich jetzt irgendeine andere aufreißen – willst du das damit sagen? Und wie soll das gehen? Wann und wo? Bei der Arbeit vielleicht?«

Beide wissen, dass Viktor im Schnitt siebzig Stunden in der Woche arbeitet, und sie sind nur zu zweit. Sie haben keine Angestellten, darauf haben sie sich in einer früheren Phase geeinigt. Zwei Partner, die gleich viel arbeiten und sich die Gewinne teilen. Ja, es sind jede Menge Stunden, aber der Profit landet einzig und allein in ihren Taschen. Die Wochenenden verbringt Viktor mit Shirin. Wenn sie sich mit jemandem treffen, dann mit Paul und dessen Frau. Daher hat Viktor gar keine Möglichkeit, andere Frauen kennenzulernen, was Paul eigentlich klar sein müsste. Doch Viktors Kollege und Freund beugt sich vor und fährt mit leiser Stimme fort.

»Du brauchst niemanden aufzureißen. Du musst nur zugreifen.«

Viktor blinzelt. Er versteht kein Wort.

»Es gibt Frauen, die damit ihr Leben finanzieren. Die gewisse Dienste anbieten, die auf männliche Bedürfnisse spezialisiert sind.«

Viktor muss lachen. Und dann verstummt er abrupt.

»Ich soll zu einer Nutte gehen? Willst du das damit sagen?«

Paul bedeutet ihm, leise zu sein, und sieht sich alarmiert um, doch niemand in der nur halb vollen Kneipe scheint sie gehört zu haben. Die Bedienung steht mit dem Rücken zu ihnen hinter dem Tresen.

»Eine *Prostituierte*. Nicht Nutte. So darf man doch nicht über Frauen reden, die ihren Spaß mit dem ältesten Gewerbe der Welt haben.«

Viktor traut seinen Ohren nicht. Paul ist der Letzte, der anderen Vorträge über Herablassung gegenüber Frauen halten sollte. Doch diesmal geht Viktor darüber hinweg, weil ihn viel zu sehr beschäftigt, was sein Kollege da allen Ernstes vorgeschlagen hat.

»Das war ein Scherz, oder? Du kannst doch wohl nicht ernsthaft glauben, dass ich auch nur im Traum für Sex bezahlen würde?«

Entspannt lehnt Paul sich zurück. Er fährt mit dem Finger über das beschlagene Bierglas.

»Warum denn nicht?«

Viktor reißt beide Hände hoch. Um ein Haar stößt er dabei Pauls Glas um.

»Das muss dir doch selbst klar sein! Ich bin verheiratet!

Wenn das herauskommen würde ... Das könnte sich sogar negativ auf die Firma auswirken. Von Krankheiten, die man sich einfängt, mal ganz zu schweigen!«

Paul hört ihm träge zu, der Alkohol scheint dazu geführt zu haben, dass er sich nicht mehr darum schert, ob jemand sie hört.

»Es käme dir aber doch niemand auf die Schliche. Ich hab da einen lupenreinen Kontakt. Und natürlich benutzt du Kondome. Das ist sogar Vorschrift – wir reden hier ja nicht von irgendwelchen abgehalfterten Weibern. Die geben auf sich selbst und auch auf dich acht.«

Viktor sieht Paul skeptisch an, der dem Anschein nach ungerührt weiterspricht.

»Glaub mir, Virre, das sind echt hübsche Dinger mit ziemlich hübschen Ansprüchen. Und nicht mal besonders teuer.«

Viktor versucht, langsam zu atmen. Er nimmt einen großen Schluck Bier, während Paul bereits sein Glas leert.

»Noch eins?«

Viktor nickt. Paul zieht sein Handy aus der Tasche und schreibt eine SMS. Im nächsten Moment surrt es in Viktors Gesäßtasche. Paul winkt der Bedienung und dreht sich wieder zu Viktor um.

»Du hast gerade eine Adresse und eine Handynummer bekommen. Buch dir einen Termin über SMS. Ruf besser nicht an. Oder du gehst vorbei und fragst direkt, ob sie einen Termin freihaben, aber vorab zu buchen ist immer besser. Zumindest aus meiner Erfahrung.«

Bevor Viktor antworten kann, tritt die Bedienung an ihren Tisch. Paul bestellt noch eine Runde und starrt ihr erneut hinterher, als sie zum Tresen zurückgeht.

»Wie gesagt, von hinten gar nicht so übel!«

1988

Vier Monate vor ihrem achtzehnten Geburtstag nimmt Silje erstmals Geld für Sex. Es ist, als würde sie sich von innen zersetzen. Das Ritzen verschafft ihr keine Linderung mehr, außerdem braucht sie das Geld und findet, da kann sie genauso gut ihren Körper einsetzen, der ohnehin seit Jahren nicht mehr ihr gehört.

Es ist Mai. Der Sommer steht kurz bevor, und sie hat Peter seit gut zwei Monaten nicht mehr gesehen. Er liegt mit Mumps im Bett. Nach fast einem Monat Funkstille ist sie dort vorbeigegangen und hat geklopft. Seine Mutter strahlte wie die Sonne, als sie Silje vor sich sah, erzählte dann aber, dass Peter krank sei. Das Fieber sei immer noch ziemlich hoch, auch wenn der Arzt gesagt habe, es werde mit der Zeit runtergehen. Es könne allerdings mehrere Wochen, manchmal Monate dauern, bis er wieder ganz gesund und wieder zu Kräften gekommen sei. Silje bat seine Mutter, schöne Grüße auszurichten. Dann ging sie auf direktem Wege zu ihrem früheren Lieblingsbaum und kletterte höher denn je. Dort oben waren die Geräusche gedämpft, der Wind kühler und die Äste so biegsam, dass die Angst abzustürzen alle anderen Ängste überwog.

Peter hat keine Ahnung, dass Silje ihn braucht, aber es stimmt. Seit sie neun Jahre alt waren. Wenn er in ihrer Nähe ist, kann sie beinahe frei atmen. Doch zusammenkommen könnten sie nicht, damit wäre der Zauber zunichte. Wenn ihre Beziehung zerbräche, würde sie untergehen. Das weiß sie sicherer als alles andere auf der Welt. Peter muss in ihrer Nähe bleiben, und sie muss ihn auf Abstand halten, so sind die Regeln.

Jetzt lehnt sie sich an eine Hauswand an der Hellgrensgatan. Nach wenigen Minuten bremst ein Wagen und fährt rechts ran. Silje beugt sich vor und versucht, sexy und entspannt auszusehen. Sie hat einen engen Rock an, den sie in einer Boutique in der Innenstadt geklaut, und eine weiße Bluse, die sie unter dem Busen geknotet hat. Ihr BH ist zu klein, zeichnet sich über beiden Brüsten ab, aber das spielt keine Rolle. Je mehr Haut sie zeigt, umso besser.

Der Fahrer sieht alt aus, hat runzlige Wangen und Hautfalten unter dem Kinn, dünne graue Haare und gelbliche Zähne, die er ihr jetzt entgegenbleckt.

»Was stehst du denn allein hier herum?«

Die Stimme klingt geschmeidig. Silje beißt sich auf die Unterlippe und bemüht sich, möglichst verführerisch dreinzublicken.

»Du bist doch auch allein?«

Er lacht leise und kratzt sich am runzligen Hals.

»Ja, das stimmt.«

Die Zähne sind wirklich gelb. Er muss sein Lebtag geraucht haben.

»Wie viel?«

Silje tut so, als müsste sie erst überlegen.

»Zweihundert für einen Blowjob, ansonsten fünfhundert.«

Er lacht amüsiert.

»Ganz schön teuer, muss ich sagen!«

Schlagartig ist sie verunsichert.

»Ist mein erstes Mal. Soll's schmecken, kostet es eben.«

So was Ähnliches hat sie mal in einem Film gehört. Der Alte mit den Raucherzähnen grinst hämisch.

»Machst du auch anal?«

Silje zuckt zusammen. Damit hat sie nicht gerechnet.

»Nein ... Da musst du jemand anderen fragen.« Sie richtet sich wieder gerade auf. Versucht, keck auszusehen, spürt aber, wie der Boden unter ihr ins Wanken gerät. Dass Peter verdammt noch mal krank sein muss! Verfluchter Peter!

Und dann schlägt der Alte ein.

»Dann nehm ich normal. Die fünfhundert kriegst du im Anschluss.«

Silje zaudert. Kurz schießt ihr durch den Kopf, dass er sie abzocken könnte. Er legt die Hände ans Steuer, tritt die Kupplung durch, und ihr dämmert, dass sie sich entscheiden muss.

Mit weichen Knien geht sie auf den Wagen zu, zieht die Beifahrertür auf und setzt sich neben ihn. Der Mann fährt vom Gehweg weg, noch während sie sich anschnallt. Als sie auf die breite Straße einbiegen, legt er seine Hand auf ihr Knie und tastet sich langsam höher. Silje spürt seine Fummelfinger knapp unterhalb ihres Slips. Panik flammt in ihr auf, am liebsten würde sie schreien und heulen und sich die Arme ritzen, aber sie rührt sich keinen Millimeter. Er grinst sie an. Breit und dreckig und teuflisch fordert er sie heiser auf, die Beine breit zu machen.

Silje ist vollkommen trocken, als er zwei Finger in sie hineinpresst. Es brennt wie Feuer, die Haut kreischt, und ihr krampft sich der Magen zusammen. Sie sieht aus dem Fenster, sehnt sich nach Peter und dem Kletterbaum und ihrem Obstmesser, das fürs Ritzen einfach perfekt ist.

Viktor stellt das Kurzprogramm ein und schiebt die Spülmaschine zu, trocknet sich die Hände am Geschirrtuch ab und dreht sich um. Shirin sitzt auf dem Sofa im Esszimmer. Sie hat die Knie angezogen, ihr Blick ist aufs Handy gerichtet. Viktor bleibt kurz stehen und betrachtet sie, kann sehen, wie konzentriert sie ist und wie sie urplötzlich lächelt. Sie muss ein Lachen unterdrücken, ehe sie eine Antwort schreibt. Es zerreißt ihn innerlich.

»Arbeitsmails?«

Sie blickt auf. Das Lächeln erstirbt.

»Bloß eine nervige Nachricht von einem Kollegen – kein angenehmes Thema.«

Viktor versucht, teilnahmsvoll auszusehen.

»Da ist Humor immer die beste Waffe.«

Er legt das Geschirrtuch beiseite, geht an den Weinschrank und nimmt eine Flasche Chablis heraus. Der Flaschenöffner liegt auf der Küheninsel, und es ploppt vernehmlich, als er den Korken aus dem Flaschenhals zieht. Shirin blickt erneut auf. Viktor hebt die Flasche.

»Auch ein Glas?«

Sie schüttelt den Kopf und wendet sich wieder ihrem Handy zu. Er seufzt lautlos und geht auf die Vitrine zu. Er mustert die Gläser, nimmt eins in italienischem Kristallschliff, das Shirin von ihrer Mutter geerbt hat. Diese Gläser benutzen sie nie, sie sind Shirin zu kostbar.

Er gießt sich ordentlich ein, nimmt einen großen Schluck und füllt das Glas abermals auf.

»Zum Wohl.«

Sie sieht erst ihn und dann das Glas an, ist sichtlich irritiert, sagt aber nichts, sondern konzentriert sich wieder auf ihr Handy. Viktor spürt, wie er wütend wird. Kann es nie mal nur um sie beide gehen?

»Ich dachte mir, wir könnten uns vielleicht einen Film ansehen. Moa war vorhin so müde, dass sie bestimmt längst schläft.«

Shirin lässt ihr Handy nicht aus den Augen.

»Weiß nicht ...«

Viktor sieht sie unverwandt an, wartet darauf, dass sie aufblickt, damit sie sieht, wie verletzt er ist, aber sie scheint kaum zu bemerken, dass er sich im selben Zimmer befindet.

»Bitte, Shirin.«

Dass er bettelt, ist neu. Und er schämt sich dafür. Sie lächelt auf ihr Handy hinab, hebt leicht den Kopf an, allerdings nicht den Blick.

»Was hast du gesagt?«

Viktor fehlen die Worte.

»Liebst du mich nicht mehr?«

Endlich lässt sie das Handy sinken. Legt es mit dem Display nach unten auf ihr Knie.

»Natürlich liebe ich dich.«

Sie sieht ihn an.

»Warum fragst du?«

Unwillkürlich reißt er die Arme hoch. Weißwein schwappt über und landet auf dem Boden, und er bemerkt es nicht einmal.

»Was glaubst du wohl, warum ich frage? Weil du im

Kopf nur noch woanders bist. Du redest nicht mehr mit mir, du willst außer der Arbeit nichts unternehmen, nur schlafen und mit Moa zusammen sein. Du freust dich nicht mal mehr für mich, wenn ich Millionen verdiene – *Millionen*, Shirin. Kapierst du überhaupt, wie sich das anfühlt, Versorger und gleichzeitig unsichtbar zu sein?«

Letzteres schreit er fast hinaus. Shirin streckt die Beine aus und steht auf.

»Nicht so laut, du weckst Moa auf.«

Sie späht in Richtung Flur. Doch Viktor ist inzwischen alles egal.

»Spielt doch keine Rolle! Da hättest du doch glatt wieder einen Grund, dich zu ihr zu setzen! Wäre doch verdammt praktisch!«

Shirin schnaubt, allerdings ist ihr eine gewisse Verunsicherung anzusehen. Als sie antwortet, klingt sie eher besorgt als sauer.

»Ich bin einfach nur müde. Bei der Arbeit ist echt viel los.«

Viktor nimmt noch einen großen Schluck Wein und spürt, wie sein Kopf langsam wattig wird.

»Wie kann bei einem Teilzeitjob so viel anliegen? Versuch mal, meinen Job zu machen! Du wärst nach einer halben Sekunde ausgebrannt!«

Er bereut es, noch ehe er den Satz zu Ende gesprochen hat, aber er kann ihn nicht mehr zurücknehmen. Shirin sieht ihn verletzt an, aufrichtig verletzt, wie er glaubt, auch wenn er sich nicht ganz sicher ist. Bald ist er sich bei gar nichts mehr sicher.

Sie stapft an ihm vorbei, und dann hört er ihre Schritte trotz des dämpfenden Teppichbodens über den langen Flur verschwinden.

Viktor nimmt den letzten Schluck, befüllt sein Glas abermals und stellt die Flasche mit einem Knall auf den Tisch. Schwer lässt er sich auf das Sofa fallen, auf dem eben noch Shirin gesessen hat. Er spürt ihre Körperwärme, die vom Bezug abstrahlt. Er holt tief Luft durch die Nase, schließt die Augen, spürt ihrem Duft nach, kann einen Hauch ihres Parfüms erahnen. Er weiß, dass er sie liebt. Aber das hier ist nicht mehr akzeptabel. So kann es nicht weitergehen.

Drei Stunden und eine Flasche Wein später geht er ins Bett. Shirin schläft bereits tief und fest. Viktor versucht, sich auf seine Atmung zu konzentrieren, aber er kann sich einfach nicht entspannen. Vom Wein ist sein Gehirn vernebelt, und er kann seine Gedanken weder sortieren noch zur Ruhe rufen. Hellwach liegt er da und starrt in die Dunkelheit, wälzt sich zur Seite und ahnt, dass er nicht einschlafen kann.

Einige Zeit später rührt sich Shirin. Er liegt mit dem Rücken zu ihr im Bett und konzentriert sich auf ihre Bewegungen. Das frisch gewaschene Bettzeug raschelt, und dann leuchtet ihr Handy auf. Viktor bleibt reglos liegen, bemüht sich, langsam zu atmen, will nicht, dass sie spürt, dass er wach ist.

Die folgenden zwei Stunden lang lauscht er ihren Atemzügen, hört das lautlose Kichern, spürt die Energie, die von ihr abstrahlt. Sie reibt die Füße übereinander, was sie nur tut, wenn sie glücklich ist. Womöglich ist sie sogar erregt?

Als sie zu guter Letzt das Handy weglegt und sich auf den Bauch dreht, wartet er noch eine Weile. Es dauert, bis ihre Atmung sich wieder vertieft, doch als es endlich so weit ist, dreht er sich zu ihr um. Die Lider zucken. Ihr Gesicht ist entspannt, eine dunkle Strähne hat sich um ihren

Hals geschlungen. Sie ist der schönste Mensch, den Viktor je gekannt hat, und er liebt sie wirklich über alles. Er setzt sich auf, streckt vorsichtig den Arm über sie hinweg und nimmt sich ihr Handy. Dann rollt er sich von ihr weg, sodass er erneut mit dem Rücken zu ihr daliegt. Als er das Display berührt, leuchtet es auf, und ihm rauscht alles Blut aus dem Kopf, dass ihm schwindlig wird, obwohl er liegt. Eine SMS schrillt durch die Stille. Viktor liest sie mit wässrigem Blick, ihm kommen die Tränen, ohne dass er es bemerkt, und sein Mund und die Finger brennen.

Danke für gestern! Du bist nackt einfach die Beste. Du fehlst mir bereits jetzt.

Viktors Finger zittern, als er Shirins PIN-Code eingibt. Doch er stimmt nicht, sie muss ihn erst kürzlich geändert haben. Seine Welt bricht zusammen, während er still neben seiner Ehefrau liegt. Unter stummen, erniedrigenden Tränen dämmert ihm, dass er sich hiervon nie wieder erholen wird.

Es ist halb sieben, und Anders Eriksson fährt sich durch das zerzauste Haar. Ein paar Schuppen rieseln auf seine Schultern und auf den Schreibtisch. Sichtlich resigniert und müde sieht er Tareq an, der sich in ihren Videocall zugeschaltet hat.

»Ich weiß wirklich nicht, wie du dir das vorstellst. Wie soll ich die Kollegen aus Umeå dazu bringen, sämtliche Lkws in Richtung Norden zu filzen? Versteht ihr überhaupt, von welchem Umfang wir hier reden?«

Idun steht stumm am Fenster, während Tareqs Stimme aus dem Laptoplautsprecher dringt.

»Wir müssen es aber so machen. Wenn wir wollen, dass Hannes sich auf den Deal einlässt, muss er sich davon überzeugen können, dass Yassin Farar die Wahrheit sagt.«

Anders kratzt sich an der Stirn. Allmählich ist er die beiden Ermittler leid.

»Und das wäre das Nächste – es gibt diesen Deal nicht. Ihr könnt doch nicht ernsthaft davon ausgehen, dass ich fünf Perserinnen organisieren kann, die wir Hannes vermeintlich zuschustern? Was habt ihr euch dabei gedacht? Idun, das hier sieht dir wirklich nicht ähnlich.«

Es ist das erste Mal, dass er ihre Kompetenz anzweifelt. Idun beißt die Zähne zusammen. Sie ist sich im Klaren darüber, dass sie sich übernommen haben. Aber nun gibt es kein Zurück mehr, das wissen Tareq und sie nur zu gut, vor allem nach alledem, was in Vinges Villa auf der Insel passiert ist.

»Unser vorderster Auftrag lautet, den Mord aufzuklären, alles andere wäre ein Bonus, sowohl für Morgan und Emil als auch für uns.«

Sie klingt ein wenig zu nachdrücklich, weil sie selbst nicht vollends überzeugt ist. Anders sieht sie misstrauisch an.

»Aber Idun, du musst doch einsehen, dass ihr gerade nach der Nadel im Heuhaufen sucht. Wie wahrscheinlich ist es bitte schön, dass Marina vor Jahren ausgerechnet in einer der Wohnungen war, die man euch nennt?«

Morgan, der bis jetzt kein Wort beigetragen hat, richtet sich auf seinem Besucherstuhl gerade auf. Die Bewegung ist minimal, doch sie bringt Idun dazu, sich eine Antwort zu verkneifen.

»Das wissen wir nicht.«

Er spricht langsam, beugt sich zum Schreibtisch vor, vermutlich, damit Tareq ihn besser hören kann.

»Aber Idun hat recht, wir können beide Fälle nur lösen, wenn jemand aus dem Netzwerk mit uns spricht. Und Iduns neuer Kontakt ist unsere beste Option.«

Anders reibt sich mit den flachen Händen übers Gesicht. Er ist immer noch ziemlich erkältet.

»Ihr seid also zu einhundert Prozent davon überzeugt, dass der Mord an Evert mit dem Umstand zusammenhängt, dass er vor Jahren für Geld mit Marina Sex hatte?«

Idun wackelt nachdenklich mit dem Kopf.

»Nicht notwendigerweise ... Aber die Verstümmelung und der eingeritzte Blitz sind klare Signale. Wir wissen, dass er mit ihr geschlafen hat. Wenn wir die Wohnung finden, in der sie gefangen war, stehen die Chancen gut, dass wir jemanden finden, der womöglich kurz vor ihrem Tod in der Nähe war, der Evert kennt und bestätigen könnte, dass er für Sex bezahlt hat, und der uns mehr darüber erzählen könnte.«

Morgan korrigiert sie: »Vergewaltigungen.«

Idun sieht ihn an.

»Man bezahlt nicht für Sex. Man bezahlt für eine Vergewaltigung.«

»Das Wichtigste ist jetzt, diese Adressen zu bekommen«, fährt Idun fort. »Meine Kontaktperson will volle Immunität bei einem potenziellen Gerichtsverfahren. Sie will bei Gericht nicht aussagen müssen. Plus Flugticket und einen neuen Pass.«

Anders nimmt beide Hände hoch.

»Und du glaubst, auf die Person ist Verlass?«

Idun sieht ihm unverwandt in die Augen.

»Ja, das glaube ich.«

Trotzdem werden in ihr Zweifel laut. Sie nimmt an, dass es an der unklaren Gesamtsituation liegt.

Anders sieht fix und fertig aus.

»Immunität ginge wohl in Ordnung. Aber die Aussage bei Gericht müsste sein.«

»Die Person darf nicht bei Gericht auftreten. Wenn Hannes erfährt, wer sie ist, lässt er sie umbringen, daran habe auch ich keinen Zweifel.«

»Aber wenn die Aussage entscheidend für die Verurteilung wäre – wie sollten wir dann damit umgehen, dass eine so wichtige Person nicht aussagen will? Würde sie ihre Aussage aufzeichnen? Das wäre vielleicht eine Lösung. Mit Betonung auf *vielleicht*.«

»Dazu wäre die Person bereit. Trotzdem brauchen wir darüber hinaus hinreichende Beweise. Mein Kontakt muss hier außen vor bleiben, das habe ich der Person versichert, und dieses Versprechen halte ich auch, sofern es irgendwie möglich ist. Es ist unsere einzige Chance, beide Morde aufzuklären und Hannes Vinge hinter Schloss und Riegel zu bringen. Das dürfen wir uns nicht entgehen lassen, zumal die Ermittlung im Mordfall Evert ansonsten komplett stillsteht.«

Darauf erwidert Anders nichts. Stattdessen ergreift Tareq das Wort.

»Idun hält den Kontakt weiter aufrecht. Anders, sorge du dafür, dass die Polizei Umeå heute Nachmittag sämtliche Lkws aufhält. Der Umstand, dass Yassin Farar über derlei Dinge vermeintlich Bescheid weiß, wird dazu führen, dass Hannes ihm vertraut.«

»Ihr werdet diesen persischen Deal niemals bei Gericht zur Sprache bringen können. Die Polizei darf kein Verbrechen provozieren, wie oft soll ich das noch sagen?«

Anders sieht aus, als müsste er dringend schlafen. Auf dem Bildschirm nickt Tareq ihm zu.

»Das ist uns bewusst. Der Deal an sich ist auch nicht die Falle, in die wir Hannes locken wollen. Er dient lediglich dazu, Vertrauen aufzubauen und ihn davon zu überzeugen, dass auf Yassin Verlass ist.«

»Trotzdem«, wirft Morgan ein. »Der Fake-Deal wäre ein Indiz dafür, in welche Geschäfte Hannes verwickelt ist. Dass er mit Frauen handelt, sie wie Vieh verkauft, ihr Leben zerstört und sie früher oder später aus dem Weg räumt.«

Idun dreht sich zu Anders um.

»Trotz allem liegt Tareqs und mein Hauptaugenmerk auf Evert Holms Ermordung. Sprichst du mit den Kollegen in Umeå?«

Ihr Chef nickt widerwillig.

»Ja, ich kümmere mich darum. Und was steht für euch an?«

»Ich nehme erneut Kontakt zu der Person aus Vinges Netzwerk auf, um ihr zu versichern, dass die Abmachung steht, und um die Adressen einzuholen. Morgan und Tareq planen die Razzia. Die muss unter allen Adressen zeitgleich erfolgen.«

Anders rauft sich geistesabwesend die Haare.

»Dann mal los. Allerdings muss ich sagen, dass ich bei der Sache Bauchweh habe. Morgan, wir laufen hoffentlich nicht Gefahr, dass Emil dabei ins Kreuzfeuer gerät?«

Morgan schüttelt den Kopf.

»Emil liegt mit Grippe im Bett, aber auch sonst hätten wir ihn aus dem Spiel genommen, weil er seinen eigenen Kontakt auf der anderen Seite hat. Wir müssen die beiden Spuren fein säuberlich auseinanderhalten, hauptsächlich um Emils Sicherheit willen.«

Idun hält den Atem an. Nur Tareq und sie wissen, dass es sich bei ihren Kontakten um ein und dieselbe Person handelt.

Sie beenden die Besprechung. Idun winkt knapp in Richtung Webcam. Auf dem Weg zu ihrem Dienstzimmer kommt sie am Empfang vorbei. Siv sitzt mit der Brille auf der Nasenspitze vor ihrem Rechner und blickt wie gebannt auf den Bildschirm.

»Hallo.«

Idun umrundet den Empfang und hält auf die Tür dahinter zu. Siv blickt auf.

»Oh, hallo! Eine Besprechung so früh am Morgen?«

Idun lässt sich auf den Sitzhocker vor der Tür fallen und unterdrückt einen Seufzer.

»Alles nur wegen der Party am Freitag ... Wir konnten nicht länger warten.«

Siv massiert sich die Schulter.

»Schon Pläne für den restlichen Tag?«

»Arbeiten, arbeiten, arbeiten – und dann ein kurzer Besuch bei Calle.«

Schlagartig sieht Siv ernst aus.

»Er ist krankgeschrieben. Du darfst mit ihm keine Details der Ermittlung besprechen.«

Kurz sieht sie Idun vielsagend an, und dann brechen beide in Gelächter aus.

»Aber mal ernsthaft, Idun. Du solltest etwas für dein Sozialleben tun. Man kann doch nicht nur arbeiten und Kollegen treffen. Es gibt noch andere Dinge, mit denen man sich die Zeit vertreiben kann.«

Sofort zieht sich Iduns Magen zusammen. Wenn Siv wüsste, wie sehr sie in letzter Zeit über ihre Einsamkeit gegrübelt hat. Es ist, als wäre ihr Leben ins Wanken geraten, ohne dass sie sagen könnte, warum. Eigentlich weiß sie nicht einmal selbst, ob sie eine Veränderung will. Wenn man allein ist, kann einen keiner verletzen, und wenn man niemanden liebt, kann einem auch niemand wegsterben. Das Gleiche gilt, wenn man jemanden auch nur in seine Nähe lässt. Es reißt ein Loch, das mit der Zeit zu einem Krater aufbricht, den nichts und niemand mehr füllen kann.

»Ich habe Papa und Mika, und soweit ich weiß, haben die mit der Arbeit rein gar nichts zu tun.«

Sie zwinkert Siv zu, doch die Kollegin lässt nicht locker.

»Ich meine es ernst. Du hast mit Ingrid-Marie eine Niete gezogen, aber das sollte dich nicht davon abhalten, neue Verbindungen einzugehen. Jeder braucht Freunde, Idun.

Freunde, mit denen man Spaß haben, ein Glas Wein trinken oder sich einen Film ansehen kann. Hier und da ein Abendessen, gute Gespräche ...«

Idun windet sich. Die Geschehnisse in ihrer Nachbarwohnung sind jetzt ein gutes halbes Jahr her. Die Fesseln um ihre Hand- und Fußgelenke, der überwältigende Geruch des Holzes, das Messer in ihrer Hand, das in Ingrid-Maries Herz eindrang ... All das liegt in verschwommener Dunkelheit und ist sorgsam verdrängt und unterdrückt.

Idun steht wieder auf.

»Trotzdem steht heute Arbeit an. Mal sehen, wie es morgen wird.«

Siv sieht ihr nach, und sie winken einander knapp zu, als Idun den Aufzug betritt.

Idun greift zur Teekanne und dreht sich zu Calle um. Er hat es sich auf der Küchenbank bequem gemacht und blättert durch ihre Unterlagen.

»Ihr müsst schleunigst an diese Adressen kommen. Hannes erwartet in weniger als einer Woche diese fünf Perserinnen. Ein verdammt heikler Plan, den ihr euch da zurechtgelegt habt, muss ich schon sagen ... Kannst du dich auf diesen Tareq verlassen?«

Idun gießt ihnen beiden Tee ein und setzt sich dann auf einen Stuhl. Sie schiebt die Knöchel übereinander, spürt, wie kalt ihre Füße sind.

»Tareq ist gut. Ruhig und vorausschauend. Deshalb habe ich mit so etwas auch nicht gerechnet.«

»Sieh an, du verteidigst ihn.«

Calle pfeift durch die Zähne. Idun nippt vorsichtig an ihrem Tee.

»Gar nicht wahr. Ich habe ihn womöglich nur falsch eingeschätzt. Ich bin nur überrascht, aber Anders ist natürlich stinksauer. Wenn er nicht immer noch mit seiner Grippe zu schaffen hätte, hätten wir mächtig eins hinter die Ohren gekriegt.«

Calle stemmt sich in eine aufrechte Sitzposition. Idun schiebt ihm seinen Becher zu. Er nimmt ihn hoch, überlegt es sich dann aber anders.

»Wenn eine der Prostituierten Evert den Schwanz abgehackt hat, ist die doch inzwischen über alle Berge. Ausgediente Frauen aus dem Netzwerk werden ansonsten umgebracht, das weißt du doch selbst.«

Idun schiebt die Tageszeitung beiseite, die aufgeschlagen auf dem Tisch liegt. Calle hat in einem Kreuzworträtsel zwei Felder ausgefüllt.

»Darüber habe ich auch nachgedacht. Aber Marina ist die Flucht zunächst auch gelungen – und wir sind uns ziemlich sicher, dass sie erst anschließend dem Netzwerk zum Opfer gefallen ist. Sie ist ein Stück weit gekommen, immerhin bis in die voll besetzte Schulaula. Und dort ist sie dann ermordet worden – mitten im Publikum. Wenn irgendwer so etwas macht, dann doch nur, weil sie unbedingt zum Schweigen gebracht werden musste.«

Calle schließt eine Zeit lang die Augen, und Idun wartet geduldig ab. Als er die Augen wieder aufschlägt, nimmt er den Faden auf.

»Außerdem haben sie keine Bedenken, dafür in den Knast zu wandern. Allerdings dürfte es auch nicht Hannes gewesen sein, der ihr das Heroin gespritzt hat. Er hat Leute, die so etwas für ihn tun, Leute für die Drecksarbeit. Dass Marina fliehen konnte, muss sie in Panik versetzt haben – sogar diesen Hannes.«

Idun sieht aus dem Fenster. Draußen fällt lautlos Schnee. Es ist wärmer geworden, auf der Anzeige im Auto waren es auf dem Weg hierher gerade mal minus zwölf Grad.

»Gleichzeitig ist es nicht Tareqs und meine Aufgabe, den Mord an Marina Alm aufzuklären. Das ist Morgans und Emils Job. Wir kümmern uns bloß um Evert.«

Calle nimmt ein paar große Schlucke, ehe er sich erneut auf der Küchenbank zurücklehnt. Idun atmet durch die Nase ein.

»Wie sieht es eigentlich mit deinem Gleichgewicht aus?«
Er verzieht das Gesicht. Die Sommersprossen scheinen über seine Wangen zu rutschen, doch rund um die Augen sieht er erschöpft aus.
»Es wird allmählich besser. Das Problem ist, dass ich im Kopf immer so furchtbar müde bin. Wenn das erst ausgestanden ist, bin ich sofort wieder am Start, und dann darf dieser Tareq wieder heimfahren.«
Gekünstelt macht er einen Schmollmund. Idun seufzt lautlos in ihren Tee.
»Er ist nur ausgeliehen, solange du krankgeschrieben bist.«
»Aber du setzt darauf, dass ich nicht mehr zurückkomme.«
»Wie kommst du denn auf so was?«
Er lacht.
»Verdammt noch mal, Idun. Ich konnte es dir ansehen, als du seinen Namen erstmals erwähnt hast. Der Bart hat dein Interesse geweckt, das sehe ich dir an. Aber du solltest dich mal entspannen. Du brauchst neue Kontakte. Ein Abendessen oder mal ins Kino oder einfach nur Kaffee ... oder hier und da Sex. Der Job ist nicht alles.«
Verblüfft lacht sie auf.
»Sagt ja der Richtige!«
Calle zuckt mit den Schultern.
»Wir reden hier aber jetzt nicht über mich.«
Idun will schon protestieren, als ihr Handy klingelt. Sie angelt es aus der Tasche. Der Anruf kommt aus der Region Norrbotten.
»Idun Lind, Mordkommission?«
Es rauscht im Hörer.
»Guten Tag ... Spreche ich mit Idun Lind?«

Sie hört sofort, wer dran ist.
»Christian Ekenstjerna – was kann ich für Sie tun?«
Der Arzt aus dem Heim, in dem Adam wohnt. Ein paar Sekunden lang herrscht Stille.
»Sie entschuldigen, wenn ich kurz störe?«
Sie unterdrückt einen Seufzer, hätte nicht an ihr Arbeitshandy gehen sollen, wenn sie keine Zeit hat zu sprechen.
»Schon in Ordnung.«
Calle sieht sie neugierig an. Sie macht eine kreiselnde Handbewegung. Calle steht von der Küchenbank auf, um frisches Teewasser aufzusetzen.
»Ich weiß ehrlich gesagt nicht, ob das für Sie wichtig ist ... Aber Adam Holm ist verschwunden.«
Idun erstarrt, bekommt gar nicht mit, dass Calle ihr mit einem fragenden Blick die Kanne hinhält.
»Was meinen Sie mit *verschwunden*?«
Erneut herrscht kurz Stille. Unnötige Kunstpausen schienen ein gern gewähltes Kommunikationsmittel bei Christian Ekenstjerna zu sein.
»Er ist am Freitag aus dem Wohnheim verschwunden. Es kam zu einem Handgemenge, und im Zuge dessen hat er sich meine Codekarte genommen.«
»Hat Adam das Handgemenge provoziert?«
Calle gibt auf und gießt Idun Tee nach, ohne zu wissen, ob sie überhaupt noch welchen will.
»Nein, das war nicht er, es waren zwei andere ... Patientinnen.«
Neuerliche Stille. Idun ist zusehends genervt.
»Und das hatte nichts mit Adams Verschwinden zu tun?«
»Wie meinen Sie das?«

Sie fuchtelt in Richtung ihres Notizblocks. Calle hält ihn ihr hin. Sie zieht den Stift aus der seitlichen Halterung.

»Die beiden Patientinnen, die das Handgemenge verursacht haben – war das eventuell inszeniert, damit er unbemerkt verschwinden konnte?«

Man kann den Groschen beinahe fallen hören.

»Ach, so meinen Sie das.«

Idun wartet ab.

»Nein. Zwischen ihrem Streit und Adams Verschwinden gibt es keinen Zusammenhang. Wenn Sie mich fragen, war er einfach nur zur rechten Zeit am rechten Ort, sofern man die Perspektive eines Flüchtigen einnehmen will.«

Idun schießt durch den Kopf, dass Christian anscheinend keine Ahnung hat, wie oft jemand zur rechten Zeit am rechten Ort ist.

»Ich dachte, Adam wäre freiwillig bei Ihnen?«

»Ist er auch.«

»Trotzdem reden Sie von ihm, als wäre er ausgebrochen. Kann davon die Rede sein, wenn er aus freien Stücken bei Ihnen untergebracht ist?«

Erneut knistert es im Hörer.

»Er hat eine schwere psychische Erkrankung. Der Verfolgungswahn ist sein größter Feind. Wenn er unsicher wird und unter Stress gerät, wird er vermutlich alles tun, um sich aus der Situation zu befreien. Da kann er eine Gefahr für sich selbst darstellen.«

Idun runzelt die Stirn.

»Wie ist das zu verstehen?«

Christian räuspert sich, scheint um die richtigen Worte zu ringen.

»Beispielsweise zu schnell über die Straße oder auf Bahnschienen rennen womöglich? In einen Fluss sprin-

gen? Irrationale Ängste führen oftmals zu einem irrationalen Fluchtimpuls. Und wenn man flieht, achtet man selten auf seine Umgebung.«
Idun macht sich Notizen, während sie gleichzeitig versucht, ihre Gedanken zu sortieren.
»Haben Sie mich deshalb angerufen – weil Sie sich um Adams Sicherheit Sorgen machen?«
»Ja.«
»Und Sie fürchten, dass er sich verletzen könnte?«
»Nein, nicht unbedingt ... Adam vor sich selbst zu beschützen ist genau genommen nicht Aufgabe der Polizei, weil er schließlich nicht zwangsuntergebracht ist.«
Idun nickt beifällig. Warum also hat Christian sie angerufen?
»Ich musste an die Sache mit Evert denken. Mit Adams Vater.«
Iduns Stift verharrt über dem Papier. Calle sieht sie forschend an, er versucht eindeutig mitzuhören, was vor sich geht.
»Adam verlässt das Heim sonst nicht freiwillig. Er hat viel zu viel Angst, nach draußen zu gehen, selbst wenn ein Betreuer dabei ist. Ich finde es höchst bemerkenswert, dass er sich meine Codekarte genommen und einfach abgehauen ist.«
»Könnte irgendwer ihn dazu genötigt haben?«
Christian zögert seine Antwort heraus.
»Nein, das glaube ich nicht. Adam hat hier keine nennenswerten Kontakte, weder mit anderen Patienten noch mit dem Personal. Dann wiederum ist das mit seinem Vater passiert. Warum verschwindet Adam, kaum dass er erfahren hat, dass sein Vater gestorben ist? Das verstehe ich nicht.«

»Hatte wirklich niemand Kontakt zu ihm? In der vergangenen Woche? Seine Schwester vielleicht?«

Sie kann regelrecht hören, wie Christian den Kopf schüttelt.

»Niemand außer Ihnen und Ihrem Kollegen. Ich bin sowohl meine als auch die Aufzeichnungen sämtlicher Kollegen durchgegangen. Nichts in seinem Alltag war anders als sonst – abgesehen von Ihrem Besuch, als Sie ihm erzählt haben, dass sein Vater gestorben ist.«

»Haben Sie ihn als vermisst gemeldet?«

»Natürlich. Das hat ein Kollege noch am selben Abend erledigt. Ich dachte, Sie würden Bescheid bekommen, weil Sie doch im Fall seines Vaters ermitteln. Aber nachdem Sie sich nicht gemeldet haben, hatte ich das Gefühl, ich sollte Sie besser anrufen und es Ihnen erzählen – damit Sie es auch garantiert hören.«

»Das weiß ich zu schätzen, danke.«

Idun kann Christian nicht sagen, warum sie sich seit dem Wochenende nicht mehr um den Fall Evert gekümmert hat. Garantiert hätte ihr in der Datenbank das gelbe Alarmfähnchen entgegengeblinkt, weil der Sohn des Mordopfers verschwunden ist. Sämtliche erfassten Fälle in ihrer Abteilung verfügen über diese Funktion und über ein automatisches Register von Angehörigen und anderen beteiligten Personen. Nur war Idun beschäftigt, eine Prostituierte zu spielen, einem potenziellen Vergewaltiger die Nase zu brechen und Kontakt mit Hannes Vinges Frau zu knüpfen. Nur deshalb hat sie Everts Fallakte nicht noch mal aufgerufen.

»Gut, dass Sie angerufen haben. Und gut, dass Sie Adam als vermisst gemeldet haben. Ich sehe mir die Sache an, sobald ich wieder im Büro bin. Ich bin gerade in einer anderen Angelegenheit unterwegs, aber danke, dass Sie sich gemeldet haben.«

Calle lungert sichtlich gelangweilt auf der Küchenbank und hat es aufgegeben, dem Gespräch zu folgen.

»Danke, dass Sie rangegangen sind.«

Idun findet es merkwürdig, dass er sich dafür bedankt. Sie will das Gespräch gerade beenden, als Christian abermals das Wort ergreift.

»Ich will noch mal betonen, wie verwunderlich ich es finde, dass Adam sich so verhält. In all der Zeit, die er bei uns gewohnt hat, hat er notorisch Angst davor gehabt, nach draußen zu gehen. Sie wissen ja selbst, was ich Ihnen erzählt habe – er fühlt sich sogar in seinem Zimmer unwohl, solange die Tür nicht von außen verriegelt ist. Es ist mir unerklärlich, wie er sich da eigenmächtig entfernen konnte. Und ebenso unerklärlich ist es, dass er sich schon einige Tage lang fernzuhalten scheint.«

Idun kneift die Augen zusammen.

»Wovon fernhalten?«

»Vom Wohnheim natürlich. Von uns. Er muss triftige Gründe haben, warum er sich so verhält. Wichtigere Gründe, als wir sie uns vorstellen können.«

»Sie als sein Arzt ... Können Sie sich erklären, was für Gründe das sein könnten? Wenn Sie alles in Betracht zögen, was Ihnen einfällt?«

Wieder knistert es im Hörer.

»Das ist genau das Problem. Ich wüsste nichts, was Adam dazu bewegen würde, das Heim zu verlassen. Absolut nichts.«

Als Christian Ekenstjernas Ausführungen sich dem Ende zuneigen, bringt er sie mit fast betrüblichem Ton vor.

»Es ist, als hätte er sich von einer Sekunde zur anderen

verändert. Als wäre er schlagartig entweder gesund oder aber total psychotisch geworden. Ersteres ist unmöglich. Und Zweiteres wäre eine Katastrophe. Die Paranoia, an der er leidet, gepaart mit einer akuten Psychose, wünsche ich wirklich niemandem. Und in dem Fall wäre Adam auch nicht mehr nur eine Gefahr für sich selbst, sondern auch für jeden anderen.‹

1989

Peter sitzt ganz zuhinterst im Klassenzimmer. Er ist der Einzige in seiner Reihe, die anderen sitzen entweder zu zweit oder zu dritt zu beiden Seiten des Mittelgangs. Es herrscht eine vorfreudige, fast aufgeregte Atmosphäre. Tags zuvor waren die Abschlussklausuren in Mathematik und Naturwissenschaften, in der Vorwoche die in Schwedisch und Erdkunde. Peter weiß, dass es gut für ihn lief. Man kann ziemlich viel lernen, wenn man keine Freunde hat.

Vorn am Pult steht der Klassenlehrer, ein alter, müder Mann mit weißen Haaren und einem ausgebeulten Sakko. Er räuspert sich, um die Klasse zur Ruhe zu rufen, doch die Schülerinnen und Schüler sind viel zu ausgelassen, zu froh und erleichtert, dass die letzten Klausuren ausgestanden sind und ihnen nach dem bestandenen Abitur die Zukunft, nein, die ganze Welt offensteht. Sie haben die erste große Bewährungsprobe geschafft, haben einander, ziehen Kraft aus der Gemeinschaft, und jetzt wollen sie nur mehr zusammen die letzten Schulwochen genießen.

Peter ist der Einzige, der allein ist. Er ist seine eigene Insel, ein Außenseiter, der sich von den anderen fernhält. Nicht weil er das selbst so wollte, sondern weil die anderen sich entsprechend verhalten. So ist es immer gewesen. Niemand hat Peter gewollt, niemand außer Silje, aber die hat beschlossen, das Gymnasium abzubrechen.

Sie versuchen, sich einmal im Monat zu treffen, entweder bei Peter daheim oder in einem Kletterbaum, oft hinter dem Schulhof ihrer alten Schule. Peter hasst diese Schule aus tiefstem Herzen. Er muss nur die Augen schließen und fühlt sich wieder zu Uffe, der Gang, Frau Larsson und in die Einsamkeit zurückversetzt. In sein Außenseitertum, die Ängste, zu der Schere in seinem Bein und den Bauchschmerzen. Dazu, wie aus Peter Meter wurde, und zu den Komplexen, die er aufgrund seiner Größe entwickelt hat – und beibehielt, selbst als das Mobbing vorbei war. In der Sechsten fragte er die Schulkrankenschwester, ob es wachstumsfördernde Medikamente gebe, doch die regte sich nur fürchterlich auf und hielt ihm einen langen Vortrag über anabole Steroide und deren Auswirkungen auf den Körper. Peter verstand kein Wort. Er wollte keine Steroide, er wollte bloß irgendeine Pille oder zwei, mit deren Hilfe er normal groß würde. Als die Krankenschwester fertig war, musste Peter ihr schwören, niemals zu Steroiden zu greifen und auch nicht zu Drogen. Alkohol sei im Übrigen auch nicht gut, von Zigaretten ganz zu schweigen.

Es klopft an der Tür. Die Studienberaterin steckt den Kopf herein. Ihre braunen Haare wallen ihr über die Schulter, als sie den Klassenlehrer anlächelt.

»Darf ich?«

Müde sieht der Klassenlehrer zu ihr hinüber und nickt. Die Studienberaterin lächelt noch breiter, es fehlt nicht mehr viel, und ihre Wangen platzen.

»Gut, dann nehme ich einen nach dem anderen mit. Wer will anfangen?«

Sie lässt den Blick über die Klasse schweifen und hält bei Peter inne.

»Peter! Komm, komm!«

Sie lächelt noch immer. Peter nimmt seinen Rucksack von der Rückenlehne seines Stuhles und steht auf. Niemand sieht ihm hinterher, als er das Klassenzimmer verlässt. Er ist unsichtbar, ist es immer gewesen.

Sie gehen den Flur entlang und zwei Stockwerke runter in ihr Arbeitszimmer. Es ist in natürlichen Farben eingerichtet. Vor dem Fenster hängen feuerfeste Gardinen.

»Also, Peter, dann konzentrieren wir uns mal nur auf dich.«

Sie zwinkert ihm zu. Ihre Augen blitzen wie der Aldersjön an einem Spätsommertag. Peter versteht nicht, was sie von ihm will. Als sie keine Antwort von ihm erhält, tut sie, als wäre nichts gewesen.

»Ich habe mir deine Noten angeguckt. Die sind wirklich gut. Hast du dir schon Gedanken gemacht, womit du später dein Geld verdienen willst?«

Peter fühlt sich leicht benebelt. Er ist müde und macht sich Sorgen um Silje. Tags darauf sind es geschlagene fünf Wochen, seit sie sich zuletzt gesehen haben. Peter ist zwei Tage zuvor bei ihr vorbeigefahren und hat geklopft, und als er ans Fenster schlich, hat er Siljes Vater auf dem Sofa schlafen sehen, nur in Mesh-Hemd und Unterhose. Unter dem Sofa lagen leere Bierdosen und Chipsreste.

»Peter?«

Die Studienberaterin lächelt so breit, dass Peter fast angst und bange wird.

»Ja?«

Sie nickt ihm auffordernd zu, als er endlich reagiert, scheint sie dies als einen Schritt in die richtige Richtung zu deuten.

»Ich dachte mir, wir könnten über deine Zukunft sprechen. Darüber, was du nach der Schule machen willst, besonders hinsichtlich deiner guten Noten.«

Dieses ewige Lächeln. Gott, muss das in den Wangen wehtun.

»Ich weiß noch nicht, was ich werden will.«

Die Studienberaterin sieht ihn beschwingt an.

»Dir stünde alles offen! Medizin, Forschung, Ingenieurwesen, Wirtschaft ... Ist es nicht fast schon magisch, wenn ich das so sage?«

Sie blinzelt wie wild. Er selbst spürt, dass sich der Nebel in seinem Kopf verdichtet. Er muss dringend schlafen. Aber das geht nicht, solange er nicht weiß, ob es Silje gut geht. Er weiß nicht mal, wo sie steckt.

»Ich will nicht Arzt werden.«

Das sagt er hauptsächlich, um irgendetwas zu sagen, weil er ahnt, dass die Frau irgendeine Antwort erwartet. Sie nickt eifrig, doch Peter will nur noch an Silje denken. Er weiß, dass sie sich selbst verletzt, und will nichts lieber, als ihr zu helfen. Sie beschützen. Vor sich selbst und vor allem anderen.

»Was willst du stattdessen aus deinem Leben machen?«

Jetzt klingt sie auch noch wie eine Sozialarbeiterin. Peter zögert.

»Ich will Menschen helfen.«

Die Studienberaterin nickt erneut und guckt Peter an, als hätte sie verstanden, was er meint.

»In welcher Richtung genau?«

Peter windet sich. Der Stuhl ist wahnsinnig unbequem.

»Ich will Menschen helfen, denen es schlecht geht.«

Diesmal nickt die Studienberaterin bedächtiger.

»Aber nicht als Arzt?«

Er schüttelt den Kopf.

Ihr Blick flackert leicht.
»Kannst du das irgendwie ausführen?«
Peter sieht ihr direkt in die Augen.
»Natürlich. Aber das muss ich gar nicht. Ich weiß schon, was ich machen will.«
Und damit steht er auf und geht. Zum ersten Mal in seinem Leben weiß er genau, was er will und wie er da hinkommt. Er wird Silje helfen. Das ist er ihr schuldig. Seiner besten und einzigen Freundin auf der Welt.

Als Idun den Pausenraum im Revier betritt, sitzen Siv und Morgan dort auf dem Sofa. Sie ist überrascht, sonst ist sie immer die Erste bei der Arbeit.

»Hast du verschlafen?«

Es ist gerade mal Viertel nach sieben. Siv schiebt sich die Brille in die Stirn und sieht Idun amüsiert an, die ein Glas aus dem Oberschrank nimmt. Sie lässt das Wasser laufen, bis es eiskalt ist. Auf dem Rückweg winkt sie Tareq auf Sivs Laptopbildschirm zu.

»Ich war laufen, zehn Kilometer statt Intervalltraining, ich musste den Kopf freikriegen.«

Tareq winkt in seine Webcam.

»Hättest du Bescheid gesagt, wäre ich mitgelaufen.«

Idun nimmt ein paar Schlucke Wasser, beugt sich vor und lächelt in Richtung Bildschirm.

»Wie wär's mit morgen früh? Ich könnte eine Gästekarte für das Hermelin besorgen, das Sportstudio ganz in der Nähe deines Hotels.«

Er lacht.

»Das muss leider warten, bis Yassin Farar Geschichte ist. Mit der hauseigenen Prostituierten zum Sport zu gehen wäre doch einigermaßen aufsehenerregend.«

Morgan sitzt auf der Sofalehne und studiert ein Dokument. Durch die dicke Brille sehen seine Augen wie immer unproportional groß aus.

»Habt ihr was Neues?«
Er blickt zu ihr hoch.
»Bevor du kamst, haben wir kurz über die Razzia in den Wohnungsbordellen geredet. Am günstigsten wäre es an diesem Freitag. Zum Wochenende gehen dort tendenziell mehr Kunden ein und aus, und je mehr wir hochnehmen, umso größer die Chance, dass einer von ihnen mit uns reden will.«
»Aber wir setzen doch eher darauf, dass jemand aus Hannes' Organisation redet.«
Morgan nickt.
»Klar. Andererseits könnte es natürlich genauso gut ein Kunde sein, das wäre besser als nichts.«
Idun überkreuzt die Knöchel.
»Wird ein ganz schön großer Einsatz für den vagen Verdacht, dass da ein Zusammenhang hergestellt werden könnte, das muss sogar ich zugeben.«
Morgan blättert weiter.
»Und du glaubst immer noch, dass du an die Adressen kommst?«
»Bin felsenfest davon überzeugt.«
»Weißt du schon, wie du sie kriegst?«, fragt Tareq.
Idun schüttelt den Kopf.
»Aber ich vertraue der fraglichen Person. Die Adressen kommen, hoffentlich vor diesem Freitag. Aber es gibt da noch eine andere Sache, über die wir reden müssten. Adam Holm ist aus seinem Wohnheim verschwunden.«
Tareqs Stimme aus dem Laptoplautsprecher klingt blechern.
»Was? Und wann war das?«
»Vergangenen Freitag. Er ist als vermisst gemeldet worden, aber hat, wie wir wissen, ein Alibi für den Zeitpunkt

von Everts Ermordung. Deshalb ist er in unserem Fall auch nicht verdächtig. Sein einziges nachweisliches Vergehen ist, dass er sich die Codekarte für das Wohnheim geschnappt hat und abgehauen ist.«

Siv zieht ihren Notizblock aus der Tasche.

»Das kann aber doch kein Zufall sein?«

Idun sieht sie an.

»Womöglich nicht. Ich würde der Sache gern nachgehen. Christian Ekenstjerna kann gar nicht glauben, dass Adam das Heim freiwillig verlassen haben soll.«

Morgan runzelt die Stirn.

»Christian Ekenstjerna?«

»Der behandelnde Arzt. Adam hat infolge seiner Drogenvergangenheit psychische Probleme. Bei ihm ist Schizophrenie und eine schwere Form der Paranoia diagnostiziert worden. Er hat vor allem und jedem Todesangst.«

Mit dem Zeigefinger schiebt Morgan sich die Brille auf der Nase hoch. Die Bewegung ist eindeutig weniger geschickt als bei Siv.

»Hat er seinem Vater nahegestanden?«

Idun schüttelt den Kopf. Tareq meldet sich aus dem Laptop.

»Pia, seine Schwester, ist Ärztin und stand im OP, als Evert gestorben ist. Sie hat somit ein wasserdichtes Alibi. In diesem Zusammenhang ist jedoch interessant, wie der Schnitt an Everts Penis ausgeführt wurde – laut Svetlana nämlich fast schon professionell.«

Morgan sieht Idun an. Als sie den Faden aufnimmt, wirkt er fast, als würde er die Luft anhalten.

»Nur ist derjenige, der das Skalpell geführt hat, Linkshänder. Und Pia ist Rechtshänderin.«

Sie kann Morgan ansehen, dass er ahnt, was gleich

kommt, und seine kurze Nachfrage bestätigt ihren Verdacht.
»Aber?«
»Adam ist Linkshänder.«
Morgan klappt die Kinnlade runter.
»Und trotzdem findet ihr nicht, dass sein Verschwinden höchst relevant ist?«
Er klingt annähernd schrill.
»Doch, natürlich«, antwortet Tareq. »Aber beide haben ein Alibi. Dass Pia Operateurin ist und Adam Linkshänder, kann immerhin ein dummer Zufall sein.«
Idun presst die Lippen zusammen. Sie glaubt nicht an Zufälle. Morgan kratzt sich am Hals. Schmale rote Striemen leuchten auf seiner blassen Haut.
»Ich finde, da müssen wir dranbleiben. Wir sollten uns aufteilen.«
Idun pflichtet ihm bei.
»Wenn ihr beide die Razzia plant, kann ich noch mal mit Pia sprechen. Adam kann nicht vom Erdboden verschwunden sein, irgendwo muss er ja stecken.«
Siv hält mit dem Stift in der Hand inne.
»Anders ist zu Hause geblieben. Er hat wieder Fieber bekommen, vermutlich die gleiche Grippe, die auch Emil hat. Aber ich rufe ihn heute Nachmittag an und setze ihn ins Bild.«
Idun steht auf. Tareqs Stimme klingt inzwischen noch blecherner, vielleicht ist es auch nur die Internetverbindung.
»Siv, weißt du, ob die Kollegen in Umeå den Auftrag ausgeführt haben? Hast du mit Anders darüber gesprochen?«
Siv lächelt in Richtung Bildschirm.

»Ich habe gestern Abend mit ihm telefoniert, und sie haben einen außerordentlichen Job gemacht und jeden einzelnen Lkw in Richtung Norden auseinandergenommen. Es hat ewig gedauert und laut Anders reichlich Ressourcen und Asche gekostet, wie er sich ausdrückte. Er hat sich bei den Chefs dort oben keine Freunde gemacht, aber für uns ist nur wichtig, dass sie es durchgezogen haben.«

Tareq ist sichtlich erleichtert über diese Antwort.

»Das war ein wichtiges Signal an Hannes Vinge. Sag schöne Grüße und herzlichen Dank von mir, wenn du das nächste Mal mit Anders sprichst.«

Pia öffnet die Wohnungstür in Jogginghose und T-Shirt. Idun streift sich die Daunenjacke ab und nimmt beiläufig zur Kenntnis, dass Pia unerhört muskulöse Arme hat. Genau wie bei ihrem letzten Besuch setzen sie sich ins Wohnzimmer. Pia nimmt einen Hoodie vom Sofa und zieht ihn sich über.

»Sie müssen entschuldigen, ich komme gerade vom Sport und habe noch nicht geduscht.«

»Kein Problem. Ich weiß, wie es ist, wenn für nichts richtig Zeit bleibt.«

»Möchten Sie etwas trinken? Kaffee? Wasser?«

Idun schüttelt den Kopf.

»Nein danke.«

Pia setzt sich wortlos und allem Anschein nach entspannt aufs Sofa. Sie hat rosige Wangen und leicht zerzaustes Haar, obwohl sie sie zu einem Pferdeschwanz gebunden hat. Unwillkürlich fragt sich Idun, welchen Sport diese Frau wohl macht. Krafttraining vermutlich, wenn man sich die Arme so ansieht.

»Sind Sie darüber informiert worden, dass Adam sein Wohnheim verlassen hat?«

Pia verzieht keine Miene.

»Ja.«

»Wann wurden Sie informiert? Und von wem?«

»Am Freitag, spätabends. Anscheinend bin ich jetzt,

da unser Vater gestorben ist, Adams Kontaktperson. Ich hatte bis vorhin Dienst, deshalb konnte ich mich noch nicht darum kümmern, aber ich will mich an die Vormundschaftsstelle wenden, damit dort jemand übernimmt.«

»Dass Sie jetzt Kontaktperson sind – was bedeutet das?«

Pia zuckt mit den Schultern.

»Dass sie mich anrufen, sobald er abhaut? Keine Ahnung.«

»Wir würden gern mit ihm Kontakt aufnehmen. Das wäre sehr wichtig.«

Keine Antwort.

»Wenn er Sie kontaktiert, könnten Sie uns dann bitte Bescheid geben?«

»Adam kontaktiert mich nicht. Wir haben uns nichts zu sagen. Er ist krank und braucht Hilfe, aber das hat nichts mit mir zu tun.«

»Hatten Sie in letzter Zeit Streit?«

Pias Blick sagt alles.

»Außer darüber, dass er sich dumm gekifft hat und sich einbildet, Evert hätte mich als Kind missbraucht?«

Schon wieder Evert. Nicht Vater.

»Wir glauben nicht, dass Adams Verschwinden mit Ihnen zu tun hat.«

Pia lacht. Es klingt ehrlich.

»Natürlich nicht. Adam und ich haben nie irgendwas miteinander zu tun, daran hat sich auch nichts geändert, nur weil Evert jetzt tot ist.«

»Haben Sie irgendeine Vorstellung, warum er das Wohnheim verlassen haben könnte?«

»Nein. Andererseits habe ich darüber auch nicht sonderlich viel nachgedacht. Das Wochenende über habe

ich mich auf eine anstehende Krebs-OP vorbereitet, eine schwierige OP mit einer für mich neuen Methode.«
Pia will eindeutig das Thema wechseln.
»Und ist die OP gut verlaufen?«
»Nein.«
Idun gerät leicht aus dem Tritt.
»Ihr Vater wurde, wie Ihnen bekannt ist, vor seinem Tod gefoltert.«
»Das haben Sie angedeutet. Wo ist eigentlich Ihr Kollege? Ich dachte, Sie müssten bei Verhören immer zu zweit sein.«
»Tareq? Der ist anderweitig beschäftigt. Und dies hier ist auch kein Verhör. Ich wollte nur noch mal mit Ihnen reden, eher über Adams Verschwinden als über den Tod Ihres Vaters.«
»Evert.«
Idun nickt.
»Wir haben Grund zu der Annahme, dass der Täter Linkshänder ist.«
Ein Schatten huscht über Pias Gesicht.
»Und da kommen Sie natürlich sofort auf Adam.«
»Er ist nicht verdächtig. Ich will Sie nur davon in Kenntnis setzen, wo wir derzeit stehen.«
Pia bleibt skeptisch.
»Sind Sie wirklich gekommen, um mir zu erzählen, dass Adam verschwunden ist? Nur um im nächsten Atemzug zu erwähnen, dass Everts Mörder Linkshänder ist, genau wie Adam? Und ich soll glauben, dass Sie das nur zufällig einflechten?«
Idun reagiert nicht. Sie muss Pia aus dem Gleichgewicht bringen. Da reicht eine noch so geringe Verschiebung.
»Meine Absicht ist lediglich herauszufinden, wer Evert

ermordet hat. Welche Fragen ich dabei stelle und aus welchem Grund, kann ich Ihnen leider nicht darlegen.«

Pia kneift leicht die Augen zusammen. Sie sieht aus, als würde sie mit sich ringen.

»Ich verstehe schon, warum Sie überlegen, ob Adam vielleicht der Täter sein könnte.«

Es dauert einige Sekunden, ehe sie fortfährt.

»Ich würde meinen, dass Adam in Evert das personifizierte Böse gesehen hat. Er war schließlich derjenige, der für Sicherheit hätte stehen sollen und ihm dann den Rücken gekehrt hat, als er ihn am meisten gebraucht hätte. Außerdem betrachtet Adam ihn als Pädophilen. Er scheint ernsthaft zu glauben, dass Evert sich in meiner Kindheit an mir vergriffen hätte. Ich weiß wirklich nicht, ob er wirklich davon überzeugt ist oder ob es nur die Krankheit ist, die ihm das einflüstert ... Aber natürlich wäre da ein Motiv zu vermuten, und das weckt Ihre Aufmerksamkeit.«

Pia zeigt keine Regung, während sie spricht, weder in ihrer Wortwahl noch in der Stimmlage. Idun lauscht konzentriert auf Anspannung, aber da ist nichts.

»Apropos Krankheit. Die psychischen Probleme, die Paranoia und der Stress, den diese mit sich bringt ... Da sind sich die Mediziner nicht einig, es fehlt da an Studien, die sichere Schlussfolgerungen erlauben würden, aber Tatsache ist doch, dass wir nicht mit Gewissheit sagen können, wo jemand wie Adam seine Grenzen zieht. Wann eskaliert so jemand in seinem Verhalten? Wann geht er zu weit, nimmt das Gesetz in die eigenen Hände und agiert aus kranken Beweggründen heraus, statt sich von dem bisschen gesunden Verstand leiten zu lassen, der ihm noch geblieben ist? Das wären die relevanten – wenn auch heiklen – Fragen, die ich stellen würde, wenn ich Sie wäre.«

Pia scheint zu jenen zu gehören, die umso mehr sprechen, je weniger sie aussagen wollen.

»Inwiefern heikel?«

Pia blickt aus dem Fenster. Es ist früher Vormittag, die Sonne steht hoch am Himmel, und keine Wolke ist zu sehen, weshalb die Temperaturen auch wieder unter minus zwanzig Grad gesunken sind.

»In ein paar Stunden wird es wieder dunkel. Dass der Februar immer so launig sein muss. Sonne und glitzernder Schnee in der einen und Finsternis in der nächsten Sekunde.«

Idun lässt sie nicht aus den Augen. Sie will jetzt nicht über das Wetter sprechen.

»Inwiefern wäre es heikel, Adam zu verdächtigen?«

Widerwillig wendet Pia sich von der Welt vor dem Fenster ab. Stattdessen starrt sie auf ihre Hände und reibt sie übereinander.

»Weil er krank ist. Und krank zu sein ist nicht das Gleiche, wie ein Mörder zu sein.«

»Glauben Sie etwa, wir würden ihn verdächtigen, weil er psychisch krank ist?«

Pia sieht Idun ins Gesicht.

»Ob ich das glaube? Ich bin Ärztin, ich glaube gar nichts.«

Idun will gerade erklären, wie sie es gemeint hat, als Pia ihr ins Wort fällt.

»Ich weiß genau, dass Sie ihn verdächtigen. Weil er psychisch krank ist und weil er überdies ein Motiv gehabt hätte. Und weil er noch dazu Linkshänder ist. Klar könnte er Evert ermordet haben, wenn man von diesen Voraussetzungen ausgeht – aber ich weiß, dass Adam es nicht getan hat.«

»Wie können Sie sich da so sicher sein?«
Pia sieht erneut aus dem Fenster. Als sie antwortet, klingt ihre Stimme heiser, als hätte sie mit einem Mal Schwierigkeiten, die Tränen zurückzuhalten – eine unerwartete Wendung.
»Weil Adam zu schwach ist, um so etwas zu tun. Dafür hat Evert gesorgt. Er hat dafür gesorgt, dass Adam zu nichts im Leben mehr imstande ist. Er kann Evert nicht ermordet haben, ganz einfach deshalb, weil Evert ihm den Willen zu handeln ausgetrieben hat.«

Idun reibt sich in kreisenden Bewegungen die Schläfen. Sie nimmt die Hände ein Stück herunter und presst die Fingerspitzen fest aufs Kiefergelenk. Mika steht am Herd und rührt die Fischsuppe um. Es duftet nach Dill und Zitrone.

»Kaputt?«

Idun schließt die Augen und versucht, tief in den Bauch zu atmen.

»Dieser Fall … Ich fürchte, ich hab mich damit übernommen.«

Mika legt den Holzlöffel auf ein Tellerchen und setzt sich auf einen der Barhocker an der Kücheninsel.

»Das glaube ich nicht. Aber vielleicht wird dieser Fall einfach zu unübersichtlich? Außerdem musst du dich mit einem neuen Kollegen zusammenraufen, und so etwas dauert bekanntlich einige Zeit, auch wenn du ihn zu mögen scheinst.«

Sie lächelt verdrießlich.

»Könnt ihr bitte alle aufhören, ständig über Tareq zu reden?«

Mika sieht sie überrascht an.

»Was? Wer außer mir redet denn sonst noch über ihn?«

Darauf antwortet Idun nicht. Stattdessen schließt sie die Augen und massiert sich weiter die Schläfen.

»Du weißt, dass du mich jederzeit als Sparringspartnerin hernehmen kannst. Ich bin ja fast schon selbst Ermittlerin – so viel, wie wir in den letzten Jahren über deine Arbeit gesprochen haben!«

Idun reißt den Mund weit auf und presst erneut die Finger in ihre Kiefer, um die Kaumuskulatur zu lockern. Erst als der Schmerz abklingt, schlägt sie die Augen wieder auf.

»Ich ermittle in dem Mordfall von der Eisbahn an der Bergnäsbrücke, aber das weißt du bestimmt schon.«

»Da stand einiges in der Zeitung, ja, insofern habe ich einen groben Überblick.«

Idun ringt um die richtige Formulierung.

»Einige Aspekte in dieser Ermittlung haben dazu geführt, dass ich an unsere Kindheit denken musste. An Mama und Papa ... und Nore.«

Mika steht wieder auf und tritt an den Herd. Eine Zeit lang rührt sie wortlos in der Suppe.

»Du bekommst nie Antworten auf deine Fragen. Ich weiß, dass du damit nicht aufhören kannst, aber du solltest es wirklich versuchen.«

Ein Hauch Defensivität schleicht sich in Iduns Stimme.

»Und du glaubst, du hättest damit aufgehört?«

Mika legt den Löffel beiseite, dreht sich um und lehnt sich gegen die Spüle.

»Nein, und das würde ich auch niemals behaupten. Aber ich denke nicht annähernd so viel darüber nach wie du. Was natürlich nicht heißt, dass es falsch ist, darüber nachzudenken.«

Idun nickt, aber die Irritation bleibt.

»Es wäre anders gewesen, wenn wir drei Schwestern gewesen wären. Ich weiß, dass Mama das teils nur gemacht hat, weil Nore ein Junge war.«

Mika sieht sie lange an.

»Ganz meine Meinung. Aber ich glaube eben auch, weil sie Angst davor hatte, dass sein gestörtes Verhalten sie irgendwie mit runterziehen würde.«

Idun ballt die Fäuste. Mika kostet die Suppe und salzt nach.

»Wusstest du übrigens, dass Nore letzte Woche bei Papa war?«

Idun schüttelt den Kopf. Das wusste sie nicht.

»Der traut sich was ...«

Die Irritation schlägt um in Zorn. Es ist mehr als ein Jahr her, seit sie sich zuletzt gesehen haben.

Mika stellt das Salz zurück ins Gewürzfach.

»Gleichzeitig versuche ich, Papa zu verstehen. Nore ist immerhin sein Sohn, und er hat alles versucht, um ihm zu helfen.«

Idun spürt, wie der Zorn immer höhere Flammen schlägt und etwas in ihr zu Stein erstarrt.

»*Alles* ist doch wohl ziemlich übertrieben. Ganz zu schweigen von Mama. Sie hat gar nichts getan, nichts.«

Mika widerspricht ihr nicht.

»Also, wie läuft es denn jetzt mit deinem Fall?«

Idun schluckt. Vielleicht ist es besser, das Thema zu wechseln.

Ihr Handy meldet sich. Mika dreht sich um und beginnt, Brot in Scheiben zu schneiden. Idun überfliegt die SMS, die von einer unbekannten Nummer stammt.

Nordpool, morgen ab 9:00 Uhr. Spind 18, Code 3344. MV.

Das Schwimmbad in Boden heißt Nordpool und ist eine Mischung aus Freizeitpark und Whirlpool-Anlage. Idun drückt auf Rückruf, hört dann aber nur eine Stimme vom Band, die ihr sagt, der Teilnehmer sei derzeit nicht erreichbar. Sie kopiert die Nummer und schickt sie an Siv, die nachsehen soll, wem der Anschluss gehört.

Es dauert zwei Minuten, bis Siv antwortet. Die Nummer gehört zu einer Prepaid-Karte und kann keiner Person zugeordnet werden. Idun seufzt. War ja klar.

1989

Peter und Silje sitzen auf einem der unteren Äste. Es ist die erste Juliwoche, und die Sorge um Silje droht Peter mürbe zu machen. Nachts liegt er wach und muss an sie denken. Er hat keine Ahnung, was sie tagsüber macht, er hat zigmal gefragt, aber Silje erzählt nichts. Sie will nicht mehr zu Hause sein, schläft bei sogenannten Kumpels, doch Peter weiß, dass es sich dabei um Männer unterschiedlichsten Alters handelt. Einmal hat er sie gefragt, warum sie nicht mehr zu Hause bei ihrem Vater sein will, doch da hat sie auf dem Absatz kehrtgemacht und ist einfach gegangen. Es dauerte drei Wochen, ehe sie sich wieder meldete. Peter hat sich vorgenommen, nie wieder nach ihrem Vater zu fragen. Seine größte Angst ist, dass sie gehen könnte und nicht mehr zurückkommt.

Träge lässt sie die Beine baumeln.

»Sollen wir vielleicht baden gehen?«

Ihre Stimme klingt kraftlos. Peter nickt.

»Wenn du willst?«

Sie sagt nichts mehr. Peter sieht, dass sie am Haaransatz einen Kratzer hat.

»Bleibst du nach dem Sommer hier?«

Die Frage überrascht ihn. Er hat überhaupt nie über einen Umzug nachgedacht.

»Was denn sonst?«

Noch ehe sie antwortet, dämmert ihm, warum sie gefragt hat. Silje hat vor, von ihm wegzuziehen. Er weiß es intuitiv: Diesmal macht sie Ernst.

Und sein Gefühl täuscht ihn nicht.

»Ich kann nicht mehr hierbleiben, Peter.«

Es ist ungewöhnlich, dass Silje von sich aus ihren Gefühlen Ausdruck verleiht, ohne dass Peter erst mehrmals nachhaken müsste. Deshalb weiß er auch nicht, wie er darauf reagieren soll. Wenn er zu viel sagt, macht sie wieder dicht. Doch er kann auch nicht einfach darüber hinweggehen, dass die Tür gerade einen Spalt weit offen steht.

»Wo willst du denn hin?«

Er gibt sich alle Mühe, neutral zu klingen, trotzdem zittert seine Stimme.

»Weg. Einfach nur weg.«

Er nickt und muss an Uffe und dessen Gang denken. Hin und wieder sieht er einen von ihnen in der Stadt – außer Uffe sind noch alle da, Uffe selbst hat sich im vergangenen Sommer im Suff totgefahren, ist auf dem Weg zum Aldersjön gegen einen Baum gerast. Peter kann sich noch an die Grablichter und Blumen am Unfallort erinnern, die den ganzen Herbst und den halben Winter über dort standen. Ihm selbst wird jedes Mal warm ums Herz, wenn er an der Stelle vorbeikommt. Es fühlt sich fast nach einem persönlichen Sieg an. Wann immer er darüber nachdenkt, schämt er sich ein bisschen.

»Ich will nicht, dass du wegziehst.«

Er kann die Fassade nicht länger aufrechterhalten. Bei dem Gedanken an Uffe und die Gang fühlt er sich schlagartig verwundbar. Trotzdem weint er nicht, er weiß, dass er damit vermutlich eine Grenze bei Silje überschreiten würde.

»Manchmal, wenn ich mich im Bad einschließe, stelle ich mir vor, dass du mitgehen würdest.«

Peter blinzelt.

»Du schließt dich im Bad ein?«

Natürlich reagiert sie darauf nicht, bedenkt ihn bloß mit einem langen Blick, und er nickt vielsagend, auch wenn er nicht genau verstanden hat, wovon sie spricht. Er weiß nur, dass ihr Vater gemein ist, keine Ahnung, inwiefern, er hat nie gefragt und weiß, dass er das auch besser nicht tun sollte. Siljes Schweigen ist undurchdringlich. Bestimmte Fragen sind nun mal tabu, auch wenn er noch so gern darüber reden würde.

»Ich weiß, dass wir beide zusammengehören. Aber ich kann nicht hierbleiben, und du kannst ja wohl auch nicht mit mir gehen.«

Sie sagt es ganz sachlich. Peter rührt sich nicht, fühlt sich wie gelähmt. Fühlt es sich so an, wenn einem vor Trauer das Herz bricht? Wahrscheinlich. Er hat am ganzen Leib das Gefühl, dass sein Herz jede Sekunde aufhören könnte zu schlagen.

Sie sitzen im Baum, bis die Sonne untergeht. Als sie durch die Sommernacht nach Hause gehen, schlurft Silje durch den Kies. Zum ersten Mal in seinen neunzehn Lebensjahren denkt Peter darüber nach, sich umzubringen – ein Gedanke, den Silje hat, seit sie zehn war.

Pia schreckt aus dem Schlaf. Um sie herum ist es stockdunkel. Das Herz hämmert in ihrer Brust. Sie weiß, dass sie geträumt hat, kann sich jedoch an nichts mehr erinnern. Allerdings ist sie sich sicher, dass sie von einem Geräusch geweckt wurde, vermutlich von einem eingebildeten Geräusch, erstaunlich, wie echt Träume sein können.

Ihr Mund ist staubtrocken und ihr Brustkorb vor Stress wie zusammengeschnürt. Sie schließt die Augen, versucht zu erspüren, ob sie vielleicht noch mal einschlafen könnte, doch insgeheim ahnt sie bereits, dass es nicht klappen wird. Adrenalin rauscht durch ihre Adern. Außerdem muss sie aufs Klo und etwas trinken.

Sie streckt sich nach dem Nachttischchen aus. Tastet durch die Dunkelheit, findet das Lampenkabel, folgt ihm bis zum Schalter. Das gleißende Licht sticht ihr in die Augen, sie kneift die Lider zu und lässt den Schalter los, legt sich die Hand über die Augen. Wie lange hat sie eigentlich geschlafen? Wie viel Uhr ist es überhaupt?

Sie schlägt die Augen auf und will gerade einen Blick auf das Display ihres Handys werfen, als sie aus dem Augenwinkel eine Gestalt entdeckt und erstickt aufschreit, ihre Beine sich vor Panik verselbstständigen und sie im nächsten Moment zusammengekauert am Kopfende hockt. Sie sieht die Gestalt mit weit aufgerissenen Augen an, die Schläfrigkeit ist wie weggefegt und die Angst lähmend.

»Hab ich dich erschreckt?«
Er sitzt auf dem Sessel am Fenster und sieht sie reglos an. Die braunen Haare sind strähnig. Pia versucht zu schlucken, schafft es aber nicht, ihr Mund ist zu trocken.
»Was machst du hier?«
Ihre Stimme zittert, sie hört sich genauso verängstigt an, wie sie sich fühlt. Tausend Gedanken gehen ihr durch den Kopf, ohne dass sie auch nur an einem einzigen festhalten könnte.
»Ich bin hier, um mich zu verabschieden.«
Adam klingt merkwürdig, fast feierlich. Pia presst sich die Hand auf die Brust und versucht, ihre Atmung zu beruhigen.
»Wie bist du hier reingekommen?«
Adam antwortet nicht.
»Sie haben mich angerufen ... und gesagt, du wärst aus dem Heim abgehauen ...«
Er sieht sie an, sitzt mit übereinandergeschlagenen Beinen da und sieht völlig entspannt aus. Pia kann sich nicht erinnern, wann sie ihn zuletzt so erlebt hat.
»Papa ist tot.«
Er sagt es mit neutraler Stimme. Es rauscht in Pias Kopf, aber zumindest legt sich allmählich die Angst. Adam sieht kein bisschen wütend aus. Vielleicht will er ihr ja überhaupt nichts antun? Soweit sie weiß, war er nie gewalttätig ... oder doch?
»Deine Krankheit ... deine Manie ...«
Pia muss husten.
»Ich brauche etwas zu trinken. Darf ich mir das Wasser dort nehmen?«
»Selbstverständlich.«
Sie reißt den Blick von ihm los und streckt sich nach dem

Wasserglas auf dem Nachttisch aus. Sie nimmt ein paar Schlucke, das Wasser ist zimmerwarm, es muss schon recht spät sein, denn das Wasser war kalt, als sie sich schlafen gelegt hat. Sie lässt den Wasserhahn immer erst lange laufen. Sie stellt das Glas zurück und wischt sich mit dem Handrücken über den Mund.

»Hast du vor, mir etwas anzutun?«

Sie kann genauso gut fragen. Dann weiß sie, was ihr bevorsteht.

»Warum sollte ich dir etwas antun wollen?«

»Hast du Evert umgebracht?«

Sie kennt die Antwort, trotzdem muss sie ihm die Frage stellen. Vielleicht hat sie sich ja in Adam getäuscht? Vielleicht ist sie gar nicht die Einzige, die sich Everts Tod herbeigesehnt hat.

»Das wollte ich dich auch fragen.«

Pia muss lachen, auch wenn sie nicht wüsste, warum. Sie ist alles andere als amüsiert.

»Ich?!«

Er sieht sie unverwandt an.

»Ich bin Ärztin. Ich rette Leben und bringe doch niemanden um!«

Adam hört ihr aufmerksam zu. Pia fällt auf, dass er kein bisschen krank aussieht. Wo sind die Paranoia und die Panik? Klar, sie haben sich schon länger nicht mehr gesehen, aber der Adam, der jetzt vor ihr sitzt, scheint kein bisschen angstgetrieben zu sein. Da ist nicht der Hauch von Unruhe in seinem Gesicht.

»Darüber streiten sich die Gelehrten.«

Pia weiß nicht, wovon er spricht, deshalb hält sie den Mund. Es ist doch bestimmt besser, nichts zu sagen? Wie soll sie sich verhalten?

Eine Weile sitzen sie lediglich im schwachen Licht und sehen einander an.

»Wie bist du hier reingekommen?«

Sie weiß nicht, warum sie die Frage noch einmal stellt, eigentlich spielt es doch gar keine Rolle. Adam hat nicht vor, ihr etwas anzutun, zumindest glaubt sie das inzwischen.

»Über den Balkon.«

Sie beißt sich in die Wange. Sie wohnt ziemlich weit oben und schließt den Balkon nie ab, ganz einfach, weil sie immer davon ausgegangen ist, dass dort nie im Leben jemand hochklettern würde. Soeben ist sie eines Besseren belehrt worden.

Adam richtet sich gerade auf und legt die Hände auf die Armlehnen. Er sieht aus wie ein Psychologe, der gleich die nächste Sitzung eröffnet.

»Ich bin wie gesagt gekommen, um mich von dir zu verabschieden. Wir sehen uns nicht wieder.«

Pia versucht zu ergründen, was er damit meint.

»Gehst du zurück ins Heim? Willst du, dass wir den Kontakt abbrechen?«

Sie weiß selbst nicht, warum, aber erstmals, seit ihr kleiner Bruder anfing, Drogen zu nehmen, verspürt sie Mitleid mit ihm. Jahre der Verachtung und Wut fallen von ihr ab. Vor ihr sitzt plötzlich wieder jener kleine Bruder, den sie als Kind nicht beschützen konnte, obwohl sie nichts lieber getan hätte.

»Ich kehre nicht mehr ins Heim zurück.«

»Bei mir kannst du aber nicht wohnen.«

Sie bereut sofort, es gesagt zu haben, doch Adam lacht nur.

»Ich will auch gar nicht bei dir wohnen.«

Sie zaudert, fühlt sich zugleich dumm und egoistisch, Gefühle, die ihr unvertraut sind.

»Was meinst du dann?«

»Ich meine nur, dass dies hier unsere letzte Begegnung ist. Ich wollte nur vorbeischauen und es dir sagen.«

Pia nickt zögerlich. Ist er psychotisch? Er benimmt sich kein bisschen, als hätte er Schizophrenie oder Verfolgungswahn, und das würde sie erkennen, auch wenn sie keine Psychiaterin ist. Was also geht hier vor?

»Warum ist dies hier unsere letzte Begegnung?«

Sie weiß selbst, dass sie sich im Kreis dreht. Adam schließt die Augen. Er legt den Kopf in den Nacken, sitzt eine Weile so da und sieht aus, als würde er einschlafen.

»Ich war so müde, Pia. Ich war so zutiefst müde.«

Er spricht jetzt langsamer. Pia späht zum Nachttisch. Ihr Handy hängt dort am Ladekabel. Sobald er einschläft, ruft sie die 112 und gibt leise ihre Adresse durch.

Dann reißt Adam sie aus ihren Gedanken.

»Jetzt bin ich das nicht mehr. Jetzt bin ich hellwach. Und gesund.«

Pia blinzelt.

»Gesund?«

Er schlägt die Augen auf, sieht sie an und steht auf. Sie spürt, wie in ihr die Angst aufflammt, und presst sich gegen das Kopfteil ihres Bettes.

»Bitte ...«

Sie weiß selbst, dass sie um ihr eigenes Leben fleht. Adam geht an ihr vorbei in Richtung Flur, bleibt an der Garderobe stehen und dreht sich zu ihr um.

»Verzeih, dass ich dich getäuscht habe.«

Pia schüttelt den Kopf. Wovon in aller Welt redet er?

»Verzeih, dass ich euch alle getäuscht habe.«

Und dann verschwindet er außer Sicht. Der Flur liegt im Dunkeln, doch Pia hat gerade noch sehen können, dass er in Richtung Wohnzimmer gegangen ist. Nach einem kurzen Moment spürt sie einen kalten Luftzug. Sie schiebt die Beine über die Bettkante, der Boden ist eisig, sie hat Gänsehaut an den Beinen. Sie schleicht ins Wohnzimmer, und ihr Puls dröhnt in ihren Ohren, sie tastet nach dem Lichtschalter und macht das Deckenlicht an. Die Balkontür steht offen, Februarluft strömt herein, im Zimmer ist es schon jetzt schmerzhaft kalt. Draußen liegt der Balkon unter einer weichen Decke aus glitzerndem Schnee. Durch das weiße Puder zieht sich eine frische Spur bis zum Geländer, wo der Schnee an der Stelle, wo er hochgeklettert ist, zertrampelt ist.

Pia schließt die Augen. Ihr Kopf fühlt sich schwerelos an, leicht berauscht, wie nach einem Glas Champagner. Langsam geht sie auf die Balkontür zu, steigt in ihre Pantoffeln, die vor dem Vorhang stehen, und betritt den Balkon. Die Nacht ist sternenklar, der Himmel sieht aus wie eine Kristallglocke. Langsam setzt sie die Schritte in Adams Fußabdrücke, spürt den Schnee um ihre Fersen aufwirbeln und unter ihre Fußsohlen rutschen. Die Atemluft steht ihr wie dichter Rauch vor dem Gesicht. Sie ahnt bereits, dass Adam dort unten liegt, es ist ein gutes Stück bis hinab auf die Erde, ihr steht der Anblick eines Toten und Blut im Schnee bevor. Trotzdem hat sie keine Angst. Verletzte und Tote sind für sie fast schon Alltag.

Sie legt die Hände auf das Geländer. In ihrem Kopf wird ein Schrillton laut. Sie holt tief Luft, spürt die Kälte in der Lunge, hält den Atem an, als würde ihr auf diese Weise wärmer. Dann lehnt sie sich vor, lässt den Blick über den Himmel schweifen, weiter zur gegenüberliegenden Dachkante und die Fassade hinab bis runter auf den Asphalt. Dort liegt viel Schnee, nur direkt vor ihr ist eine erstaunlich kleine Grube zu sehen. Keine Leiche, kein Blut. Alles ist weiß und still.

Pia lässt die Luft aus ihrer Lunge entweichen. Es ist zugleich glasklar und schwer zu begreifen. Es ist, als führte die Kälte dazu, dass sie langsamer denkt. Sie weiß nicht, wie lange sie dort auf dem Balkon steht, während sich alles zu einem Gesamtbild zusammenfügt, aber zu guter Letzt dämmert ihr, dass Adam für immer verschwunden ist. Er meinte es ernst. Er kam nur vorbei, um Abschied zu nehmen.

Erinnerungen aus ihrer Kindheit und Jugend drängen herauf. Erinnerungen an einen Vater, der nachts ihr Zimmer betrat, und was er tat, würde sie keiner Menschenseele anvertrauen. Schon ihr ganzes Leben lang hat sie das verschwiegen, um den Abstand zu wahren und bei Sinnen zu bleiben.

Pia schluckt und schließt die Augen, spürt, wie ihr die Kälte in die Haut beißt. Langsam sackt die Erkenntnis ein, dass sie ihren kleinen Bruder nie wiedersehen wird. Und sie ist selbst überrumpelt, als ihr die Tränen kommen.

Auf ihrer achtzigsten Bahn erhöht Idun das Tempo. Sie macht die letzten Schwimmzüge, schlägt mit der Hand auf die Kachelwand und wirft einen Blick auf die Uhr. Fünf Sekunden über ihrer persönlichen Bestzeit. Sie seufzt laut, doch die Enttäuschung ist nur gespielt. Sie schwimmt nur, um keine Aufmerksamkeit zu erregen, das Schwimmen ist Teil ihrer Rolle und an wen auch immer gerichtet, der sie beobachten könnte.

Sie steigt aus dem Becken und nimmt ihr Handtuch und die Wasserflasche aus dem Regal an der Wand. Auf dem Weg zu den Umkleidekabinen trinkt sie ein paar Schlucke, kommt an den Whirlpools vorbei und entdeckt dort zwei ältere Damen, die versuchen, sich über das laute Brausen hinweg zu unterhalten.

Idun betritt die Umkleide. Um diese Uhrzeit ist es hier annähernd leer, nur ein paar Rentner sitzen in der Sauna und warten auf ihre Wassergymnastikstunde. Eine komische Abfolge, erst Sauna, dann Sport. Die beiden Damen sind vermutlich nur um der Geselligkeit willen hier. Schwitzen im Schwimmbecken zu schlechter Popmusik ist da zweitrangig.

Idun zieht ihren Badeanzug aus und dreht eine der Duschen auf. Sie wäscht sich ausgiebig die Haare und bleibt noch eine Zeit lang mit geschlossenen Augen unter dem Wasserstrahl stehen. Sie atmet bedächtig und versucht, sich auf den Grund ihres Besuchs zu konzentrieren. Natürlich ist sie sich im Klaren darüber, dass die SMS nicht notwendigerweise von Mia stammen muss. Vermutlich schon, aber es könnte genauso gut eine Falle sein. Hat irgendwer auf der Party Idun erkannt? Hat gesehen, wie sie mit Mia gesprochen hat und wie die beiden gemeinsam das Schlafzimmer der Vinges verlassen haben? Sie sieht auf die Wanduhr über den Spiegeln. Es ist jetzt zehn Minuten nach neun. Draußen vor dem Umkleidebereich sitzt eine Polizistin in Zivil. Sie dürfte so tun, als wäre sie mit ihrem Handy beschäftigt oder als würde sie auf jemanden warten. Gegen halb zehn soll sie sich umziehen und dann schwimmen gehen. Sie ist Iduns Back-up für den Fall, dass etwas Unvorhergesehenes passiert.

Idun trocknet sich nachlässig die Haare ab, wickelt sich in ihr Handtuch ein und verlässt den Duschraum. Der Boden in der Umkleide fühlt sich rau unter ihren Fußsohlen an. Sie hält auf Gang zwei zu, und als sie um die Ecke biegt, sieht sie eine Frau in Sportsachen auf einer Bank sitzen, die auf ihr Handy starrt, auf das Display hinablächelt und nicht zu bemerken scheint, dass Idun an ihr vorbeigeht.

Idun bleibt vor dem Spind mit der Nummer 17 stehen, zieht sich das Elastikband mit dem Schlüssel vom Handgelenk und schließt das Vorhängeschloss auf. Sie nimmt ihre Kleidung heraus, beäugt den benachbarten Spind, nimmt zur Kenntnis, dass dort ein Nummernschloss hängt, und will gerade die Zahlenkombination aus der SMS einstellen, als die Tür zur Kabine hinter ihr aufgeht. Idun schnappt sich erneut ihr Handtuch und beginnt, sich abermals abzutrocknen. Eine ältere Frau geht freundlich nickend an ihr vorbei. Idun erwidert den

Gruß und trocknet sich weiter ab, bis die Frau um die Ecke verschwindet. Augenblicklich nimmt sie das Zahlenschloss zur Hand und stellt die Walzen mit den Ziffern ein. 3344. Mit einem leisen Klicken springt das Schloss auf. Sie zieht die Spindtür auf, stellt verwundert fest, dass der Spind leer ist, und sofort ist sie alarmiert. Sie streckt sich, versucht, das oberste Schrankbrett einzusehen, kommt aber nicht hin, wirft einen Blick zur Ausgangstür und stemmt sich hoch auf die Bank. Dann packt sie das Regalbrett und zieht sich daran hoch. Obenauf liegt ein weißer Umschlag. Idun wirft erneut einen Blick über die Schulter, aber sie und die handyfixierte Kollegin sind allein, und sie nimmt den Umschlag an sich. Sie schiebt ihn in ihre Tasche, ganz zuunterst in die Plastikhülle, die auf dem Taschenboden liegt. Sie hat keine Latexhandschuhe bei sich, und Malmen hat deshalb sofort gemurrt, aber sie kann nicht in der Umkleide eines Schwimmbads stehen und sich Handschuhe überstreifen. Zügig zieht sie sich an und kämmt sich nicht mal, sondern bindet sich die nassen Haare nur zu einem Knoten. Dann verlässt sie die Umkleide, ohne der Kollegin noch einen Blick zuzuwerfen, und geht in Richtung Ausgang. Hinter dem Kassentresen sitzt ein junger Mann mit grün gefärbten Haaren. Als Idun an ihm vorbeigeht, strahlt er sie fast schon hysterisch an und wünscht ihr noch einen schönen Tag. Sie nickt nur zur Antwort und verschwindet durch die Ausgangstüren.

1990

Es ist stickig im Haus, riecht nach Zigarettenrauch, Schweiß und billigem Parfüm. Es ist Silvester. Silje steht mitten im Wohnzimmer, schwankt im Takt der Musik, die aus zwei Boxen mit kaputter Vibrationsmembran kommt, leicht hin und her. Das goldfarbene Kleid liegt eng am Oberkörper an und rutscht ihr bei jeder Bewegung über die Schenkel.

Der Mann vor ihr ist gut zwanzig Jahre älter. Silje weiß, dass er der Besitzer des Hauses ist, allerdings weiß sie nicht, wie er heißt, nur dass er frisch geschieden und steinreich ist. Er hat schon vor dem Abendessen gekokst, da waren Pulverreste an seiner Nasenspitze, bis er sich eine Serviette griff und sich damit lachend übers Gesicht wischte. Hinter Silje tanzen zwei weitere angeheuerte Frauen. Sie hat sie auf dem Weg im Bus kennengelernt, die Namen allerdings wieder vergessen. Die eine ist platinblond und hat unnatürlich große Brüste. Die andere hat dunkle Haare und eine so schmale Taille, dass sie entweder magersüchtig oder heroinabhängig sein muss. Silje bewegt sich träge zur Musik. Sie weiß nicht, welche der beiden Alternativen schlimmer ist, womöglich das Heroin, wenn sie sich entscheiden müsste; wenn sich eine Hure auch noch Aids holt, dann hat sie gar nichts mehr zu geben.

»Du bist so verdammt sexy!«

Der Hausbesitzer sieht Silje mit erregtem Blick an. Sie

lächelt, reckt das Kinn vor, sieht ihn halb überheblich, halb entspannt an – ein Ausdruck, den sie über Jahre eingeübt hat.

»Ich weiß.«

Selbstsicherheit. Eine Eigenschaft, die Männer mit Geld zu schätzen wissen. Männer, denen die Frauen nur so nachlaufen. Frauen, die nach deren Geldbeutel lechzen und deshalb auch nach deren Schwanz. Doch Silje weiß nur zu gut, dass solche Männer etwas anderes wollen. Sie wollen die selbstsichere, überhebliche Frau. Die ihnen nur das gibt, was sie selbst bereit ist anzubieten. Zumindest wollen die Männer das glauben. Männer, die aus dem Vollen schöpfen, aber niemanden haben, an den sie sich anlehnen könnten.

»Und du tanzt echt gut.«

Sein Blick klebt an Siljes Taille. Sie bleibt abrupt stehen, stemmt die Hände in die Hüften, macht noch einen letzten Schritt. Jetzt läuft es, das Spielchen, bei dem er ihr die Führung überlässt und sie so tut, als wäre sie desinteressiert. Es ist ihre Aufgabe, eine Illusion zu erschaffen, damit es so aussieht, als hätte das Machtverhältnis sich verkehrt. Und Silje ist gut in dem, was sie tut.

Er tänzelt auf sie zu, bewegt sich unrhythmisch, schüttelt unbeholfen die Schultern und lächelt unterwürfig. Silje steht einfach nur da und sieht ihn mit zusammengekniffenen Augen an. Jetzt hat sie Oberwasser. Steuert seine Begierden und seine Handlungen.

Er kommt ganz nah an sie heran, nähert sich mit den Lippen ihrer Wange.

»Ich hab Kohle. Und Koks. Was immer du willst.«

Sie rührt sich keinen Millimeter.

»Ich nehme die Kohle.«

Er sieht sie verunsichert an und kichert. Das ist Teil des Spiels.

»Du kriegst das, was ich sonst auch immer bezahle. Sonst nehme ich mir eine andere.«

Sie weicht von ihm zurück. Sieht ihm in die kokainstarren Augen und entdeckt einen Anflug von Härte. Vermutlich hat er keine echten Freunde, wahrscheinlich ein vergiftetes Verhältnis zu seiner Ex und ein noch schlechteres zu seinen Eltern und Geschwistern. Armer Teufel. Rund um dein Meer gibt es keinen einzigen sicheren Hafen.

Silje zuckt mit den Schultern.

»Dann nimm dir doch eine andere.«

Es lodert in seinem Blick. So einfach kann es sein.

Er greift nach ihrer Hand und zieht sie aus dem Wohnzimmer, die Musik pulsiert, die improvisierte Tanzfläche ist voller Leute. Eine leicht bekleidete Frau entkorkt eine Sektflasche und gießt sich den goldgelben Inhalt über die Brüste. Ein Mann mit nacktem Oberkörper leckt ihr den Hals ab, sie macht die Beine breit, und das liebliche Getränk sickert an ihrem Bauch hinab.

Der Hausbesitzer zieht Silje eine Treppe hinauf. Im Obergeschoss kommen sie an einem Badezimmer vorbei, in dem eine Frau nackt auf dem Fliesenboden liegt und ein vollständig bekleideter Mann in der Dusche steht. Er lässt sich mit geschlossenen Augen das Wasser übers Gesicht laufen.

Sie betreten ein Schlafzimmer. Die Wände sind grün tapeziert, das Doppelbett mit schwarzer Satinbettwäsche bezogen. Auf dem Nachttisch steht eine Bong. Silje stellt sich breitbeinig und mit verschränkten Armen vor das Bett. Ihr Kleid spannt am Rücken. Sie kennt die Spielregeln und hält sich daran, bis er sie verändern will.

»Willst du was haben?«
Er klingt fast freundlich. Die Härte in seinem Blick ist fürs Erste verflogen. Hat sie ihn vielleicht falsch eingeschätzt? So wie er gerade aussieht, steht er auf Blümchensex. Herr im Himmel. Muss sie sich ernsthaft mit fünfhundert Kronen für ein paar Minuten Missionarsstellung hergeben? Sie unterdrückt ein verblüfftes Kichern. Bitte schön, soll er sie doch vögeln wie ein Teenager. Sie kann seine Erektion deutlich sehen. Die Anzughose spannt über dem Schritt.

»Zieh dein Kleid aus.«
Er sieht sie fast flehentlich an.
»Nein.«
Er verstummt, weiß, dass er nicht das Sagen hat.
»Zieh deine Hose aus und leg dich aufs Bett.«
Er tut wie geheißen, streift sich die Hose ab, wirft sie über einen Stuhl in der Ecke und legt sich in Hemd, Unterhose und mit Socken aufs Bett. Silje geht langsam ums Fußende herum, fährt mit den Fingerspitzen über die grüne Tapete, setzt dann ein Knie auf die Matratze und kriecht über das schwarze Laken auf ihn zu, hält dann aber kurz vor ihm inne.

»Ich besitze dich.«
Sie spricht leise, betont heiser und sexy.
Sein Penis wird härter.
Sie wusste es.
Sie kriecht ein Stück näher, legt die Hände auf seinen Brustkorb und setzt sich rittlings auf seinen Bauch. Sie sieht ihm in die Augen.

»Willst du mich dominieren?«
Er klingt kleinlaut. Silje verspürt den Triumph. Dies hier wird eine einfache Sache. Wenn sie ihn nur hart genug rei-

tet, kriegt sie noch mindestens einen weiteren Kunden hin. Sie muss jetzt nur an das Gleitmittel in ihrer Tasche kommen. Die Risse, die sie sich sonst zuzieht, weil sie nicht feucht genug ist, brauchen Wochen, um wieder zu heilen. Und sie kann es sich nicht leisten, nicht zu arbeiten, nicht mal einen einzigen Tag.

Sie streicht ihm über die Brust, sieht, wie sein Blick an den Narben an ihren Unterarmen hängen bleibt. Er hebt die Hand, streicht mit den Fingern über die schlimmste Narbe, die dunkelrote.

»Stehst du auf Schmerzen?«

Sie fängt seinen Blick auf. Und weiß schlagartig, dass sie einen Fehler gemacht hat. Doch nun ist es zu spät.

Der Schlag auf ihren Mund ist hart. Sie stürzt rückwärts, schlägt sich den Kopf am Bettpfosten und spürt, wie ihr Blut aus der Nase schießt. Sie hat kaum die Hände hochgenommen, um ihr Gesicht zu schützen, als er sich auch schon über sie beugt. Er zerrt sie so hart an den Haaren vom Bett, dass er sie ihr büschelweise ausreißt. Sie schreit, geht zu Boden, spürt, wie er sie an der Schulter und am Knie packt, und er ist stark. Im nächsten Moment schleudert er sie gegen die Wand. Es brennt im Rücken, und Silje schreit vor Schmerz auf, doch die Musik von unten übertönt alles. Sie kann gerade noch aufblicken, als sie seinen Fuß auf sich zurasen sieht, der sie in die Rippen trifft. Es kracht in ihrem Kopf, obwohl sie genau weiß, dass es bloß die Rippen waren.

Als er einen Fausthieb nach dem anderen gegen ihren Kopf setzt, wird der Schmerz von Nebel verschluckt. Die Geräusche werden zu flimmernden Farben, ein Feuerwerk der Schläfrigkeit, das in schrillen Tönen explodiert.

Als er zu guter Letzt in sie eindringt, ist sie bereits bewusstlos.

Idun ist zu aufgewühlt, um sich hinzusetzen. Sie steht an der Stirnseite des Besprechungstischs und hat die Hände auf die Tischplatte gestemmt. Tareqs verkniffenes Gesicht ist auf dem Bildschirm zu sehen, während Morgan und Siv am Tisch sitzen und zuhören, was Idun zu erzählen hat. Siv schreibt mit, damit sie später gegenüber Anders Bericht erstatten kann, der immer noch krank ist.

»Vor euch liegt je eine Kopie des Zettels, der in dem Umschlag steckte. Du, Tareq, hast einen Scan per E-Mail bekommen. Das Original liegt bei Malmen.«

Die Anspannung ist ihr deutlich anzuhören.

»Wie ihr seht, handelt es sich um drei Adressen, alle hier in Luleå, zwei davon im Tuna-Viertel, eine in Mjölkudden. Der Vorteil ist, dass sie nicht weit voneinander entfernt liegen, sodass wir sämtliche Einsatzkräfte aus einem relativ kleinen Radius zusammenrufen können, falls etwas Unerwartetes passiert. Der Nachteil ist, dass die zwei Wohnungen in Tuna nicht genauer spezifiziert sind. Wir müssen die Adressen also vorab observieren, um zu wissen, welche Wohnungen es sind.«

Tareq meldet sich über Lautsprecher.

»Und die Wohnung in Mjölkudden liegt im dritten Stock, ja?«

Idun nickt.

Siv schiebt sich die Brille ins Haar.

»Was schätzt du – zwanzig Kollegen pro Wohnung?«
Idun stellt wieder einmal fest, dass sie und Siv ganz ähnlich denken. Mitunter machen sie darüber Scherze, frei nach dem Motto: *Great minds think alike.*
»In dieser Größenordnung, ja. Mein Vorschlag wäre, dass einer von uns – also, Tareq, Morgan und ich – für je eine Wohnung das Kommando hat. Wir brauchen darüber hinaus mindestens acht Kollegen je Wohnung, dazu zwei, die den Treppenaufgang, und sechs, vielleicht sieben, die das Gebäude von außen sichern. Hannes' Männer dürften alles tun, um davonzukommen, deshalb müssen die Gebäude zu allen Seiten überwacht und potenzielle Fluchtwege blockiert werden.«
»Ist Emil immer noch krankgeschrieben?«, will Tareq wissen.
Morgan drückt den Rücken durch.
»Ich hab gestern mit ihm gesprochen. Er hat fast vierzig Grad Fieber. Diese Woche kommt er garantiert nicht mehr wieder. Was am Montag ist, müssen wir abwarten.«
Tareq nickt.
»Idun und ich übernehmen die Wohnungen in Tuna, du übernimmst Mjölkudden.«
Morgan gibt ihm zu verstehen, dass er einverstanden ist, und Siv schreibt sich kurz etwas auf, ehe sie wieder das Wort ergreift.
»Ich rufe Anders an, damit er die zusätzlichen Kräfte anfordern kann. Wir werden uns wahrscheinlich mit Boden zusammentun und brauchen vielleicht sogar Unterstützung aus Piteå. Weitere Wünsche?«
Idun überlegt fieberhaft, obwohl sie im Vorfeld alles zigmal durchdacht hat.
»Wir brauchen Hunde. Ich will mindestens zwei pro

Wohnung, einen vorn und einen zur Balkonseite. Wenn wir nicht so viele bekommen, dann will ich je einen unter den Balkonen, und wenn sie nur der Abschreckung dienen. Sofern wir die Umgebung absuchen müssen, sind die Hunde zudem gleich zur Stelle.«

»Und wann?«

Idun sieht Morgan an.

»Tja, wann?«

Morgan hebt zaudernd die Hand.

»Meiner Erfahrung nach ist am Wochenende immer am meisten Kundenverkehr. Freitag- und samstagabends – von den Nächten ganz zu schweigen – bezahlen schwedische Männer am ehesten dafür, Frauen zu vergewaltigen.«

»Wenn wir nachts zuschlagen«, wirft Idun ein, »schlafen die anderen Mieter. Das erhöht unsere Chancen, im Vorfeld nicht entdeckt zu werden. Schaffen wir es, all das bis Freitag zu organisieren?«

Sie wissen alle, dass die Frage an Siv gerichtet ist.

»Klar. Ich rede mit Anders, sobald wir hier fertig sind.«

Morgan schiebt sich mit dem Zeigefinger die Brille auf die Nase.

»Mir ist klar, dass die Ermittlung im Fall Evert eure Angelegenheit ist, aber diese Razzia bedeutet auch, dass uns womöglich Freier ins Netz gehen, und um die soll sich bitte meine Abteilung kümmern. Ich will, dass sämtliche Festnahmen – Hannes' Leute und die Kunden – bei uns landen.«

Idun nickt.

»Natürlich. Wir vernehmen sie nur hinsichtlich Evert und Marina. Sobald wir mit den Freiern fertig sind, übernehmt ihr und stellt eure Fragen.«

Sie dreht sich zu Siv um.

»Dann sind wir uns einig: zwanzig Kollegen pro Wohnung, jeweils ein bis zwei Hunde, Zugriff am Freitag um Mitternacht?«

»Verstanden.«

Idun blickt zum Laptop, und Tareq nickt ihr knapp zu. Doch dann räuspert sich Morgan.

»Die Prostituierten müssen zuallererst ärztlich untersucht werden. Ihre Gesundheit hat oberste Priorität.«

Idun nickt.

»Sofern sie verletzt sind, sonst erst mal nicht.« Er schüttelt den Kopf.

»Erst zum Arzt, dann erst zur Vernehmung.«

»Wir können doch unversehrte Zeugen nicht erst ins Krankenhaus bringen? Das könnte die ganze Ermittlung behindern.«

»Sie sind immer verletzt, ohne Ausnahme.«

Idun atmet zweimal tief durch.

»Ich weiß. Aber wenn die Verletzungen nicht lebensbedrohlich sind, müssen wir sie erst befragen. Es ist wichtig für uns, dass sie keine Zeit haben nachzudenken. Außerdem wissen wir, dass Hannes' Netzwerk in zig Richtungen verzweigt ist – wer weiß schon, wohin er Verbindungen hat? Was, wenn jemand die Frauen auf dem Weg vom Arzt ins Revier einschüchtert? Ich will da wirklich kein Risiko eingehen.«

Doch Morgan bleibt hart.

»Was diese Frauen durchmachen, ist grässlich. Es ist das Schlimmste, was man sich vorstellen kann. Wir sind für sie verantwortlich.«

Idun spürt, wie sich in ihr Ärger breitmacht. Sie versteht nicht, warum sie noch diskutieren. Siv hat aufgehört, sich Notizen zu machen, und hört schweigend zu.

»Tut mir leid, Morgan, aber ich habe hier derzeit das Sagen. Die Gesundheit hat oberste Priorität, sofern jemand lebensbedrohlich verletzt ist, andernfalls nicht.«

Sie klingt ebenso entschlossen, wie sie sich fühlt. Morgan sieht sie durch seine dicke Brille an. Nach einer Weile nickt er widerwillig.

»Wenn du meinst.«

Idun streckt sich und stemmt die Hände in die Hüften, überlegt es sich dann aber anders und verschränkt sie hinter dem Rücken.

Seine Winterschuhe knarzen, als Viktor den Garten durchquert. Schnee fällt vom nachtschwarzen Himmel, die Flocken wirbeln in der Brise auf, ehe sie schlussendlich auf der Erde landen. Er hat den Kopf bis zur Nase in seinen Schal gewickelt, als er die Straße überquert. Es ist gleich Mitternacht, er kommt am Spielplatz vorbei, weiß selbst, dass er ziemlich angetrunken ist. Zwei Straßenlaternen stehen einander gegenüber, nur eine brennt, und gelbes Licht fällt über den festgetrampelten Schnee. Zwei schwarze Transporter parken am Gehweg. Solche, wie Kriminelle sie benutzen. Die Gegend ist berüchtigt für Gangs.

Er hat ein paar Biere und drei Gläser Whisky getrunken. Die vergangenen vierundzwanzig Stunden liegen hinter dichtem Nebel. Gestern Nachmittag ging Shirin duschen, und unterdessen machte sich Viktor an ihrem Handy zu schaffen. Das tagelange Grübeln hatte sich ausgezahlt, die PIN war das Geburtsdatum ihrer Mutter, die im vergangenen Jahr gestorben war, was Shirin fast um den Verstand gebracht hätte.

Viktor las ihre SMS. Den Strom aus kurzen Liebesschwüren. Ein Teil davon erotisch, manche regelrecht pornografisch. Shirin hat eine Affäre mit ihrem Kollegen Dan, sie arbeiten schon seit ein paar Jahren zusammen, doch seit einem knappen halben Jahr scheinen sie miteinander ins Bett zu gehen. Sie haben sich mehrmals in der Woche getroffen, Dan will, dass Shirin Viktor verlässt, er bettelt und fleht sie an, will mit ihr rund um die Uhr zusammen sein. In der letzten SMS stand, dass er Moa treffen wolle – er fühle sich jetzt bereit dafür, wolle Shirins kleine Prinzessin endlich kennenlernen. Im selben Moment zerbrach etwas in Viktor. Er teilte Shirin mit, dass er sich unwohl fühle, lag den ganzen Abend im Bett, schaltete sein Handy ab und ging tags darauf nicht zur Arbeit. Er weinte den ganzen Morgen und Vormittag lang, verfluchte sich selbst und Shirin und diesen verteufelten Dan. Er stellte sich vor, wie er ihn umbringen würde, ihn überfahren oder im Fluss jenseits der Felder ertränken würde. Dan muss sterben, so ist es einfach.

Als es Nachmittag wurde, schrieb er ihr, dass es ihm besser gehe, und fuhr zur Arbeit, saß hohläugig am Schreibtisch und war gottfroh, dass Paul zu einem Meeting ins Ausland gereist war. Gegen Abend trank er sein erstes Bier, und dann gab es für ihn kein Halten mehr. Er schrieb Shirin, dass er sich mächtig verspäten würde. Sie antwortete knapp, dass sie ihm das Abendessen in den Kühlschrank stelle und er sie nicht wecken solle, falls sie schon schlafe.

Viktor hat die Tür erreicht, tippt den Sicherheitscode ein und zieht die Tür auf, ohne dass er noch einen einzigen klaren Gedanken fassen könnte. Als die schwere Tür hinter ihm ins Schloss fällt, zuckt er zusammen. Er weiß selbst nicht, warum er hierhergekommen ist, es ist, als hätten seine Beine den Weg vorgegeben. Die Tränen, die Scham und Erniedrigung schnüren ihm die Kehle zu.

Das Treppenhaus sieht heruntergekommen aus. Es riecht säuerlich und stickig, und er hat das unbändige Gefühl, er müsste kehrtmachen und wieder gehen. Nach Hause zu Shirin fahren und ihr sagen, wie sehr er sie liebt

und will, dass alles wieder wird wie zuvor und dass sie ihn, all das, was er tut, und sein Geld wieder begehren soll – doch schon in der nächsten Sekunde ist die Demütigung wieder da, die man empfindet, sobald derjenige, den man liebt, sich einem anderen zuwendet.
Hol dich der Teufel, Shirin!
Er geht die Treppe hinauf. Seine Schuhsohlen sind feucht und rutschig, trotzdem mag er das Geländer nicht anfassen. Dieser Wohnblock ist weit unter seinem Niveau. Alles fühlt sich versifft und dreckig und billig an.
Die Wohnung liegt im dritten Stock. Ein durchschnittlicher Mittelschichtname steht an der Tür. Viktor zaudert, spürt, wie ihm das Blut schneller als sonst durch die Adern rauscht, wie der Alkohol alles überdeutlich macht und zugleich vernebelt. In seinem Kopf schrillt alles durcheinander, Geräusche, die in seinem Schädel widerhallen. Er schwankt leicht, muss sich an der Wand abstützen, weicht nur mit Glück dem zornig rot leuchtenden Schalter aus. Besser, das Treppenhaus bleibt dunkel. Die Dunkelheit ist sein liebster Weggefährte.

Er schluckt trocken, sein Mund ist wie ausgedörrt, und dann drückt er auf den Klingelknopf. Kurz scheppert es metallisch, und kurze Zeit später geht die Tür auf. Eine Sicherheitskette verhindert, dass die Öffnung mehr als einen Spalt breit ist. Warmes Licht sickert heraus, und ein viel zu muskulöser Mann mit schlechter Haut taucht in dem Türspalt auf.

»Ja?«

Die Stimme ist neutral, fast schon gelangweilt. Viktor richtet sich gerade auf wie ein Schuljunge, der zum Direktor zitiert wurde.

»Haben Sie noch einen Termin frei?«

Er ist selbst überrascht, wie entspannt er klingt.
Die Tür geht wieder zu. Die Sicherheitskette rasselt, und dann wird die Tür weit aufgeschoben. Viktor tritt ein, will schon etwas sagen, stockt dann aber, als er den Blick schweifen lässt. Die Einrichtung hat mit dem siffigen Treppenhaus nicht das Geringste gemein. Alles ist in hellen Farben gehalten, feine Stoffe säumen den Flur von der Decke bis zum Boden. Die große Deckenlampe aus gefrostetem Glas verbreitet angenehmes Licht. In der Ecke steht ein braunes Ledersofa mit Löwentatzen aus Messing, daneben ein goldfarbener Garderobenständer. Es hängt lediglich ein Wintermantel daran, ein Herrenmantel einer teuren Marke.

Viktor hängt seinen Mantel daneben und dreht sich zu dem Muskelmann um.

»Wie läuft das hier ab?«

Er klingt abgeklärt, sogar sein Puls hat sich beruhigt. Er verschränkt die Hände im Rücken und bemüht sich, entspannt auszusehen. Es fühlt sich an, als würde er sich von außen beobachten. Womöglich verfliegt auch die Wirkung des Alkohols.

»Folgen Sie mir.«

Viktor geht dem Muskelmann hinterher einen hellen Flur mit Teppichboden entlang. Paul hatte recht, als er sagte, es sei anders, als man es sich vorstelle. Viktor muss sich eingestehen, dass er Vorurteile hatte.

Der Muskelmann bleibt vor einer Zimmertür stehen und schiebt sie auf, ohne zu klopfen.

»Du hast Besuch.«

Dann tritt er zurück auf den Flur, sein Rasierwasser weht Viktor in die Nase, der reglos dasteht und kurz überlegt, ob er besser doch wieder gehen soll, doch dann nimmt die Neugier überhand. Das hier ist anders, als er befürchtet hat oder wie es in den Nachrichten oder Reportagen oft dargestellt wird. Diese Wohnung fühlt sich fast wie ein Hotel an, genau wie Paul behauptet hat. Viktor sollte öfter auf Paul hören.

Er tritt an die Tür, bleibt aber noch an der Schwelle stehen. Selbst das Zimmer ist größer als erwartet. Darin steht ein Doppelbett, das in dunklen Stoffen bezogen ist. Ein rotes Sofa nimmt fast die gesamte rückwärtige Wand ein. Gleich neben der Tür steht ein Schminktisch mit Spiegel. Daran sitzt eine Frau mit asiatischen Zügen, schlank, glattes dunkles Haar. Die Augen sind riesig, die Brüste umso kleiner, er kann sie durch den transparenten Stoff ihres Morgenmantels sehen.

»Komm rein.«

Ihre Stimme klingt jung, die Gesichtshaut ist straff, und zu seiner eigenen Überraschung spürt Viktor, dass er steif wird. Er betritt das Zimmer, hat Schmetterlinge im Bauch und ein ähnliches Gefühl wie kurz vor Abschluss eines Millionendeals.

»Hej.«

Er klingt breiig. Die junge Frau steht auf, ihr Morgenmantel gleitet auf, sie ist wahnsinnig schlank, und die Haut an ihrem Körper ist heller als die im Gesicht.

»Hallo, du.«

Erst jetzt hört er ihren Akzent. Er lächelt unbeholfen, weiß nicht, was er noch sagen soll, und genau das sagt er dann auch.

»Ich weiß gar nicht, was ich sagen soll.«

Dann lacht er verlegen und fürchtet, er klingt wie ein kleiner Junge. Sie lächelt ihn scheu an, schlägt den Blick nieder, sieht wieder auf.

»Wir müssen nicht reden.«

Sie streift den Morgenmantel ab, legt ihn über die Rückenlehne des Stuhls. Das Licht ist gedimmt, die Wandlampe über dem Tisch strahlt sie von hinten an, sodass ihre Haare beinahe rußschwarz wirken. Sie ist vom Scheitel bis zur Sohle nackt. Der schmale Streifen Schamhaar ist rabenschwarz.

»Sollen wir uns aufs Bett legen?«

Er lässt den Blick über die dunklen Laken schweifen, erschaudert und spürt, wie die Erregung steigt. Es ist, als wären Shirin, die Firma und das Leben jenseits dieser vier Wände nicht mehr existent. Er ist einfach nur müde und erschöpft und enttäuscht und sehnt sich danach, etwas Neues zu erleben. Außerdem ist er inzwischen geil – so sehr, dass seine Schenkel jucken.

»Ich will, dass du mir sagst, was wir tun sollen.«

Sie spricht sanft, als wären ihre Worte in Seide gekleidet. Viktor blinzelt, fühlt sich wie ein anderer Mensch.

»Ich will, dass du auf alle viere gehst.«

Er nimmt sich vor, so zu tun, als wäre sie Shirin, das hat er sich direkt im ersten Moment gedacht. Ein kleiner Teil von ihm will etwas Härteres versuchen, sie vielleicht an den Haaren ziehen oder ihr einen Klaps auf den Hintern verpassen, Paul meinte, Klapse seien erlaubt und dass man im Grunde tun dürfe, was immer man wolle.

Die Frau nickt und bedenkt ihn erneut mit ihrem scheuen Lächeln.

»Ich tue, was du willst. Dein Wort ist für mich Gesetz.«

Er seufzt wohlig, kümmert sich nicht um ihr schlechtes Schwedisch, könnte vor Begierde schier heulen. Er will sie, heute Nacht will er endlich nicht mehr an seine Ängste denken, zumindest nicht in den nächsten Stunden.

»Ich will dich schlagen – also, nicht richtig, nur angedeutet.«

Nervös fummelt er seine Hose auf, kann sich kaum noch beherrschen, will die Frau augenblicklich. Er fängt ihren Blick auf, sieht, dass ihre Augen feucht schimmern, und bildet sich ein, dass auch sie ihn will.

Dass es solche Frauen gibt ... und dass ihm nie zuvor jemand davon erzählt hat!

Idun tritt von einem Bein aufs andere. Der Schnee knarzt unter ihren Schuhen, sie ist eigentlich zu dünn angezogen, um draußen zu sein, aber genau richtig für die bevorstehende Razzia. Neben ihr lehnen vier Einsatzbeamte an dem schwarzen Transporter. Idun will gerade etwas sagen, als es in dem Sender in ihrem Ohr knackst. »Tareq und Morgan sind auf Position. Der Rest bezieht immer noch Posten, geschätzter Zugriff in drei Minuten.«
Idun antwortet Siv nicht, die Kommunikation ist fürs Erste einseitig. Stattdessen wirft sie den vier Männern am Transporter einen Blick zu und sieht, dass sie alles mitbekommen haben.

»Das Sondereinsatzkommando geht zuerst rein, dann ich, dann ihr.«

Sie nicken beifällig. Idun wendet ihnen den Rücken zu und spürt den Wind im Gesicht. Sie sieht an dem Wohnhaus hoch, das sie binnen Minuten stürmen werden. Es hat fünf Stockwerke, eine gelbe Fassade, heruntergekommene Balkone. Es ist kurz nach Mitternacht, und in den meisten Wohnungen brennt kein Licht mehr, in einigen allerdings schon; Idun sieht hoch zum vierten Stock, hinter den Fenstern der Dreizimmerwohnung, die sie gleich stürmen werden, schimmert schwaches Licht. Sie weiß, dass sie dort gleich auf grässlich kaputte Seelen stoßen wird.

Es knackst in ihrem Ohr, und wieder ist Sivs Stimme zu hören.

»Tareqs Team einsatzbereit. Morgans Team einsatzbereit. Iduns Team einsatzbereit. Zugriff in sechzig Sekunden.«

Idun dreht sich um. Die vier Kollegen haben sich in einer Reihe hinter ihr aufgestellt, die Waffen gezogen und die schwarzen Helmvisiere heruntergeklappt. Idun reckt den Hals. Fünf Männer der Sondereinsatztruppe huschen lautlos auf die Eingangstür zu. Sie macht eine knappe Handbewegung und setzt sich ebenfalls in Bewegung. Als sie die Tür erreicht, gibt einer vom Sondereinsatzkommando gerade den Türcode ein.

Mit schnellen Schritten eilen sie die Treppe hinauf, die Soko zuvorderst, dicht gefolgt von Idun und den vier übrigen Kollegen. Idun weiß, dass draußen noch mehr von ihnen warten, das Haus ist umstellt, außerdem haben sie Verstärkung in Gestalt der Hundeführer, die hinter dem Haus Position bezogen haben. Sie hält die Dienstwaffe beidhändig, nimmt immer zwei Stufen auf einmal, spürt, wie sich ihr vor Anspannung der Magen zusammenkrampft. Im Treppenhaus riecht es nach Essen und Scheuermittel. Das Murmeln eines Fernsehers dringt durch eine der Türen.

Als sie die vierte Etage erreichen, legt Idun zwei Finger an ihren Sender.

»Iduns Team vor Ort.«

Einige Sekunden verstreichen, ehe Siv antwortet.

»Aufzug wird vom Strom genommen in drei, zwei, eins ...«

Zeitgleich mit den Aufzügen wird auch die Beleuchtung im Treppenhaus abgestellt. Idun atmet tief durch und strafft die Schultern, und im nächsten Augenblick hat der

Einsatztrupp bereits die Wohnungstür aufgebrochen und stürmt. Der erwartete Tumult folgt auf dem Fuß.

»Polizei! Auf den Boden, Hände hinter den Rücken!« Der Ruf stammt von einer Kollegin, die Stimme ist schneidig, der Befehl unmissverständlich. Trotzdem brandet in der Wohnung Getöse auf. Idun hört aufgebrachte Männerstimmen und das Kreischen von Frauen, als die Einsatzkollegen tiefer in die Wohnung vordringen. Lautes Scheppern, vermutlich aus einer Küche.

»Runter, hab ich gesagt! Hände auf den Rücken! Sofort!«

Idun hört einen Mann aufjaulen, nimmt die Pistole in den Anschlag, obwohl sie noch immer im Treppenhaus steht, und atmet durch den offenen Mund. Sie spürt bis hier draußen, wie in der Wohnung Panik herrscht.

»Gesichert!«

Wieder die Kollegin. Dann ist ein dumpfes Poltern zu hören, als eine der Zimmertüren im hinteren Teil der Wohnung aufgebrochen wird.

»Alles unter Kontrolle! Ruft den Krankenwagen!«

Eine Männerstimme. Und dann folgt der Befehl, auf den Idun gewartet hat.

»Frei für die Fahnder!«

Sie lässt das Treppenhaus hinter sich. Die Wohnung ist abgedunkelt, nur schwaches Licht sickert von links in den Flur. Idun betritt eine abgehalfterte, spärlich eingerichtete Küche mit zerschlissenen Gardinen. Zwei Männer liegen dort mit auf dem Rücken gefesselten Händen auf dem Boden. Über ihnen stehen zwei Polizisten mit herabgelassenem Visier und den Waffen im Anschlag. Idun nickt ihnen zu, auch wenn sie ihnen nicht ins Gesicht sehen kann. Die Visiere sind ganz bewusst dunkel, damit niemand weiß, wie sie aussehen.

Sie steigt über den ersten Mann am Boden hinweg. Er hat den Kopf zur Seite gedreht, die Wange auf den Fußboden gepresst, und sein Gesicht ist dunkelrot vor Zorn. Er kommt Idun vage bekannt vor, doch sie hat jetzt keine Zeit, sich mit ihm zu befassen. Sie durchquert die Küche und geht durch eine Tür in der rückwärtigen Wand. Dahinter liegt eine Art Wohnzimmer. Ein Stoffsofa, ein Esstisch und ein dreckiger Teppich, mehr gibt es nicht. Der Tisch quillt über von Bierdosen und Schnapsflaschen. Zwischendrin steht ein voller Aschenbecher, und über der Tischkante glimmt eine bald abgebrannte Zigarette. Alles hier ist stickig und verraucht. Auf der Fensterbank liegt ein benutztes Kondom.

Idun kehrt in die Küche zurück. Einer der Männer am Boden brüllt, sie sollen zur Hölle gehen und dass er sie alle totschlagen werde, wenn sie ihn nicht sofort freilassen. Idun geht über den Flur in Richtung der beiden Schlafzimmer. Hinter sich hört sie Schritte im Treppenhaus. Die Sanitäter auf dem Weg nach oben.

Sie betritt das erste Schlafzimmer. Dort steht ein Bett, ansonsten ist es hier unmöbliert. Auf dem Bett sitzt eine dünne Frau, die lediglich einen Slip am Leib hat. Zwei Polizisten stehen neben ihr, haben sich die Helme abgenommen und der Frau zugewandt, fragen, ob sie Schwedisch versteht, bekommen aber keine Antwort. Die Frau sieht apathisch aus, und Idun könnte nicht sagen, ob sie überhaupt mitbekommt, was ringsum vor sich geht.

Sie geht weiter zum nächsten Schlafzimmer. Als sie über die Schwelle tritt, zieht sich ihr der Magen zusammen. Ihr ist schlagartig übel, und sie muss husten, damit sie sich nicht übergibt.

Vor ihr steht ein Doppelbett, darauf liegt eine Frau, die

sowohl an den Händen als auch an den Füßen mit Handschellen gefesselt ist. Einer der beiden Polizisten hat seine Jacke ausgezogen, obwohl er damit gegen das Protokoll verstößt, und die Frau damit bedeckt. Idun geht davon aus, dass sie darunter nackt ist. Der Polizist ohne Jacke hat überdies seinen Helm abgenommen, ist neben der Frau in die Hocke gegangen und redet beruhigend auf sie ein, doch sie kneift lediglich die Augen zusammen und schüttelt unaufhörlich den Kopf. Idun sieht auf einen Blick, dass sie schwer misshandelt wurde, ein Auge ist zugeschwollen und verfärbt sich, an Armen und Beinen hat sie runde Brandwunden, als hätte jemand auf ihr Zigaretten ausgedrückt. Der zweite Polizist fordert über Funk bereits Verstärkung und einen Seitenschneider an. Idun sieht und hört ihm an, wie sehr er unter Strom steht. Im Zimmer riecht es nach Schweiß und Urin. Als sie einen Schritt auf das Bett zumacht, entdeckt sie rotschwarze Striemen um die Handgelenke der Frau. Sie muss bereits seit geraumer Zeit gefesselt sein.

Dann endlich sind die Sanitäter da. Kaum dass sie sich der Frau zugewandt haben, kommen zwei weitere Polizisten mit einem Seitenschneider. Während einer von ihnen die Handschellen entfernt, macht Idun zwei Schritte zurück. Sie spürt, wie ihre Beine nachgeben, und muss sich kurz an der Wand abstützen.

Sobald die Frau losgeschnitten wurde, helfen zwei Kollegen ihr in eine aufrechte Sitzposition. Der nackte Rücken schimmert weiß im schwachen Schein der Balkonbeleuchtung. Die Haut ist übersät mit Brandwunden. Idun zählt mehr als dreißig, ehe sie die Augen zukneifen muss, um nicht in Tränen auszubrechen.

Sobald die Einsatztruppe die Steintreppe hochstürmt, bleibt Tareq dicht an den Kollegen dran. Genau wie sie hat auch er einen schwarzen Helm mit dunklem Visier angelegt, den er unter keinen Umständen ablegen darf, nicht dass einer von Hannes' Leuten ihn noch erkennt. Eine Neonleuchte im zweiten Stock flackert und wirft kurzlebige Schatten über die gelben Wände. Tareq hält seine Dienstwaffe fest im Griff, die Schutzweste reibt unangenehm an den Achseln, er hätte die Riemen nicht so fest ziehen dürfen.

Sie haben den dritten Stock erreicht und postieren sich in einem Halbkreis. Die Wohnung ist gleich die erste links. Der Kollege, der vorn steht, hält die Hand in die Höhe und zählt mit den Fingern von drei herunter, ehe er einen Schlüssel ins Schloss schiebt und herumdreht. Ein kaum hörbares Klicken, dann wird die Tür aufgestoßen.

Der gesamte Trupp stürmt nach drinnen und verteilt sich nach einem festgelegten Ablauf in der Wohnung. Tareq bleibt vor der Wohnungstür stehen, hat kurz das Gefühl, einen Tunnelblick zu haben, was am Adrenalin liegen muss, so etwas passiert ihm öfter, und was gleich kommt, macht ihn nicht im Geringsten nervös.

Sobald einer der Kollegen alle Anwesenden in der Wohnung auffordert, sich auf den Boden zu legen, weitet sich der Tunnel wieder. Unmittelbar danach schreien die Frauen panisch auf. Tareq drückt sich mit dem Rücken an die Wand, hört jemanden seinerseits die Frauen anbrüllen, dass auch sie sich auf den Boden legen sollen – und dann einen Schuss.

Lautlos huscht Tareq in die Wohnung. Rechter Hand liegt ein Wohnzimmer, sein Blick gleitet über eine Sofaecke und einen laufenden Fernseher. Der Ton ist abgestellt, aber Freddie Mercury singt im voll besetzten Wembley ins Mikrofon. Davor liegt ein Mann auf dem Boden, zwei Polizisten stehen über ihm, der eine presst ihm das Knie in den Rücken, der andere schreit, dass er endlich stillhalten soll. Der Mann am Boden ist außer sich, er kreischt, spuckt und versucht, den Polizisten zu beißen, der ihn nur umso fester mit dem Knie fixiert.

Tareq biegt nach links ab und geht an der Küche vorbei. Die Jalousien sind heruntergelassen, in der Spüle stapelt sich schmutziges Geschirr. Am Boden liegt ein umgekippter Mülleimer. Essensreste, Kondome und Papierhandtücher haben sich über das braune Linoleum ergossen.

Er betritt das dahinter anschließende Schlafzimmer. Im selben Moment, da er die Schwelle überquert, spürt er, wie der Stress ihm förmlich entgegenschlägt. Zwei Kollegen haben ihre Waffen gezogen, ihre schwarzen Helme schimmern im roten Schein einer Lampe am Fenster. Auf der Bettkante sitzt eine Frau, schlank, strähnige Haare, die ihr über die Schultern fallen. Sie hat die Knie angezogen und die Arme darum geschlungen. Verängstigt sieht sie die Polizisten an.

Vor der Balkontür wiederum steht ein dicker Mann in Unterhose und fleckigem T-Shirt. Er hat eine Pistole in der Hand. Vor ihm steht eine dünne Frau, die er in den Schwitzkasten genommen hat und der er die Pistolenmündung in die Wange drückt. Lautlose Tränen laufen ihr übers Gesicht, und sie lässt die Arme schlaff hängen. Bis auf einen Slip ist sie nackt. Der Mann presst seinen bleichen, fetten Bauch an ihren Rücken.

»Waffe runter!«

Der Kollege aus dem Sondereinsatzkommando spricht laut und nachdrücklich. Der Mann sieht ihn gehetzt an.

»Halt die Klappe!«

Die Stimme klingt dünn vor Angst, und in seinem Blick flackert es panisch. Seine Wurstfinger krampfen sich um den Pistolengriff.

»Wir ziehen uns augenblicklich zurück, sobald Sie die Waffe herunternehmen.«

Tareq atmet durch die Nase. Sein Visier beschlägt. Er hält die Dienstwaffe ruhig im Anschlag, hat sie auf den Brustkorb des Mannes gerichtet, genau wie die beiden Kollegen.

»Wenn Sie sie erschießen, werden Sie wegen Mordes belangt. Es gibt keine Alternative. Lassen Sie die Waffe fallen.«

Die Stimme des zweiten Polizisten ist tief, er hat einen leichten Akzent, den Tareq jedoch nicht einordnen kann. Der Dicke verzieht das Gesicht.

»Ich schwöre, ihr Arschlöcher, ich erschieße sie!«

Jetzt brüllt er so laut, dass nur so die Speicheltröpfchen fliegen. Tareq sieht, dass die Frau nicht mehr an sich halten kann und sich einnässt. Die Unterhose wird nass, dann rinnt es an ihren Beinen hinab.

»Zum letzten Mal – lassen Sie sie los!«

Der Dicke schwankt leicht vor und zurück, verlagert seinen Griff um den Hals der Frau, die jetzt erstmals die Augen aufschlägt. Tareq sieht die bodenlose Angst in ihrem Blick.

»Verschwindet! Ich knall sie sonst ab!«
Die beiden Beamten von der Einsatztruppe rühren sich nicht. Tareq hält die Luft an. Aus dem Augenwinkel bekommt er mit, wie die Frau auf dem Bett sich bewegt. Langsam streckt sie die Beine aus, schiebt sie von der Bettkante, bleibt aber dem Mann und seiner Geisel zugewandt sitzen.

»Bitte ...«

Ihre Stimme ist kaum zu hören. Tareq schießt noch durch den Kopf, dass sie den Mund halten sollte, doch der Mann mit der Waffe scheint sie nicht mal zu bemerken. Die Frau stemmt die Hände auf die Bettkante. Tareq holt Luft, um ihr Einhalt zu gebieten, als sie sich hinstellt. Ihre Bewegungen sind langsam und weich, trotzdem geschieht es binnen eines Wimpernschlags.

»Bitte.«

Die Stimme ist fester geworden und laut genug, dass der Dicke sie hört. Und der ist schnell, trotz seines Übergewichts und des Drucks, der auf ihm lastet. In einer einzigen zielgerichteten Bewegung reißt er die Hand herum.

Er trifft die Frau in der Stirn. Einer der Polizisten schießt dem Mann in die Schulter, allerdings einen Hauch zu spät. Die Frau vom Bett kippt rückwärts. Blut und Gehirnmasse spritzen über die Wand in ihrem Rücken. Es sieht aus wie ein roter Nieser, nur dass er aus dem Hinterkopf stammt. Von der Wucht des Schusses schwingen ihre Arme zur Seite, ehe sie rücklings auf der Matratze landet. Als sie dort aufkommt, ist sie bereits tot.

Der Dicke strauchelt rückwärts gegen die Balkontür, das Glas zersplittert, und Hunderte Scherben regnen auf ihn herab, als er zu Boden geht. Er lässt die Pistole fallen, die beiden Polizisten stürzen vor, einer tritt die Waffe weg, während der andere den Mann mit Gewalt am Boden fixiert. Er brüllt, hustet und flucht. Tareq eilt auf die Frau zu, die der Dicke bis eben in seiner Gewalt hatte. Sie steht inmitten der Glasscherben mit geschlossenen Augen da und hat die Hände vor den Mund geschlagen. Tareq packt sie am Oberarm, dann hebt er sie hoch und trägt sie hinaus auf den Flur. Sie ist federleicht und von Kopf bis Fuß angespannt wie eine Geigensaite.

Er hört, wie ein anderer Kollege in der Küche den Notarzt anfordert.

Während das Sondereinsatzkommando die Wohnung stürmt, bleibt Morgan streng nach Sicherheitsprotokoll draußen im Treppenhaus stehen. Er ist hoch konzentriert und darauf fokussiert, was gleich passieren wird. Im Unterschied zu seinen Kollegen scheint er sich an all das niemals gewöhnen zu können, aber genau das ist einer der Gründe, warum er sich für diese Arbeit entschieden hat.

Aus der Wohnung dringt Gebrüll. Erst von den Kollegen, dann von dem Mann, der für die Bewachung der Frauen abgestellt wurde. Morgan weiß, dass sie nicht immer zu zweit sind. Manchmal reicht ein Einziger, der zuverlässig ist, besonders wenn die Frauen keinen Widerstand leisten. Ein paar Jährchen Prügel und Vergewaltigungen, und ihr Wille ist gebrochen. Außerdem ist es für solche wie Hannes Vinge viel ökonomischer, wenn nur einer Wache stehen muss. Beim Personal kann man die meisten Kosten einsparen, auch in der Trafficking-Branche.

Ein dumpfes Geräusch, dann ein lauter Schlag. Morgan versucht, nicht hinzuhören, er weiß, dass er warten muss, bis die Wohnung gesichert ist. Dann der Ruf eines der Kollegen, dass er kommen könne. Er wirft einen Blick durch die offene Wohnungstür und sieht eine kostspielige Einrichtung vor sich, Teppichboden, goldfarbene Accessoires. Dies ist zweifelsohne eins der teureren Bordelle, in dem die Einrichtung Luxus ausstrahlen soll und in dem die

Frauen noch nicht bis zur Besinnungslosigkeit mit Drogen vollgepumpt wurden. Wer hier anschaffen muss, ist in der Regel sehr jung und stammt aus einem armen Land, in dem Frauen von Haus aus als unterlegen betrachtet werden.

Rechter Hand liegt ein Aufenthaltsraum in kräftigen Farben gestrichen. Auf dem Tisch brennen Kerzen in einem Kristallleuchter. Auf dem Sofa sitzt ein vor Anabolika strotzender Typ, dessen Hände im Rücken fixiert sind. Zwei Polizisten mit gezogenen Waffen stehen stumm neben ihm.

Links geht ein Flur ab. Zwei Türen stehen offen, und vor einer steht ein Kollege.

»Zwei Frauen, beide mit Kundschaft.«

Mehr sagt er nicht mehr, weil im nächsten Moment zwei weitere Kollegen aus dem vorderen Zimmer kommen. Sie führen einen Mann in dunkler Kleidung ab. Er sieht athletisch aus – und wütend. Als das Trio an Morgan vorübergeht, starrt der Mann ihm unverwandt in die Augen. Morgan zuckt nicht mit der Wimper.

Dann betritt er das Zimmer. Auf dem Bett sitzt eine Frau in einem roten Negligé mit dunklen Augen und einem Teint, der eine asiatische Herkunft vermuten lässt, entweder Myanmar oder Laos.

»Sprechen Sie Schwedisch?«

Morgan stellt die Frage, so sanft er nur kann. Die Frau sieht ihn verängstigt an, nickt aber.

»Sind Sie verletzt?«

Sie schüttelt den Kopf und fängt an zu weinen. Stumme Tränen. Der Polizist neben ihr ist in die Hocke gegangen, hat den Helm abgenommen und sieht sie ohne jede Regung an. Nichts in seinem Gesicht rührt sich, obwohl der

Frau die Tränen nur so über das Gesicht strömen. Morgan hat so eine Ahnung, dass sie so werden, sobald sie drauf und dran sind, für nichts mehr Gefühle aufzubringen. Wenn die Gewalt zur Gewohnheit wird und das letzte bisschen Mitgefühl fortgeschwemmt wird.
»Meine Kollegen bringen Sie ins Krankenhaus. Sie kommen nicht mehr in diese Wohnung zurück, ab sofort helfen wir Ihnen.«
Das Weinen der Frau wird heftiger. Sie schlägt die Hände vors Gesicht und schluchzt so heftig auf, dass die Schultern beben. Morgan schluckt lautlos und verlässt das Zimmer.

Nebenan ist die Stimmung eine vollkommen andere. Eine Frau in einem weißen Spitzenslip steht in der Ecke und hat sich die Hand über die nackten Brüste gelegt. Ihr Gesichtsausdruck schwankt zwischen Panik und Verärgerung – keine ungewöhnliche Reaktion. Wenn man monatelang davon geträumt hat, dass es eines Tages hierzu kommt, kann es schwer zu begreifen sein, wenn es endlich so weit ist. Das Gehirn weigert sich zu akzeptieren, was um einen herum vor sich geht. Der Umstand, endlich befreit zu werden, ist schwer zu fassen.

Auf dem Bett sitzt ein Mann um die vierzig. Er hat den Kopf gesenkt, macht einen Buckel und hält verkrampft die Hände vor seinen Schritt. Vor ihm steht einer der Polizisten mit der Hand am Holster.

»Ziehen Sie sich an.«

Der Mann auf dem Bett zuckt zusammen und streckt sich nach unten aus. Er nimmt Hose und Hemd hoch, und seine Hände zittern heftig, während er sich ankleidet.

»Wie heißen Sie?«

Morgan stellt ihm die Frage mit derselben Stimme, die

er soeben bei der Frau im Nachbarzimmer an den Tag gelegt hat. Er hat keinen Grund dazu, aufbrausend zu sein.

»Viktor.«

Die Antwort ist kaum zu verstehen.

»Und weiter?«

Der Mann auf dem Bett sieht aus, als würde er jeden Moment zusammenbrechen.

»Grahn. Viktor Grahn.«

Morgan nickt.

»Haben Sie früher schon mal sexuelle Dienstleistungen in Anspruch genommen?«

Viktor zuckt abermals heftig zusammen und sieht Morgan panisch an.

»Was? Nein!«

Die Stimme rutscht ins Falsett. Morgan muss sich beherrschen, um nicht zu schnauben.

»Sicher?«

Viktor nickt nachdrücklich. Sein Kinn zittert wie bei einem heulenden Kind.

»Ich hab noch nie für Sex bezahlt! Das hier ist das erste Mal, ich schwöre es!«

Na klar ist es das erste Mal für Viktor Grahn. Ist es für alle, die dafür verurteilt werden.

»Hatten Sie mit dieser Frau Sex?«

Morgan zeigt auf die Frau in der Ecke. Viktor nickt. Dann kommen ihm die Tränen.

»Er fährt mit aufs Revier.«

Letzteres ist an den Kollegen gerichtet, der neben Viktor steht. Doch der Freier scheint diesbezüglich anderer Ansicht zu sein.

»Nein! Sie dürfen mich nicht mitnehmen! Dann erfährt meine Frau davon!«

Er greift sich an den Hals, krallt sich in die Haut. Morgan hat so etwas schon öfter erlebt, die Panik, die sich einstellt, sobald jemand mit der Hand in der Keksdose erwischt wird. Es ist schon bemerkenswert, wie jemand keinerlei Scham empfinden kann, solange niemand weiß, was er tut.

»Und warum sollte das mein Problem sein, dass Ihre Frau davon Wind kriegt, dass Sie bei einer Prostituierten waren?«

Viktor starrt Morgan an. Er ist kurz davor zu hyperventilieren.

»Sind Sie allen Ernstes der Meinung, dass Sie es hier mit einvernehmlichem Sex zu tun hatten?«

Der Polizist, der vor Viktor steht, bedenkt Morgan mit einem vielsagenden Blick. Morgan geht darüber hinweg. Sekunden verstreichen. Viktor reibt sich das Gesicht, bis die Haut rotfleckig wird.

»Warten Sie ...«

In seine Stimme hat sich Wachsamkeit geschlichen. Anscheinend hat er sich allmählich unter Kontrolle. Hat ja nicht lange gedauert.

»Wir können das hier doch auch anders lösen.«

»Lösen? Was meinen Sie?«

Viktor scheint fieberhaft zu überlegen.

»Dieser Promi, den Sie erwischt haben ... Der ist doch auch nicht vor Gericht gelandet?«

Morgan seufzt tonlos. Dieser verdammte Hanswurst, der sich vor die Kameras gestellt und geheult hat. Keiner der Fernsehproduzenten scheint auch nur darüber nachgedacht zu haben, welches Signal sie damit an weitere Freier schicken dürften.

»Sie meinen ein beschleunigtes Verfahren.«

Viktor drückt den Rücken durch und schnipst mit den Fingern. Seine ganze Körpersprache ist urplötzlich verändert. Er ist ein Mann, der gewohnheitsmäßig bekommt, was er will.

»Genau! Das will ich auch! Was heißt das für mich?«

»Dass Sie Ihr Vergehen auf der Stelle gestehen. Dass Sie eine Vollmacht unterschreiben, und der Staatsanwalt entscheidet über das Strafmaß.«

Viktor nickt fast schon hysterisch.

»Ich unterschreibe – es darf nur keinen Prozess geben! Ich muss da auch an meine Firma denken – und an meine Frau! Ich bin verheiratet! Und habe ein Kind ... bitte ...«

Und hier neben mir steht eine Frau, deren Leben du und andere Männer zerstört haben. Die vielleicht auch ein Kind hat. Hast du mal daran gedacht?

»Sie meinen, Sie bekennen sich eines Prostitutionsvergehens schuldig?«

Viktor nickt abermals.

Morgan richtet sich gerade auf.

»Dann machen wir das. Sie gehen mit runter zum Wagen, der Kollege hier bringt Sie dorthin.«

Er dreht sich um und verlässt das Zimmer, trifft auf einen weiteren Kollegen und zwei Sanitäter. Morgan beißt wütend die Zähne zusammen. Männer sind solche Schweine.

1991

Die Kirche in Överluleå ist ein bildschönes Gebäude: weiß verputzt mit rabenschwarzem Dach. Silje war schon ein paarmal dort, allerdings immer nur im Zusammenhang mit den Weihnachts- oder Sommerferien. Einmal bei einem Klassenausflug, in der Vierten oder Fünften. Sie weiß noch, dass Peter ihr damals zugeflüstert hat, dass sie sich hinter dem Altar verstecken und den Messwein stibitzen sollten, sobald Frau Larsson mit der restlichen Klasse weg wäre. Bis vor wenigen Jahren hätte sie bei der Erinnerung lächeln müssen. Heute schafft sie das nicht mehr. Sie steht hinter ein paar Birken in dem kleinen Wäldchen hinter dem Kirchenbau. Sie ist einundzwanzig und vollkommen durch den Wind. Ihr Vater ist im vorigen Herbst gestorben, hat sich schlussendlich zu Tode gesoffen. Silje hat das Haus geerbt und den baufälligen Schuppen, aber weder Geld noch Erinnerungen, die nennenswert gewesen wären. Zwei Fotos von ihr, die in dem baufälligen Wohnhaus an der Wand hingen – darüber hinaus war nichts von Interesse. Sie war schon länger nicht mehr zu Hause gewesen, auch vor dem Tod ihres Vaters, und hat auch nicht vor, dort einzuziehen – nicht mal, wenn sie dafür bezahlt würde. Stattdessen campiert sie bei Freunden auf dem Sofa und schläft, wo sie nur kann, nur um nicht nach Hause zu müssen. Alle zwei Tage hat sie Sex für Geld und kommt auf diese Weise auch halbwegs über die Runden, solange sie nur einen Tag nach dem anderen zu bewältigen hat. Die Schnittwunden an den Armen werden nicht weniger, die Narben eitern, ihr Herz ist versehrt. Seit einem guten Jahr hat sie Peter nicht mehr gesehen. Er wohnt jetzt in Umeå, geht an die Uni und vermisst sie jeden Tag. So steht es zumindest in seinen Briefen, die er wöchentlich schickt und die sie aus dem Briefkasten an der Straße vor ihrem früheren Elternhaus fischt. Peter schreibt weiter, auch wenn sie nie antwortet. Sie schafft es nicht, ist zu Gefühlen nicht imstande, das Leben ist schlichtweg zu hart und schmerzhaft geworden. Die Sache ist nur ... Peter ist der Einzige auf der Welt, der sich noch immer um sie sorgt. Doch genau deshalb kann sie nicht zulassen, dass sie ihn in ihr Leben einlässt.

Die Luft riecht nach Spätsommer, ist kühler geworden, der Herbst ist in der Brise schon zu erahnen. Silje hat am ganzen Leib Schmerzen. Es ist, als säße der Schmerz direkt unter der Haut, als hätte ihr Körper aufgegeben und würde sich nie wieder davon erholen. Sie hat keine Ahnung, ob es an den Schlägen liegt, am Sex oder daran, dass sie nicht mehr kann. Dass sie keine Kraft mehr hat. Dass sie zugrunde geht.

Sie weiß selbst nicht, warum sie zur Kirche gekommen ist. Sie hat nie an Gott geglaubt, das Gebäude als Gotteshaus nie geschätzt und den Liedern und Predigten zum Schulabschluss nie etwas abgewinnen können. Die Bänke sind hart, die Decke zu hoch, und dann die Erwachsenen, die umherschleichen und einem zuraunen, dass sie einen lieber nicht hören und besser auch nicht sehen wollen. Ihr Leben lang hat Silje sich unsichtbar gemacht. Die Unsichtbarkeit war ihre Paraderolle. Ist sie vielleicht deshalb hier?

Sie sieht sich um und vergewissert sich, dass niemand

in der Nähe ist. Als sie sich sicher sein kann, überquert sie den Rasen und läuft auf den gekiesten Weg zu. Die Sonne wärmt ihren Rücken, sie steigt die Stufen empor und tritt durch das schwarze Kirchenportal. Drinnen ist die Luft weicher, und es ist still, ein merkwürdiger Friede umweht sie. Sie durchquert den Eingangsbereich, drückt die Tür zum Kirchenschiff auf und tritt ein. Die Bankreihen liegen verwaist vor ihr. Rechts vorn stehen ein halbkreisförmiger Altar, ein Taufbecken und die Kanzel. An der Wand dahinter hängt der gekreuzigte Jesus. Er sieht aus, als würde er schlafen und zugleich leiden.

Silje setzt sich in die hinterste Bank, hält sich den Fluchtweg für den Ernstfall offen. Sie hat zerrissene Jeans und ein graues T-Shirt an und trägt an den Füßen geflochtene Sandalen, die sie im vergangenen Sommer auf irgendeiner Feier hat mitgehen lassen.

Eine Tür vorn am Altar geht auf. Silje schaut nach unten, späht dann aber in Richtung der Person, die sich dort auf und ab bewegt. Es ist eine ältere Frau mit grau gesprenkelten Haaren, die jedoch überraschend modisch gekleidet ist. Anzughose, grauer Blazer, pastellfarbener Seidenschal um den Hals. Sie hält einen Stapel Bücher vor sich, geht an der Kanzel vorbei und am Taufbecken und dann in Richtung der Bank, in der Silje sitzt. Als sie vorübergeht, nickt sie Silje freundlich zu, die sich zur Antwort auf die Lippe beißt.

Die Frau geht hinter ihr auf und ab. Silje weiß, dass dort die Gesangbücher liegen, auf dem Rollwagen gleich am Eingang, die Gottesdienstbesucher nehmen sie auf dem Weg nach drinnen mit.

»Dich hab ich hier noch nie gesehen.«

Silje wirft einen Blick über die Schulter. Die Frau mit den Gesangbüchern lächelt sie an und stapelt weiter.

Als Silje nicht antwortet, fährt sie fort.

»Ich bin immer besonders froh, wenn Besucher kommen, die ich noch nie gesehen habe. Die erste Begegnung ist immer die beste.«

Sie redet, als hätte sie keinerlei Absichten, und klingt einfach nur freundlich.

»Oder bin es nur ich, die dich immer verpasst hat? Kommst du öfter hierher?«

Silje blickt auf ihre Hände hinab, ehe sie wieder zurück zu der Frau späht. Sie scheint mit den Gesangbüchern fertig zu sein und hat die Hände vor dem Bauch verschränkt. Silje zögert mit ihrer Antwort.

»Ich war öfter hier, als ich noch klein war.«

Na ja, öfter. Eine kleine Notlüge. Aber ihr ist nichts anderes eingefallen. Die Frau nickt aufmunternd.

»Wie schön, dass du zurückgefunden hast. Fühl dich herzlich willkommen.«

Sie sagt es, als wäre es eine Selbstverständlichkeit, als würde sie es aufrichtig meinen. Silje ist verwirrt, froh, misstrauisch gleichermaßen.

»Hast du Durst?«

Bei der Frage fühlt Silje sich schlagartig wie ausgedörrt. Sie nickt. Die Frau verschwindet durch die Eingangstür und kommt ein paar Minuten später mit zwei Gläsern Saft zurück. Sie setzt sich auf Siljes Bank, hält allerdings einen Meter Abstand. Wortlos überreicht sie ein Glas und dreht sich dann zu Jesus hinter dem Altar. Silje nimmt einen Schluck. Erdbeersaft, süß und himmlisch gut. Der Kloß im Hals schmerzt, als sie sich wünscht, dass wenigstens ein einziger Tag in ihrer Kindheit so geschmeckt hätte. Aber das war nie der Fall.

Idun sitzt auf dem Sofa. Sie hat sich an die Kissen gelehnt, die Augen geschlossen und versucht zu entspannen. Die Schmerzen in den Schultern ziehen bis hoch in den Nacken und weiter in den Kopf. Sie atmet langsam und versucht, sich auf eine Stelle hinter der Stirn zu konzentrieren. Als sie die Augen wieder aufschlägt, bemerkt sie, dass Morgan sie von seinem Sessel neben dem Vitrinenschrank ansieht. Er hat den Esstisch gedeckt, sogar mit gefalteten Servietten. Und jetzt hält er ihr Kopfschmerztabletten hin.

»Kopfschmerzen können ganz plötzlich kommen.«

Er sagt es in einer Art Werbetonfall, und Idun massiert sich die Schläfen.

»Anscheinend.«

Am Esstisch steht Tareq und betrachtet Siv, die eine Familienpizza in Stücke schneidet.

»Liegt es an unserem Fall?«

Idun sieht zurück zu Morgan und schüttelt den Kopf.

»Eine Erkältung, die ich schon ein paar Tage lang mit mir herumschleppe. Geht schon wieder vorbei. Wie geht es dir? Du hast nach solchen Razzien doch auch immer massiv Probleme.«

Er lächelt flüchtig, weil sie sich daran erinnert.

»Migräne ... Kommt von den Verspannungen. Ich habe schon prophylaktisch eine Tablette genommen, mal schauen, ob es hilft.«

Idun ist kalt, sie zieht die Hände in die Pulloverärmel.
»Hast du das schon länger?«
Der Duft der warmen Pizzas breitet sich in der Wohnung aus.
»Seit dem Teenageralter. Aber genug davon, mir geht es gut.«
Idun lehnt sich dankbar zurück und schließt erneut die Augen. Sie ist drauf und dran einzuschlafen, als Sivs Stimme durch den Nebel dringt.
»Kommt jetzt. Es gibt Essen.«
Idun stemmt sich auf dem Sofa hoch, streckt Morgan die Hand entgegen, drückt die Ellenbogen durch und lässt sich von ihm hochziehen.
Sie sitzen an Iduns großem Esstisch. Siv hat Kerzen angezündet. Tareq nimmt Messer und Gabel in die jeweils andere Hand und schneidet sich ein Stück Pizza ab. Idun lacht leise in sich hinein. Wer zur Hölle isst Pizza mit Messer und Gabel? Sie nimmt sich ein Stück, ist zwar kein bisschen hungrig, aber braucht jetzt die Energie. Siv tut es ihr gleich, beißt ein großes Stück ab und wischt sich Käse aus dem Mundwinkel, ehe sie sich an Tareq wendet.
»Wie fühlst du dich?«
Tareq legt sein Besteck beiseite.
»Gut.«
Er sagt es mit der ihm eigenen Ruhe, streicht sich dann aber nicht über den Bart wie sonst. Siv nimmt einen Schluck Cola.
»Du wirst zum Psychologen müssen, darauf wird Anders bestehen, warte nur ab.«
Tareq zuckt mit den Schultern.
»Dann ist das eben so.«

Sie reden nicht während des Essens. Idun war insgeheim skeptisch gewesen, ob sie sich wirklich bei ihr zu Hause treffen sollten, doch Tareq kam mit dem Taxi, hatte die Mütze tief ins Gesicht und die Kapuze seiner Daunenjacke über den Kopf gezogen.

Siv blickt vielsagend auf Iduns Teller hinab, findet, sie sollte noch ein Stück nehmen, doch Idun schüttelt bloß den Kopf. Sie haben gerade abgeräumt, als Morgan an der Küchenspüle zu schwanken beginnt.

»Scheißmigräne ...«

Idun leidet mit ihm, als er aufs Sofa zuwankt und sich mit dem Rücken zu ihnen hinlegt. Siv schaltet die Spülmaschine ein und das Licht über der Arbeitsplatte aus.

»Gedämpftes Licht ist bei Kopfschmerzen besser. Ich fahre dann mal heim. Tareq, welche Zeit passt dir für den Termin beim Polizeipsychologen am besten? Ich gehe davon aus, dass Anders mich ohnehin bitten wird, einen Termin für dich auszumachen.«

Tareq antwortet, während er sich zurück an den Tisch setzt, diesmal mit einem Kaffee in der Hand.

»Ich muss erst wieder runterkommen ... Aber vielleicht am Dienstag?«

Siv nickt und winkt ihnen zum Abschied zu.

»Dann bis morgen. Fahr ins Hotel und schlaf, Tareq. Ihr müsst euch alle ausruhen.«

Sie zieht die Wohnungstür hinter sich zu. Auch Idun nimmt sich einen Kaffee und wirft Morgan auf dem Sofa einen mitfühlenden Blick zu. Langsam hebt und senkt sich sein Brustkorb.

»Wir wecken ihn später, bevor du fährst. Ich kann ihn ja heimfahren.«

Tareq nimmt einen Schluck Kaffee.

»Findest du es nicht anstrengend, zur Arbeit zu pendeln?«

Idun friert immer noch und ist dankbar für die Strickjacke, die Mika ihr im vergangenen Winter gestrickt hat.

»Eigentlich nicht. Ich fühle mich wohl in Boden, die Vorteile überwiegen die Nachteile.«

Sie sieht ihm ins Gesicht. Diese dunklen, tiefen Augen. Mit einem Mal fühlt sie sich wahnsinnig einsam. Und müde ist sie auch. Müde, einsam und verfroren.

»Du hast eine schöne Wohnung. Ich mag deine Einrichtung.«

Sie lächelt schief und verschweigt ihm lieber, dass die Ehre größtenteils Mika gebührt.

»Wie lange bist du schon verheiratet?«

Sie nickt auf den Ring an seinem Finger hinab, bereut es direkt und hebt entschuldigend die Hand.

»Tut mir leid, das geht mich nichts an. Reden wir stattdessen über die Ermittlung.«

Eilig hebt sie den Kaffeebecher an die Lippen, verbrennt sich die Zunge und unterdrückt einen Fluch. Doch Tareq starrt auf seinen Goldring.

»Sie heißt Isa.«

Idun erwidert darauf nichts.

»Wir sind seit sechs Jahren verheiratet.«

Ein Auto fährt draußen vorbei. Das Scheinwerferlicht huscht kurz über Tareqs Gesicht. Idun nimmt noch einen Schluck Kaffee, obwohl sie schon eine schmerzhafte Blase auf der Zunge hat.

»Heißt sie Isa, oder ist das ihr Kosename?«

Was für eine bescheuerte Frage.

»Es kurz für Larisa. Der Name bedeutet ›Lächeln‹, aber sie wird von allen nur Isa genannt.«

Idun weiß nicht, warum sie nachhakt, sie kann einfach nicht anders. Eine Unterhaltung über ein Thema, das nichts mit der Arbeit zu tun hat, fühlt sich gerade nach dem einzig Denkbaren an, obwohl sie nicht sonderlich auf Small Talk steht, trotzdem hat sie in diesem Moment das Gefühl, etwas in ihr ginge kaputt, wenn sie nicht sofort an etwas anderes als an Zuhälter, Prostituierte und Menschenhandel denken könnte.

»Isa, schöner Name.«

Eine Weile herrscht Stille, ehe Tareq leise, fast flüsternd fortfährt.

»Es ist eine arrangierte Ehe.«

Idun hält den Atem an. Tareq sieht zum Sofa, und sie ahnt, er will sich bloß vergewissern, dass Morgan immer noch schläft.

»Ich hab das nie jemandem erzählt. Ich bin Polizist, und arrangierte Ehen sind illegal. Wir lassen uns im Lauf des nächsten Jahres scheiden.«

»Arrangiert? Im Sinne von ... Zwangsheirat?«

Er schüttelt den Kopf.

»Nein, nein. Es ging einzig und allein darum, sie außer Landes zu bringen. Ich weiß, dass das falsch war, aber ich konnte einfach nicht Nein sagen. Es gibt Gründe, warum ich aus Syrien rauskam ... Gründe, die ich nicht ausführen kann.«

Sie hören beide, wie Morgan sich im Schlaf bewegt. Tareq wartet eine Zeit lang, ehe er weiterspricht.

»Es ist kompliziert ... und peinlich.«

Er starrt in seinen Kaffeebecher. Der dichte Bart glänzt im flackernden Schein der Kerzen, die zwischen ihnen auf dem Tisch stehen. Erst jetzt sieht Idun, dass Siv ihren schönsten Kerzenständer rausgestellt hat, den sie von ihrer Mutter geerbt und der zuvor ihrer Großmutter gehört hat.

»Dann ist dir eure Ehe peinlich?«

Sein Gesicht versteinert.

»Es ist mir nicht peinlich, dass ich Isa aus Syrien rausgeholt habe, nein. Sie wäre ansonsten ums Leben gekommen.«

Idun ahnt, dass er noch nicht fertig ist.

»Aber es ist mir peinlich, dass dafür Geld geflossen ist. Wir reden hier von ziemlich hohen Summen.«

Unwillkürlich runzelt Idun die Stirn.

»Sie hat dich dafür bezahlt, dass du sie aus dem Land rausgeholt hast?«

»Nein.« Dann fährt er flüsternd fort: »Ich hab bezahlt. Um sie dort rauszuholen.«

Idun hat Schwierigkeiten, ihm zu folgen.

»Was soll das heißen? Wie – bezahlt, um sie rauszuholen?«

»Isa und ich sind Sandkastenfreunde. Als ihre Eltern starben, zog sie zu ihrem Onkel.«

Sie kann ihm ansehen, dass er tief bewegt ist. Seine Augen schimmern feucht.

»Und der ist aktiv im Menschenhandel. Verkauft syrische Frauen in den Westen.«

Idun schlägt die Hand vor den Mund.

»O Gott.«

Tareq blickt zu ihr auf.

»Ihr Onkel glaubt, dass ich sie mit nach Europa genommen habe, um sie nach Deutschland weiterzuverkaufen.«

»Deutschland?«

»Deutschland ist groß, dort kann man leicht verschwinden, und niemand weiß, dass wir uns in Wahrheit in Schweden aufhalten.«

Idun lehnt sich zurück. Sie muss nachdenken.

»Und ihr seid verheiratet, damit Isa nicht zurück nach Syrien geschickt werden kann? In die Klauen ihres Onkels?«

Tareq fährt sich über den Bart. Die Bewegung ist anders als sonst, irgendwie härter.

»Wir hatten Panik, als sie hier ankam, und wussten nicht, was uns erwarten würde. Das gesellschaftliche Klima ist selbst in Schweden anders geworden, genau wie im restlichen Europa. Also haben wir geheiratet. Isa musste auf Nummer sicher gehen. Es gab keine Alternative.«

Das kann Idun nachvollziehen, wirklich.

»Aber jetzt lasst ihr euch scheiden?«

Sie hört selbst, dass es eher nach Zweifel denn nach Frage klingt. Doch Tareq zuckt nicht mit der Wimper.

»Schweden schiebt keine alleinstehenden Frauen mehr nach Syrien ab. Außerdem hat sie seit einem Jahr eine schwedische Behördennummer. Wenn wir uns sofort hätten scheiden lassen, wäre es verdächtig gewesen, also haben wir beschlossen, noch ein bisschen zu warten. Aber was wir gemacht haben, ist illegal, darüber bin ich mir absolut im Klaren.«

Sein Blick streift das Sofa. Eine Sache treibt Idun um.

»Wusstest du vorher, dass es illegal wäre?«

Er sieht sie mit seinen dunklen Augen an. Eine Träne schimmert im Augenwinkel, und er blinzelt sie weg.

»Ich musste Isa retten. Sie ist in jeglicher Hinsicht fantastisch. Aber wir lieben uns nicht.«

Er hat so leise gesprochen, dass Idun ihn fast nicht verstanden hat.

»Und trotzdem hast du Zweifel.«

Tareq sieht aus dem Fenster.

»Oder Angst, dass es herauskommen könnte?«
Er sieht wieder zurück zu ihr.
»Was – dass ich einen Menschen gekauft habe?«
Er lacht tonlos. Dann wird er wieder ernst.
»Ich hab sie *gekauft*, Idun. Ich habe eine Frau aus einem Trafficking-Netzwerk gekauft. Jemand hat Geld für sie bekommen. Wenn das herauskäme ...«
Idun will schon den Kopf schütteln, aber irgendwas sagt ihr, dass sie es besser bleiben lassen sollte. Tareqs Geschichte war nicht nur für sie gedacht gewesen; er musste endlich selbst in Worte fassen, was er durchgemacht hat. Natürlich ist er gewissermaßen ein Held, sie weiß das, und tief im Innern weiß er das auch, trotzdem ... Was er getan hat, kann ihn zweifelsohne seine Karriere kosten.

Idun ahnt, dass sie sich auf dünnem Eis bewegt, und wählt ihre Worte mit Bedacht.

»Ich verstehe, dass du in diesem Kontext darüber nachdenkst, dass du immerhin Polizist bist – derzeit undercover –, gleichzeitig aber auch persönlich in den internationalen Menschenhandel verwickelt warst ... Das könnte tatsächlich zu Problemen führen.«

Sie weiß selbst, dass sie sich ungeschickt ausdrückt, aber die Müdigkeit steht ihr im Weg; sie sollten sich beide hinlegen und ausruhen, Tareq in seinem Hotelzimmer und sie in ihrem Bett.

»Entschuldige bitte, ich bin zu müde, um mich besser auszudrücken.«

Er seufzt schwer und reibt sich die Augen.

»Ich hab davor keine Angst, aber es könnte natürlich herauskommen. Hannes Vinge ... Wenn der kapiert, wer ich bin, oder wenn einer meiner Chefs es herausfinden würde ... Ich habe sie immerhin einem Zuhälter abgekauft, das ist nun mal die Wahrheit.«

Idun schwenkt ihren Kaffeebecher. Es klingt abwegig, aber sie kann seine Bedenken verstehen. Auf dem Sofa hat Morgan angefangen zu schnarchen. Idun ahnt, dass sie besser das Thema wechseln sollten, weiß aber nicht, worüber sie noch reden sollten. Deshalb bleiben sie im Kerzenschein sitzen, zwei halb leere Kaffeebecher vor sich und Stille, die zwischen ihnen widerhallt.

Die Scham liegt wie ein Film auf seiner Haut. Leise zieht Viktor die Wohnungstür hinter sich zu, ehe er sich im Flur weinend zusammenkauert. Das Licht ist gedämpft, die einzige Lampe, die brennt, ist die auf dem Sideboard vor dem Bad. Ansonsten ist es in der Wohnung dunkel. Die Schuld fühlt sich an wie ein Krampf. Es ist unerträglich, die Wahrheit wird ans Licht kommen, Shirin wird davon erfahren, vielleicht sogar Viktors Kunden – und wer zu Prostituierten geht, ist Abschaum.

Das Weinen wird heftiger. Viktor presst sich die Faust auf den Mund, drillt sich die Fingerknöchel in die Lippen. Er muss sich zusammenreißen, das Leben muss weitergehen, er hat keine Ahnung, wie, aber es muss gehen, irgendwie ... Shirin verlässt ihn, wenn sie es erfährt. Kann er es vor ihr geheim halten? Müssen wirklich alle davon erfahren? Was, wenn die Staatsanwaltschaft einen Brief schickt und sie den noch vor ihm in die Hände kriegt? Sie wird ihn darauf ansprechen. Shirin ist niemand, die demütig wegschaut, auch wenn sie auf den ersten Blick so wirkt. Sie wird von ihm eine Erklärung fordern.

Er schließt die Augen. Er schafft das nicht, er kriegt keine Luft mehr, und noch weniger kann er klar denken.

Langsam steht er auf. Mit zitternden Fingern knöpft er seinen Mantel wieder zu, greift zu einem wärmeren Schal, dem aus australischer Wolle, und bindet ihn um den Hals.

Genauso lautlos, wie er eben die Tür geschlossen hat, öffnet er sie wieder und tritt hinaus ins Treppenhaus. Sofort fühlt sich die Luft klarer an. Es ist, als hätte die Einsamkeit eine heilsame Wirkung.

Er geht die Treppe hinunter, will nicht riskieren, jemandem im Aufzug zu begegnen, weil er ahnt, dass sein Gesicht vom Weinen rotfleckig ist. Er geht schneller, stolpert, stürzt, kann sich gerade noch am Geländer festhalten und schreit auf, als er sich die Schulter verzieht.

Als er an der Hausfassade entlangläuft, wirbeln ringsum Schneeflocken. Erst jetzt dämmert ihm, dass er seinen Schlüssel vergessen hat. Der muss noch in der Schale im Flur liegen.

Er biegt um die Ecke, spürt den Wind im Gesicht und wird langsamer. Es riecht nach Winter und Kälte, seine Nasenhaare werden in der kalten Atmung borstig. Ein Auto fährt an ihm vorbei, Viktor läuft über die Straße und nimmt den Gehweg in nördlicher Richtung. Sein Puls hat sich wieder halbwegs beruhigt, die Scham brennt zwar noch immer, aber er weint nicht mehr. Er fühlt sich gestresst und zugleich leer, sehnt sich nach Shirin und Moa, weiß aber, dass er nicht heimgehen kann. Er will heute Nacht im Büro schlafen, die Arbeit vorschieben und dass er wegen ein paar kurzer Stunden Schlaf nicht mehr nach Hause hätte fahren wollen. Nur was, wenn Shirin seine Schlüssel findet? Er weiß nicht, was er dann sagen soll, aber darüber will er sich später Gedanken machen.

Erst jetzt merkt er, dass das Auto, das eben an ihm vorbeigefahren ist, vor der nahe gelegenen Spielothek gewendet hat. Langsam fährt es hinter ihm her. Viktor schaudert, zieht den Mantelkragen enger, geht mit dem Rücken zum Auto noch langsamer; er weiß selbst nicht, warum, aber mit einem Mal fühlt es sich wichtig an, dass er entspannt wirkt.

Der Wagen schließt zu ihm auf und drosselt die ohnehin niedrige Geschwindigkeit. Viktor späht hinüber, erkennt den Wagen nicht wieder, will gerade in Richtung der Fußgängerunterführung abbiegen, die zum Restaurant Varvet führt, als die Fahrertür aufgeht. Der Fahrer kommt ihm vage bekannt vor, Viktor kneift die Augen zusammen, um durch den Schneefall besser sehen zu können, und atmet scharf ein.

»Hej, Viktor. Können wir kurz reden?«

Er weiß, dass er antworten muss, aber nicht, was er sagen soll.

»Wir können uns in meinen Wagen setzen. Es ist kalt, und ich bin nicht gerade passend gekleidet.«

Viktors Lunge kreischt nach Luft, beim Versuch zu atmen bekommt er Schneeflocken in den Rachen und hustet.

»Kann das nicht warten? Ich bin auf dem Heimweg.«

»Ach?«

Er weiß, dass man ihm auf die Schliche gekommen ist. Der Mann weiß längst, wo Viktor wohnt, alles andere wäre schon komisch.

»Und worüber sollen wir reden?«

Sein Gegenüber sieht sich vielsagend um.

»Sicher, dass ich das in aller Öffentlichkeit sagen soll? Auf offener Straße?«

Viktor zuckt mit den Schultern, versucht, nonchalant auszusehen, und macht ein paar langsame Schritte auf das Auto zu.

»Ich weiß nicht … Kann das wirklich nicht bis morgen warten?«

Der Mann sieht ihn ernst an und schüttelt den Kopf.

»Nein. Kann es nicht.«
Viktor seufzt gekünstelt auf, doch es klingt geschauspielert und besorgt.
»Okay. Aber machen wir es kurz.«
Schweigend steigt der Mann wieder ein und zieht die Fahrertür hinter sich zu. Viktor umrundet den Wagen, macht die Beifahrertür auf, sieht sich kurz um und steigt ebenfalls ein. Als er die Tür zuzieht, ist es, als wäre er in einer anderen Welt gelandet. Der Wagen riecht neu, nach frischen Lederbezügen und staubfreier, beheizter Luft. Er spürt, wie sein Puls abermals beschleunigt.
»Also, worum geht's?«
Er dreht sich zu dem Mann um und sieht ihm ins Gesicht. Im nächsten Augenblick schnellt eine Hand auf ihn zu, Viktor kreischt auf und versucht noch, sie wegzuschlagen, doch der Schmerz fühlt sich an wie tausend Nadeln. Seine Halsmuskeln krampfen, es verschlägt ihm die Sprache, jeden Gedanken, Zeit und Raum. Sein ganzer Körper krampft, er beißt sich auf die Zunge, Blut rinnt ihm aus dem Mundwinkel, doch er merkt es nicht. Dann weicht alles Licht zur Seite, und wie aus einem sich weitenden Tunnel wächst die Dunkelheit an, bis sie alles verschluckt hat.

Viktor kommt wieder zu sich, als das Auto langsamer wird. Die Welt jenseits des Wagenfensters liegt hinter dichtem Nebel, die Geräusche schwappen wie träge Wogen über ihn hinweg. Ihm ist leicht übel, als wäre er betrunken. Sein Mund ist staubtrocken, die Zunge geschwollen, die Lider schwer wie Wackersteine. Sosehr er es auch versucht, er bekommt die Augen nicht auf. Die Haut am Hals brennt wie Feuer.

Dann hört er ein Klicken direkt an seinem Ohr. Er lehnt sich zur Seite und fällt vom Beifahrersitz, stößt sich die Hüfte an, und der Schmerz wird zu einem dumpfen Laut, der sich durch seinen ganzen Körper fortsetzt. Er weiß, dass er Schmerzen hat, spürt sie aber nicht.

Er liegt auf einem kalten Untergrund. Der Wind ist sachte, fühlt sich auf seinem Gesicht wie eine Liebkosung an. Er muss an den Schal denken, den er sich um den Hals gewickelt hat – ist der gar nicht mehr da? Hat er ihn verloren? Hatte er den nicht von Shirin und Moa zu Weihnachten bekommen?

Als er spürt, wie seine Hände hochgezogen werden, dämmert ihm, dass er erneut weggetreten sein muss. Schon komisch, dass ihm das klar ist, wo doch alles andere völlig im Nebel liegt. Es knirscht unter seinem Kopf, als er über den harten Untergrund gezogen wird, kleinste Unebenheiten hämmern gegen seinen Hinterkopf. Je mehr er sich konzentriert, umso weniger spürt er den restlichen Körper. Es ist fast, als wären seine Beine und Füße gar nicht mehr da. Fühlt es sich so an zu sterben? Aber dann würde er die Kälte nicht spüren und auch nicht die Schläge auf den Kopf.

Er weiß mit Gewissheit, dass es kalt ist und dass er über eine vereiste Fläche gezerrt wird, jemand hat ihn an den Händen gepackt und zieht ihn an beiden Armen hinter sich her. Dann naht Hilfe – das muss jemand sein, der ihn rettet.

Im nächsten Moment spürt er, wie seine Hände auf den Untergrund fallen. Womöglich vergeht einige Zeit, er könnte es nicht sagen, er spürt nur, dass ihm ziemlich kalt wird. Die Kälte sticht ihm hauptsächlich in Hinterkopf, Nacken und Schultern. Sein Rücken ist steif, die Hüften fühlen sich merkwürdig an, und darunter sind seine Beine immer noch taub.

Als jemand ihm die Hose auszieht, kommt er halb zu sich und weiß, dass er schon wieder eingenickt sein muss. Der Kopf ist jetzt klarer, er versucht, die Augen aufzumachen, schafft es einen Spalt weit und sieht über sich den nachtschwarzen Himmel. Er ist untenrum nackt, spürt den Wind um sein Geschlecht, bekommt eine Gänsehaut, und dann ist der Schmerz wieder da. Der Nachthimmel nähert sich, ist zugleich bedrohlich und einladend, Viktor denkt an Shirin und Moa und überlegt, wie er ihnen all das erklären soll, das Rauschen, den Himmel, die Unfähigkeit zu begreifen, was gerade geschieht.

Er friert jetzt, zittert wie Espenlaub, und dann nimmt überwältigender Schmerz überhand. Es ist das Schlimmste, was er je erlebt hat, scharf und weiß gleißend fährt der Schmerz ihm durchs Becken, Viktor brüllt, doch es kommt kein Mucks, und erst jetzt begreift er, dass sein Mund verschlossen ist, verstopft mit etwas, was ihn fast erstickt. Es tut grässlich weh, irgendwas flammt in seinem Unterleib auf, es spannt, schneidet, pulsiert auf eine Weise, die er nie für möglich gehalten hätte. Er ist kein Mensch mehr – und es ist eine außerkörperliche Erfahrung: Er stürzt und steigt auf und sinkt mitten hinein in den Schmerz. Er verdreht die Augen nach hinten, kann nicht mehr denken, jeder Gedanke erlischt im selben Grad, wie sein Blutdruck absackt. Er weiß es nicht, aber es ist das Leben, das aus ihm heraussickert. Müdigkeit spült über ihn hinweg, ohne es zu wollen, fallen ihm die Augen zu, und endlich nimmt der Schmerz wieder ab, das Schlimmste verklingt, weicht einem Pulsieren, das abermals eher Geräusch denn Gefühl ist.

Am Rand seines Sichtfelds gleiten Moa und Shirin vorbei, beide in Sommerkleidern und mit offenen Haaren. Dann werden sie von der Dunkelheit, dem Pulsieren, der Hoffnung auf Linderung verschluckt. Das Letzte, was er noch mitbekommt, ist der Geschmack von Eisen auf der Zunge, ehe die totale Finsternis kommt. Der Schlaf ist gnädig, und Viktor ahnt, dass dieser Schlaf für immer anhält. Trotzdem verspürt er weder Angst noch Trauer. Als der Schmerz im Becken verebbt, lächelt er dankbar. Nichts tut mehr weh.

Idun biegt auf den Parkplatz am Nordkai ein. Die Polizei hat jenseits des fünften Lagergebäudes bis raus zum Schutzdamm mehrere Hundert Meter abgesperrt. In dem Mietshaus, das an den Parkplatz angrenzt, stehen Gaffer und zittern trotz Daunenjacken und Wintermänteln. Es sieht aus, als wären sie alle Kettenraucher, die Atemluft an diesem eisigen Morgen steht wie Rauchwolken vor ihren Gesichtern.

Idun parkt an der Laderampe des Norrbottentheaters. Tareq zieht sich die Kapuze über den Kopf, als sie in Richtung Anleger gehen. Er hat sich eine dunkle Sonnenbrille aufgesetzt, um nicht erkannt zu werden.

Unten auf dem Eis herrscht rege Aktivität. Ein Zelt wie jenes, unter dem kürzlich erst Evert Holm gelegen hat, ist ein paar Meter jenseits des Ufersaums errichtet worden. Die Spurentechniker haben Platten ausgelegt, über die man gehen soll, und sind vollauf damit beschäftigt, die verschiedenen Spuren auf dem Eis zu fotografieren und zu vermessen. In ihren weißen Overalls verschmelzen sie fast mit dem winterlichen Hintergrund. Der Wind hat aufgefrischt, und trockener Schnee wirbelt unter ihren Schritten auf. Die Morgensonne leuchtet schon am Horizont, intensiv rosarot fallen die ersten Strahlen über das dick vereiste Meeresufer. Idun findet, es hat fast etwas Biblisches, als wollte die Natur jenes makabre Ereignis, das hier in der Nacht stattgefunden hat, ans Licht zerren.

Malmen steht vor dem Zelt. Seine rote Jacke schimmert durch den Zellstoff-Overall. Er sieht müde aus.

»Willkommen zurück in der Frostigkeit.« Idun tätschelt ihm freundschaftlich die Schulter. Er sieht sie verwundert an, ist Körperkontakt von ihr nicht gewöhnt.

»Das Gleiche wie beim letzten Mal?«

Malmen nickt Tareq zum Gruß zu, ehe er antwortet und dabei immer noch nachdenklich Tareqs Sonnenbrille mustert.

»Japp. Toter Mann, auf die gleiche Art gefoltert wie der Letzte.«

»Was wissen wir über ihn?«

Tareqs Frage geht im Pfeifen des Windes fast unter. Idun macht einen Schritt zurück und stellt sich dicht neben ihn. Malmen tritt von einem Fuß auf den anderen.

»Viktor Grahn. Selbstständig, und zwar ziemlich erfolgreich. Verheiratet mit Shirin Grahn, eine Tochter, drei Jahre alt. Wohnhaft hier in Luleå, keine Vorstrafen, außer dass er gestern bei eurer Razzia hochgenommen wurde – Stand der Dinge laut Siv.«

Idun und Tareq sehen ihn verdattert an.

»Wir haben ihn gestern festgenommen?«

Malmen nickt.

»Laut Siv, ja. Sie hat heute früh angerufen. Der Treckerfahrer hat ihn gefunden.«

»Treckerfahrer?«

»Ein Typ von der Stadt, der die Eisbahn planiert. Wenn es schneit, machen sie das hier täglich, zumindest solange die Eisbahn für die Öffentlichkeit zugänglich ist.«

Er dreht sich um und zeigt – unnötigerweise – in Richtung der Eisbahn hinter sich. Sie sieht aus, als würde sie sich bis hinter den Horizont erstrecken.

Idun sieht Malmen an.

»Dürfen wir ihn uns ansehen?«

Sie betreten das Zelt. Drinnen riecht es süßlich nach Eisen. Zwei Spurentechniker stehen neben der Leiche. Der eine schießt Fotos, während der andere sich auf einem Tablet Notizen macht. Viktor Grahn liegt auf der Seite mit dem Rücken zum Zelteingang. Idun und Tareq gehen näher heran, um ihn in Augenschein zu nehmen. Er hat Hemd und Mantel an, die Hose hängt ihm in den Knien. Die Schuhe sind nicht für Winterwetter gemacht – flache Lederschuhe mit dünnen Sohlen. Die Beine sehen aus wie marmoriert, eine Mischung aus Kälte und Tod. Dass er auf dem Eis im beißenden Wind lag, hat sein Übriges beigetragen.

Auf Höhe der Hüfte hat sich eine rotschwarze Blutlache auf dem Eis gebildet. Der Penis fehlt, genau wie bei Evert Holm. Der Hodensack sieht seltsam deformiert aus. Ohne Penis wirkt der herzförmige Hautsack lächerlich prominent. Die Blutlache ist wesentlich größer als bei Evert Holm. Viktor hat die Augen geschlossen, den Mund zu einem Schrei geformt, die Finger scheinen in einem Krampf erstarrt zu sein, die Handgelenke sind verbogen. Idun ahnt, dass er Höllenqualen gelitten hat. Seitlich auf dem Bauch leuchtet ein knapp zehn Zentimeter langer Blitz auf der Haut, der mit einem scharfen Gegenstand eingeritzt wurde.

»Hat er gelebt, als er verstümmelt wurde?«

Malmen presst die Lippen zusammen und nickt.

»Um die medizinischen Details darf sich Svetlana kümmern, aber weil er ansonsten keine Verletzungen aufweist, schätze ich mal, dass er infolge des Blutverlusts gestorben ist. Denn er hat irrsinnig viel Blut verloren, wie ihr selbst seht.«

Die Lache ist wirklich riesig.

»Darüber hinaus hat er Brandwunden am Hals. Da, genau unter dem linken Ohr.«

Idun geht in die Hocke und betrachtet die entzündeten Stellen.

»Wieder Elektroschocks.«

»Vermutlich. Ich wäre sehr überrascht, wenn es etwas anderes wäre.«

Idun steht wieder auf. Sie hat durchaus bemerkt, dass Malmen sich auf ihr Terrain vorgewagt hat, weiß es jedoch ausnahmsweise zu schätzen.

»Weil die Tat wieder so persönlich ist?«

Er nickt.

»Die pure Raserei ... Viktor Grahn ist zu Tode gefoltert worden, ihm wurde der Penis abgeschnitten, was unfassbar wehtun muss. Es dürfte keinen von euch überraschen, dass man ausgerechnet dort ziemlich empfindliche Nerven hat.«

Tareq beugt sich über den Oberkörper.

»Auch er hier liegt auf dem Eis und ist für die Öffentlichkeit gut zu sehen gewesen. Sie müssen irgendwas gemeinsam gehabt haben, also – mehr als nur ihre Todesart ... Und da fällt mir natürlich zuallererst ein, dass sie beide Freier waren.«

Idun pflichtet ihm bei.

»Natürlich. Das ist ein wichtiges Puzzleteil. Außerdem waren beide reich, vielleicht könnte auch da ein Motiv zu finden sein?«

Sie redet weiter, ohne auf eine Reaktion von Tareq oder Malmen zu warten.

»Und dann gibt es noch zwei weitere spannende Aspekte. Erstens: der Modus Operandi.«

Sie geht erneut in die Hocke und nimmt Viktor aufmerksam in Augenschein.

»Er hat um Hände und Füße keinerlei Verletzungen, war vermutlich also nicht gefesselt. Abgesehen von den Wunden am Hals, dem abgeschnittenen Penis und dem Blitz gibt es keine sichtbaren Verletzungen, richtig?«

Sie blickt zu den Kollegen auf, nimmt deren Nicken zur Kenntnis, wird dann aber unterbrochen, als gleichzeitig ihr Handy und das von Tareq piepsen. Beide angeln ihr Telefon hervor und überfliegen Sivs SMS. Idun steht dafür nicht einmal auf.

»Viktor Grahn wurde von Morgan festgenommen und hat ein beschleunigtes Verfahren beantragt. Sandberg hat das Strafmaß noch nicht verhängen können, aber Viktor wurde noch an Ort und Stelle laufen gelassen. Er ist zuvor nie straffällig geworden, weder wegen Prostitutions- noch wegen anderer Vergehen.«

Sie steckt ihr Handy zurück in die Jackentasche und zieht ihre Handschuhe wieder an, ehe sie fortfährt.

»Viktor ist also noch gestern Nacht freigelassen worden. Wenn sein Tod mit dem Bordellbesuch zu tun hat, dann hat es ihn eindeutig schneller erwischt als Evert.«

Sie holt ein paarmal tief Luft. Die Kälte sticht in ihren Lungen. Tareq nutzt die Gunst der Stunde.

»Evert ist tagelang gefoltert worden. Bei Viktor hingegen trat der Tod verhältnismäßig zügig ein – nur wenige Stunden, und es war vorbei. Von tagelanger Folter und Freiheitsberaubung kann keine Rede sein. Das hier ist ziemlich übereilt passiert.«

»Trotzdem ähnelt sich die Vorgehensweise, das musst

du zugeben. Allerdings ist der Zeitverlauf ein komplett anderer, also die Dauer, das ausgedehnte Leiden ...«

Sie steht wieder auf, sieht Tareq an und stemmt die Hände in die Hüften. Ihre Daunenjacke raschelt.

»Der Zeitverlauf ist ein anderer, der Mörder ist aber derselbe.«

»Die Frage ist doch, warum er es mit diesem hier so eilig hatte.«

»Wer wusste, dass wir Viktor gestern Nacht hochgenommen haben?«

Tareq kommt gar nicht dazu, auf Iduns Frage zu antworten, weil sie sofort weiterspricht.

»Wir beide, Anders und Siv natürlich, Morgan und vermutlich Emil sowie die beteiligten Kollegen. Die Sondereinsatztruppe, Staatsanwalt Sandberg, mögliche Zeugen. Eine oder mehrere Prostituierte. Ein, zwei, wer weiß wie viele Nachbarn. Und wer weiß wie viele aus Vinges Netzwerk, die Wind von dem bekommen haben, was gestern Nacht in den Wohnungen passiert ist.«

Tareq seufzt gedehnt.

»Wir müssen eine Liste erstellen. Das wird eine Menge Befragungen nach sich ziehen ...«

»Könnte Viktor es jemandem erzählt haben? Seiner Frau vielleicht? Einem guten Freund?«

»Dass er als Freier auf frischer Tat ertappt wurde? Unwahrscheinlich, auch wenn ich ihn natürlich nicht kannte. Aber üblicherweise ist das wohl nichts, worüber man klatscht und tratscht.«

»An und für sich bin ich der gleichen Meinung, aber man weiß ja nie. Die Welt ist manchmal wirklich verrückt.«

Sie sieht wieder zu Malmen. Der verzieht keine Miene, überlässt ihnen die Spekulationen.

»Weißt du schon, wann er zu Svetlana kommt?«

»In ein paar Stündchen dürften wir hier fertig sein. Meine Leute waren dreißig Minuten nach dem Anruf des Treckerfahrers vor Ort. Er sitzt übrigens in einem eurer Wagen, ist natürlich erschüttert, aber ansprechbar. Er sagt, er hat ein Alibi, ist verheiratet und hat mit Frau und vier Kindern die Nacht zu Hause verbracht. Aber ihr wollt sicher trotzdem mit ihm reden, deshalb ist er noch hier. Ich kann dir eine SMS schicken, sobald wir hier fertig sind, damit du weißt, wann du Svetlana zu Leibe rücken kannst.«

Sie verlassen das Zelt und Malmen und den toten Viktor Grahn. Jenseits der Eisfläche lodert in der Ferne der Sonnenaufgang.

Auf dem Weg zum Aufenthaltsraum kommt Idun an Morgans Dienstzimmer vorbei. Er sitzt am Schreibtisch und hat den Kopf in beide Hände gelegt. Mit den Ellenbogen auf der Schreibtischplatte massiert er sich geistesabwesend die Augenbrauen. Dabei rutscht seine Brille auf der Nase hoch und runter.

Idun klopft an. Als Morgan aufblickt, lächelt er matt.

»Hej.«

Sie bleibt an der Schwelle stehen.

»Wie geht's?«

Er sieht niedergeschlagen aus, trotz des Lächelns.

»Alles in Ordnung. Ich bin nach gestern einfach nur ein bisschen fertig. Dass ich mich aber auch einfach nicht an das Böse im Menschen gewöhnen kann. Und an die Migräne auch nicht ...«

Idun lehnt sich an den Türrahmen.

»Es ist Samstag. Du solltest daheim sein und dich ausruhen.«

Morgan seufzt schwer.

»Das kann ich mir nicht leisten. Emil liegt immer noch flach, das Fieber geht einfach nicht runter, anscheinend hat er obendrein eine Angina entwickelt. Es sieht ganz danach aus, als wäre ich die ganze Woche allein.«

Idun zuckt mit den Schultern.

»Dann schließ dich uns an.«

Morgan lacht tonlos.

»Ich hab hier noch ein paar eigene Fälle – den von Marina Alm, um nur einen zu nennen.«

Idun geht auf seinen Schreibtisch zu und bleibt vor ihm stehen. Morgan neigt den Kopf leicht zur Seite.

»Ist etwas passiert?«

»Wir haben heute früh einen neuen Fall reingekriegt. Ein Toter auf dem Eis am Nordkai. Er wurde ermordet – abgeschnittener Penis, eingeritzter Blitz im Bauch. Das Gleiche wie bei Evert Holm, nur dass es diesmal anscheinend schnell gehen musste.«

Morgan kratzt sich am Hals.

»Da schau einer an. Und du glaubst, das hängt auch mit Marina zusammen?«

Idun schluckt. So weit hat sie noch gar nicht gedacht, bislang hat sie sich nur auf Evert konzentriert. Für Tareq und sie ist der Fall Marina zweitrangig, was auch Morgan klar sein dürfte. Trotzdem versteht sie, dass er hofft, ihre Ermittlungen könnten auch seiner und Emils Arbeit zum Durchbruch verhelfen.

»Wir sehen uns mögliche Verbindungen an, aber zuallererst spreche ich mit der Frau des Opfers. Sie kommt in einer knappen Stunde rein. Siv soll später Tareq anrufen und dann nach potenziellen Querverbindungen zwischen diesem Fall und Evert suchen. Sobald wir das Puzzle gelegt haben, sehen wir uns Verbindungen zu Marina an.«

Morgan blickt aus dem Fenster, trotzdem kann Idun ihm die Enttäuschung ansehen.

»Verstehe.«

Sie wartet ab.

»Willst du, dass ich bei dem Gespräch dabei bin?«

Er spricht mit kraftloser Stimme. Idun runzelt besorgt

die Stirn, was Morgan nicht sehen kann, weil er immer noch nach draußen starrt.
»Es handelt sich um Viktor Grahn.«
Als er den Kopf dreht, ist die Bewegung verlangsamt.
»Was sagst du da?«
Sie verlagert das Gewicht von einem Bein aufs andere.
»Das Opfer heißt Viktor Grahn. Du hast ihn gestern festgenommen.«
Morgan springt von seinem Stuhl auf. Plötzlich ist er deutlich energiegeladener.
»Der wollte ein beschleunigtes Verfahren – wusste, dass es so was gibt, und hat von sich aus danach gefragt.«
Idun kommt gar nicht dazu, etwas zu erwidern.
»Dann ist doch die Frage, wer wusste, dass er gestern dort war? Er ist zuvor nie straffällig gewesen, das hab ich noch überprüft, bevor ich abgefahren bin.«
Idun stemmt die Hände in die Hüften.
»Das heißt aber nicht, dass er vorher nie für Sex bezahlt hat ... nur dass er nie dabei erwischt wurde. Und ja, du darfst gern beisitzen, so muss ich mich nicht erst in deinen Bericht einlesen. Ist es okay für dich, wenn du seiner Frau erzählst, was gestern passiert ist?«
Morgan nickt knapp.
»Kein Problem.«
»Gut. Noch einen Kaffee vorab?«
Morgan setzt sich wieder auf seinen Schreibtischstuhl.
»Ich bereite mich lieber noch ein bisschen vor, ehe sie kommt. Ich hole dich dann in deinem Büro ab – in einer knappen Stunde, sagst du?«
Idun nickt.
»Was macht der Kopf?«
Er sieht sie überrascht an.

»Nachdem du doch gestern Migräne hattest?«
»Ah. Besser. Danke der Nachfrage.«
Idun verlässt sein Büro und geht in Richtung Pausenraum. In einer knappen Stunde wird Viktors Ehefrau erfahren, dass ihr Mann tags zuvor erst bei einem Besuch in einem Wohnungsbordell verhaftet und anschließend auf dem Eis am Nordkai bestialisch ermordet wurde. Shirin Grahn wird es in nächster Zeit nicht leicht haben.

Shirin trägt eine dunkle Businesshose und einen hellblauen Blazer. Ihr Haar ist akkurat frisiert, das Gesicht ungeschminkt und vom Weinen geschwollen. Sie hat die Nachricht früh am Morgen von zwei Polizisten und einem Seelsorger gehört.

»Unser Beileid zum Tod Ihres Mannes. Wir haben vollstes Verständnis dafür, dass dieses Gespräch für Sie schwierig ist.«

Shirins Blick ist dunkel vor Trauer. Der Schock flackert ihnen aus den braunen Iris entgegen.

»Es geht schon ... Ich kann reden.«

Ihre Stimme klingt erstaunlich fest.

»Wie ist er gestorben?«

Idun hält mit Shirin Blickkontakt.

»Er ist in den frühen Morgenstunden auf dem Eis am Nordkai gefunden worden. Er ist keines natürlichen Todes gestorben, und wir haben eine Voruntersuchung eingeleitet, weil wir leider von vorsätzlichem Mord ausgehen müssen.«

Sie weiß, was sie in einer solchen Situation sagen muss und was sie nicht sagen darf. Shirin sitzt wie versteinert da.

»Sie dürfen ihn in der Rechtsmedizin sehen, vermutlich noch heute Nachmittag, wenn Sie das wollen.«

Noch immer hat Shirin sich nicht gerührt, doch sie scheint aufmerksam zuzuhören.

»Wissen Sie, ob Viktor Feinde hatte?«

Shirin schüttelt unschlüssig den Kopf.

»Nein. Also keine, von denen ich wüsste, nein. Wir haben ein recht normales Leben geführt, vielleicht mit ein bisschen mehr Geld als andere, aber ansonsten ganz normal.«

Idun reagiert nicht auf die unnötige Ausführung. Siv hat sie am Vormittag schon informiert, sie weiß, dass Viktor und Shirin Grahn Multimillionäre sind und ein Luxusleben geführt haben dürften.

»Soweit wir wissen, war Ihr Mann überaus erfolgreich. Er hat ein Unternehmen geführt, zusammen mit einem gewissen Paul Magnusson. Keine Angestellten. Sind diese Informationen korrekt?«

»Ja, das ist alles richtig. Sie haben Firmen auf- und verkauft, mehr kann ich Ihnen über ihre Geschäfte nicht sagen. Aber Viktor und Paul kannten sich ihr Leben lang, die beiden waren Sandkastenfreunde und haben dann gemeinsam die Firma gegründet. Und ja, sie waren erfolgreich.«

Sie verstummt, scheint überlegen zu müssen.

»Wir hatten auch privat mit Paul und seiner Frau zu tun, aber da war die Arbeit selten ein Thema.«

Idun nimmt an, dass Siv und Tareq sich zur Stunde bereits mit jenem Unternehmen beschäftigen. Sie findet es überdies bemerkenswert, dass Shirin schon jetzt in der Vergangenheitsform von ihrem Ehemann erzählt.

»Wann haben Sie Viktor zuletzt gesehen?«

Shirins Kinn zittert.

»Gestern am frühen Nachmittag. Es ging ihm morgens nicht besonders gut, aber das wurde besser, sodass er doch noch arbeiten gehen konnte. In der Nacht hat der dann eine SMS geschickt, dass er im Büro übernachten würde. Das macht er manchmal, wenn viel zu tun ist.«

Idun neigt den Kopf.

»Sogar am Wochenende?«

Shirin nickt.

Morgan verändert seine Sitzposition, schweigt aber weiter. Idun lässt Shirin nicht aus den Augen.

»Was hielten Sie davon, dass er immer mal wieder auf der Arbeit übernachtet hat?«

Shirin zuckt mit den Schultern.

»Mir war das egal.«

»Wie kommt's?«

Sie holt tief Luft. Als sie antwortet, klingt ihre Stimme dünn.

»Ich hatte vor, Viktor zu verlassen.«

Dann steigen ihr Tränen in die Augen.

»Wir hatten einander nichts mehr zu sagen. Und ich habe einen anderen kennengelernt.«

Idun und Morgan lassen sich nichts anmerken.

»Kannte Viktor diesen ›anderen‹?«

»Nein. Zumindest glaube ich das nicht.«

»Wo waren Sie gestern Abend?«

Shirin neigt kaum merklich das Kinn.

»Ich war zu Hause. Wir haben einen Einbruchsalarm samt Überwachungskameras, die rund um die Uhr Wohnzimmer, Küche und Schlafzimmer aufzeichnen. Die Daten werden eine Woche lang gespeichert. Die können Sie sich gern ansehen, ich gebe Ihnen eine Vollmacht.«

Was für eine bemerkenswerte Antwort. Für Idun klingt es fast, als hätte sie sich das zurechtgelegt, und sie ahnt, dass Morgan dasselbe denkt.

»Hat Viktor vor seinem Tod leiden müssen?«

Idun drückt den Rücken durch.

»Das kann ich Ihnen leider derzeit nicht sagen. Die rechtsmedizinische Untersuchung ist noch nicht abgeschlossen.«

Shirin nickt.

»Ich habe in der Zeitung von diesem anderen Mann gelesen, der auf der Eisbahn gefunden wurde. Dass er an Händen und Füßen gefesselt war und wohl gefoltert wurde ...«

Ihr versagt die Stimme. Sie fasst sich an den Hals, nestelt an der Kette in ihrer Halsgrube. Erstmals während ihres Gesprächs ergreift Morgan das Wort.

»Viktor war nicht gefesselt, so viel können wir wohl sagen.«

Mit einem Mal spürt Idun eine gewisse Verärgerung. Ihr ist schon klar, dass Morgan ihren Bericht noch nicht gelesen hat, aber ausgerechnet er sollte wissen, dass sie zu einem so frühen Stand der Ermittlungen nichts verraten dürfen, erst recht nicht, ehe Svetlana mit ihrer Untersuchung fertig ist. Dass er derart auf die persönlichen Befindlichkeiten einzelner Personen reagiert, ist zugleich Morgans Stärke und Achillesferse. Und dies hier ist Iduns und Tareqs Ermittlung.

»Ihr neuer Partner – hat der denn ein Alibi für den gestrigen Abend?«

Shirins Blick ist fest.

»Er ist im Ausland, auf Dienstreise in den USA.«

Das soll Siv später verifizieren, denkt Idun, doch insgeheim ahnt sie, dass Shirin die Wahrheit sagt.

»Gibt es da jemanden, der Ihnen Gesellschaft leisten könnte? Der Ihnen in dieser Situation beistehen könnte?«

Shirin schüttelt den Kopf.

»Ich brauche niemanden außer Moa. Wenn sich das ändert, kann ich Pauls Ehefrau anrufen, wir stehen einander recht nahe.«

Idun dankt Shirin für ihre Zeit, und die beiden Ermittler geben der Witwe die Hand, bleiben dann aber sitzen, als Siv Shirin holt, um sie zum Aufzug zu begleiten. Idun lehnt sich auf ihrem Stuhl zurück und verschränkt die Hände im Nacken – und plötzlich dämmert ihr, dass sie so dasitzt wie Calle. Und dass diese Pose überraschend bequem ist.

»Du hättest ihr nicht erzählen dürfen, dass er nicht gefesselt war.«

Morgan weicht ihrem Blick aus.

»Es schadet weder ihr noch der Ermittlung. Sie musste es wissen, sonst hätte sie nicht explizit danach gefragt.«

Idun geht nicht weiter darauf ein.

»Wie wollt ihr denn jetzt weitermachen?«

Morgan klingt aufrichtig interessiert. Idun presst den Hinterkopf in die Hände und spürt, wie sich ihre Nackenmuskulatur dehnt.

»Die Verbindung zwischen Evert und Viktor ist schon auf den ersten Blick klar. Beide waren Kunden in Wohnungsbordellen hier in der Stadt. Zudem war zumindest Viktor nachweislich in einer von Hannes' Wohnungen – Evert vermutlich auch, allerdings können wir das noch nicht beweisen. Ich dachte, ich rede mal mit der anderen Frau, die wir in Tareqs Wohnung angetroffen haben – diejenige, die überlebt hat. Das wollte ich schon machen, noch bevor wir es mit Viktors Leiche zu tun bekommen haben.«

Morgan wischt mit der flachen Hand über den Tisch. Er sieht Idun durch die dicken Brillengläser an.

»Und dann?«

»Ich setze darauf, dass Svetlanas Untersuchung etwas ergibt. Ich ruf dich an, sobald ich mit ihr gesprochen habe. Und du? Was steht bei dir an?«

Morgan stemmt sich aus seinem Stuhl.

»Ich nehme mir noch mal Marinas Akte vor. Da muss etwas sein, irgendetwas, was wir übersehen haben ... Euer Fall und unserer – die hängen zusammen. Ich kann es spüren.«

Idun muss ein Gähnen unterdrücken.

»Dann mal viel Glück bei der Suche.«

1992

Silje ist auf einer Silvesterparty irgendwo außerhalb von Boden und weiß nicht mal mehr, mit wem sie hergekommen ist. Nach zwei Gläsern Wein ist sie mit einem Mann auf eins der Zimmer gegangen. Er wollte dreißig Minuten, nichts Ausgefallenes, nur einen Quickie vor Mitternacht, angeblich hatte ihn an Weihnachten die Frau verlassen.
Im Schlafzimmer warteten drei seiner Kumpels. Silje weiß nicht, wie lange die Gruppenvergewaltigung dauerte, irgendwann verlor sie das Bewusstsein, und als sie wieder zu sich kam, war sie allein.
Alles liegt hinter dichtem Nebel. Sie tastet sich vor bis zur Balkontür, öffnet sie, taumelt hinaus in die Dezembernacht. Ohne nachzudenken, beugt sie sich übers Geländer, schließt die Augen und atmet tief ein, spürt, wie die Füße den Kontakt zum Boden verlieren und sie durch die Luft fliegt.
Sie schlägt mit dem Rücken auf dem Asphalt auf. Es tut nicht weh, rauscht nur leise im Kopf. Sie kann sich nicht mehr bewegen, hört Stimmen aus der Dunkelheit, weiß aber nicht, woher sie kommen. Immer wieder verliert sie das Bewusstsein. Blaues Licht flackert am Rand ihres Sichtfelds, und Silje denkt noch, das müsste das Feuerwerk sein. Sie weiß nicht, wo sie sich befindet, warum sie abgestürzt ist, kann sich nur noch an die Männer und die Gewalt und die Angst erinnern, dass die vier sie zu Tode

ficken würden. Sie hustet, spürt etwas Warmes im Mund, dreht den Kopf zur Seite und spuckt Blut.

Eine schrill gelbe Warnhose nähert sich ihr von der Seite. Schwarze Schuhe. Jemand geht in die Hocke. Eine Frau.

»Hast du irgendwo Schmerzen?«

Silje versucht zu lächeln, doch dann hustet sie stattdessen noch mehr Blut.

»Rücken vielleicht ... weiß nicht ...«

Die gelb gekleidete Frau nimmt Siljes Hand, und dann spürt sie einen Stich in der Armbeuge.

»Danke.«

Silje schließt die Augen und versucht zu atmen, ohne Blut in die Luftröhre zu kriegen – vergebens. Sie muss erneut heftig husten, es brennt im Nacken, im Kopf und im Bauch, ihre Armbeuge ist kalt, die gelbe Frau kauert immer noch neben ihr, Silje kann ihren weiß wolkigen Atem sehen.

»Silje?«

Eine Stimme im anderen Ohr. Sie hört, dass es Peter ist, versucht, den Kopf zu drehen, doch der ist mittlerweile in einer Plastikhalskrause fixiert. Er beugt sich über sie, sie sieht ihn vor dem Sternenhimmel, er geht in die Knie, muss sich mit den Händen am Boden abstützen. Sein Gesicht ist vor Sorge verzerrt, es sieht aus, als hätte ihm jemand dunkle Kreise ins Gesicht gemalt. Silje wird schlecht, und sie sieht doppelt.

»Peter?«

Ein verwunderter Schluchzer, sie kriegt kaum noch Luft, versteht nicht, was er hier zu suchen hat.

»Wann bist du hergekommen?«

Sie sieht, dass auch er weint. Er wischt sich mit dem schwarzen Jackenärmel übers Gesicht, nickt der Gelbgekleideten zu, und dann sticht es in ihrer anderen Ellenbeuge.

»Liebste Silje, was hast du nur gemacht?«

Sie hört die Wärme in seiner Stimme, spürt, wie sich ihr der Hals zusammenschnürt. Er kommt ihr zu nah, ist zu liebevoll, zu freundlich. Sie hat sich nach Peter gesehnt – aber was macht er hier? Warum kommt er jetzt und nicht schon früher? Sie haben sich seit mehreren Jahren nicht mehr gesehen. Es sind doch schon mehrere Jahre? Oder Tage?

»Deine Briefe ...«

Sie spürt, dass ihre Beine einschlafen, die Luft fühlt sich wärmer an, sie blickt hinauf in den Himmel, und Peters Gesicht schwebt noch immer über ihr.

»Hab nie geantwortet ...«

Sie spürt, wie er ihr über die Haare streicht. Sie weint heftiger, erträgt es nicht mehr, kann nicht mehr an sich halten.

»Ich liebe dich.«

Sie sagt es so leise, dass es fast nicht zu hören ist. Peter schnieft. Sie glaubt, dass er ihr abermals über den Kopf streichelt. Die Gelbgekleidete bringt eine Trage, sie heben sie hoch, und dann wird sie durch die Nacht gefahren.

»Peter?«

Sie bekommt keine Antwort. Im Rettungswagen ist es warm, und fast schläft sie ein. Es riecht nach Plastik und Krankenhaus und Seife. Der Wagen rollt an, Silje spürt die Bewegung, sie schließt die Augen, und ihr dämmert erst jetzt, dass sie sich verletzt haben muss. Sie bewegt die Zehen, spürt, dass sie unter der gelben Decke wackeln.

»Versuch stillzuliegen, auch wenn es gut ist, dass du die Zehen bewegen kannst.«

Die gelb gekleidete Frau. Die Stimme ist freundlich, und Silje macht die Augen zu und versucht, alle Geräusche auszublenden.

»Ist Peter auch da?«

Sie hofft es inständig.

»Peter?«

Silje konzentriert sich aufs Atmen, und eine Erinnerung an ihren Kletterbaum blitzt vor ihr auf. Peters Hände am Baumstamm, sein besorgter Blick, als sie immer höher klettern. Der Wind im Laub, der blaue Himmel mit Wolken, Stunden der Stille und Freiheit und ein Vater, der nicht in der Nähe war und sich somit auch nicht an ihr reiben, sie betatschen und in sie eindringen konnte.

Sie hört, wie die Sirene angeschaltet wird, spürt ein Brennen im Rücken, bewegt minimal die Zehen, nur um sich zu vergewissern, allerdings so, dass die Gelbgekleidete es nicht sieht.

Sie lebt.

Silje lebt.

Sie, die sich seit ihrer Kindheit gewünscht hat zu sterben.

Es ist ein trauriger Anblick. Mager, misshandelt und zu Tode verängstigt liegt die Frau in ihrem Krankenhausbett und krallt sich in die Decke, hat die Handgelenke verdreht, und ihr Gesicht ist vor Panik und Schmerzen verzerrt. Ihr Blick flackert zwischen Idun und Tareq hin und her, dann bleibt er an Tareq hängen, und sie beginnt zu weinen, schlägt die Hände vors Gesicht. Idun sieht Tareq an, der in Richtung Tür nickt.

»Ich fahre zurück ins Hotel und rufe Siv an. Wir haben noch mehr auf der Tagesordnung stehen.«

Noch ehe Idun auch nur antworten könnte, verschwindet er, weil er genau weiß, dass seine Anwesenheit zur Angst der Frau beiträgt. Wer ein ums andere Mal vergewaltigt wurde, hat irgendwann Angst vor Männern an sich.

Die Krankenschwester, die am Kopfende steht, justiert den Tropf und streicht der Frau übers Haar. Sie zuckt zusammen, sagt aber nichts, sieht die Schwester nur verschreckt an. Auf Idun wirkt sie wie ein geprügelter Hund.

»Sie heißt Helena«, piepst die Krankenschwester in Iduns Richtung.

»Helena?«

Die Schwester nickt.

»Hat sie heute Morgen beim Frühstück gesagt, als wir unter uns waren. Ansonsten redet sie nicht, der Arzt meint, das liegt am Schock oder vielleicht an der Umstellung, aber das wird schon, da bin ich mir sicher.«

Letzteres ist an die Frau auf dem Bett gerichtet, die anscheinend Helena heißt. Idun zückt ihr Handy und schreibt eine SMS an Tareq und Siv. Anschließend nimmt sie sich einen Stuhl und stellt ihn näher ans Bett. Vorsichtig, damit sie keine hektischen Bewegungen macht und die Frau zusätzlich verängstigt, lässt sie sich nieder. Sie stemmt beide Füße in den Boden und legt die Hände bedächtig auf die Oberschenkel.

»Hej, Helena. Ich heiße Idun.«

Die Frau auf dem Bett sieht sie an. Die Krankenschwester streicht ihr ein letztes Mal über den Kopf und drückt ihr den Notfallalarm in die Hand.

»Sie müssen da nur draufdrücken, und ich bin sofort wieder da.«

Sie streicht Helena über die Wange, sieht Idun freundlich an und lässt die beiden allein. Idun wartet ab. Helena sieht sie unverwandt an.

»Ich bin hier, um Ihnen zu helfen.«

Die magere Frau antwortet nicht.

»Ich würde Ihnen gern ein Foto zeigen. Das Foto einer Frau, die Sie vielleicht mal getroffen haben. Wäre es okay, wenn ich es Ihnen zeigte?«

Die Antwort dauert eine Weile, doch dann nickt Helena zögerlich. Idun nimmt erneut ihr Handy zur Hand, scrollt zu einem Bild von Marina, das im Jahr vor ihrem Verschwinden aufgenommen wurde. Dann hält sie das Handy vor. Die Frau auf dem Bett betrachtet das Foto sekundenlang. Dann fängt sie schlagartig an zu heulen, schlägt die Hände vors Gesicht und wimmert laut auf.

»Wissen Sie, wie die Frau heißt?«

Helena nimmt die Hände wieder herunter und nickt kaum merklich.

»Sie wissen, wie sie heißt?«

Abermals Nicken. Idun lässt ein paar Sekunden verstreichen.

»Es wäre mir eine große Hilfe, wenn Sie es mir sagen könnten.«

Helenas Kinn zittert. Vorsichtig setzt Idun nach.

»Sie können auch flüstern, wenn Sie wollen. Die Augen zumachen und flüstern. Ich verspreche es Ihnen, ich höre ganz genau hin.«

Helena schließt die Augen. Idun beugt sich übers Bett und dreht Helena den Kopf zu.

»Marina.«

Idun richtet sich wieder auf. Helena hält die Augen geschlossen. Stumme Tränen laufen ihr über die Wangen. Erst als sie die Augen erneut aufschlägt, stellt Idun ihr die nächste Frage.

»Waren Sie beide in derselben Wohnung eingesperrt?«

Dass sie nickt, geht fast in den Schluchzern unter. Helena sieht aus, als hätte sie irgendwo Schmerzen. Idun fürchtet, sie könnte überall Schmerzen haben.

»Waren Sie lange zusammen in dieser Wohnung?«

Helena nickt erneut. Die stummen Tränen scheinen gar nicht mehr zu versiegen.

»Wissen Sie, warum sie abgehauen ist? Oder wurde sie hinausgeworfen?«

Die Frage erfordert eine Antwort. Helenas Blick flackert, und Idun hebt die Hand, um sie zu beruhigen.

»Tut mir leid, ich stelle die Frage anders. Ist Marina aus der Wohnung geflohen?«

Nicken.

Idun überlegt. Helena und Marina waren in derselben Wohnung. Zwei junge Frauen, die zur Prostitution gezwungen wurden – ein so furchtbares Schicksal, von dem es wahrscheinlich nie Heilung gibt. Morgan wird mit Helena reden wollen, alles andere wäre seltsam. Doch Idun muss sich auf ihre eigene Ermittlung konzentrieren, die zu Evert und Viktor. Erst wenn sie die Antworten bekommen hat, die sie benötigt, kann sie Morgan ins Spiel bringen. So sind die Regeln, die eigene Ermittlung hat immer Vorrang.

Sie nimmt erneut das Handy hoch und sucht nach dem Foto des lächelnden Viktor.

»Ich zeige Ihnen jetzt das Foto eines Mannes. Ich halte das Telefon auf Abstand, aber nah genug, damit Sie es sehen können. Wenn es sich unangenehm anfühlt, machen Sie die Augen zu, oder gucken Sie weg. Dann nehme ich das Bild wieder runter. Wäre das in Ordnung für Sie?«

Helena sieht ihr in die Augen. Idun versteht es als Ja. Sie hält ihr Viktors Foto in einigem Abstand hin, und Helena betrachtet es eine Zeit lang. Dann schüttelt sie den Kopf.

»Den haben Sie noch nie gesehen?«

Neuerliches Kopfschütteln.

»Und da sind Sie sich absolut sicher?«

Helena nickt. Idun scrollt weiter, ruft ein Foto von Evert auf. Er sieht aus wie ein mürrischer Politiker.

»Ich hätte hier noch ein Bild eines Mannes. Sind Sie bereit?«

Helena nickt. Idun dreht das Telefon so, dass Helena das Foto sehen kann. Sie reagiert sofort.

»Den kennen Sie? War er Ihr Freier?«

Helena macht den Mund auf, als wollte sie antworten, bringt jedoch keinen Ton heraus. Stattdessen schüttelt sie hektisch den Kopf. Idun stellt noch eine letzte Frage, obwohl sie die Antwort bereits kennt.

»War er bei Marina?«

Die Antwort ist so leise, dass sie kaum zu verstehen ist. Trotzdem hört Idun sie deutlich.

»Oft.«

Evert war oft Marinas Freier. Und vermutlich der von vielen anderen Frauen. Intuitiv ahnt Idun, dass dies auch der Grund ist, warum er sterben musste. Weil er bezahlt hat, um mit diesen Frauen Sex zu haben.

Sie kann nicht umhin, einen Gedanken zu formulieren.

Das hast du dir selbst zuzuschreiben.

Tareq massiert seine Stirn.

»Irgendwas haben wir übersehen.«

Er lehnt in einem der Sessel in seinem Hotelzimmer. Siv, die im Schneidersitz mit dem Laptop auf dem Schoß auf seinem Bett sitzt, sieht ihn über ihre Brille hinweg an.

»Die Frage ist nur, was?«

Tareq bläst resigniert die Wangen auf. Siv fuchtelt mit ihrem Stift in seine Richtung.

»Fangen wir noch mal von vorne an. Du und Idun, ihr vermutet, dass der Täter Einblick in das Netzwerk hat. Vielleicht hat er ja eine direkte Verbindung zu den Bordellen?«

Tareq lehnt sich zurück und verschränkt die Hände hinter dem Kopf.

»Ich hab über Iduns Kontakt nachgedacht und ob die Person uns nicht helfen könnte, aber ich weiß nicht ... Es wäre schon ein irrer Zufall.«

»Und du glaubst, wir haben keine Zeit, um es auszuprobieren?«

Sein Blick ist müde.

»Der Mord an Evert hat einige Zeit in Anspruch genommen. Der Täter hat den Verlauf verzögert, hat Evert lange und ausgiebig leiden lassen. Dafür muss man schon ein spezieller Charakter sein. Und kaltschnäuzig – ihm das Geschlechtsteil abzutrennen und ihn dann aufs Eis zu transportieren ...«

»Der Mord an Viktor ging wesentlich schneller.«
»Genau. Viktor ist gleich umgebracht worden. Und das wundert mich. Die Vorgehensweise ist durchaus ähnlich, aber der zeitliche Aspekt ...«

Er verstummt, muss nachdenken. Siv wartet.

»Es kommt mir vor, als hätte der Täter es eilig gehabt ...« Tareq ringt um die richtigen Worte.

»... als hätte es mit Viktor plötzlich schnell gehen müssen. Fast, als wäre es ein spontaner Einfall gewesen.«

Er verstummt abermals, kratzt sich am Bart. Siv lässt ihn nicht aus den Augen.

»Oder als hätte er bei Viktor unter Stress gestanden? Meinst du das?«

Tareqs Hand hält inne.

»Aber warum sollte er unter Stress geraten? Warum hatte er es mit Viktor so eilig und mit Evert kein bisschen?«

Siv verändert die Sitzposition. Ein Zierkissen rutscht zu Boden.

»Ich hab keinen Schimmer. Aber das sind wichtige Fragen. Hast du darüber schon mit Idun gesprochen?«

»Sie ist noch im Krankenhaus und spricht mit der Frau aus der Wohnung.«

Er beugt sich vor und hebt das Kissen auf, legt es sich auf den Schoß.

Siv bedenkt ihn mit einem mahnenden Blick.

»Morgen ist dein Termin beim Psychologen. Ich hoffe, du erinnerst dich noch daran?«

Er lächelt träge.

»Natürlich. Um Punkt acht Uhr morgens. Ich freue mich schon darauf.«

Siv steht vom Bett auf. Mit dem Laptop in der Hand sieht sie ihn an.

»Ich suche weiter nach einem gemeinsamen Nenner. Vielleicht ist der Sex ja das Einzige, dann sollte das in beiden Fällen auch unser Brennpunkt sein.«

Tareq kneift die Augen zusammen und weiß nicht, ob es nur eine schiefe Metapher oder ein üblicher schwedischer Ausdruck ist.

»Ich müsste noch mal in die Tiefgarage – ich hab den Hefter im Auto liegen lassen. Wenn etwas sein sollte, habe ich das Handy dabei.«

Tareq zieht seine Jacke an, und dann macht auch er sich auf den Weg. Er nimmt den Aufzug in die Tiefgarage. Allmählich wird er hungrig. Er will Idun schreiben und fragen, ob sie zusammen essen wollen. Am Ende der Fußgängerzone gibt es ein libanesisches Lokal, dort ist er jetzt mehrmals vorbeigekommen und hatte jedes Mal Lust auf Taboulé. Wenn Idun dort Essen holen würde, könnten sie zusammen in seinem Hotelzimmer essen, und sie könnte ihm erzählen, was ihr Gespräch mit der Frau im Krankenhaus ergeben hat.

Die Fahrstuhltüren gleiten auf. Er betritt die Tiefgarage, spürt den warmen Luftzug der Lüftung, geht in Richtung des Maseratis, den er fährt, solange er undercover arbeitet. Die Leuchten blinken auf, als er auf den Funkschlüssel drückt, er öffnet die Fahrertür, sieht den schwarzen Hefter unter dem Beifahrersitz liegen und setzt sich ins Auto. Eine Weile sitzt er bloß mit geschlossenen Augen da. Ihm schwirrt der Kopf, er kann sich nicht daran erinnern, wann er zuletzt so müde war, wann er zuletzt mehrere Nächte in Folge so schlecht geschlafen hat. Vielleicht wird er ja auch krank? In der vergangenen Nacht hatte er Albträume von der Toten auf dem Bett, deren Hinterkopf über die Matratze und die dahinterliegende Wand explodiert war. Ein einziger Schuss, mehr war nicht nötig gewesen, eine Sekunde, die Entscheidung eines Wildfremden, und ihr Leben war ausgelöscht. Ihr, die so lange in dieser siffigen Wohnung eingesperrt war, hatten verschwitzte Männer, die sie auf jede erdenkliche Weise erniedrigt hatten, das Leben geraubt. Nicht einmal ein würdiges Ende war ihr vergönnt. Polizisten, die die Wohnung stürmten, die Aussicht auf Freiheit – und dann nur noch ewige Finsternis.

Tareq schlägt die Augen wieder auf. Er muss an etwas anderes denken, versucht, sich Iduns Gesicht ins Gedächtnis zu rufen, sieht aber nur Isa vor sich. So können sie nicht mehr zusammenleben. Sobald das hier vorbei ist, muss er unbedingt mit ihr reden. Er schwört sich, sie anzurufen, sobald sie Everts und Viktors Ermordung aufgeklärt haben. Sie müssen über die Zukunft reden, die sie nicht weiter gemeinsam gestalten können.

Er nimmt den Hefter hoch und will gerade die Hand an den Türgriff legen, als eine der hinteren Türen aufgeht. Erschrocken zuckt er zusammen und wirft einen Blick über die Schulter, muss dann über seine eigene Reaktion lachen und legt sich die Hand auf die Brust.

»Hast du mich erschreckt!«

Er lächelt verlegen.

»Was machst du hier?«

Er lehnt den Kopf gegen die Nackenstütze und sieht im Rückspiegel zur Rückbank, ahnt eine schnelle Bewegung, und dann explodiert etwas an seinem Hals. Sein ganzer Körper zuckt in schmerzhaften Krämpfen. Die zementgrauen Tiefgaragenwände stürzen auf ihn zu, jeder Muskel tut weh, und im nächsten Moment löst sich die Welt in ein braunschwarzes Meer auf.

Mia stochert mit der Gabel in ihrem Rührei. Ihr ist der Appetit vergangen, und in ihrem Magen rumort es. Sie nimmt einen Schluck Orangensaft, spürt, wie ihre Hand zittert, und stellt das Glas wieder weg, nicht dass Hannes es sieht. Er sitzt ihr gegenüber, hat ein Stück Toast in der Hand und blättert mit der anderen zerstreut die Zeitung um.

»Pläne für heute?«

Mia blickt auf. Er trägt einen roten Anzug. Obwohl es schon Februar ist, muss sie unwillkürlich an Weihnachten denken.

»Ein bisschen Fitness, dann Arbeit. Vielleicht fahre ich auch in die Stadt auf einen Kaffee und versuche, ein bisschen Tageslicht abzubekommen.«

Er sieht sie an. Misstrauisch, nicht liebevoll. Es ist Jahre her, dass er sie zuletzt liebevoll angesehen hat.

Dann legt er die Zeitung zusammen.

»Soll ich dich begleiten?«

Damit hat sie nicht gerechnet. Zum Glück schafft sie es nicht zu reagieren, ehe er auch schon laut loslacht. Er leert sein Saftglas.

»War nur ein Witz. Ich hab keine Zeit für Shoppingtouren. Muss nach Umeå zu einem Treffen. Ich nehme den Bentley, du kannst den Porsche haben.«

Sie nickt, lächelt, auch wenn es ihr vor Panik die Kehle

zuschnürt. Sie starrt auf ihren Teller. Das Rührei ist kalt und hat eine glasige Haut bekommen.
»Hast du gar keinen Hunger?«
Mia lächelt ihn an.
»Ich muss weniger essen. Ein paar meiner Kleider sind ein bisschen eng geworden.«
Dabei ist sie gertenschlank. Als sie sich kennengelernt haben, meinte Hannes immer, sie solle mehr essen, allerdings weiß sie genau, dass er sie verlassen würde, wenn sie zunähme. Das Äußere ist überaus wichtig, die Fassade muss um jeden Preis aufrechterhalten werden, damit alle anderen sehen können, wie perfekt Hannes' Leben ist und dass er ohne zu zögern bereit wäre zu töten, sofern ihm jemand gefährlich würde. Und das gilt für alles: für sein Geld, seine Häuser, seine Partys, die Autos. Und für seine Frau.

Er steht auf, umrundet den Tisch und gibt ihr einen Kuss auf den Scheitel. Ohne ein weiteres Wort lässt er sie allein. Mia bleibt noch lange sitzen. Durch das große Fenster sieht sie seinen schwarzen Bentley die Auffahrt entlangfahren. Er gibt Gas, und Kies und Schnee stieben in alle Richtungen, als er in die Allee einbiegt. Die Tore gleiten auf, dann fährt er auf die Straße.

Mia lässt das unangerührte Frühstück stehen, geht in den Flur und weiter ins Arbeitszimmer, das bereits im Februarlicht badet. Es ist kalt draußen, keine Wolke am Himmel, der Heizkörper unter dem Fenster glüht förmlich.

Sie fährt ihren Laptop hoch, spürt, wie sich auf ihrer Oberlippe Schweißperlchen bilden. Auf der Treppe sind Schritte zu hören, sie rutscht auf ihrem Stuhl ein Stück tiefer, wirft einen Blick zur Tür, die nur angelehnt ist, und binnen weniger Sekunden taucht Marko auf.

»Wo ist Hannes denn hingefahren?«

Mia sieht ihn an. Sie hasst Marko, fast so sehr, wie sie Hannes hasst.

»Nach Umeå, zu einer Besprechung.« Auf der finnischen Stirn bildet sich eine Falte.

»Davon hat er gar nichts gesagt.« Sein Akzent ist unüberhörbar. Mia dreht sich wieder zu ihrem Rechner um.

»Dann solltest du es wahrscheinlich nicht wissen.« Marko bleibt in der Tür stehen. Sie weiß, dass er sie mit seinem eiskalten Blick beäugt, und erst einen Augenblick später geht er, ohne ein Wort zu sagen.

Mia loggt sich in ihren Computer ein. Der Stress fühlt sich an wie ein Stein im Magen, als sie den Ordner anklickt. Sie sucht nach einem bestimmten Dokument und braucht lange, viel zu lange – doch dann hat sie endlich gefunden, wonach sie sucht. Sie wirft sicherheitshalber noch einen Blick zur Tür, schiebt dann den USB-Stick in die Buchse und kopiert die Datei. Das Ganze ist schnell erledigt, geht nicht annähernd so unerträglich träge voran wie in Filmen, und doch fühlt es sich nach einer Ewigkeit an. Ihre Finger sind steif vor Angst. Sie weiß, dies ist ihre Chance, alles hinter sich zu lassen. Seit Jahren wartet sie auf diesen Augenblick. Jetzt oder nie.

Der Laptop gibt einen Signalton von sich. Sie schließt den Ordner, zieht den Stick heraus und schiebt ihn sich in den BH. Als sie das Arbeitszimmer verlässt, fühlt sie sich fast berauscht. Dass sie den Ordner aufgerufen hat, wird niemand verdächtig finden, schließlich gehört das zu ihrem Job. Aber sie weiß auch, dass sie mit dem Tod bestraft würde, wenn jemand herausfände, dass sie etwas kopiert hat.

Im Hinterkopf hallt die Rede ihres Vaters anlässlich ihrer Abiturfeier wider. *Greif nach den Sternen, Mia. Greif nach den Sternen.* Als sie Mia Vinge wurde, als sie Hannes heiratete, war sie der festen Überzeugung, genau dies zu tun.

Wie sehr sie sich irrte. Und wie nah sie der Freiheit jetzt ist.

Calle liegt halb auf dem Sofa und schaut auf Idun hinunter, die sich auf dem Boden ausgestreckt hat.

»Wie lange geht das schon mit den Rückenschmerzen?«

Sie meint, einen leicht hämischen Unterton herauszuhören, und muss wider Willen lächeln. Calle ist einfach der Beste, wenn er ganz er selbst ist. Wer hätte gedacht, dass sie das je denken würde?

»Ich hab mit dem Stretching geschludert, da bin ich selbst schuld.«

Er schnaubt.

»Hab doch gesagt, dass du an deinem Laufstil arbeiten musst. Wenn du größere Schritte machen würdest, bräuchtest du kein Stretching.«

Idun schließt die Augen und versucht, die Lendengegend zu entspannen. Sie mag jetzt nicht darüber diskutieren, sie haben sich über die Jahre zigmal deshalb gestritten. Sie werden sich einfach nicht einig.

»Dieser Fall macht mich wahnsinnig.«

Sie dreht den Oberkörper seitlich, spürt die Dehnung im Gesäßmuskel. Auf seinem Sofa brummelt Calle beifällig in sich hinein.

»Das kann ich gut verstehen. Zwei Tote mit abgehacktem Schwanz – Scheiße, muss das wehgetan haben!«

Sie kann ihm anhören, wie er bei der Vorstellung, so verstümmelt zu werden, unwillkürlich erschaudert.

»Habt ihr schon darüber gesprochen, warum es bei Viktor so schnell gehen musste? Ziemlich übereilt, wenn ich das so sagen darf.«

Idun dreht sich noch ein Stück zur Seite, lässt dann aber locker, weil der Schmerz im Gesäß ungesund zu werden droht. Langsam wälzt sie sich in die andere Richtung.

»Wir gehen davon aus, dass es sich um ein und denselben Täter handelt. Aber der Ablauf verblüfft tatsächlich.«

»Führ das mal aus.«

Wie immer muss Calle sie antreiben.

»Ich glaube ja, dass Viktors Ermordung improvisiert war – nicht die Vorgehensweise an sich, aber der Zeitpunkt. Das war eine spontane Entscheidung. Die Frage ist nur, warum es so eilig vonstattengehen musste.«

Sie drückt den Rücken durch, legt sich die Hand an den Kopf und zieht ihn behutsam in Richtung Schulter. Der Trapezmuskel protestiert, aber zumindest tut nichts mehr weh.

»Es muss jemand gewesen sein, der wusste, dass er bei seinem Bordellbesuch hochgenommen wurde. Ich kann es mir nicht anders erklären. Das kann einfach kein Zufall gewesen sein.«

Sie lässt den Kopf los, rollt sich auf den Bauch, winkelt das Bein an und zieht die Ferse in Richtung Gesäß.

»Du kannst doch am Tag danach nicht den Quadrizeps dehnen!«

Mit dem Gesicht zum Boden schmunzelt Idun in sich hinein. Aus reiner Provokation zieht sie den Fuß noch ein Stück weiter.

»Leider ist die Liste der potenziellen Täter ziemlich lang – mehrere Kollegen natürlich, Anders, Siv, Emil und die Leute von der Sondereinsatztruppe. Dann Staatsanwalt Sandberg, die Frauen aus den Wohnungen, die Bewacher ...«

Calle wartet schweigend auf eine Fortsetzung.

»Wir wissen nicht, wie viele Zeugen uns auf dem Rückweg aus den Wohnungen gesehen haben. Viktor ist nicht aufs Revier gebracht worden, er hat sofort um ein beschleunigtes Verfahren gebeten, und Morgan hat den Antrag noch vor Ort gestellt.«

»Und dann ist er noch in derselben Nacht verschwunden? Wow.«

Sie spürt ein Ziehen im Bauch. Vorsichtig lässt Idun den Fuß los und setzt sich auf.

»Es kann kein Zeuge gewesen sein.«

Calle sieht sie aufmerksam an.

»Es kann einfach niemand aus der Nachbarschaft gewesen sein. Die Wahrscheinlichkeit, dass Everts Mörder ausgerechnet dort wohnt, wo Viktor ins Bordell geht, ist so gering, dass wir es mehr oder weniger ausschließen können.«

Calle rümpft die Nase, sodass sich die Sommersprossen verziehen. Dann stellt er seine Frage, obwohl Idun weiß, dass er die Antwort bereits kennt.

»Wer bleibt also, deiner Ansicht nach?«

Sie schluckt.

»Unser Täter hat Insiderwissen. Die Tat ist innerhalb so kurzer Zeit geschehen, dass nichts anderes Sinn ergibt. Entweder ist er einer von uns, oder er hat Zugang zu internen Informationen.«

»Bingo. Und wie machen wir weiter?«

Idun steht auf.

»Du redest mit Siv, und ich rufe Tareq an. Ich muss den Bericht lesen, den er gestern geschrieben hat. Vielleicht steht da etwas drin, was ihm aufgefallen ist und was uns weiterbringen könnte. Siv soll eine Liste sämtlicher beteiligten Einsatzkräfte erstellen – für alle drei Wohnungen, nicht nur für diejenige, die Viktor aufgesucht hat.«

Calle streckt sich nach dem Handy auf dem Couchtisch aus. Idun geht in die Küche, damit sie beide ungestört reden können. Sie ruft Tareqs Nummer auf, lehnt sich an den Kühlschrank und hört es läuten. Es klingelt sechsmal, und die Mailbox springt an. Idun lauscht Tareqs sanfter Stimme, die besagt, dass er derzeit nicht erreichbar sei, aber man möge ihm gern eine Nachricht hinterlassen. Idun legt noch vor dem Piep auf. Sie presst sich die Fingerkuppen auf die Augenlider. Ihre Gedanken rasen.

Sie kehrt ins Wohnzimmer zurück. Calle ist aufgestanden. Das Pflaster auf seiner Wange löst sich an der Seite.

»Siv erstellt die Liste, du kriegst sie in ein paar Minuten per E-Mail. Hast du Tareq erreicht?«

»Er geht nicht ran.«

Calle sieht Idun unverwandt an.

»Ich hab Siv um den Bericht gebeten. Er hat ihn noch gar nicht geschrieben.«

Idun blinzelt.

»Nicht geschrieben? Was soll das heißen?«

Calle kratzt sich am Pflasterrand. Die lose Kante verzieht sich weiter.

»Das heißt nur, dass Siv meint, Tareq hätte den Bericht noch gar nicht geschrieben. Anscheinend hatte er am Vormittag einiges zu tun, weil doch in einer der Wohnungen eine Frau erschossen wurde. Der Bericht für die interne Ermittlung war wohl eiliger, und anschließend waren Siv und er damit beschäftigt, nach Verbindungen zwischen den Fällen zu suchen. Aber Siv will ihm Dampf machen, jetzt, wo du die Angaben schleunigst brauchst.«

Idun holt tief Luft und hält kurz den Atem an, bevor sie langsam wieder ausatmet. Calle verschränkt die Arme.

»Was geht dir gerade durch den Kopf?«

»Morgan ...«

»Die Brillenschlange? Was ist mit ihm?«

»Er war heute Vormittag bei der Befragung dabei. Und gerade fällt mir auf, dass er etwas gesagt hat, was er unmöglich hätte wissen können.«

Sie verstummt. Calle gibt ihr mit einer Handbewegung zu verstehen, dass sie das ausführen soll.

»Jetzt sag schon, verdammt!«

»Morgan kannte ein Detail, das nur in Tareqs Bericht hätte stehen können. Dass Viktor nicht gefesselt war.«

Calle beißt die Zähne zusammen. Langsam neigt er den Kopf.

»Dann hat er einen Bericht gelesen, der noch gar nicht geschrieben war?«

Idun zählt die Sekunden. Sie kommt gerade bis drei, als es bei Calle Klick macht. Sie spurtet durch die Wohnzimmertür und ist bereits auf dem Weg nach draußen, als er ihr hinterherruft: »Ich bin auf dem Handy erreichbar!«

1992

Nach drei Wochen im Krankenhaus wird Silje entlassen. Die Polizei hat ihr erzählt, dass drei Männer verhaftet wurden, die der Gruppenvergewaltigung verdächtigt werden. Silje bedankt sich für die Information, ahnt aber, dass es zu nichts führen wird. Was Männer mit ihr machen, interessiert die Gesellschaft nicht, insbesondere nicht, nachdem sie vor jenem Vorfall ein kurzes Kleid getragen und Wein getrunken hatte. Außerdem ist sie Prostituierte und damit in den Augen des Rechtswesens wertlos.

Peter holt sie ab. Die nächsten zwei Tage verbringen sie in seiner Wohnung und gehen nicht einmal zum Einkaufen raus. Sie bestellen sich Essen, das sie auf dem Sofa zu sich nehmen, während sie stundenlang reden. Dann schlafen sie eine Weile und reden weiter. Es ist, als würde die Zeit stillstehen, als müssten sie erst all das durchgehen, was sie verpasst haben. Von einem solchen Moment hat Peter seit Jahren geträumt – dass er wieder mit Silje zusammen sein kann, dass ihre Kindheit nie zu Ende ginge und dass sie irgendwann wieder alle Zeit der Welt füreinander hätten. Er hat auch davon geträumt, dass sie endlich anfangen könnte zu reden. Und jetzt redet sie. Peter genießt jede Sekunde.

Er selbst erzählt vom Studium. Von seinem Leben in Umeå und vom Studentenwohnheim. Silje ist überrascht, dass er immer noch eine Wohnung in Boden hat, doch dann erzählt er, dass seine Mutter Brustkrebs hatte, dass es als kleiner Knoten angefangen und sich dann schnell zu einem grässlichen Ende entwickelt habe, dass sie sich tapfer durch Zellgifte und Chemo gekämpft, den Kampf aber letztlich verloren habe und schließlich an einem sonnigen Maimorgen eingeschlafen sei. Die Wohnung hat er sich gekauft, nachdem er ihr Haus verkauft hatte, weil er das Gefühl hatte, er bräuchte einen sicheren Hafen, hier in der Stadt seiner Kindheit. Er will nach dem Studium wieder hierherziehen, er hat Pläne für die Zukunft und eine positive Einstellung zum Leben.

Sie sprechen auch über Uffe und seine Gang. Darüber, wie sehr Peter seinen Namen verabscheut, dass die Verunglimpfungen bis heute tief in ihm eingeätzt sind, als wäre er fürs Leben gebrandmarkt. Silje zuckt mit den Schultern. Er könne doch einfach seinen Namen ändern.

»Du hast doch einen zweiten Vornamen, wie wäre es damit?«

Silje lacht über seine Brille, bis er erzählt, dass er ein Jahr zuvor ein akutes Glaukom entwickelt hatte, und bis er irgendwann damit zum Arzt ging, war der Schaden nicht mehr reparabel. Sie konnten ein weiteres Fortschreiten zwar noch verhindern, doch das schlechte Sehvermögen würde ihm bleiben. Sie verstummt und sieht ihm ins Gesicht. Und sagt, dass er die schönsten Augen auf der ganzen Welt hat.

Sie reden auch über die Kletterbäume ihrer Kindheit. Darüber, wie Peters Leben sich veränderte, als Silje in seine Klasse kam, und wie Silje ihn gleich an ihrem ersten Schultag wahrgenommen hat. Dass sie vom ersten Moment an wusste, dass sie mit ihm befreundet sein wollte.

Nur zögerlich erzählt Silje von ihrem Vater. Sie geht

nicht ins Detail, aber Peter kann es sich zusammenreimen. Sie erzählt von Nächten auf dem Badezimmerboden, von den Schnitten an den Armen und von der Angst, die sie nur dann vorübergehend ausblenden konnte, wenn sie sich mit dem Obstmesser in die Haut ritzte. Peter hört zu, während Silje darüber redet, wie schwer es gewesen sei, kein Zuhause zu haben und nie gut genug zu sein. Er weint wie ein kleines Kind, als sie erzählt, wie sie sich in den vergangenen Jahren ihren Lebensunterhalt verdient hat, dass jene Männer ihre Hände überall hatten, auch dort, wo sie sie nicht haben wollte. Sie erzählt von der Gewalt, von der Erniedrigung, davon, dass diejenigen, die nie einen Platz im Leben hatten, sich schlussendlich mit dem Schlimmsten zufriedengeben.

Sie sprechen von Kindheitsträumen, die nie wahr wurden, von ihrer Jugend, die so voller Verletzungen, Einsamkeit und Außenseitertum war. Sie litt zu Hause, er in der Schule. Die eine wünschte sich, dass die Tage ewig währten, der andere, dass immer Nacht wäre. Zwei versehrte Seelen, die einander fanden, jeder auf seinem eigenen Ast, hoch oben in einem Baum, im gemeinsamen Versuch, nichts mehr zu spüren. Als Silje sagt, dass sie froh war, als ihr Vater starb, erwidert Peter, dass er sie verstehen kann; Silje weiß zwar, dass das nicht stimmt, aber sie liebt ihn allein dafür, dass er es versucht. Peter hat ihr immer den Rücken gestärkt. Sie bereut lediglich, das nicht früher verstanden zu haben. Sie hätte es ihm erzählen sollen, hätte ihm erzählen müssen, wie es war, hätte um Hilfe bitten müssen. Sie hätte Alarm schlagen, lauter rufen, lauter weinen müssen. Wo kein Erwachsener für sie da war, war Peter immer für sie da. Er, der seinen Namen verabscheut, der aber einst einer zehnjährigen, selbstmordgefährdeten Silje das Leben gerettet hat. Sie liebt ihn mehr als jeden anderen auf dieser Welt, mehr als sie es ausdrücken könnte, zumindest im Augenblick. Es würde sie zerreißen, und diese Wunde würde lange brauchen, um zu verheilen – womöglich heilte sie auch niemals. Deshalb sagt sie es nicht. Besser, er erfährt es ein andermal, vielleicht, wenn es bereits zu spät ist.

Irgendwann ist es nach Mitternacht, und sie sitzen jeder unter einer Decke und trinken Tee. Peter fragt Silje, was sie sich als Kind am meisten gewünscht hat. »Den Zug«, antwortet sie, »ich hab immer davon geträumt, dass der Zug mich retten würde, dass ich mir einen einfachen Fahrschein kaufen und weit wegfahren könnte, so weit weg, dass niemand mich wiederfinden und nach Hause zurückbringen könnte.«

Sie schließt die Augen und muss an jene Zeit im Geäst zurückdenken, spürt, wie ihr die Tränen kommen, und weint ungehemmt. Dann schläft sie ein. Sie liegt auf Peters Sofa, schläft, hat Peter nicht mehr gefragt, was sein größter Kindheitstraum war, aber wenn sie gefragt hätte, hätte er ehrlich geantwortet.

Es ging immer um dich, Silje.
Meine Träume haben immer nur von dir gehandelt.

Idun steht am Fenster in Anders' Dienstzimmer. Sie ist voll und ganz auf Siv konzentriert, die mit ihrem Laptop an Anders' Schreibtisch sitzt. Obwohl Siv frei spricht, hat sie den Blick starr auf den Bildschirm gerichtet.

»Wir sollten keine voreiligen Schlüsse ziehen. Es kann tausend Erklärungen geben, wie Morgan das erfahren haben könnte, auch ohne Tareqs Bericht. Vielleicht haben sie sich unterhalten? Tareq könnte ihm geschildert haben, was ihr dort auf der Eisbahn vorgefunden habt. Es muss nicht unbedingt mehr dahinterstecken.«

Idun sieht Anders an, der halb auf dem zerschlissenen Sofa liegt. Die Augen sind glasig vom Fieber, und er spricht schleppender als sonst.

»Ich habe Sandberg um einen Durchsuchungsbeschluss gebeten. Er war bei Gericht, aber ihr wisst, wie er ist – ich rechne innerhalb der nächsten Stunden damit. Wenn wir Morgans Wohnung durchsucht haben, sollen die Kollegen auch die Nachbarn befragen. Wenn Tareq nicht verschwunden wäre, würden wir natürlich anders vorgehen, zumal jetzt zu Beginn. Wir wissen schließlich nicht, ob Morgan der Täter ist, und die Logik besagt, dass er unschuldig ist. Warum einen unserer eigenen Leute entführen? Ich wüsste wirklich nicht, warum.«

Er reibt sich übers Gesicht. Seine Haut ist grau vom Fieber.

»Ach, richtig – Calle hat angerufen. Er wollte reinkommen, aber ich habe Nein gesagt.«

Idun steht am Fenster und kriegt kaum noch Luft.

»Hör auf zu quatschen, damit Siv sich auf die Arbeit konzentrieren kann.«

An der Wand hinter Anders' Schreibtisch hängt eine hässliche Uhr mit altertümlichem Uhrwerk. Der Sekundenzeiger tickt unbarmherzig schnell, Idun spürt regelrecht, wie ihnen die Zeit davonläuft.

»Ah, da ...«

Siv beugt sich vor.

»Beide Handys sind vor etwas mehr als zwei Stunden abgeschaltet worden – und zwar im Abstand von nur zweiundzwanzig Sekunden.«

Sie liest weiter.

»Und sie befanden sich im selben Areal, hier in Luleå, in der Innenstadt. Genauer kann ich es leider nicht sagen, aber es ist dasselbe Dreieck zwischen drei Sendemasten.«

»Wessen Handy wurde zuerst abgeschaltet?«

Siv überfliegt die Tabelle.

»Das von Tareq.«

Idun versucht, den Stress wegzuräuspern.

»Wenn wir mal von meinem Bauchgefühl ausgehen ... Was sonst könnte der Grund dafür sein, dass sie beide ihre Handys abschalten und sozusagen vom Erdboden verschwinden? Könnte eine dritte Partei sie aufgegriffen haben?«

Siv schiebt sich die Brille in die Stirn.

»Du denkst an Hannes Vinge?«

»Ja.«

Anders rutscht auf dem Sofa hin und her.

»Mir geht's so dermaßen dreckig ...«

Idun und Siv hören darüber hinweg.

»Könnte Hannes erfahren haben, wer Tareq wirklich ist? Und ihn abgepasst haben? Und im selben Zuge Morgan verschleppt haben?«

»Aber aus welchem Grund sollte er Morgan verschleppen?«

Idun denkt fieberhaft nach.

»Weil er und Emil ihm zu nahe gekommen sind? Weil wir drei Wohnungen hochgenommen haben, seine ›Ware‹ rausgeholt haben und somit seine Geschäfte behindern?«

Siv schluckt.

»Du glaubst, Tareqs und Morgans Verschwinden hat gar nichts mit den Morden an Evert und Viktor zu tun? Sondern ist die Rache für die Fortschritte, die ihr bei euren Ermittlungen erzielt habt?«

Sie starren einander an. Als sich Anders vom Sofa zu Wort meldet, hören sie erst nicht, was er sagt.

»Die Mail ist da …«

Idun platzt fast vor Ärger.

»Geh endlich heim, du bist zu krank, um zu arbeiten.«

Auf seiner Stirn haben sich Schweißperlen gebildet.

»Ich gehe auch gleich heim. Aber die E-Mail ist da. Sie ist jetzt da.«

Er starrt auf sein Handy hinab, das er schlaff in der Hand hält.

»Die E-Mail von Sandberg. Ihr habt für Morgans Wohnung freies Geleit.«

Die Wohnung liegt mitten in Gammelstad, und sie ist sauber und hell, eine geräumige Dreizimmerwohnung, die rückwärtig auf eine Parkanlage hinausgeht. Polizisten laufen herum, arbeiten sich methodisch durch Schränke, Schubladen und Aktenschränkchen. Sie nehmen Blumentöpfe hoch, Sofakissen, Teppiche, durchwühlen sogar den Wäschekorb.

»Idun!«

Die Stimme kommt aus dem Schlafzimmer. Idun geht auf den Kollegen zu, der den Kopf aus der Tür steckt. Sie sieht die Anspannung in seinem Gesicht.

»Das hier willst du dir angucken.«

Sie betreten das Schlafzimmer. Dort stehen weitere vier Kollegen und sehen sie ernst an. Idun umrundet das Bett, hinter dem eine offene Tür zu einer Art Abstellkammer führt. Dort drin steht ein Klapptisch, ansonsten ist die Kammer leer. An den Wänden jedoch kleben Dokumente, die für eine umfangreiche Ermittlung sprechen: Hunderte Fotos, Mitschriften, Post-it-Zettel. Rote Pfeile verbinden Fotos mit Notizen, führen weiter zu anderen Fotos, zu anderen Aufzeichnungen. Die Wand gleicht einem Spinnennetz aus ermittlungstechnischer Arbeit. Der Boden ist leer.

Malmen wird durchdrehen, aber Idun muss dort hinein.

Es ist, als würde die Zeit stillstehen. Sie hält die Luft an, ohne es zu merken. An einer Wand hängen Fotos von

Evert Holm. Eins ist das Porträtfoto, das Siv in die schwarzen Ermittlungshefter gelegt hat, am selben Tag, da er draußen auf dem Eis gefunden wurde und sie die Ermittlungen aufgenommen haben. Andere Fotos sind aus merkwürdigen Winkeln aufgenommen worden, einige davon aus größerem Abstand und dann bis an die Grenze des Möglichen großgezoomt.

»Was in aller Welt ...«

Idun überfliegt die Notizen, die rund um die Fotos an der Wand kleben. Sie folgt mit dem Blick den roten Pfeilen, liest Zettel um Zettel, angefangen bei einem, über dem ein Datum vor vier Jahren steht.

Evert wg. Vergehen gegen das Prostitutionsgesetz festgenommen, Beweislage nicht ausreichend für Anklage.

Ihr Blick wandert zum nächsten Bild, das aus der Entfernung und aus einem kniffligen Winkel geschossen wurde.

Evert betritt die Wohnung. Sein Bordell?

Es sind zig Bilder, zig Anmerkungen. Morgan muss Evert jahrelang observiert und protokolliert sowie fotografisch dokumentiert haben, was der Mann tagtäglich gemacht hat. Es bleibt kein Zweifel offen, dass Evert bei zig Gelegenheiten Sex mit Prostituierten hatte, diverse Bilder und Notizen sprechen eine deutliche Sprache. Doch warum hat Morgan all das neben der Arbeit gemacht? Warum hat er die Ergebnisse nicht genutzt, um Evert festzunehmen?

Auf der nächsten Wand klebt lediglich ein Passfoto von Viktor. Die dazugehörigen Notizen sind spärlich und sehen aus, als wären sie in aller Eile erstellt worden.

Freier. Beschleunigtes Verfahren. Steinreich, Auslandsimmobilien, Fluchtgefahr.

Im selben Moment fällt Idun auf, dass die Tinte auf den

Zetteln leicht nach rechts verschmiert ist. Ihr zieht sich der Magen zusammen. Diese Notizen hat ein Linkshänder erstellt. Es besteht nicht der geringste Zweifel: Morgan hat Evert und Viktor ermordet. Trotzdem kann sie beim besten Willen nicht verstehen, warum. Evert hätte er festnehmen können, und der wäre mit Sicherheit schuldig gesprochen worden, seine Vergehen sind an dieser Wand hinreichend belegt. Aus welchem Grund hat er anders gehandelt?

In einer Ecke der Kammer hängt eine Überwachungskamera. Das Lämpchen blinkt grün, und schlagartig ist Idun klar, dass Morgan sie von irgendwoher beobachtet. Er weiß, dass sie und die Kollegen in seine Wohnung eingedrungen sind.

Sie dreht sich um und will gerade die Kammer verlassen, als ihr Blick an einem Foto neben der Tür hängen bleibt. Es ist klein, vermutlich ein Ausdruck aus dem Polizeiregister. Ohne jeden Zweifel handelt es sich um Tareq, auch wenn das Foto bestimmt an die zehn Jahre alt ist. Nichtsdestoweniger erkennt sie ihn wieder. Die dunklen Augen sind immer noch dieselben, der Bart – sofern das überhaupt möglich ist – einen Hauch dichter. Unter dem Foto steht etwas geschrieben. Als Idun liest, was da steht, hält sie den Atem an.

Korrupter Ermittler, Frauenkäufer. Muss gestoppt werden.

»Aber warum Tareq?«

Anders hat zwei Alvedon genommen, damit er zumindest halbwegs klar denken kann. Idun biegt auf die Fernverkehrsstraße 97 ab.

»Ich weiß es nicht! Tareq ist nie für irgendwas belangt worden – sonst hätte er gar nicht Polizist werden können!« Sie gibt Gas und hupt wütend, weil auf der rechten Spur ein Bus zu weit links fährt. Anders' rasselnder Husten kommt aus dem Lautsprecher.

»Könnte er trotzdem bei einer Prostituierten gewesen sein? Ohne dabei erwischt zu werden – und Morgan hat irgendwie davon Wind gekriegt?«

Idun fährt in überhöhter Geschwindigkeit über die linke Spur.

»Das kann ich nicht glauben. Aber wir wissen beide, dass Freier nicht immer wie Freier in Filmen aussehen. Das sind ganz normale Männer, solche wie Tareq und du.«

Das hätte sie lieber nicht sagen sollen. Aber Anders hat keine Zeit, sich darüber aufzuregen.

»Spar dir deinen Vortrag. Ich kann bloß nicht glauben, dass Tareq sich das zuschulden kommen lassen würde und dass Morgan es auch noch herausbekommen hätte. Würde Tareq in Bordellen ein und aus gehen, während er ausgerechnet an einer solchen Ermittlung arbeitet?«

Idun fährt in den Kreisverkehr ein.

»Ich bin deiner Meinung, allerdings wissen wir nicht, womit wir es wirklich zu tun haben. Und ganz davon abgesehen verdient er es nicht zu sterben. Wenn er sich eines Verbrechens schuldig gemacht hat, muss er dafür angeklagt und nicht zu Tode gefoltert werden.«

Es piept im Hörer. Idun überholt – nicht gerade auf die feine englische Art – und hört dann abermals Anders' heisere Stimme.

»Siv ruft an, warte, ich schalte sie mit drauf.«

Ein paar Sekunden später ist Siv über Lautsprecher zu hören. Sie hält sich nicht mit Höflichkeitsphrasen auf.

»Morgan Peter Samuelsson. Alter und Anschrift kennen wir, außerdem scheint er ein Anwesen außerhalb von Heden in Boden zu besitzen – einen alten Hof, so wie es aussieht, aber ganz sicher bin ich mir nicht. Der Grund ist aus der Pacht ausgelöst worden und der Betrieb niedergelegt. Gibt es überhaupt noch aktive Bauernhöfe rund um Heden? Ich fahre dort draußen im Sommer viel Rad, manchmal bis zum Degerbäcken, hab mir aber nie über Höfe Gedanken gemacht.«

Idun fährt in den nächsten Kreisel ein, umrundet ihn zur Gänze und fährt in die Richtung zurück, aus der sie gerade gekommen ist.

»Ruf die Satellitenkarte von Boden auf!«

Ohne dass Siv antworten würde, weiß Idun genau, dass sie sofort tut wie geheißen. Es bleibt für einen Augenblick still, während Siv routiniert den Ausschnitt rund um Heden vergrößert.

»Da!«

»Was genau siehst du?«

Idun tritt das Gaspedal durch.

»Ein längliches rotes Gebäude. Ich schicke dir die Koordinaten.«

Siv hat kaum ausgesprochen, als Anders dazwischenfährt. »Du wartest auf Verstärkung, Idun! Hast du das verstanden? Idun? Hallo?«

Doch Idun hat bereits aufgelegt.

Langsam kommt Tareq wieder zu Bewusstsein. Das Erste, was er erahnen kann, ist Licht hinter den Lidern, ein grüngelblicher Dunst, wie wenn man in die Sonne geguckt hat. Dann spürt er seine Hände, es kribbelt in den Fingern und fühlt sich an wie ein feines Sticheln platzender Bläschen, das sich in die Hände und empor in die Arme fortsetzt. Er kann erstaunlich klar denken dafür, dass sein Körper so träge ist. Seine Füße fühlen sich bleischwer an, die Beine taub und zugleich leicht, als würden sie schweben. Vielleicht liegt er im Wasser? Er glaubt es nicht, könnte es aber nicht sicher sagen.

Auf seiner Zunge liegt der Geschmack von Metall. Sie ist angeschwollen, es sticht in der Nase, der Geruch erinnert an Benzindämpfe.

Hoch über ihm schaukelt ein Holzdach. Breite Balken unter dem First, darunter ein wogendes, riesiges Spinnennetz. Es riecht nach Holz, Benzin und Staub. Vielleicht nach Sägespänen. Er schließt erneut die Augen, dreht den Kopf langsam zur Seite, spürt, dass der Boden unter ihm hart und rau ist.

Er liegt in einem größeren Fahrzeug. Es dauert eine Weile, ehe ihm dämmert, dass es sich um einen alten Traktor handelt. Grünes Blech, kein Führerhäuschen. Das Lenkrad sieht aus, als wäre es aus Gummi.

Der Benzingeruch wird allmählich stärker. Es riecht gut

und widerlich gleichermaßen. Er kämpft darum, die Augen offen zu halten, ist hundemüde, zwingt sich jedoch dazu, wach zu bleiben. Schräg hinter dem Traktor steht ein altmodischer Mähdrescher, wie er annimmt, mit einem breiten Arm, der in zwei Reihen mit Hunderten Zacken versehen ist. Tareq weiß, dass sie Zähne heißen, dass sie durchs Getreide schneiden – oder vielmehr durch alles, was sich der Maschine in den Weg stellt. Solche gab es auch in Syrien, sein Großvater hatte so einen, als Tareq noch klein war, und wenn er die Augen schließt, kann er den Duft frisch geschnittenen Hafers riechen.

Seine Beine krampfen, und seinen Rücken durchzucken Schmerzen. Er hört Schritte, dreht den Kopf weg, spürt erneut, wie der Untergrund am Hinterkopf kratzt. Die Schritte nähern sich, dann wird es hinter ihm still. Er dreht den Kopf und sieht nach oben. Hinter ihm steht Morgan, mit beschlagener Brille, er muss direkt aus der Kälte kommen.

»Wie fühlst du dich?«

Morgan nimmt seine Brille ab, wischt sie mit dem Pulloversaum trocken, setzt sie wieder auf. Tareq schluckt. Sein Hals tut weh.

»Als wäre ich betäubt worden.«

Morgan nickt.

»Entschuldige den Elektroschocker.«

Tareq hat Schwierigkeiten zu verstehen, was gerade vor sich geht.

»Was hast du mir gegeben?«

»Nur einen Stromstoß, nichts, woran man sterben würde.«

Tareq glaubt ihm nicht, weiß aber auch nicht, was er noch fragen sollte.

»Was soll ... Was geht hier vor?«

Morgan antwortet nicht. Das Ganze fühlt sich an wie ein Traum, trotzdem ahnt Tareq tief im Innern, dass er dieses Gespräch am Laufen halten muss. Aus irgendeinem Grund will Morgan ihm schaden. Obwohl er noch immer benebelt ist, weiß Tareq, dass er auf Zeit spielen muss.

»Wo sind wir?«

Morgan sieht sich um.

»In der alten Werkstatt von Siljes Vater.«

»Silje?«

Fast schon traurig wischt Morgan sich übers Gesicht. Sein Kinn zittert. Tareq versucht zu schlucken, schafft es aber nicht.

»Du magst Silje sehr gern, das kann ich dir ansehen.«

Morgan fängt seinen Blick auf, schiebt die Brille hoch, wischt sich über den Augenwinkel.

»Magst du mir erzählen, wer sie ist?«

Morgan betrachtet den alten Traktor.

»Mach hier nicht auf Bulle, Tareq. Und versuch nicht erst, Zeit zu schinden.«

Tareq muss sich darauf konzentrieren, die richtigen Worte zu finden. Sein Kopf fühlt sich einfach nur schrecklich schwer an.

»Was meinst du damit – Zeit zu schinden?«

Morgan seufzt.

»Eigentlich lasse ich mir nämlich gern mehr Zeit. Aber seit Evert geht das nicht mehr. Ich muss schneller werden, deshalb habe ich es gerade etwas eilig. Es fühlt sich nicht gut an, dass Viktor nicht länger leiden musste. Ein Blitz, und Schwanz ab – das ging genauso schnell wie in jenem Sommer, als ich die Ferkel des Schweinebauern im Akkord kastriert habe. Schnelle Schnitte – zack, zack. Bei Evert hab ich es hinausgezögert, Viktor kam halbwegs glimpflich davon. So viel Schmerz, der sich nicht voll entfalten konnte. Wirklich bedauerlich.«

Tareq versucht, ihm zu folgen, aber es ergibt keinen Sinn. Er ahnt zwar, dass Morgan Evert und Viktor umgebracht hat, weiß aber immer noch nicht, warum. Außerdem hat er anscheinend vor, auch Tareq umzubringen.

»Warum mussten Evert und Viktor sterben?«

»Das verstehst du doch selbst, wenn du mal nachdenkst.«

Die Fragen kommen jetzt wie von selbst, und Tareq dämmert, dass sein Ermittlergehirn auf Autopilot geschaltet hat.

»Warum willst du mich ebenfalls umbringen?«

Keine Antwort.

»Bitte, Morgan ...«

Er weiß, dass er ihn nicht anbetteln sollte.

»Ich hab gehört, worüber du und Idun geredet habt. Dass du Frauen gekauft hast und dass große Summen im Spiel waren. Du Schwein.«

Tareq schließt die Augen. Seine Kiefer tun ihm weh.

»Morgan ... Das hast du falsch verstanden, es ...«

Er ringt nach der richtigen Formulierung. Es rauscht in seinem Kopf, seine Gedanken verschwimmen zu einem Durcheinander aus Tausenden Worten. Er schlägt die Augen wieder auf, und Morgan blickt auf ihn herab wie auf ein niederes Insekt.

»Ich hab es doch mit eigenen Ohren gehört. Du hast eine Frau aus deinem Heimatland gekauft und mit hierhergebracht. Dabei bist du Polizist. Du widerst mich an – du widerst mich einfach nur an!«

Seine Stimme trieft vor Hass. Tareq schüttelt vorsichtig den Kopf. Der Untergrund kratzt über seinen Hinterkopf.

»Das hast du total ... Isa und ich sind enge Freunde. Zwischen uns ist nichts – und erst recht nichts Böses.«

Morgans Blick lodert vor Zorn.

»Weißt du was, Tareq?«

Morgan sieht ihn lange an, um sicherzugehen, dass Tareq ihm zuhört.

»Männer, die Frauen derart benutzen, sagen alle das Gleiche. Dass sie nicht gewusst hätten, dass sie zu weit gegangen sind. Dass sie mit der betreffenden Frau in einer Beziehung wären oder es zumindest so verstanden hätten. Die Schuld wird immer auf das Opfer abgewälzt. Immer.«

Eine Träne läuft ihm übers Gesicht.

»Und wenn es dann mal so weit kommt, dass die Polizei eingreift – dass *wir* eingreifen –, dann führt es selten zu einer Anklage. Ihr kommt damit davon. So gut wie jedes Mal. Was eigentlich dazu da sein sollte, die Frauen zu beschützen, prasselt allenfalls wie warmer Nieselregen auf die Männer herab. Wie Regen, der für den Moment vielleicht irritiert, aber nicht dazu führt, dass die Übergriffe und die Gewalt ein Ende haben.«

Tareq versucht immer noch, ihm zu folgen, aber Morgans Metaphern sind schwer zu begreifen.

»Und jetzt willst du für Starkregen sorgen?«

Morgan reißt die Augen auf. Er sieht aus, als hätte er soeben Ruhm und Ehre eingeheimst.

»Ich will ein ganzes Gewitter erzeugen.«

Tareq bemüht sich, tief ein- und auszuatmen. Er muss nachdenken, ihm muss sofort etwas einfallen, was er noch sagen kann. Anscheinend ist Morgan auf einer Art Rachefeldzug für besagte Frauen. Wie konnte es dazu kommen?

Tareq schließt erneut die Augen, spürt, dass das Gefühl in den Beinen zurückkommt.
»Morgan ...«
Ihre Blicke kreuzen sich.
»Diese Frauen sind dir wichtig. Du willst nur ihr Bestes.«
Diesmal ist Morgan an der Reihe, die Augen zu schließen. Tareq wartet kurz, will sich umsehen, ob er irgendwas entdeckt, womit er sich verteidigen könnte. Es wird zum Kampf kommen, da ist er sich sicher. Doch er traut sich nicht, Morgan aus dem Blick zu lassen. Als der die Augen wieder aufschlägt, ist sein Blick klar, er sieht entspannt aus, die Kiefer ruhen locker aufeinander.
»Deine Zeit ist jetzt um.«
Tareq nickt.
»Ja. So ist es wohl.«

Idun lässt den Kreisverkehr hinter sich. Sie verlässt Boden in westlicher Richtung mit hundertdreißig Stundenkilometern. Der Weg ist geräumt, aber eisig, und sie muss in der Kurve vor der Trångforsbrücke das Tempo drosseln. Hinter ihr fahren vier Wagen mit Kollegen der Einsatztruppe. Alle Sirenen heulen, das Blaulicht blitzt durch die Dunkelheit und über die Schneewälle am Straßenrand. Sie überqueren die Brücke. Unter ihnen liegt der gefrorene Fluss. Idun muss an Evert und Viktor denken, die an unterschiedlichen Ufern lagen. Unwillkürlich fragt sie sich, ob auch Tareq schon irgendwo liegt, auf gefrorenem Wasser, gefoltert, tot infolge des Blutverlusts. Ihr stellen sich die Härchen an den Armen auf, als sie an der Abfahrt nach Trångfors vorbeifährt und das Gaspedal wieder durchdrückt.

Der Vorort Heden ist ein Flickenteppich aus kleinen Grundstücken und einem schon länger geschlossenen Supermarkt. Rechter Hand liegt dichter Nadelwald. Die Sonne ist bereits untergegangen, wirft aber noch ein paar letzte orangerote Streifen über den Himmel. Idun rast an der Schule vorbei, einem orangebraunen Plattenbau mit Teerpappe-Flachdach, dann den Hang hinab in Richtung Kristallvägen und biegt rechts ab. Eine halbe Minute später hat sie den Bahnübergang und den alten Hedenshof hinter sich gelassen. Es folgt die unbebaute Straße zum

Degerbäcken. Sie geht vom Gas und parkt knapp hundert Meter von dem alten Bauernhof, dessen Koordinaten Siv geschickt hat, am Straßenrand. Sie beugt sich vor und späht hinüber zu dem teils sichtbaren Gebäude. Ein typischer Kuhstall, abblätternde rote Front, weiße Zierkanten. Hier arbeitet keiner mehr. Gut zwanzig Meter weiter steht ein kleineres Wohnhaus, aber auch das ist allem Anschein nach verwaist.

Der Chef der Einsatztruppe hat seinen Wagen direkt hinter Idun abgestellt. Er kommt nach vorn, der Schnee knirscht unter seinen Füßen, es ist selbst in Iduns Auto deutlich zu hören. Als er da ist, schiebt sie die Tür auf und steigt aus.

»Wir schicken eine Drohne mit Wärmebildkamera drüber.«

Seine Atemluft bildet Wolken.

»Wie nah kommen wir ran?«

Sie hält seine Jacke, während er sich eine Schutzweste anlegt.

»Ich will sechs Mann reinschicken. In ein, zwei Minuten sind sie so weit.«

Idun sieht sechs Männer in voller Einsatzmontur geduckt auf den Stall und das Wohnhaus zulaufen. Sie zieht ihre eigene Jacke enger, friert schon jetzt so sehr, dass ihre Zähne klappern. Eine Minute verstreicht, ehe der Einsatzleiter konzentriert einer Meldung aus dem Sender in seinem Ohr lauscht.

»Kein Hinweis auf einen Bewohner. Der Schnee um Wohnhaus und Stall ist unberührt. Hier scheint seit mindestens vier Tagen niemand mehr gewesen zu sein – also seit dem letzten stärkeren Schneefall.«

Idun denkt fieberhaft nach. Es stimmt, in den vergangenen Tagen hat es kaum mehr geschneit. Die Schneemassen liegen dort schon länger.

»Aber ihr geht trotzdem rein?«

Er nickt knapp.

»Natürlich.«

Sie bleiben im Dunkeln stehen. Der Einsatzleiter hat die Hand an den Sender gelegt.

»Beide Gebäude sind leer. Hier ist niemand. Du kannst rein, wenn du willst.«

Ohne zu antworten, setzt Idun sich in Bewegung. Sie stapft mühsam durch den Schnee, versucht, die Füße in die Fußstapfen der Kollegen zu setzen, die vorausgelaufen sind. Sie ist leicht außer Atem, als sie die Vordertreppe des Wohnhauses erreicht. Dass ein paar Tage Halsschmerzen sich verdammt noch mal so auf die Kondition auswirken.

Eine Kollegin steht an der Haustür.

»Alles gesichert. Hast du eine Taschenlampe?«

Idun angelt ihr Handy aus der Gesäßtasche. Der Akkustand lässt zu wünschen übrig.

»Ich nehme das hier und rufe, wenn ich eine brauche.«

Die Polizistin drückt die Tür für sie auf. Die Taschenlampenfunktion ihres Handys ist völlig ausreichend und erhellt den Raum. Kein Zweifel, das Haus ist unbewohnt. Das spärliche Mobiliar ist mit gefrorenen Spinnweben überzogen. Zerschlissene Gardinen hängen in den Fenstern, der Boden ist mit Schmutz und Laub bedeckt. Auf den beiden Betten im Schlafzimmer liegen bloß blanke Matratzen. Idun drückt auf den Lichtschalter, doch anscheinend ist der Strom abgestellt. Sie zieht Schranktüren und Schubladen auf, aber sie sind bis auf ein paar alte Bleistifte, eine Handvoll Kunststoffclips und vertrocknete Gummibänder leer. Nirgends Bücher oder Zeitschriften. An den Wänden draußen im Flur hängen zwei gerahmte Fotos, beide von einem vielleicht sechs-, siebenjährigen Mädchen. Sie hat rote Haare und steht auf beiden Bildern neben einem Baumstamm. Unwillkürlich schießt ihr durch den Kopf, dass die Zweige über dem Kind perfekt zum Klettern wären. Auf keinem der Bilder lächelt das Mädchen, der Gesichtsausdruck ist ernst und verschlossen.

Idun kehrt zurück auf die Vordertreppe. Die Polizistin von eben ist verschwunden, die Dunkelheit greifbar. Zwei andere Kollegen kommen vom Stall herüber, sehen zu Idun hoch und nicken zum Gruß. Sie hebt die Hand, sieht sie vorbeigehen und folgt ihrer Spur hinüber zum Stall.

Als sie abermals die Taschenlampe anstellt, sieht sie, dass die Akku-Warnleuchte auf Rot umgesprungen ist. Sie schiebt die windige Stalltür auf. Drinnen riecht es nach Staub und Heu. Acht Boxen entlang einer Wand. Methodisch leuchtet sie eine nach der anderen aus. In der letzten entdeckt sie einen großen rotbraunen Fleck auf dem Zementboden. Idun ahnt, dass es sich um Blut handelt, dreht sich um und lässt den Lichtkegel in Richtung Stalltür schweifen. Über den Betonboden zieht sich eine schwach braunrote Spur. Hier hat jemand stark geblutet, vermutlich Evert Holm. Malmen dürfte toben vor Wut, wenn er hört, dass sowohl Idun als auch die Einsatzkräfte hier drinnen herumgelaufen sind. Aber Tareqs Verschwinden hat gerade höhere Priorität als der Mord an einem Freier.

Idun tritt erneut hinaus in die Winternacht und kehrt zur Straße zurück. Der Einsatzleiter kommt auf ihr Auto zu.

»Wir sind hier fertig. Ich gebe in der Zentrale Bescheid,

dass wir niemanden angetroffen haben. Oder sollen wir noch warten?«

Sie schüttelt den Kopf.

»Ich sage Malmen, dass er mit seinen Leuten anrücken soll.«

Der Einsatzleiter sieht sie wachsam an.

»Wir halten uns bereit, falls wir andernorts gebraucht werden. Aber fürs Erste fahren wir aufs Revier zurück.«

Idun steigt in ihr Auto. Sie schließt die Augen, lehnt den Kopf an die Kopfstütze und spürt die Enttäuschung und Sorge als Ziehen in der Halsgrube.

Tareq und Morgan, wo seid ihr?

Sie ruft die Satelliten-App auf, tippt Boden ins Suchfeld, zoomt auf Heden und identifiziert die Stelle, an der sie sich derzeit befindet. Das Gebäude ist als körnig roter Streifen zu erkennen, das Dach des Wohnhauses als schwarzes Rechteck. Sie wechselt zur Kartenansicht, wischt mit dem Finger übers Display, verschiebt den Ausschnitt um ein Stück gen Norden, folgt einem Weg durch den Wald. Zurück zur Satellitenansicht. Die Aufnahmen sind im Sommer gemacht worden. Sie sieht Bäume aus der Vogelperspektive, stellt fest, dass der Weg nicht asphaltiert aussieht – und entdeckt dann die Stirnseite eines schmutzroten Hauses. Sie kneift die Augen zusammen, vergrößert den Ausschnitt, so gut sie kann, und ihr dämmert, dass da ein Stück tiefer im Wald ein weiteres Gebäude steht. Sie versucht, die Ansicht zu verschieben, doch das Haus scheint lediglich vom Weg aus erfasst worden zu sein, und sie kann es sich aus keinem anderen Winkel ansehen.

Sie runzelt die Stirn. Natürlich, durch die dichten Baumkronen war es von oben nicht zu sehen. Sie klickt die App zu und schreibt Siv eine SMS.

Gebäude ca. 100 m nördlich des Hofs – gehört das ebenfalls Morgan? Bitte schnell, Akku gleich leer!

Sie schickt die Nachricht ab – und im nächsten Moment gibt ihr Handy den Geist auf. Sie hängt es ans Ladekabel im Auto, startet den Motor und hört am Piepen, dass das Telefon wieder lädt. Sie versucht, es wieder anzuschalten, doch es klappt noch nicht. Der Akku braucht noch ein bisschen, bevor das Gerät wieder in Gang kommt.

Sie wirft einen Blick in den Rückspiegel. Die Fahrzeuge des Einsatztrupps sind abgefahren.

Als sie ihr Auto in Richtung des Schotterwegs steuert, nimmt sie sich vor, am Waldrand stehen zu bleiben, die Scheinwerfer abzuschalten und abermals Verstärkung anzufordern. Anders bringt sie um, wenn sie allein loszieht, ganz zu schweigen von Calle. Der würde vollkommen aus der Haut fahren, wie seine Mutter es anscheinend gern formuliert hat.

Ungeduldig trommelt Idun aufs Lenkrad. Das Handy liegt auf dem Sitz neben ihr, sie tippt aufs Display, sieht, dass der Akku lädt, trotzdem ist der Stand immer noch zu niedrig, um das Gerät hochzufahren. *Verdammt noch mal. Tareq, wo steckst du?* Dann piept ihr Handy. Mit fahrigen Fingern tippt sie ihre PIN-Nummer ein. Sie spürt den Puls in den Schläfen donnern, als sie Siv anruft. Von ihrem Standpunkt aus kann sie nur die Stirnseite des Gebäudes sehen. Es muss ein größerer Schuppen sein, mit einem schwarzen Tor, vielleicht ein Unterstand für ein größeres Fahrzeug? Womöglich eine Werkstatt, die zum Bauernhof einhundert Meter weiter gehörte. Früher hat man gern so gebaut, um sicherzustellen, dass bei einem Feuer nicht das komplette Anwesen in Schutt und Asche lag.

Es tutet in der Leitung. Idun beugt sich vor und späht in Richtung Gebäude. Sie sieht nirgends Fenster, zumindest nicht auf der Seite, die sie einsehen kann. Sie wüsste zu gern, ob dort drinnen Licht brennt, was ein Hinweis darauf wäre, dass jemand da ist oder zumindest kürzlich da war. Der Wind aus Norden hat aufgefrischt. Schnee wirbelt durch die Luft und landet knisternd auf der Windschutzscheibe. Sie weiß, dass der Motor ihres Wagens im Leerlauf zu den leiseren gehört, aber ganz lautlos ist er natürlich nicht. Sie läuft Gefahr, dass jemand in dem

Gebäude sie hören könnte. Der Wind, der aus Richtung Werkstatt kommt, vermindert das Risiko ein wenig.

Zu guter Letzt landet sie auf Sivs Mailbox. Idun flucht kurz in sich hinein, wirft einen Blick aufs Display, der Akku steht wieder bei zwölf Prozent. Sie drückt Sivs Bandansage weg, will gerade stattdessen Carl anrufen, als von hinter dem Gebäude ein schwaches Licht aufflammt. Sie stellt den Automotor ab, rutscht auf ihrem Sitz nach unten und legt die Hand aufs Handy, um das Leuchten des Displays zu bedecken. Eine der großen Türen geht auf. Ein warmer Lichtschein fällt über die geräumte Auffahrt, und eine Gestalt verschwindet durch die Tür. Als die Tür zufällt, ist wieder alles dunkel.

Idun löst das Kabel von ihrem Handy und steigt lautlos aus. Der Wind pfeift ordentlich, sie zieht die Daunenkapuze über den Kopf und läuft geduckt den Weg entlang. Als sie die Lücke zwischen den Bäumen erreicht, sieht sie, dass das Gebäude wesentlich tiefer in den Wald hineinreicht als angenommen. An der Längsseite entdeckt sie ein Sprossenfenster, das vermutlich weiß lackiert ist, von dem in der nachtschwarzen Finsternis jedoch nur schattenhafte Konturen rund um beschlagene Scheiben erkennbar sind. Ein gelblicher Lichtschein fällt von drinnen heraus und erleuchtet eine Stelle mit platt getrampeltem Schnee.

Sie nimmt das Handy hoch und schickt eine SMS mit den Koordinaten an Calle. Wenn er sein Versprechen hält und jederzeit erreichbar ist, dann kann sie sich sicher fühlen. Dann wird er umgehend handeln, Siv und Anders kontaktieren und die gesamte Einsatztruppe schneller hierher dirigieren, als Idun auch nur blinzeln kann.

Sie schiebt das Handy in die Tasche und läuft geduckt auf das Gebäude zu. Als sie um die Ecke huscht und durch tieferen Schnee stapfen muss, reißt sie den Mund weit auf, um tief und trotzdem lautlos zu atmen. Der Schnee ist pudrig, es muss wieder kälter geworden sein. Die Temperatur und der Wind beißen ihr ins Gesicht.

Sie erreicht das Fenster, presst sich an die Fassade und zieht sich die Kapuze tief in die Stirn. Sie muss so dunkel wie nur möglich sein, damit sie durchs Fenster nicht entdeckt wird. Dann zieht sie den Reißverschluss auf, nimmt ihre Pistole aus dem Holster, kontrolliert, ob eine Kugel im Lauf liegt. Sie hält die Luft an, dreht den Oberkörper und späht schräg durchs Fenster. Es ist wirklich eine Art Werkstatt. Idun kann einen alten Traktor sehen, einen Mähdrescher und eine schmutziggelbe, emaillierte Wanne. An der Rückwand stehen verrostete Ölfässer, daneben mehrere Säcke Erde und ein Stapel dunkler Kisten. Eine Holzleiter, die oben zwischen den Deckenbalken zu verschwinden scheint, aber die Scheiben sind einfach zu schmutzig, um zu erkennen, was sich dort befindet.

Eine Bewegung zieht ihren Blick auf sich. Hinter der Dreschmaschine zwischen den Metallzähnen sieht sie, wie eine Hand über den Boden tastet. Sie kneift die Augen zusammen. Sieht den ganzen Arm. Idun widersteht dem Impuls, mit dem Jackenärmel die Scheibe sauber zu wischen, und hält abermals den Atem an. Auf dem Unterarm entdeckt sie eine schwarze Tätowierung. Es ist Tareq.

Am Rand ihres Sichtfelds ist jemand hinter dem Traktor zugange, kommt um die Ölfässer herum, geht an dem Gefährt vorbei und bleibt vor Tareq stehen. Obwohl sie kaum etwas sehen kann, besteht kein Zweifel daran, dass es sich um Morgan handelt.

Es surrt in ihrer Jackentasche. Idun wendet sich vom Fenster ab, presst sich an die Außenwand und zieht sich den Handschuh aus, dann zückt sie ihr Telefon. Sie tippt aufs Display – und das Handy ist schon wieder tot! Der Akku kommt mit der Kälte nicht klar. Verdammt noch mal! Das muss Calle gewesen sein, der Hilfe angefordert hat, die Einsatztruppe ist schon auf dem Weg. Klar kann das nur Calle gewesen sein.

Sie atmet ein und aus, dreht sich zur Seite, damit die Atemluft durchs Fenster nicht zu sehen ist. Was zur Hölle soll sie jetzt machen?

Tareq kommt wieder zu sich. Sein Mund ist knochentrocken, und seine Kehle brennt wie Feuer, wenn er versucht zu schlucken. Er muss abermals bewusstlos geworden sein. Wie lange liegt er hier schon? Sind seit dem letzten Mal Minuten oder Stunden vergangen? Doch wohl nicht Tage?

Er hört Schritte aus einiger Entfernung, kann aber den Kopf nicht drehen, und er weiß ohnehin, dass es Morgan ist. Die Müdigkeit ist lähmend, außerdem tut sein Hals seitlich höllisch weh, es fühlt sich an, als würde die Haut unterhalb seines Kiefers in Flammen stehen. Er schließt die Augen und versucht fieberhaft, sich etwas zu überlegen. Wie kann er von hier wegkommen?

Die Schritte entfernen sich wieder und hinterlassen ein merkwürdiges Echo. Tareq will sich hochstemmen, doch es funktioniert nicht. Sosehr er sich anstrengt – sein Körper gehorcht ihm nicht mehr. Es ist fast, als wäre er festgefroren oder so tonnenschwer, dass er vollkommen steif und reglos ist. Womöglich hat Morgan ihn noch mal mit dem Elektroschocker attackiert?

Erinnerungen an Evert und Viktor blitzen vor seinen Augen auf. Wie sie steif gefroren auf dem Eis lagen – verstümmelt, reglos. Laut Svetlana ist der Tod durch Verbluten nicht sonderlich angenehm. Sobald der Blutdruck absackt, wird einem erst schlecht, und darauf folgt wiederholt ein Gefühl, als würde man wegdämmern. Das Gesichtsfeld wird enger, während man gleichzeitig immer weniger hört, und man weiß genau, dass es zu Ende geht, spürt den Tod kommen, spürt die Todesangst. Zu wissen, dass man stirbt, muss das Schlimmste sein – immer noch Zeit zu haben, an all das zu denken, was einem im Leben durch die Lappen gehen wird. Und Morgan will ihn aufgrund eines Missverständnisses umbringen. Er hat das zwischen Isa und Tareq komplett in den falschen Hals gekriegt. Tareq versucht verzweifelt zu überlegen, wie er sich aus dieser Lage befreien könnte, doch das Einzige, was ihm noch im Kopf herumgeht, sind Bilder von Isa, am Morgen. Wie sie mit einem Becher Tee an der Spüle steht, wie das geflochtene rabenschwarze Haar über ihren Rücken fällt. Der rosa Seidenmorgenmantel, das scheue Lächeln, die Vorahnung, dass sie ihr Arrangement nicht mehr lange aufrechterhalten können. Sie lieben einander nicht, obwohl sie nur das Beste füreinander wollen. Und das ist doch immerhin gut.

Isa verschwindet, und im nächsten Moment hat er plötzlich Idun vor Augen. Sie steht am Fenster in ihrem Dienstzimmer, hat eine schwarze Hose und feste Schuhe an, ein dünnes Langarmoberteil und eine auf Taille geschnittene schwarze Lederjacke. Sie ist ungeschminkt und sieht verbissen aus. Die langen blonden Haare, die breiten Schultern, das ewige Grübeln im Blick, das Misstrauen gegenüber allem und jedem. Letzteres ist am bemerkenswertesten. Es ist so schwedisch, so typisch, dieses Sich-Durchbeißen.

Tareq schüttelt leicht den Kopf, spürt prompt den Boden unter sich und verflucht sich dafür, dass er sich auf die falschen Dinge konzentriert hat, auch wenn er insgeheim ahnt, dass es an der Situation liegt. Er muss jetzt klar denken – was glaubt dieser Morgan? Warum ist er – Tareq – hier? Es muss um Kontrolle gehen. Was hat Morgan gleich wieder gesagt? Dass die Gesellschaft als Strafe für Männer, die sich an Frauen vergehen, bloß Nieselregen übrig hat? Vermutlich hat der Mann sogar recht – aber höchstwahrscheinlich ist er eben auch psychotisch.

Wieder Schritte, und Steinchen kullern über den harten Boden. Tareq beäugt das grüne Blech des Traktors, dann die Schaufel mit den mehrere Handbreit langen Zähnen. Oberhalb seines Kopfes halten die Schritte inne. Er hat Todesangst, ist zugleich völlig ruhig, eine merkwürdige Kombination, aber das ist jetzt unwichtig. Er muss pinkeln, friert an den Beinen, und ihm dämmert, dass er hüftabwärts nicht mehr bekleidet ist. Und schlagartig ist alles klar. Dann soll es jetzt also passieren?

»Erzähl mir von Silje.«

Seine Stimme zittert leicht, er kann nicht mehr anders. Morgan beugt sich vor, sieht ihm desinteressiert ins Gesicht.

»Damit du weiter Zeit schinden kannst?«

Tareq antwortet nicht. Morgan weiß ohnehin, dass er recht hat.

»Du hast wohl vergessen, dass ich ebenfalls Polizist bin. Ich kenne diese Spielchen in- und auswendig.«

Tareq nickt langsam. Und spürt, dass sein Kinn anfängt zu zittern.

»Ich weiß, dass du ebenfalls Polizist bist. Und als solcher solltest du wissen, dass ich es verstehen will. Den Dingen auf den Grund zu gehen ist mein Job – genau wie es bei dir früher war.«

Morgan scheint zu stutzen, richtet sich auf und ver-

schwindet erneut aus Tareqs Sichtfeld. Als er antwortet, spricht er leise, und Tareq muss sich enorm anstrengen, um zu verstehen, was er sagt.
»Silje war mein Ein und Alles.«
Tareq wartet auf die Fortsetzung. Nur gut, dass Morgan sich Zeit lässt.
»Ihr Vater hat sie zerstört. Das habe ich damals nicht richtig verstanden, nicht in Gänze, trotzdem hab ich weiß Gott versucht, ihr zu helfen.«
Seine Stimme klingt belegt, als würde er angesichts der Erinnerung mit den Tränen kämpfen.
»Später, als wir erwachsen waren, hab ich es immer noch versucht, aber ich hab wohl nie zu ihr durchdringen können. Sie ist mir entglitten. Polizei und Fürsorge waren involviert, aber dann ist Silje doch wieder unter die Räder geraten und irgendwann dann durchs System gerutscht. Niemand hat sich gekümmert – nicht richtig –, alle haben sie im Stich gelassen ... auch ich.«
Jetzt weint Morgan tatsächlich. Tareq schließt die Augen, um Morgan nicht unnötig in Verlegenheit zu bringen oder unter Druck zu setzen. Er darf seinen Gefühlen Raum geben. Erst recht gegenüber demjenigen, an dem er gleich das schlimmste Verbrechen verüben will, das im Strafkatalog aufgeführt wird.
»Hiermit begleiche ich meine Schuld. Eigentlich dachte ich, es würde ausreichen, zur Polizei zu gehen und mich auf Verbrechen zu spezialisieren, die sich gegen Frauen richten. Aber dass sie im Stich gelassen werden, sieht man durch alle Instanzen. Weißt du überhaupt, wie vielen Frauen wir über die Jahre den Rücken zugekehrt haben?«
Tareq schlägt die Augen auf. Er ahnt, dass die Frage rhetorisch gemeint ist, ganz sicher ist er sich aber nicht.

»Und dann solche wie du ... die zwischen den Stühlen sitzen. Die ihr Fähnchen immerzu nach dem Wind drehen. Ihr ekelt mich unendlich an!«

Er betont jede Silbe, und jedes Wort speit er hasserfüllt aus. Seine Stiefelsohlen knarren an Tareqs Ohr vorbei – und plötzlich geht Morgan neben ihm in die Hocke. Blanke Angst lodert in Tareq auf, und binnen einer Hundertstelsekunde rauscht ihm Adrenalin durch die Adern. Alles scheint nur mehr in Zeitlupe zu passieren, und gleichzeitig rast alles an ihm vorüber, als Tareq spürt, wie eine Hand sein Glied packt, jeder einzelne Gedanke in seinem Kopf erstirbt und er nur mehr Todesangst und Panik angesichts dessen verspürt, was ihm jetzt bevorsteht. Er will sich losmachen, ums Überleben kämpfen, doch sein Körper kann nicht mehr.

Die feine Klinge blitzt im schwachen Licht. Tareq holt tief Luft und brüllt nach Leibeskräften, auch wenn er selbst keinen Mucks hört. Als die Klinge in die Haut schneidet, fühlt es sich an, als würden sich Tausende davon in sein Becken drillen. Der Schmerz ist unbegreiflich, und obwohl Tareqs Gebrüll alles übertönt, hört es sich für ihn selbst bloß wie ein leises Wispern an.

1992

Im Schutz der Nacht verlässt Silje Peters Wohnung. Sie zieht die Jacke enger um ihren Leib und geht in westlicher Richtung nach Heden. Im Grunde ist ihr Heimatort bildschön, gesäumt von dicht stehenden Kiefern, dazwischen ein breiter Hang, auf dem Kühe, Pferde und mitunter sogar Schweine weiden. Im Sommer riecht es nach Mist und nach Stall, im Winter herrscht die gleiche Eiseskälte wie in der Stadt. Doch im Ortsteil Heden fühlt sich das Leben gemächlicher an, die Menschen sind ein wenig leiser, und niemand schließt hinter sich die Haustür oder das Auto ab. In Gemeinschaften wie dieser hat man die Nachbarn im Blick, und nur innerhalb der vier Wände geschieht das wahrhaft Böse. Das niemand sieht oder hört und von dem im Nachhinein auch niemand wissen will.

Genau hier ist Silje auf Peter gestoßen. Auf den verschreckten Jungen, das Mobbingopfer, von dem Silje augenblicklich wusste, dass er ihr ewig treu sein würde, wenn sie ihm nur die Hand reichte. Peter, der im Sommer mit ihr zum Aldersjön radelte, der nicht zurückschreckte, weil Siljes Mutter in der Badewanne ertrunken war, sondern stattdessen auf dem Badesteg neben ihr sitzen blieb, als wollte er ihr, ohne es jemals auszusprechen, einfach nur eine Stütze sein.

Peter. Wenn er nur wüsste, was er ihr bedeutet hat. Ganz zu schweigen davon, was er ihr heute bedeutet.

Silje spürt nicht mal, wie ihr die Tränen kommen. Der Wind ist kalt, aber nicht schmerzhaft. Es ist, als wäre das Leben einfach zu kaputt, um noch repariert zu werden, und sie hofft nur, dass sie es in ihrem Brief, den sie auf Peters Flurkommode hat liegen lassen, nachvollziehbar formuliert hat.

Sie erreicht die Kreuzung, biegt rechts ab, geht noch gut zwanzig Meter und bleibt am Bahndamm stehen. Dann klettert sie die Böschung hinauf zu den Gleisen, atmet die kalte Luft ein, dreht das Gesicht zum Himmel und sieht die Sterne vor dem nachtschwarzen Hintergrund tanzen. Sie weiß, dass gleich ein Zug kommt, den Fahrplan hat sie verinnerlicht, als hätte sie ihn gestern erst studiert.

Sie setzt sich die Kapuze auf und bindet unter dem Kinn einen Knoten. Bestimmt sieht sie jetzt so aus, als würde sie in einem Schlafsack stecken. Sie kann sich ein Lächeln nicht verkneifen. Dann folgt sie den Gleisen. Der Untergrund ist hart und vereist, mehrmals rutscht sie aus und muss die Arme hochreißen, um nicht das Gleichgewicht zu verlieren. Sie schafft es fast bis zur Brücke über den Fluss, ehe die Stromkabel über ihr zu singen beginnen. Im nächsten Moment spürt sie auch schon das Vibrieren der Schienen. Der Zug kommt aus der Stadt, und Silje hofft, dass er mit Erz oder Stahl beladen ist statt mit Menschen. Sie atmet durch die Nase, will die Augen schließen, muss aber sehen, wohin sie ihre Schritte setzt. Sie ruft sich den neunjährigen Peter in Erinnerung, der im Kletterbaum zwischen Blättern, Wind und Ästen sitzt. Ein Duft steigt ihr in die Nase, sie weiß gar nicht recht, woran er sie erinnert, spürt das Zittern der Gleise jetzt deutlicher, hört hinter sich den herannahenden Zug.

Als das Zughorn durch die Winternacht schrillt, bleibt sie mitten in der Bewegung stehen, hebt abermals das Gesicht zum Himmel, schließt die Augen und atmet ein letztes Mal die kalte Winterluft ein.
Peter.
Ich werde nie aufhören, dich zu lieben.

Idun hat im selben Moment die großen Zugangstüren erreicht, als von drinnen ein schier unmenschlicher Schrei zu hören ist. Sie zerrt die schwere Tür ein Stück auf und quetscht sich durch den Spalt. Es zieht kalt über den Boden, die Tür schlägt mit einem lauten Knall zu, und sie stürzt auf den Traktor zu. Dort geht sie in den knienden Anschlag, reißt die Pistole hoch, schält sich mit der freien Hand aus ihrer Jacke und wirft sie unter das Fahrzeug. Ihr Puls jagt, sie hört ihren eigenen Herzschlag in den Ohren dröhnen, und ihr schießt durch den Kopf, dass es an Selbstmord grenzt, sich allein in eine solche Lage zu begeben, andererseits weiß sie, dass sie keine Wahl hat. Sie bleibt in der halben Hocke, presst den Rücken gegen das verbeulte Blech und versucht, sich einen Überblick zu verschaffen.

Das Brüllen hat aufgehört, jetzt hört sie hektisches Keuchen – das muss Tareq oder Morgan sein. Sie traut sich nicht aufzustehen und erst recht nicht, sich zur Seite zu beugen, um hinter dem Fahrzeug hervorzuspähen. Sie weiß nur zu gut, dass Morgan ein guter Schütze ist, Calle und sie haben ihn und Emil ein paarmal zum Kräftemessen in der Schießanlage im Keller ihres Polizeigebäudes herausgefordert.

»Idun?«

Morgan spricht leise. Ihr läuft es eiskalt den Rücken hinunter, und sie presst sich so fest an den Traktor, wie es nur geht.

»Ich weiß, dass du da bist.«

Sie blickt hoch zur Decke. Die Holzleiter führt zu einem Heuboden. Durch die Luke sind Heu und Spinnennetze zu sehen.

»Du hast dreißig Sekunden, dann ist Tareq verblutet.«

Sie presst den Kopf gegen das Blech. Wütende Tränen brennen in ihren Augen, sie schluckt trocken, will die Augen zukneifen, lässt es dann aber bleiben.

»Du fragst dich bestimmt, warum ich das hier mache.«

Morgan führt einen Dialog, dem sie nicht folgen kann.

»Alles dreht sich um diese Frauen.«

Staub rieselt aus der Luke über ihr.

»Sie sind so viel mehr wert als bloß Nieselregen.«

Idun dreht den Kopf, sieht die Ölfässer neben der Leiter, die uralt aussehen. Sie sind mit einem Deckel verschlossen.

»Idun?«

Sie versucht herauszuhören, in welcher Richtung Morgan steht. Seine Stimme hallt merkwürdig von der Blechkarosse wider.

»Wir lassen diese Frauen im Stich. Sie kriegen nur Nieselregen von uns, dabei hätten sie ein Gewitter verdient.«

Regen und Gewitter – wovon redet er, verdammt? Sie setzt das Knie auf dem kalten Betonboden um, beugt sich vorsichtig herunter, presst die Wange auf den Untergrund, sieht Tareq auf der anderen Seite des Fahrzeugs liegen. Er krümmt sich, hält sich den Schritt, zittert wie Espenlaub, ist aber am Leben. Blut strömt über seine Hände und über den Boden, wenn auch nicht im selben Maße wie bei Viktor. Trotzdem weiß Idun, dass Eile geboten ist.

»Entweder kommst du jetzt aus deinem Versteck, oder ich schneide ihm den Schwanz vollends ab.«

Sie richtet sich auf, stützt sich mit einer Hand am Traktor ab, steht auf. Dann beugt sie sich zur Seite, erhascht einen Blick auf Morgans Arm und das blutige Messer in seiner Hand. Sie holt zweimal flach Luft, beißt die Zähne zusammen und macht dann einen Schritt vor und richtet die Waffe auf ihn.

»Lass das Messer fallen!«

Er streift sie noch mit dem Blick und wirft sich zur Seite, verschwindet hinter dem Mähdrescher. Idun weiß, dass sie jetzt nicht schießen kann – wenn die Kugel auch nur eins der Fässer streift, könnte dies das Ende für sie alle bedeuten.

»Morgan!«

Sie geht vorsichtig in Richtung Leiter, hält die Pistole im Anschlag. Der Schweiß strömt über ihren Rücken, sie macht ein paar Schritte zur Seite, huscht an Tareq vorbei, traut sich nicht, zu ihm hinzusehen, spürt aber, dass er sich bewegt, es ist fast, als würde er von Krämpfen geschüttelt, nur dass er keinen Mucks von sich gibt. Sie entfernt sich von ihm, geht vor dem Mähdrescher vorbei in Richtung des Fensters, hält die Pistole die ganze Zeit fest im Griff. Sie lauscht auf Geräusche, versucht, eine Bewegung zu erahnen, aber es ist mucksmäuschenstill. Seitlich vor ihr hängt an einer klobigen Kette eine Art Baggerschaufel mit langen Zinken, die von ihr weg und schräg nach oben weisen. Sie huscht darum herum, sieht am Rand ihres Gesichtsfelds das Messer aufblitzen, wirbelt blitzschnell herum, ist trotzdem zu langsam – ein harter Schlag trifft sie über dem Arm, es knackst im Ellenbogen, der Schmerz ist unmittelbar, sie lässt die Pistole los, die gegen das Fenster schleudert, und geht selbst zu Boden. Sofort rollt sie sich ab und springt wieder auf. Morgan hat einen Spaten hochgerissen, sieht sie gehetzt an, und hinter seinen dicken Brillengläsern sehen seine Pupillen riesig aus. Idun weicht ein Stück zurück, doch dann ist da die Wand. Sie nimmt den unverletzten Arm hoch, um sich gegen weitere Schläge zu schützen.

»Morgan, die Fässer! Wir dürfen hier nicht um uns schießen ...«

»Ich mag dich, Idun. Aber meinetwegen erschlag ich dich auch. Spielt für mich wirklich keine Rolle mehr.«

Sie sieht, dass er schwitzt, die Brille ist an den Rändern leicht beschlagen. Sie zwingt ihre Schultern nach unten, versucht, ruhiger zu wirken, als sie in Wahrheit ist, weiß, dass allein die Körperhaltung einen Unterschied ausmachen kann. Sie bewegt ihren verletzten Arm, doch der Schmerz ist derart übermächtig, dass ihr fast schwarz vor Augen wird. Er muss ihr einen der Unterarmknochen gebrochen haben, womöglich sogar das Ellenbogengelenk. Sie nötigt sich, langsam zu atmen.

»Morgan, du musst das hier nicht tun – es gibt noch einen anderen Weg.«

Höhnisch sieht er sie an.

»Einen anderen Weg? O bitte, Idun. Ich bin den Weg über die Polizeischule gegangen. Hab mich zum Ermittler ausbilden lassen, mich auf Trafficking spezialisiert – aber nicht einmal das hat geholfen. Die Welt, in der wir leben, ist einfach widerlich, und ich bin das bisschen Nieselregen inzwischen einfach so leid.«

Sie versucht, ihm zu folgen – immer diese schiefen Metaphern. Der Schmerz in ihrem Arm pulsiert bis hinauf in die Schulter. Sie muss eine andere Richtung einschlagen, sie muss Zeit gewinnen ...

»Du bist krank, Morgan. Aber es gibt Hilfe.«
Seine Reaktion folgt auf dem Fuß. Er stürzt in ihre Richtung, sie duckt sich weg, doch der Spaten trifft sie am verletzten Arm, der Schmerz schießt bis hoch in den Kopf, und sie winselt laut auf. Eine halbe Drehung, und sie stürzt sich auf ihn, hämmert ihm den gesunden Arm gegen den Kehlkopf und versucht dann sofort, sich klein zu machen, damit er sie nicht abermals erwischt. Er strauchelt zur Seite, lässt den Spaten fallen, schlägt ihr jedoch in ein und derselben Bewegung mit dem Handrücken ins Gesicht, und sie fällt nach hinten gegen einen der Mähdrescherreifen. Morgan landet einen weiteren Schlag, doch diesmal gelingt es ihr, sich zur Seite zu ducken und mit ihrem gesunden Ellenbogen einen Hieb gegen seinen Hals zu setzen. Der Schlag ist hart – nach Luft ringend taumelt Morgan nach hinten. Idun reißt den Spaten vom Boden hoch, sieht aus dem Augenwinkel, dass er erneut auf sie zukommt, wirbelt mitsamt Spaten um die eigene Achse, und Blut spritzt, als sie ihn über dem Mund trifft. Morgan fällt rückwärts gegen die Front des Mähdreschers, rutscht zur Seite – und brüllt auf, als sich ihm die langen Metallzinken der aufgehängten Baggerschaufel in den Rücken bohren. Idun weicht zurück, lässt den Spaten zu Boden fallen. Morgan schreit immer noch, und in sein Geschrei mischt sich ein merkwürdiges Gurgeln, als er versucht, sich zu befreien – vergebens. Zwei der Zacken ragen vorn aus seinem Bauch heraus, Blut färbt seinen Pullover ein und strömt auf den Boden. Idun steht viel zu sehr unter Strom, um einschätzen zu können, ob er gerade lebensgefährlich viel Blut verlieren könnte – sie lehnt am Traktor, spürt ihren verletzten Arm nicht mehr, entdeckt ihre Dienstwaffe, die unter dem Fenster liegen geblieben ist,

traut sich erstmals, Morgan aus den Augen zu lassen, und dreht sich zu Tareq um. Er liegt immer noch auf der Seite, hält sich den Schritt, keucht schwer, und sein Gesicht ist gespenstisch weiß.

»Du musst von hier weg!«

Idun schreit in seine Richtung, erkennt an seiner Reaktion, dass er sie gehört hat, doch er macht keine Anstalten, sich zu bewegen. Er schafft es nicht, der Blutverlust ist zu groß.

»Tareq! Du musst hier raus!«

Morgan, der immer noch an den Baggerzähnen feststeckt, brüllt nach wie vor, doch jetzt sieht Idun, dass er obendrein weint. Sie weiß immer noch nicht, ob er seine Dienstwaffe dabeihat, und spürt, wie der Schweiß ihr über Nacken und Rücken strömt.

»Tareq, verdammt noch mal!«

Sie taumelt auf ihn zu, will ihn an den Schultern hochzuziehen, doch ihr verletzter Arm ist nicht mehr zu gebrauchen. Mit der anderen Hand versucht sie, ihn zur Tür zu schleifen, aber er ist zu schwer. In einem fort geht ihr durch den Kopf, dass er verbluten könnte, und sie greift um, packt ihn an der Jacke, kreischt vor Schmerzen laut auf, doch dann schafft sie es ein Stück weit über den Betonboden. Ihr Sichtfeld verdunkelt sich leicht.

»Nimm die Beine zu Hilfe, Tareq! Du musst mithelfen!«

Er stöhnt leise, hält sich immer noch den Schritt.

»Press die Hände auf die Wunde!«

Sie schreit vor Anstrengung und Schmerz, zerrt ihn weiter zum Ausgang, weiß selbst nicht, woher sie diese Kraft nimmt. Morgan ist verstummt, und Idun hat keine Ahnung, wo er sich befindet – hat er sich losmachen können?

Hinter Tareq zieht sich eine breite Blutspur über den

Boden. Dann haben sie die Türen erreicht. Mit dem Rücken drückt Idun eine Seite auf und spürt, wie sofort eisige Luft hereinzieht. Sie greift erneut um, zerrt Tareq an seiner Jacke hinaus auf den Hof, und auf dem vereisten Untergrund geht es plötzlich leichter. Sie schleppt ihn weiter, sieht die Tür hinter ihnen zuschlagen, und hört aus der Ferne Sirenen. Calle muss ihre SMS bekommen haben.

»Bleib hier liegen und press beide Hände auf die Wunde. Ich muss nachsehen, wo Morgan hin ist!«

Tareq antwortet nicht. Idun weiß nicht mal mehr, ob er noch bei Bewusstsein ist, vielleicht hat sie ihn bereits verloren.

Sie stemmt abermals die Tür auf. Vor die Schwelle rutscht Schnee, sodass die Tür nicht mehr zufällt. Sie rennt am Traktor vorbei auf ihre Pistole unter dem Fenster zu.

Morgan ist immer noch dort, wo sie ihn zuletzt gesehen hat: Er steckt auf den Zähnen der Baggerschaufel fest. Er blutet stark, seine Stirn ist schweißnass, das Gesicht grau und sein Ausdruck apathisch.

»Hilfe ist unterwegs.«

Es ist eine nüchterne Aussage. Er sieht sie mit wässrigem Blick an. Seine Brille ist ihm von der Nase gerutscht.

»Ich will keine Hilfe ...«

Er lallt, als hätte er getrunken. Idun lässt ihn nicht mehr aus den Augen. Die Sirenen scheinen jetzt aus nächster Nähe zu kommen, und sie will gerade etwas Beruhigendes sagen, als sie hört, wie Tareq vor der Tür röchelt. Sie wirft einen hektischen Blick über die Schulter und überhört fast, dass Morgan noch etwas sagt.

»Ich will nur noch mit Silje zusammen sein.«

Sie dreht sich wieder zu ihm um, sieht, dass er seine Waffe gezogen hat, er muss sie die ganze Zeit bei sich gehabt haben. Langsam hebt er den Arm und kippt den Kopf leicht zur Seite, als er mit zusammengekniffenen Augen die Ölfässer ins Visier nimmt. Die Pistole in seiner Hand zittert.

Idun macht kehrt und rennt, so schnell sie kann. Ihre Schritte über dem Betonboden fühlen sich federleicht an, und dann schreit jemand, womöglich sie selbst.

Sie hat kaum den Traktor umrundet, als der Schuss sich löst. Als das erste Fass explodiert, spürt sie die Druckwelle. Sie wird nach vorn geschleudert, verdreht sich Nacken und Rücken, als sie von hinten durch die halb offene Tür gedrückt wird. Sie landet hart auf dem Eis, schlittert an Tareq vorbei, rutscht ungebremst weiter und bleibt erst in einer Schneewehe an der Zufahrt liegen. Das Letzte, was sie noch wahrnimmt, ist ein Gefühl der Schwerelosigkeit und die übermächtige Hitze der in Flammen stehenden Werkstatt.

Lieber Peter,

als wir uns in unserem Klassenzimmer erstmals begegnet sind, wusste ich sofort, dass wir beste Freunde werden würden. Ich hatte es gleich im Gefühl, es wirkte auf mich so, als hätten die anderen alle jemanden, während du und ich niemanden hatten. Man könnte jetzt annehmen, dass das der Grund war, warum wir uns zusammengetan haben, aber wir wissen beide, dass noch viel mehr dazukam.

Ich hatte immer vor, dir einen langen Brief zu schreiben und dir für alles zu danken – dafür, dass du mich gesehen hast, dass du mich getröstet hast, dass du mit mir zusammen sein wolltest. Aber all das fühlt sich so banal an – wie eine Dankesrede an jemanden, der doch eigentlich nur seinem Herzen gefolgt ist. Aber wie dankt man jemandem, der das einzig Richtige getan hat? Ich weiß darauf keine Antwort, ich weiß nur, dass ich dir auf immer dankbar bin.

Danke, dass du mit mir auf Bäume geklettert bist. Jene Momente waren die einzig glücklichen meiner Kindheit. Ich weiß nicht, ob du es damals gespürt hast, vielleicht glaubst du es auch bis heute nicht, aber wann immer wir dort auf den Ästen zwischen den Blättern saßen, war da plötzlich genügend Luft, dass sie sogar für mich gereicht hat. Dort habe ich atmen können. Atmen und leben, während es die ganze restliche Zeit für mich nur darum ging zu überleben.

Du bekommst diesen Brief, weil heute mehr oder weniger alles zu Ende geht. Im Briefkasten vor dem Haus meines Vaters liegt mein Testament. Du erbst alles, das Haus, die Werkstatt, den Grund und alles Übrige. In der Werkstatt stehen die alten Maschinen, vielleicht kannst du sie noch verscherbeln. Das Geld investiere bitte in deine Ausbildung. Oder fackle den ganzen Scheiß ab, mir egal, du bist mir nichts schuldig.

Du kannst unendlich stolz auf dich sein – erhobenen Hauptes dastehen und in die Zukunft blicken. Ich weiß, dass du ein großartiger Polizist werden wirst. Dass du etwas bewegen kannst. Mach das, Peter, bewege etwas, für all diejenigen, die noch nicht verloren sind, für die es immer noch Rettung gibt. Steh für die Schwachen und die Unterdrückten ein. Steh für die ein, die am Boden liegen, erhebe deine Stimme für diejenigen, die selbst keine Stimme haben. Lass es für sie alle stürmen und regnen. Erzeuge Donner, erzeuge Blitze, und treffe damit die, die der Blitz treffen soll. Sei ein Gewittermacher, Peter. Mach ein unüberhörbares Donnerwetter. Und vergiss nie, dass ich dich liebe, jetzt und auf ewig. Daran kann auch der Ton nichts ändern.

Deine Silje

Epilog

In Stockholm zieht der Frühling einen Monat früher ein als in Norrbotten. Idun streift ihre dünne Jacke ab und hängt sie über die Stuhllehne. Eine Woche zuvor ist der Gips von ihrem Ellenbogen entfernt worden. Es ist alles gut verheilt, allerdings fühlt der Arm sich immer noch ein bisschen steif an. Die Bedienung bringt ihre Kaffees und stellt sie samt zweier Zimtschnecken vor ihnen auf dem runden Bistrotisch ab.

»Was ist das denn?«

Tareq grinst sie durch seinen dichten Bart hindurch schelmisch an.

»Ich dachte mir, wir bräuchten jetzt Zimtschnecken. Das Leben kann sich doch nicht immer nur um Sport und um die Arbeit drehen.«

Idun denkt kurz darüber nach, ob sie ihm sagen soll, dass sie süßem Gebäck nichts abgewinnen kann, überlegt es sich dann aber anders.

»Wie geht es dir?«

Er zuckt mit den Schultern.

»Ich hab oft an dich gedacht.«

Sie spürt, wie ihr die Wärme in die Wangen steigt, nimmt ihre Kaffeetasse hoch und nippt daran.

»Und was ging dir so durch den Kopf, wenn du an mich gedacht hast?«

Zum Glück klingt ihre Stimme entspannt.

»Wenn du nur eine halbe Minute später in diese Werkstatt gekommen wärst, hätte Morgan mich kastriert. Ich bin nur deshalb am Leben, weil du ihm Einhalt geboten hast, und durfte obendrein einen ziemlich wichtigen Körperteil behalten.«

Seine Augen schimmern leicht wässrig. Idun stellt ihre Tasse ab.

»Ich bin auch froh, dass ich rechtzeitig da war. Und dass du überlebt hast. Ist wahrscheinlich auch der einzige Grund, warum Anders mich nicht gefeuert hat, weil ich nicht auf Verstärkung gewartet hatte.«

Tareq sieht sie lange wortlos an. Dann beißt er in seine Zimtschnecke, Hagelzucker bleibt in seinem Bart hängen, und er wischt sich mit einer Serviette darüber. Idun weiß noch gut, wie unfassbar wütend Anders war. Er stand an ihrem Krankenbett und schleuderte ihr Vorwürfe entgegen, die er nie mehr würde zurücknehmen können. Außerdem heulte er wie ein Schlosshund.

Der Außenbereich des Cafés ist gut besucht. Mit einem Wein, einem Bier oder großen Kaffeetassen wird das bevorstehende Wochenende eingeläutet. Die Kirschbäume im Kungsträdgården stehen in voller Blüte, Idun ist auf dem Weg zu ihrem Treffpunkt durch den Park spaziert.

»Wie geht es Calle?«

»Besser. Er fängt im Herbst wieder an, laut Anders in Teilzeit, laut Calle selbst in doppelter Vollzeit.«

Tareq muss lachen.

»Und Emil?«

Idun wackelt leicht mit dem Kopf.

»Halbwegs gut. Eine Zeit lang war er völlig daneben, aber inzwischen geht es wieder besser. Sie haben Hannes gefasst – Mia Vinge hat gelinde gesagt wertvolle Informationen geliefert: eine detaillierte Auflistung sämtlicher Geldbewegungen der Organisation. Wir wissen zwar nicht, wie sie da rangekommen ist, aber sie hat geliefert.«

»Und du wolltest ihr nicht über den Weg trauen … Dass selbst eine Idun Lind mal falschliegen kann!«

Sie sieht ihn von der Seite an.

»Selbst die Sonne hat so ihre Flecken.«

Erneut muss Tareq laut lachen.

»Hannes wird unter Garantie in Dutzenden Anklagepunkten schuldig gesprochen«, fährt Idun fort. »Das wird eine lange, leidvolle Haftstrafe für ihn. Und es sind auch noch andere aus dem Netzwerk angeklagt, unter anderem Marko.«

Tareq pfeift anerkennend durch die Zähne.

»Der Fall Marina ist immer noch offen, was Emil das meiste Kopfzerbrechen bereitet – dass er und Morgan nie herausfinden konnten, wer sie ermordet hat. Man kann von Morgan halten, was man will, aber als Ermittler war er eine echte Hausnummer. Emil fühlt sich ohne ihn immer noch in mehrfacher Hinsicht ein bisschen verloren.«

»Warst du auf Morgans Beerdigung?«

Sie schüttelt den Kopf.

»Ich bin fest davon überzeugt, dass Hannes' Netzwerk Marina auf dem Gewissen hat. Und ich hoffe sehr, dass Emil das eines Tages auch beweisen kann.«

»Und Adam Holm?«

»Immer noch abgetaucht. Christian Ekenstjerna hat in der Woche nach den Ereignissen in der Werkstatt angerufen, da war ich zwar krankgeschrieben, bin aber trotzdem ans Telefon gegangen. Das Personal hatte anscheinend herausgefunden, dass er an seinem Rechner ausgiebig recherchiert hatte – und rate, zu welchem Thema.«

Tareq sieht sie verdattert an.

»Er hatte einen Rechner?«

»In seinem Zimmer. Er war kein verurteilter Straftäter, deshalb hatte er ein Recht darauf. Das Personal dachte die ganze Zeit, er würde Computerspiele spielen, Nachrichten lesen, solche Sachen – dabei hat er breit angelegte Recherchen betrieben.«

Sie legt eine Kunstpause ein.

»Wie sich gezeigt hat, hat er hinsichtlich zweier Krankheiten regelrecht Forschung betrieben ... und zwar zu Schizophrenie und Paranoia.«

Sie wartet kurz, damit Tareq die Information sacken lassen kann.

»Du willst damit sagen, er war gar nicht krank?«

Idun reckt das Kinn vor.

»Adam war vollkommen gesund. Er hat das alles nur vorgetäuscht, um seine Vergangenheit hinter sich zu lassen und von seinem Vater loszukommen.«

Dann nickt sie bedächtig.

»Keine Ahnung, ob er gelogen oder die Wahrheit gesagt hat, als es um Everts Missbrauch an Pia ging. Irgendwas sagt mir, dass es die Wahrheit war, dass Pia aber nicht wollte, dass wir der Sache nachgehen. Auf alle Fälle sind beide in emotional prekären Verhältnissen groß geworden, wenn man so will. Aber Adam hat sich einen Ort gesucht, an dem er Ruhe gefunden hat. Im Heim musste er für nichts mehr Verantwortung übernehmen, nicht einmal für sich selbst. Er hat dort zwei Jahre lang gelebt, dann hat er die Hälfte von Everts Vermögen geerbt und war mit dessen Tod zugleich seine größte Bürde los – den eigenen

Vater. Wir glauben, dass er sich ins Ausland abgesetzt ist, aber sicher sind wir uns nicht.«

Tareq schüttelt den Kopf.

»Dann haben die Jahre an der Schauspielschule ihm letztlich doch zu einer Paraderolle verholfen.«

Idun nickt.

»Anscheinend ja.«

Schweigend trinken sie ihren Kaffee. Idun bräuchte einen Schluck Wasser, will aber nicht aufstehen, um sich am Tresen welches zu holen.

»Wird überhaupt nach ihm gefahndet?«

»Er ist nach wie vor als vermisst gemeldet, hat sich aber nichts zuschulden kommen lassen, und letztlich hatte er ja auch alles Recht dazu, das Wohnheim zu verlassen. Und Pia will nichts von ihm wissen.«

Tareq beäugt Iduns Zimtschnecke.

»Dann will die besttrainierte Polizistin aus Norrbotten wirklich kein bisschen Zucker?«

Sie blickt auf das Gebäck hinab.

»Ich mag Hefegebäck nicht besonders ... und da kann ich es auch gleich bleiben lassen.«

Tareq grinst sie wieder verschmitzt an. Idun hebt an, etwas zu sagen. Sie erkennt sich selbst nicht wieder, aber sie hat etwas in seinem Blick gesehen, ahnt, was in ihm vorgeht. Sie hat keine Ahnung, wo sie ihrerseits steht, all das ist so fürchterlich kompliziert, ohne dass sie recht sagen könnte, warum.

»Aber willst du vielleicht mit mir zu Abend essen? Ich nehme den letzten Flieger nach Luleå, hier in der Nähe gibt es ein nettes Tapaslokal, und ich könnte mir sogar vorstellen, ein Weinchen zu trinken ... also, statt der Zimtschnecke.«

Sie sieht ihn erneut von der Seite an. Er lächelt.
»Tapas klingen prima. Und ich nehme gern ein Glas Bier, wenn auch alkoholfrei.«
Diesmal ist Idun an der Reihe zu lachen.
»Siehst du, so haben wir alle unsere Vorlieben.«
Tareq sieht sie unverwandt an. Der Blick aus seinen dunklen Augen ist abgrundtief.
»Auch diesbezüglich hast du recht, Idun Lind. Auch diesbezüglich.«

Mia Vinge fährt mit den Fingern über ihr Sektglas aus Plastik. Eigentlich unwürdig, aus etwas zu trinken, was nicht Kristallglas ist, aber mehr hatte die Stewardess nicht zu bieten. Mia seufzte, lenkte ein und bat noch um ein Tütchen Nüsse. Die übertrieben gut gelaunte Flugbegleiterin mit Make-up an Stellen, wo es nicht hingehörte, wies sie freundlich darauf hin, dass sämtliche Flüge der Airline mittlerweile nussfrei seien, aus Rücksicht auf Allergiker. Mia schnaubte und winkte ab, dass ihre Armreifen klapperten. Dass sie in diesem verfluchten Land aber auch jeder persönlichen Befindlichkeit nachgeben mussten!

Sie lässt den Kopf in ihr Nackenkissen sinken, schließt die Augen und versucht, langsam zu atmen. Das Glas Schampus hat sie fast geleert, trotzdem kommt sie nicht zur Ruhe. Es ist, als wäre ihre Haut elektrisiert, als wäre jeder Muskel in ihrem Körper bereit zur Flucht. Und im Grunde ist es ja auch nichts anderes: Sie flieht. Vor Hannes, wie die Polizei glaubt. Der Prozess beginnt schon in wenigen Wochen, ihre Aussage hat sie aufzeichnen lassen, sie hat eine geschützte Identität bekommen und hat in ein paar Stunden ein neues Heimatland, das die schwedischen Behörden für sie ausgesucht haben. Was diese jedoch nicht ahnen, ist, dass in Mias Handtasche die Kontaktdaten einer Bank liegen, die sich auf eine gewisse Insel verlegt hat, wo der Sommer nie zu Ende geht. Mias Kontaktmann hat ihr via verschlüsselter E-Mail mitgeteilt, dass auf ihrem Privatkonto fünf Millionen Dollar bereitliegen. Sich jahrelang um Hannes' Geschäfte zu kümmern hat sich ausgezahlt, und das sogar, ohne dass er je davon Wind bekommen hätte.

Am Hafen wartet bereits ein Boot auf sie. Mia hat nicht vor, in dem Land zu bleiben, das Schweden für sie ausgesucht hat, es wartet ein weiteres auf sie, ein weiterer Kontinent. Auch das hat ihr Kontakt bei der Bank für sie organisiert. Unfassbar, welchen Service man für Geld bekommen kann. Noch heute Abend wird Mia Vinge verschwinden. Die schwedische Polizei wird sie nie wiedersehen und sie nie wiederfinden, sosehr sie auch suchen.

Der Druck auf die Ohren wird stärker. Das Flugzeug geht in den Landeanflug. Sie wirft einen Blick auf ihre Armbanduhr. Direkt daneben glitzert ein Armreif im Sonnenlicht, das durchs Flugzeugfenster fällt. Sie nestelt an ihrem Diamantring, lässt den Blick kurz darauf verharren, ehe sie ihn vom Finger nimmt und in das Fach im Sitz vor ihr gleiten lässt. Mia Vinge ist mit ihrer Ehe fertig, Hannes kann ihr nichts mehr anhaben.

Anfangs hat sie ihn wirklich geliebt, bei Gott und ihrem verstorbenen Vater. Allerdings hielt das Glück nicht lange an. Sein ewiger Ehrgeiz, nach oben zu kommen, die Gier und Jagd nach Geld hingen ihr irgendwann nur noch zum Hals heraus. Zu Beginn handelte er bloß mit Drogen, und Mia zog im Hintergrund geschäftlich die Strippen, da gab es noch keine Partys und kein Publikum. Doch Hannes wollte etwas anderes, und als er einen Gang hochschaltete, schaltete Mia einen Gang zurück. Sie trat zurück in die Schatten, kümmerte sich nur mehr um die Buchführung, bis sich endlich ein Schlupfloch auftat. Erst war sie vorsichtig, doch im selben Maße, wie Hannes seine Tätigkeiten ausweitete, fasste sie mehr Mut. Als er allen Ernstes begann, mit Frauen zu handeln, stieg ihr Profit ins Unermessliche. Huren zu verkaufen war lukrativ, und Mia konnte immer größere Summen beiseiteschaffen. Und als die Polizei ihnen zu guter Letzt auf die Spur kam, wagte sie mit einem Mal, von der Freiheit zu träumen.

Das Letzte, was sie in Hannes' Diensten tat, war der Besuch einer voll besetzten Schulaula mit einer Heroinspritze in der Handtasche. Nach einer Weile fand sie die dreckige Hure, die Leon aufgetan und binnen kürzester Zeit für sie rekrutiert hatte. Zu Tode verängstigt saß sie auf ihrem Stuhl ganz außen am Gang. Da glaubte Marina noch allen Ernstes, sie könnte Mia Vinge entkommen. Unfassbar. Wie verblendet konnte man sein.

Nach jenem Ereignis legte die Polizei eine Schippe drauf, und mit einem Mal stand Emil mit einem Angebot vor ihr, zu dem sie nicht hätte Nein sagen können. Sie wurde zum Maulwurf im Dienst der Polizei, und im selben Moment war das Schicksal ihres Ehemanns besiegelt. Als dann Idun Lind und dieser arabische Kollege bei ihnen in der Villa auftauchten, wusste Mia, dass es Zeit war, die Reißleine zu ziehen. Ihr Moment war gekommen, der Augenblick, auf den sie sich so gewissenhaft vorbereitet hatte. Endlich würde ihr Leben ohne Hannes beginnen.

Die Stimme des Piloten kommt aus dem Lautsprecher. Mia hört darüber hinweg, lehnt sich zurück und schließt erneut die Augen. Sie hätte gern noch ein Glas Schampus gehabt, doch dann waren die Lampen für den Sicherheitsgurt angegangen, und es wurde nichts mehr ausgeschenkt.

Aber nun gut.

In ihrem neuen Leben wird sie dafür alle Zeit der Welt haben. Die Zukunft hält allen Champagner für sie bereit, den sie sich nur wünschen kann.

Danksagung

In kürzlich veröffentlichten Studien gibt jeder zehnte Schwede an, dass er schon mal für Sex bezahlt hat. Der *Gewittermann* ist somit zwar ein fiktiver Text, aber er handelt von einem höchst realen gesellschaftlichen Missstand.

Der Roman spielt hauptsächlich in Boden und Luleå. Für mich war es wichtig, diesen Orten treu zu bleiben, trotzdem habe ich mir ein paar schriftstellerische Freiheiten nehmen und eine Handvoll Begebenheiten und Gebäude umplatzieren müssen. Einige Orte haben sogar einen anderen Namen bekommen. Wichtig ist mir überdies zu betonen, dass sämtliche Figuren meiner Fantasie entsprungen sind.

Mein wärmster Dank gilt Sofia Brattselius Thunfors und Ulrika Åkerlund vom Bokförlaget Polaris. Ihr seid nichts weniger als zwei Genies!

Ein großes Dankeschön an Viktoria Thuresson und Åsa Sundström, die mein Manuskript gelesen und kommentiert haben. Aufgrund eures kritischen Blickes habe ich den Bleistift erneut angespitzt. Danke auch an Erica Fredriksson, die den Rotstift gezückt, alles auf Herz und Nieren geprüft hat und die perfekte Sparringspartnerin für die richtig wichtigen Fragen war.

Eine solche Erzählung auszuarbeiten bedeutet oft, sich mit Themen zu beschäftigen, mit denen man nie zuvor zu tun hatte. Wie gut, dass es da freundliche Zeitgenossen gibt, die ihre Expertise teilen. Meinen herzlichen Dank an Stefan Skott, Markus Sammeli und Magdalena Olofsson, die mir von Eisenbahn und Schienenverkehr über Polizeiarbeit bis hin zur maximalen Geschwindigkeit eines Schneescooters alle Fragen beantworten konnten. Danke auch an Sven-Olof Marklund, der mich in den Aufbau von Transportfahrzeugen eingeweiht hat. Ein besonders herzliches Dankeschön gilt Andreas Eriksson, der mich durch eine imaginäre Werkstatt geleitet und mir alles erzählt hat, was ich über Fahrzeuge und Maschinen wissen musste, von denen ich zuvor nie gehört hatte.

Dabei ist wichtig, sich daran zu erinnern, dass ein Roman immer Fiktion ist, was der Verfasserin gewisse Freiheiten eröffnet. Faktenfehler im Roman sind daher einzig und allein auf meinem Mist gewachsen.

Ein überschwängliches Dankeschön an Rudi Urban Rasmussen und Sigrid Stavnem von der Politiken Literary Agency für guten Rat und kluge Einschätzungen. Und dafür, dass ihr dafür sorgt, dass Idun Lind und ihre Kollegen inzwischen auch außerhalb von Schweden Leserinnen und Leser haben.

Danke an meine Familie, Freunde und Kollegen, die begeistert auf den *Gewittermann* reagiert haben und die sich mit mir über meine Autorenschaft freuen. Ich bin ein echter Glückspilz, weil ihr Teil meines Lebens seid.

Zu guter Letzt möchte ich mich bei Manuel bedanken. Du bist mein Fels in der Brandung, meine größte Motivation und ohne jeden Zweifel mein bester Sparringspartner. Du sorgst dafür, dass ich mutig bin. Außerdem hältst du zu Hause alles am Laufen, während ich mich in mein Eckchen verkrieche und in die Tasten haue. Ohne dich würden diese Bücher niemals geschrieben werden.

Tina N. Martin, im Mai 2022

Ein mörderischer Segeltörn auf der Flensburger Förde ...

448 Seiten. ISBN 978-3-7341-1207-2

Dauerregen und Starkwind über der Flensburger Außenförde. Während eines Kundenevents auf einer Segeljacht geht die junge Bankerin Saskia Niekamp bei einem Wendemanöver über Bord. Wenige Tage später wird ihr Leichnam in Sønderby an der dänischen Küste angespült. Was zunächst wie ein tragischer Unfall aussieht, erweist sich als heimtückischer Mord. Vibeke Boisen und Rasmus Nyborg ermitteln in der einflussreichen Welt von Vorstandsetagen und gut betuchten Kunden. Je tiefer sie graben, desto mehr belastende Erkenntnisse bringen sie über die Tote ans Tageslicht. Doch erst als sie auf die Verbindung zu einem alten, ungelösten Fall stoßen, kommen sie den wahren Hintergründen auf die Spur ...

Lesen Sie mehr unter: **www.blanvalet.de**

Junckers & Kristiansens vierter Fall führt das dänische Ermittlerduo auch nach Deutschland ...

480 Seiten. ISBN 978-3-7645-0823-4

Eine Explosion erschüttert ein Kohlekraftewerk in Dänemark – der gezielte Angriff wurde von einer Kampfdrohne ausgeführt. Der nächste Angriff trifft ein Kraftwerk in Rostock. Eine Gruppe militanter Klimaaktivisten bekennt sich zu den Anschlägen.
Am selben Morgen wird in Kopenhagen der Sohn des Klimaministers ermordet aufgefunden. Als der Autopsiebericht die schwere Kokainabhängigkeit des Ministersohnes nachweist, stößt Signe Kristiansen zu den Ermittlungen. Diese ist inzwischen bei der Abteilung für Organisiertes Verbrechen und beschäftigt sich mit Drogengeschäften im großen Stil. Und genau darin war der Tote verwickelt ...

Lesen Sie mehr unter: **www.blanvalet.de**

Eine Leiche im Knäckebrotteig kann einem schon mal den Appetit verderben …

400 Seiten. ISBN 978-3-7341-1233-1

Eigentlich möchte Karen in Schweden einen geruhsamen Lebensabend genießen. Tiefblaue Seen, endlose Wälder und tiefenentspannte Mitmenschen, dazu noch den richtigen Mann an ihrer Seite – was könnte es Schöneres geben? Doch bei ihrer Ankunft auf dem Tingsmålahof zerplatzen ihre Träume schneller, als man »dumm gelaufen« auf Schwedisch sagen kann. Statt ihres Geliebten Viggo empfängt sie nämlich seine Witwe Agneta und ein paar andere rüstige Senioren. Schlimmer noch: Plötzlich steigt die Rate verdächtiger Todesfälle in der Gegend sprunghaft an, und Karen bleibt nichts anderes übrig, als selbst zu ermitteln. Zum Glück kennt sie sich als Buchhändlerin bestens mit skandinavischen Krimis aus. Kein noch so raffinierter Mord kann sie erschüttern …

Lesen Sie mehr unter: **www.blanvalet.de**

Ein Zwillingspaar im erbitterten Kampf gegen einen gefährlichen Kult ...

544 Seiten. ISBN 978-3-7341-1167-9

Alex und Dani Brisell sind eineiige Zwillinge und unzertrennlich, seit ihre Eltern sie im Teenageralter im Stich gelassen haben. Als sie 22 sind, verschwindet Dani am Mittsommerabend spurlos. Monatelang gibt es kein Lebenszeichen von ihr. Die Menschen in ihrem Umfeld versuchen Alex davon zu überzeugen, endlich weiterzumachen und zu vergessen, was passiert ist. Doch sie hat nur ein Ziel: Sie muss ihre Schwester finden! Dann geschehen in ihrem Leben weitere mysteriöse Dinge, die Alex langsam an ihrem Verstand zweifeln lassen. Alles deutet darauf hin, dass ein unberechenbarer Kult Dani als Sklavin in seinen Fängen hält, und Alex fürchtet, dass sie selbst die Nächste ist, die verschwinden wird ...

Lesen Sie mehr unter: **www.blanvalet.de**

Ein Doppelmord, drei Verdächtige und nur eine Wahrheit ...

448 Seiten. ISBN 978-3-8090-2758-4

Bill verliert seine Frau an Krebs und wird von einem Tag auf den anderen alleinerziehender Vater. Um seine Rechnungen bezahlen zu können, vermietet er ein Zimmer an die Jurastudentin Karla. Karla arbeitet als Reinigungskraft für Steven und Regina Rytter. Schnell merkt sie, dass mit dem Paar etwas ganz und gar nicht stimmt. Denn warum verlässt die Ehefrau des angesehenen Arztes nie ihr abgedunkeltes Schlafzimmer? Jennica, die ehemals beste Freundin von Bills verstorbener Frau, steckt mitten in einer Lebenskrise. Als sie Steven über eine Dating-App kennenlernt, scheint sie ihr Glück gefunden zu haben. Doch dann werden Steven und seine Frau tot in ihrem Haus aufgefunden ...

Lesen Sie mehr unter: **www.limes-verlag.de**